TÉMOIGNAGES

ET

SOUVENIRS

PAR

LE COMTE ANATOLE DE SÉGUR

PARIS

JACQUES LECOFFRE ET Cⁱᵉ, LIBRAIRES

RUE DU VIEUX-COLOMBIER, 29

TÉMOIGNAGES

ET

SOUVENIRS

PARIS. — IMPRIMERIE SIMON RAÇON ET COMP., RUE D'ERFURTH, 1.

TÉMOIGNAGES

ET

SOUVENIRS

PAR

LE COMTE ANATOLE DE SÉGUR

PARIS

JACQUES LECOFFRE ET Cᴵᴱ, LIBRAIRES

29, RUE DU VIEUX-COLOMBIER, 29

1857

PRÉFACE

Quoique les divers chapitres qui composent ce volume semblent complétement distincts et indépendants les uns des autres, ils ont tous été inspirés et ils sont dominés par une pensée supérieure et commune qui leur sert de lien, et c'est pour exprimer cette pensée dominante que j'ai donné à l'ensemble de l'ouvrage le double titre de *Témoignages et Souvenirs*.

En effet, chacun des souvenirs que j'ai rappelés est en même temps un témoignage, témoignage ardent, mais sincère, en faveur de la vérité, en faveur de l'Église catholique, la seule source infaillible de la vérité en ce monde. J'avoue même en toute simplicité que ce désir de rendre hommage et service, dans l'humble mesure de mes forces, à cette foi divine qui est en même temps mon espérance et mon amour, a été le principal, je devrais pouvoir dire le seul mobile qui m'a fait rassembler ces souvenirs encore bien récents ; et, ce mobile manquant, j'ose espérer que je ne les aurais ni écrits ni publiés.

Mais nous sommes dans un temps où les ennemis de l'Église et trop souvent ses enfants eux-mêmes parlent si haut et si fort, avec tant d'audace et de légèreté, de ses œuvres, qu'ils ne connaissent pas ou qu'ils ne comprennent pas, que j'ai cru devoir, après beaucoup d'autres chrétiens dévoués, descendre dans cette grande arène où luttent l'erreur et la vérité, et dire à mon tour quelques-unes des beautés de cette foi, quelques-unes des œuvres de cette charité catholique, qu'il m'a été donné de contempler.

Il n'est pas de chrétien fervent et agissant qui n'ait rencontré mille fois dans sa vie et qui ne rencontre à chaque pas des preuves admirables et vivantes de la vérité de sa foi et de la puissance surhumaine de vertu et d'amour qui réside dans l'Église de Jésus-Christ. Il suffit pour cela d'entrer dans un couvent ou dans un monastère, de connaître un bon prêtre, de participer à une de ces mille œuvres de l'Église dont les catholiques seuls, avec Dieu et ses

anges, connaissent les humbles et sublimes secrets.
C'est quelques-uns de ces faits, quelques-unes de
ces œuvres, inconnus ou dénaturés par l'ignorance
ou la passion, que j'ai essayé de mettre en lumière,
en racontant ce que j'ai vu, ce que j'ai entendu, ce
que j'ai touché du doigt, de l'esprit et du cœur. J'ai
dû laisser dans l'ombre bien des beautés, bien des
vertus, bien des miracles de dévouement et d'amour,
bien des faits providentiels dont j'ai été témoin, et
qui eussent grossi démesurément un volume déjà
trop gros peut-être. Je me suis contenté de choisir
dans un inépuisable trésor quelques souvenirs chers
à mon cœur et à ma foi, et de les raconter sans autre art que celui de la conviction et de la vérité.

C'est ainsi que, par le simple récit de leurs œuvres
et de leur existence de chaque jour, j'ai essayé de
rendre témoignage aux trappistes comme aux missionnaires, à l'humble aumônier d'hôpital comme à
l'obscur infirmier militaire, au dévouement sublime
des mères chrétiennes et à l'énergie chevaleresque
des âmes trempées dans la foi catholique comme au
génie des orateurs sacrés et à l'incomparable beauté
des fêtes et des triomphes pacifiques de l'Église, enfin à cette puissance de Dieu toujours agissante,
qui, de nos jours comme dans tous les temps, se
manifeste par des faits surnaturels, par des miracles

qui mettent en déroute toute la science et tous les raisonnements de l'orgueil humain.

Puisse mon témoignage, tout faible qu'il est, servir en quelque degré la cause de cette sainte et immortelle accusée, de cette Église catholique, ma mère et mon espérance éternelle, qui, à l'image de son divin fondateur, est ballottée dans tous les siècles de Caïphe à Pilate et de Pilate à Hérode, c'est-à-dire de la haine à la lâcheté et de la lâcheté à la folie ! Puisse du moins cette épouse bien-aimée de Jésus-Christ agréer mon humble effort comme celui d'un fils tendre et dévoué qui, malgré sa faiblesse, ne peut s'empêcher d'élever la voix avec un amour indigné en entendant insulter et calomnier sa mère !

A. DE SÉGUR.

Novembre 1856.

TÉMOIGNAGES
ET SOUVENIRS

CHAPITRE PREMIER

LA GRANDE TRAPPE DE MORTAGNE

La campagne que j'habite une partie de l'été, durant les trop courts loisirs que me laissent mes devoirs, est voisine du monastère de la Trappe de Mortagne, vulgairement appelée la Grande-Trappe, parce que l'abbé de cette maison est supérieur de toutes les autres.

Laissez-moi d'abord vous dire quelques mots de cette chère campagne que j'aime comme le passé qu'elle me rappelle. Là s'est écoulé une partie de mon existence; là j'ai vécu ces douces années de l'enfance, dont le charme n'est surpassé par aucune des joies de la vie ! Là chantent, dans le lointain de mon cœur, mille doux

1

souvenirs! Cette campagne, c'est pour moi la famille, c'est la réunion des frères et des sœurs, c'est le nid aujourd'hui abandonné par les oiseaux voyageurs qui n'y reviennent plus qu'à de longs intervalles, prenant à peine le temps d'y reposer leurs ailes.

Je connais tout ce pays comme on connaît un vieil ami d'enfance : je connais ses habitants, au milieu desquels j'ai été élevé, qui ont grandi avec moi, et dans lesquels, plus qu'en moi-même, peut-être, je me vois et je me sens vieillir! Je connais tous ses arbres, tous ses chemins, toutes ses haies, les fleurs de ses prairies, les détours de la grande route qui le traverse en serpentant, et jusqu'aux moindres accidents du terrain; et c'était pour moi, je m'en souviens, une joie incomparable de reconnaître et de saluer ces objets chéris, témoins de mes jeux et de mes premières affections, lorsqu'au moment des vacances, collégien échappé de ma prison, j'entrais comme un triomphateur dans cette heureuse vallée.

A mesure que j'avance dans le voyage de la vie, tous ces souvenirs charmants me sont plus précieux et plus chers; le temps ne les affaiblit point dans ma pensée et les grave plus profondément dans mon cœur. Mais leur douceur se mêle de quelque regret, et je me prends à m'écrier avec le grand prédicateur de Notre-Dame, dans une de ses plus admirables conférences : « O foyer domestique! maison paternelle où, dès nos premiers ans, nous avons respiré avec la lumière l'amour de toutes les saintes choses, nous avons beau vieillir, nous revenons à vous avec un cœur toujours jeune, et, n'était l'éternité qui nous appelle en nous éloignant de vous, nous ne nous consolerions pas de voir chaque jour votre ombre s'allonger et votre soleil pâlir! »

Le chemin qui mène de cette campagne bien-aimée au monastère de la Grande-Trappe est court et facile, et je l'ai parcouru bien des fois. J'ai toujours éprouvé un grand charme à visiter cette pieuse solitude, où tant d'hommes obscurs et méprisés devant le monde, mais grands et saints devant Dieu, passent leur vie dans la prière et le travail. Seulement ce chemin est maintenant une grande route bien ferrée, bien commode, mais plate et monotone, tandis qu'autrefois elle était pleine d'ornières, de difficultés et de charme. Elle courait bravement à son but à travers les champs de blé, les prairies verdoyantes et les bois touffus : on y allait à pied ou à cheval, avec quelques éclaboussures et de joyeux éclats de rire; aujourd'hui on y va en voiture sans un obstacle et sans un plaisir. En cela, comme en mille autres choses, ah! que je regrette le temps passé!

Quoi qu'il en soit de la route, le monastère est toujours au bout, et c'est le principal. Puisse au moins le progrès s'arrêter à ses portes et respecter l'œuvre de saint Bernard, qui vit et fructifie depuis des siècles dans sa féconde immutabilité!

Le monastère de la Grande-Trappe est situé dans une vallée au milieu de grands bois qu'il faut traverser pour y parvenir. Ces bois sont comme un rempart naturel qui sépare du monde cette retraite bénie. Il y a là des arbres séculaires, des futaies de chênes et de hêtres entrecoupées d'épais taillis, et des clairières où de petites bruyères roses fleurissent par milliers; au soleil de l'été, ces bruyères répandent un parfum doux et chaud et remplissent l'air de senteurs agrestes. Quand on a traversé ce rideau de forêt, on débouche dans une vaste plaine aussi riante que tranquille et silencieuse. A droite et à gauche du chemin, on aperçoit de grands étangs, les uns desséchés et convertis par les trappistes en fertiles prairies, les autres remplis jusqu'au bord d'une eau dormante et pure qui réfléchit tous les feux du soleil : tel, mais plus pur et plus tranquille encore, le cœur de ces bons religieux réfléchit dans toute sa splendeur l'image de l'éternelle lumière. Au fond de cette vallée s'élève le monastère, dont un petit mur blanc indique l'enceinte, et dont l'humble clocher frappe de loin les regards. A l'entour s'étendent des champs d'une riche culture et de belles prairies où des vaches et des chevaux paissent tranquillement. Çà et là quelques trappistes, en habits de travail, s'occupent aux soins de la campagne.

On est bientôt à l'entrée du monastère. La première porte est surmontée d'une image de la sainte Vierge avec ces mots gravés au-dessous : *Refugium peccatorum*, c'est ici le refuge des pécheurs. Cette porte s'ouvre pour les hommes à toutes les heures du jour et de la nuit. Les femmes ne sont jamais admises dans l'intérieur du cloître; mais elles peuvent, si la curiosité les y pousse, en entrevoir les mystères quand la grande porte s'ouvre pour le passage des charrettes et des chevaux de labour.

Le frère portier reçoit le pèlerin à l'entrée du monastère, et son accueil est toujours doux et bienveillant. Le Père Hilarion, qui remplit ces fonctions depuis bien des années, est un homme encore vigoureux, grand, d'une physionomie bonne et gaie : il sourit presque toujours et répond aux questions quelquefois bien indiscrètes des visiteurs avec une obligeance toute chrétienne. On sent, en le voyant, que la politesse n'est qu'une des mille formes de la charité, et, en entendant ses interlocuteurs, on sent aussi que cette aimable vertu est souvent plus connue dans les couvents qu'au dehors.

Rien n'est plus riant et plus gai d'aspect que l'intérieur du monastère. D'un côté, des jardins, des vergers, des ateliers de charronnage et de ménuiserie ; de l'autre, de vastes étables où ruminent les vaches, où les moutons bêlent, où le fier taureau de la Trappe, connu dans tout le pays environnant, fait entendre par intervalles ses mugissements sauvages. Tout autour, des poules et des oiseaux de basse-cour caquettent, gloussent et cherchent leur vie en se jouant. De côté et d'autre, on aperçoit des frères en robes brunes relevées à la ceinture, avec de gros sabots et des instruments aratoires, vaquant aux soins de la ferme, ou des religieux en robes de laine blanche, qui se dirigent vers la chapelle : partout l'image de l'activité et de la vie. Certes, il y a loin de là à ces couleurs lugubres, à ces accents désespérés, dont les écrivains libres penseurs se servent invariablement pour décrire les monastères des trappistes ou des autres ordres religieux :

si ce sont des tombeaux, comme ils le disent, il faut
avouer au moins que ce sont des tombeaux bien vivants !

Après avoir traversé les cours et les jardins, on
arrive au corps principal du monastère. Si l'on désire
voir le père abbé, il suffit de le faire prévenir : à moins
d'empêchement absolu, il se rend à l'instant même au
parloir, où l'attend le visiteur. Près de la porte de ce
parloir est suspendu un vieux tableau qui représente
une histoire bien plus vieille encore, l'entrevue de
saint Antoine et de saint Paul ermite au désert : alors
saint Antoine était nonagénaire, et saint Paul cen-
tenaire. Rien n'est plus touchant que cette admirable
histoire des fondateurs de la vie monastique, racontée
par le grand saint Athanase, évêque d'Alexandrie,
contemporain et ami de saint Antoine. Elle est si
belle, si pleine de grandeur et de charme, et trouve
si naturellement sa place à l'entrée de ce récit, que je
ne résiste pas au désir de la rappeler.

Saint Antoine était alors âgé de quatre-vingt-dix
ans, et il en avait passé soixante-douze au désert,
quand Dieu lui révéla dans une vision qu'il y avait un
autre solitaire plus parfait que lui qu'il devait aller
voir. Il partit aussitôt, son bâton de voyage à la main,
sans savoir où il allait, mais confiant dans le Seigneur,
qui savait le chemin pour lui. Après trois jours de
marche, il arriva de grand matin à la grotte où
saint Paul, le premier ermite, s'était retiré depuis
quatre-vingt-dix ans, alors que saint Antoine venait
au monde.

L'entrée de cette grotte était si obscure, que saint Antoine n'aperçut rien d'abord. Il s'avançait doucement, s'arrêtant de temps à autre pour écouter, et retenant son haleine, tant était grand son respect pour le saint vieillard, qu'il savait être tout près de lui ! Paul, qui était en prières dans sa grotte, entendant un peu de bruit, ferma sa porte et se remit à prier.

Antoine se prosterna devant cette porte fermée et y demeura longtemps, suppliant le saint ermite de lui ouvrir et lui disant avec larmes :

— Vous savez qui je suis, d'où je viens et pourquoi. Je sais que je ne suis pas digne de vous voir ; toutefois je ne m'en irai point sans vous avoir vu. Je mourrai plutôt à cette porte ; au moins il faudra que vous ensevelissiez mon corps.

Paul lui répondit :

— On ne prie point en menaçant. Vous dites que vous ne venez que pour mourir, et vous vous étonnez que je ne vous ouvre pas !

Ayant dit ces mots, il lui ouvrit la porte en souriant. Les deux divins vieillards s'embrassèrent, se saluèrent par leurs noms, quoiqu'ils n'eussent jamais entendu parler l'un de l'autre, et rendirent ensemble grâce à Dieu. Après qu'ils se furent donné le baiser de paix, ils s'assirent, et Paul dit à Antoine :

— Voici celui que vous avez cherché avec tant de peine : un corps consumé de vieillesse, couvert de cheveux blancs et négligés, un homme qui ne sera bientôt plus que poussière. Mais, dites-moi, comment

va le genre humain? Bâtit-on encore des maisons
dans les anciennes villes? Comment le monde est-il
gouverné? Y a-t-il encore des adorateurs des démons?

Tandis qu'ils s'entretenaient ainsi des choses de la
terre et du ciel, ils aperçurent un corbeau perché sur
un arbre voisin, qui, volant doucement, vint déposer
près d'eux un pain de pur froment et disparut à tire-
d'aile. Tel, dans l'Ancien Testament, nous voyons Dieu
nourrir au désert son prophète Élie!

— Ah! dit saint Paul, voyez la bonté du Seigneur
qui nous envoie notre nourriture! Il y a soixante ans
que je reçois tous les jours la moitié d'un pain : à votre
arrivée, Jésus-Christ a doublé la portion.

Alors ils prièrent et s'assirent au bord de la fontaine
pour manger. C'était parmi les chrétiens une marque
de primauté de rompre le pain, et chacun des deux
saints vieillards voulait, par humilité, laisser à l'autre
cet honneur : Paul alléguait l'hospitalité, Antoine le
privilége de l'âge ; enfin, pour se mettre d'accord, ils
rompirent le pain tous deux en même temps. Simplicité touchante qui fait sourire et qui attendrit jusqu'aux larmes. Tout ce récit de l'entrevue de ces bienheureux vieillards ne semble-t-il pas descendu du ciel,
et ne croirait-on pas lire une page de l'Ancien Testament? Oh! l'admirable spectacle que celui d'une telle
humilité dans une si éminente vertu, d'une grâce si
enjouée dans une vie si austère! Tels, pleins de simplicité, de douceur et de force, devaient être les pa-
triarches sous leurs tentes antiques; tels les prophètes
dans leurs montagnes sacrées; telle, mais plus grande

encore, Marie, la sainte mère de Dieu, dans l'humble maison de Nazareth !

Après avoir mangé le pain du Seigneur, les deux saints burent en appliquant leur bouche à la fontaine, car ils n'avaient point de vase pour puiser l'eau ; puis ils s'agenouillèrent ensemble et passèrent la nuit à prier.

Au point du jour, Paul dit à Antoine :

— Mon frère, je savais depuis longtemps que vous habitiez ce désert, et Dieu m'avait promis que je vous verrais. Maintenant, parce que l'heure de mon repos est arrivée, il vous a envoyé pour couvrir mon corps de terre.

A ces mots, Antoine fondit en larmes, et, dans sa douleur, il le priait de ne point l'abandonner ou de l'emmener avec lui. Mais Paul lui répondit :

— Vous ne devez pas chercher ce qui vous serait avantageux à vous-même. Il est utile pour les frères que vous restiez encore pour les instruire par votre exemple. Allez donc, je vous prie, si ce n'est point une trop grande peine pour vous, et rapportez-moi, pour envelopper mon corps, le manteau que vous a donné l'évêque Athanase.

Saint Paul voulait ainsi éloigner saint Antoine et lui épargner le chagrin de le voir mourir, car il savait que sa dernière heure était venue.

Antoine, auquel Athanase avait, en effet, donné son manteau en signe de respect et d'amitié, et qui savait que Dieu seul avait pu révéler cette circonstance à saint Paul, crut voir en lui la vertu même de Jésus-

Christ et n'osa rien répliquer. Il lui dit donc adieu, et, lui ayant baisé en pleurant les yeux et les mains, il retourna à son monastère, précipitant ses pas et courant plutôt qu'il ne marchait, malgré son grand âge. Deux de ses disciples, qui le servaient, vinrent au-devant de lui et lui dirent :

— Mon père, où avez-vous demeuré si longtemps ?

Lui, tout en larmes :

— Ah ! malheureux pécheur que je suis, dit-il, je porte bien à faux le nom de moine ! J'ai vu Élie, j'ai vu Jean dans le désert, j'ai vu Paul dans un paradis !

Il n'en dit pas davantage, et, se frappant la poitrine, il prit dans sa cellule le manteau d'Athanase. Ses disciples le priaient de s'expliquer ; mais il leur répondit :

— Il y a un temps pour parler et un temps pour se taire !

Et, sortant aussitôt sans manger, il reprit le chemin de la retraite de Paul ; car les paroles du saint vieillard étaient toujours présentes à son esprit, et il craignait de ne plus le trouver en vie. Le lendemain, il avait déjà marché trois heures, quand tout à coup Paul lui apparut au milieu des anges, des prophètes et des apôtres, montant au ciel tout resplendissant de lumière. A cette vue, il se prosterna le visage contre terre, jeta du sable sur sa tête en signe de deuil et dit en pleurant :

— Paul, pourquoi me quittez-vous ? Je ne vous ai pas dit adieu ! Fallait-il vous connaître si tard pour vous perdre sitôt ?

Puis il se releva, poursuivit sa route en courant et parvint à la grotte de Paul. Là, il trouva le saint vieillard à genoux, la tête levée, les mains étendues vers le ciel. Il fut rempli de joie, croyant qu'il vivait encore, et se mit à prier auprès de lui ; mais bientôt, ne l'entendant pas soupirer comme il avait coutume de le faire en priant, il le toucha de ses mains, l'embrassa en pleurant et vit que l'âme du saint avait quitté la terre ; son corps seul conservait l'attitude de la prière [1].

C'est cette dernière scène de cette admirable histoire que représente le vieux tableau qui me l'a rappelée. Saint Paul est agenouillé sur la pierre ; ses yeux sont fermés du sceau de la mort ; son corps est d'une maigreur extrême, et ses mains décharnées sont encore étendues et jointes comme pour la prière. Saint Antoine, presque aussi vieux que lui, soutient avec respect le corps de son ami et contemple une dernière fois le patriarche de la solitude. Je ne sais quelle impression produirait ce tableau placé ailleurs ; mais, en cet endroit, au seuil de ce monastère, il est d'une éloquence saisissante. Il semble placé là pour rappeler aux religieux que, quelles que soient leurs mortifications, elles n'égaleront jamais celles des fondateurs de la vie monastique, et pour rappeler au visiteur mondain que ces austérités, qui les choquent peut-être, sont aussi anciennes que le christianisme lui-même ; que dans l'Église, comme sous le soleil, il n'y a rien de nouveau ; et que, de saint Jean-Baptiste à saint An-

---

[1] Les *Païens et les Chrétiens*, chapitre X, par l'auteur.

toine, de saint Antoine à saint Benoît, de saint Benoît
à saint Bernard, et de saint Bernard à notre siècle, la
vie pénitente a eu dans tous les temps ses héros, ses
légions de soldats volontaires, ses martyrs et ses saints!
Chose étrange et bien digne d'admiration! l'unité et
l'immutabilité de l'Église se retrouvent partout, même
dans les choses les plus variables par leur nature, et,
entre les trappistes de nos jours et les premiers disciples de saint Antoine, visités et décrits par saint Athanase, il n'y a guère de différence que les seize siècles qui
les séparent!

Le père Marie-Joseph, abbé de la grande Trappe de
Mortagne, mort en 1855, et qui m'avait toujours
accueilli avec une grande bonté, n'était pas seulement
un saint religieux, mais un homme d'une intelligence
remarquable. Malgré les souffrances d'une maladie
cruelle qui le tenait depuis vingt ans suspendu entre la
vie et la mort et qui l'eût enlevé dix ans plus tôt s'il
eût vécu dans le monde, il suivait la règle de son ordre
dans toute sa rigueur. Son activité était incroyable, et il
promena son mal jusqu'en Algérie, où il alla fonder
l'établissement de Staouëli. C'était un agriculteur
renommé, et sa réputation, à cet égard, était aussi
connue parmi les hommes que sa sainteté parmi les
anges de Dieu. Tous les trappistes pleurent encore ce
bon père, qui les gouverna pendant près de trente ans
avec autant de sagesse que d'amour.

L'autorisation de visiter l'intérieur du cloître n'est
jamais refusée à personne: on est accompagné dans
cette visite par le frère portier ou par un autre reli-

gieux qui a la permission de parler aux étrangers. La
visite ne dure pas longtemps, car les bâtiments sont
bien modestes et bien restreints. Ils ont été reconstruits
sur les ruines faites par les révolutions, avec le secours
visible de la Providence, qui n'a jamais fait défaut à ces
humbles et confiants chrétiens.

Autour des salles règnent de longs corridors dont
les murs sont blanchis à la chaux et nus de tout ornement. Seulement, de place en place, des inscriptions
austères ou consolantes attirent les regards et, de gré
ou de force, entrent jusqu'au cœur. Ici, vous lisez ces
mots de l'Évangile : « Que vous servirait de gagner
tout le monde si vous venez à perdre votre âme? » Plus
loin, ces autres paroles de l'Ancien Testament : « Qu'il
est doux à des frères d'habiter ensemble dans la maison du Seigneur! » Au-dessus des portes flamboie ce
seul mot qui dit tout : « O éternité! » C'est ainsi qu'à
la Trappe les murs et les pierres mêmes ont une voix
éloquente pour ramener le cœur et la pensée de
l'homme à la méditation de l'éternelle vérité!

Au rez-de-chaussée se trouve le réfectoire des religieux : c'est une grande salle qui n'a pour ornement
qu'un crucifix et sur la muraille des sentences écrites,
bien faites pour tuer la sensualité; celle-ci, par exemple, qui m'a particulièrement frappé : « Tandis que
vous mangez à cette table, songez que vous assisterez
un jour à un autre repas où vous servirez de nourriture aux vers! »

Des deux côtés du réfectoire s'étendent de grandes
tables de bois avec des bancs pour s'asseoir; au bout

de la salle, une autre table plus petite pour le père
abbé et le prieur. Il me fut donné un jour, par une
faveur particulière, de m'asseoir à cette table et d'assister à un repas des trappistes. Les frères vinrent se
ranger à leur place, le père abbé fit une prière, et tous
s'assirent en silence. Chaque religieux avait devant lui
un couvert de bois, une assiette en faïence grossière,
un pot de cidre, un gros morceau de pain bis et une
sorte d'écuelle en étain remplie de légumes assaisonnés
à l'eau et au sel. Le père abbé fut servi exactement
comme les autres religieux, moi de même. Cette égalité absolue, cette simplicité austère, qu'on rencontre
partout à la Trappe, me touchèrent vivement et me
frappèrent de respect et d'admiration. Je trouvais ainsi
au fond de ce monastère la réalisation de ces deux
grands mots chrétiens, l'égalité et la fraternité, dont le
monde poursuit vainement la chimère !

Les bons frères, ne se doutant pas de mes réflexions, mangeaient silencieusement et de grand appétit : leurs portions étaient considérables, ce qui n'é-
tonnera personne quand on saura qu'ils ne font, à vrai
dire, qu'un seul repas par jour. Quant à moi, je pus à
peine, en me forçant, avaler quelques bouchées du
mets insipide qui m'était servi; je ne fis jamais plus
maigre chère, et, je le confesse, je me promis intérieurement qu'on ne m'y reprendrait plus. Et cependant
n'avais-je pas besoin de faire pénitence autant et plus
que tous ces bons frères, dont cette nourriture sera la
seule nourriture jusqu'à leur dernier jour? O courageux soldats de Jésus-Christ! priez pour nous, faibles

chrétiens qui manquons de courage! Saints religieux, priez, priez pour les pauvres mondains!

Les trappistes ne mangent jamais de chair ni d'œufs, à moins de maladie. Ils ne boivent jamais de vin. Du cidre ou de l'eau, voilà leur seule boisson; du pain, du riz, des légumes au sel, quelquefois au lait, voilà leur seule nourriture. Leur repas a lieu tantôt à midi, tantôt à deux heures, et plus tard encore en carême; dans les jours de jeûne et de pénitence, ils ne font que ce seul repas; les autres jours, ils prennent, le soir, une légère collation. Ce régime, qui semble si répugnant à la délicatesse des gens du monde et même à la nature telle que nos inventions nous l'ont faite, est cependant suffisant et sain, à en juger par ceux qui le suivent. La plupart des trappistes, malgré leur démarche un peu lente, sont vigoureux et bien portants; ils ont peu d'infirmités et de maladies, beaucoup atteignent un âge avancé, et, quoique le monastère de la grande Trappe compte près de cent religieux, plusieurs années s'écoulent quelquefois sans que le ciel leur reprenne un seul frère.

Un escalier de bois conduit au dortoir, dont l'aspect est aussi pauvre, aussi austère que celui du réfectoire. Chaque frère à une petite cellule ouverte, sans porte, séparée des autres par une cloison de sapin; dans chaque cellule, une planche recouverte d'une paillasse aussi mince que dure, quelques clous à la cloison pour suspendre leurs vêtements, qui leur servent aussi de couverture pendant la nuit. C'est là, sur cette humble couche, que les trappistes goûtent un sommeil profond et pur, sous la garde de leurs bons anges, sous le regard paternel de Dieu. Ils se couchent habituellement à sept heures du soir et se lèvent pour chanter les premiers offices à deux heures du matin. Certes, parmi les beaux esprits de salon ou d'estaminet qui les traitent de fainéants et de paresseux, il en est peu, que je sache, qui donnent moins de temps au sommeil et qui soient sur pied de meilleure heure! Il est vrai que, si les trappistes se lèvent sitôt, c'est pour aller dans leur humble chapelle chanter les louanges de Dieu, et voilà ce qu'on ne leur pardonne pas.

Cette chapelle, dont je n'ai rien dit encore, et qui tient cependant une si grande place dans la vie de ces saints religieux, est parfaitement en rapport avec sa destination : elle est pauvre, modeste, pleine de silence et de recueillement. L'autel est en bois; des stalles garnissent les deux côtés du chœur. Les étrangers assistent aux offices dans une tribune haute, d'où ils peuvent tout entendre et tout voir sans être mêlés aux religieux. C'est un spectacle admirable et bien fait pour toucher les âmes les plus dures que celui de cette humble chapelle quand les moines y sont en prières. Vêtus de leurs longues robes blanches, appuyés sur leurs stalles, la tête rasée, les yeux baissés vers la terre, ils offrent l'image de la méditation et du recueillement.

Le père abbé est au milieu d'eux, distingué seulement par la croix de bois qu'il porte sur sa poitrine, et par sa crosse également en bois, véritable houlette qui indique le pasteur de ce troupeau béni! Les trappistes

chantent alternativement les versets des psaumes, et,
dans certains offices, la beauté sévère de leur chant, la
puissance et l'étendue de leurs voix augmentent encore
la profonde émotion religieuse que leur vue seule inspire : leur *Salve Regina* est connu de tout le monde.
Ils chantent tous les jours cette admirable prière toute
pleine des larmes de l'exil et des ardentes inspirations
de l'amour chrétien, à l'imitation de saint Bernard,
l'immortel fondateur de l'ordre de Cîteaux.

On sait que ce grand saint, se trouvant un jour en
prières dans la cathédrale de Spire, fut comme ravi en
extase et s'écria à haute voix, avec un accent du ciel :
« *O clemens! ô pia! ô dulcis virgo Maria!* » paroles
qui furent ajoutées depuis lors au *Salve Regina*, et que
des millions de voix répètent chaque jour dans tout
l'univers catholique !

Mais il est quelque chose de plus beau, de plus céleste
que le chant des trappistes, c'est leur silence dans la
prière. A certaines heures de la journée, quelques moments de loisir leur sont donnés pour se reposer du travail, se retirer dans leur cellule, dormir ou prier. Or,
malgré les sept heures d'offices que la règle leur impose
dans la journée, beaucoup de religieux consacrent encore ces instants de repos à la prière : ils se rendent à
la chapelle et adorent le Dieu auquel ils ont donné
tout leur amour; rien n'est beau, rien n'est imposant
comme la chapelle de la Trappe dans ces heures bénies. Les religieux y sont immobiles dans diverses atti-
tudes, les uns agenouillés, les autres prosternés la face
contre terre, d'autres la tête cachée dans leurs mains.

Enveloppés dans leurs longues robes blanches, entourés de silence et de recueillement, ils ne semblent déjà plus appartenir à la terre.

Un d'eux surtout, je m'en souviens et m'en souviendrai toujours, attira mon attention et me frappa vivement. C'était un jeune frère, d'une figure charmante : il était dans une stalle, adossé contre la muraille, immobile et perdu dans les larges plis de sa robe, comme ces saints des tableaux du moyen âge qui semblent n'avoir point de corps sous leurs chastes vêtements. On ne voyait pas ses yeux, que le recueillement tenait fermés, et cependant on sentait que ces yeux purs contemplaient le ciel. Il était comme abîmé corps et âme dans la foi et dans l'amour de Dieu. Jamais je ne vis une image plus céleste de la prière, de la contemplation séraphique : c'était de l'extase, du ravissement; c'était un ange adorant le Seigneur au pur foyer de la lumière et de l'amour!

O joies du cloître! joies sacrées de l'âme qui connaît Dieu, qui le possède et qui l'aime! joies du sacrifice et de la pénitence, plus douces, plus profondes mille fois que toutes les joies, tous les plaisirs, tous les amours de la terre; malheureux ceux qui vous ignorent et qui vous nient parce qu'ils ne vous comprennent pas! Hélas! cette vie de l'âme est pour eux un monde inconnu; ils la regardent et ne la voient pas, et quand on leur en parle, ils ne savent même pas ce qu'on veut dire! Ils prennent en pitié ces moines qui ont sacrifié les vaines et fausses jouissances des passions aux espérances éternelles et à ces ravissements sans nom, avant-goût et prémices de la félicité du ciel. Faites exécuter devant un sourd les plus ravissantes harmonies, le pauvre sourd restera insensible et glacé, et, s'il voit votre visage ému, baigné de larmes d'admiration, il haussera les épaules et vous prendra pour un insensé. Parlez à un aveugle de la splendeur d'un beau ciel, de la magnificence du jour, des effets merveilleux du soleil se couchant derrière les montagnes, ce langage inconnu n'éveillera aucune impression, aucune idée dans son âme ; le soleil, les montagnes, les splendeurs du ciel, tout cela n'existe pas pour lui !

Tels, mais plus aveugles et plus sourds encore, aveugles et sourds volontaires, sont les ennemis de l'Église, pour les beautés et les joies de l'âme chrétienne. Non-seulement ils ne savent pas les goûter, mais ils les nient et les méprisent. Ils ont des yeux et ne voient point, ils ont des oreilles et ils n'entendent point, et ils sont fiers de leur misère comme s'ils étaient les plus riches des hommes. O bons trappistes ! humbles moines qu'ils calomnient, saints religieux qu'ils prennent en pitié, priez pour ces pauvres insensés !

Derrière l'église du monastère se trouve le cimetière où de petites croix de bois indiquent la place des sépultures. Un seul monument s'élève au milieu de ces croix, c'est le tombeau de l'abbé de Rancé, le saint et austère réformateur de la Trappe. Revenu à Dieu, jeune encore, après une vie folle et dissipée, ce grand homme quitta le monde pour s'attacher uniquement à la croix de Jésus-Christ, se retira dans le monastère de la Trappe, dont il était abbé, et le ramena à l'observance de l'antique règle de Cîteaux, dont cependant il adoucit un peu la rigueur. Depuis lors cette règle fut toujours exactement suivie, sauf quelques modifications de peu d'importance, et les monastères de la Trappe devinrent l'asile et le foyer des plus pures, des plus admirables vertus.

C'est au monastère de la Trappe de Mortagne que mourut l'abbé de Rancé, à l'âge de soixante-quinze ans, après trente-sept ans de la plus rigoureuse pénitence, sans que sa foi et sa charité se soient démenties un seul jour depuis sa conversion. Non-seulement réformateur de la Trappe, mais restaurateur de toute la vie monastique en France, aimé d'un amour sans bornes par ses religieux, malgré son austérité et son zèle infatigable à faire observer la règle, il expira au milieu de leurs sanglots et de leurs prières, sous la bénédiction de l'évêque de Seez, son ami, étendu sur la paille et la cendre, en prononçant ces paroles des livres sacrés : « Seigneur, ne tardez pas davantage; mon Dieu! hâtez-vous de venir! »

En recouvrant de terre le cercueil qui renfermait les restes mortels de ce héros de la pénitence chrétienne, les trappistes, sachant que son œuvre ne périrait point avec lui, et que la semence bénie qu'il avait jetée ne ferait que fructifier et grandir sous la garde du travail et de la prière, chantaient ces grandes paroles de l'Écriture sainte, qui renferment l'histoire de l'Église et de toutes les œuvres enfantées par l'Église :

« Si tes fils gardent mon testament et les enseignements que je leur donnerai, si les fils de tes fils persé-

vèrent, ils siégeront éternellement sur ton siége. Car le
Seigneur a choisi Sion, il l'a choisie pour sa demeure.
Voilà le lieu de mon repos dans les siècles des siècles;
j'y habiterai parce que je l'ai choisi. »

Cette parole prophétique, redite sur la tombe de
l'abbé de Rancé, s'est réalisée pour les trappistes, parce
qu'ils ont été fidèles à l'esprit de leur père, de l'Église
et de Dieu. Ils ont traversé la corruption du dix-huitième siècle comme un fleuve aux eaux pures et vigou-
reuses traverse un lac fangeux sans y contracter de
souillure. Ils ont traversé les orages des révolutions
qui les ont momentanément dispersés, mais qui n'ont
pu les détruire; et, de nos jours, comme au temps de
Louis XIV et de l'abbé de Rancé, ils édifient les forts
et scandalisent les faibles par le spectacle inexorable
de leurs austérités et de leurs vertus.

Malgré l'humilité des trappistes et de leur pieux réformateur, la sévérité de leur pénitence et leur sainteté vraiment surhumaine attirèrent, dès l'origine de
la réforme, au monastère de la Grande-Trappe, une
foule de visiteurs. Les seigneurs de la cour de Louis XIV,
les prélats les plus renommés par leur savoir ou leur
vertu, les princes mêmes et les rois accouraient dans
cette solitude contempler le prodige de ces moines, qui
reproduisaient, au dix-septième siècle, les austérités
des premiers solitaires de la Thébaïde, des disciples
de saint Marc, près d'Alexandrie, et de saint Antoine,
au désert.

Jacques II, chassé de l'Angleterre et du trône, venait dans ce monastère méditer sur la vanité des gran-

deurs humaines et se consoler de sa couronne perdue.

Gaston d'Orléans, frère de Louis XIV, voulut également visiter ces trappistes, dont la vie mortifiée étonnait et scandalisait les courtisans. Il se rendit à la Trappe avec une cinquantaine de gentilshommes, et il eut le courage (courage réel et bien rare chez les gens du monde) d'admirer chez ces saints religieux les vertus que lui-même n'avait pas la force de pratiquer. « Il assista aux offices et aux repas des trappistes, et vécut comme les hôtes, à leur table. Pénétré profondément de tout ce qu'il avait vu et ressenti, il voulut emporter un pain noir de la communauté pour le montrer au roi et à toute la cour et offrir un sujet de méditation aux habitués superbes du palais d'or, à Versailles. Sa suite n'en fut pas moins édifiée que lui, et une quinzaine de gentilshommes, jusque-là peu inquiets de l'éternité, assurèrent que, s'ils étaient libres, ils resteraient à la Trappe. C'est qu'on ne visite pas impunément les saints, et que leurs œuvres n'ont besoin que d'être connues pour être justifiées[1]. »

Le duc de Saint-Simon, rempli de vénération pour l'abbé de Rancé, venait souvent à la Trappe *émousser les déplaisirs* qu'il rencontrait dans le monde et guérir, dans le silence et la tranquillité de cette sainte retraite, les blessures de son orgueil froissé ou de son ambition déçue. « Quoique enfant encore, dit-il lui-même dans ses immortels mémoires, M. de la Trappe

---

[1] Les *Trappistes*, histoire de la Trappe par M. Casimir Gaillardin, 2 volumes, 1844, au comptoir des Imprimeurs-Unis.

eut pour moi des charmes qui m'attirèrent à lui, et la sainteté du lieu m'enchanta. Je désirai toujours d'y retourner, et je me satisfis depuis toutes les années, et souvent plusieurs fois, et souvent des huitaines de suite. Je ne pouvais me lasser d'un spectacle si grand et si touchant, ni d'admirer tout ce que je remarquais dans celui qui l'avait dressé pour la gloire de Dieu, pour sa propre sanctification et celle de tant d'autres. Il vit avec bonté ces sentiments dans le fils de son ami; il m'aima comme son propre enfant, et je le respectai avec la même tendresse que si je l'eusse été. Telle fut cette liaison singulière à mon âge, qui m'initia dans la confiance d'un homme si grandement et si saintement distingué, qui me fit lui donner la mienne, et dont je regretterai toujours de n'avoir pas mieux profité. »

Enfin, et pour terminer par ce qu'il y eut de plus grand dans ce grand siècle de Louis XIV, Bossuet visitait fréquemment dans sa solitude l'abbé de Rancé, son intime ami. Le monastère de la Trappe était, après son diocèse, le lieu qu'il affectionnait le plus. Il aimait à s'y reposer des fatigues et des soucis de l'épiscopat et à retremper son âme dans l'austérité de cette retraite. « Il assistait, dit le cardinal de Beausset, son historien, à tous les exercices de la communauté; il était le premier levé pour les matines. Il montra la même assiduité jusqu'à l'âge de soixante-neuf ans, quoiqu'il joignît à ces veilles toute l'austérité de la vie d'un religieux. Ce ne fut qu'à l'un de ses derniers voyages qu'il se permit de faire usage d'un peu de vin. Il trouvait un charme particulier dans les manières dont on y célébrait l'office divin. Le chant des psaumes, qui venait seul troubler le silence de cette vaste solitude, les longues pauses des complies, les sons doux, tendres et perçants du *Salve Regina*, lui inspiraient une sorte de mélancolie religieuse. »

On montre encore, près du monastère, l'allée où le grand évêque aimait à se promener avec l'abbé de Rancé, et, si les vieux arbres qui la bordent pouvaient se souvenir et parler, que de causeries sublimes échangées sous leurs ombrages, que d'épanchements célestes ils nous raconteraient !

J'ai raconté l'aspect intérieur du monastère de la Grande-Trappe et des bâtiments compris dans la clôture ; quelques mots achèveront de compléter ma description. Une hôtellerie est adjointe au monastère ; tous les étrangers, pauvres ou riches, pèlerins ou mendiants, y sont admis et peuvent y demeurer trois jours ; ils y sont logés, soignés et nourris aux frais des religieux. Plus de trois mille pauvres, dit-on, sont ainsi secourus annuellement par la sainte communauté. La table de cette hôtellerie est bien meilleure et plus abondante que celle des trappistes ; ce sont des Pères qui servent les étrangers et les pauvres. On reconnaît à ce trait, comme à tant d'autres, les disciples de ce bon Maître qui a dit : « Je ne suis pas venu pour être servi, mais pour servir. »

Près de l'hôtellerie, et à l'entrée même du cloître, est une salle réservée pour les consultations que le père médecin de la Trappe donne gratuitement à tous les malades qui veulent s'adresser à lui. Ce père a une

grande réputation de science et d'habileté; on vient le
consulter de bien loin, et les pauvres trouvent toujours
chez lui, avec les conseils et les remèdes de la science,
l'accueil bienveillant et paternel de la charité.

Enfin, à quelques pas du monastère, on aperçoit
encore quelques bâtiments agglomérés : c'est une colonie pénitentiaire de jeunes détenus que le gouvernement a récemment confiés au dévouement inépuisable
des trappistes. Les bons pères ont accepté cette charge
avec reconnaissance, comme un moyen nouveau de faire
du bien; ils se sont improvisés instituteurs avec cette
confiance naïve de l'humilité qui n'attend rien de soi,
mais qui attend tout de Dieu, et les résultats déjà
obtenus prouvent une fois de plus que le cloître est
une admirable école pour former, non-seulement des
hommes de prière, mais des hommes d'intelligence et
d'action.

J'ai déjà dit qu'à l'entrée du monastère la campagne
présente l'aspect de la plus riche culture. C'est qu'en
effet les trappistes sont d'incomparables agriculteurs :
sous leurs mains laborieuses et bénies de Dieu, la
terre produit au centuple, la stérilité disparaît, et les
bruyères arides, les champs pierreux et inféconds se
transforment en prairies et en plaines fertiles. A ce
point de vue, on peut dire que la Trappe de Mortagne
est la plus parfaite des fermes modèles. Leur territoire
est bien restreint et bien ingrat, et cependant, grâce
à leur travail et à l'intelligence de leur culture, ils
subviennent sans secours étranger à presque tous
leurs besoins : ils fabriquent eux-mêmes tout ce qui

leur est nécessaire, entretiennent leur monastère, leur hôtellerie, et des milliers de pauvres vivent encore de leurs aumônes.

Il est vrai que la Providence bénit visiblement leurs travaux, et qu'en eux se vérifie cette parole de l'Évangile : « Cherchez premièrement le royaume de Dieu, et le reste vous sera donné comme par surcroît. » Leurs moissons ne connaissent guère les orages, leurs récoltes sont d'une abondance inouïe, et souvent leurs greniers sont insuffisants pour les contenir. Une année entre autres, où la récolte fut médiocre dans toute la France, celle de ces bons religieux fut si belle, que, lorsque j'allai les visiter au mois de septembre, je trouvai la grande cour du monastère littéralement remplie de gerbes amoncelées, dont les joyeuses pyramides s'élevaient presque au niveau du clocher de leur église. La terre semblait près de s'affaisser sous le poids de toutes ces richesses, et l'on aurait pu se croire en Égypte, en face des greniers de Joseph !

Quand on songea sérieusement, il y a quelques années, à coloniser l'Algérie, le gouvernement, malgré les préjugés qui étaient alors en honneur contre les moines en général et les trappistes en particulier, se décida à s'adresser à eux comme aux plus habiles et en même temps aux plus dévoués des hommes. Il demanda au père abbé de la Trappe de vouloir bien envoyer une colonie de ses religieux sur la plage aride de Staouëli, afin de tenter contre cette nature, qui semblait à jamais stérile, une lutte que personne n'osait engager. Au lieu de récriminer ou de marchander son dévouement, comme des hommes ordinaires l'eussent fait, le père abbé se contenta de demander quelques jours de réflexion. Malgré ses infirmités, il partit pour l'Algérie, examina lui-même le terrain qu'on lui proposait : c'était un désert qu'il s'agissait de fertiliser. Il reconnut des difficultés immenses, mais non insurmontables; il revint et accepta.

Bientôt on vit débarquer sur la côte d'Afrique, à la place même où nos soldats avaient débarqué en 1830, une troupe de religieux à l'apparence modeste, mais au cœur vaillant, troupe d'élite, armée pacifique qui venait combattre des ennemis plus redoutables que les Arabes, la faim, la soif, la maladie et toutes les puissances délétères d'une nature inféconde et rebelle. La lutte fut longue et terrible, elle fut meurtrière : en moins de dix ans, plus de trente religieux succombèrent à la tâche et moururent sur cette terre ingrate fécondée de leurs sueurs et plus encore de leurs prières et de leur martyre. Je me contenterai de dire, pour indiquer quels obstacles ils eurent à vaincre, qu'en bien des endroits ils durent défoncer le sol jusqu'à six pieds de profondeur pour le fertiliser !

Il fallait le dévouement surhumain, l'abnégation absolue des trappistes, pour résister à de pareilles épreuves. Là où tout autre qu'eux eût échoué, ils ont tenu bon et ils ont triomphé ! Le monastère de Staouëli existe, il est fondé et florissant. Le désert a été vaincu, et ses sables arides se sont transformés en prairies, en champs et en jardins d'une admirable fertilité. Les trappistes cultivent aujourd'hui douze cents hectares

de terrain, véritable oasis artificielle créée par la main
des hommes sous la bénédiction de Dieu, et leurs jardins, devenus célèbres, suffisent presque seuls à ali-
menter Alger en fruits et en légumes de toute espèce.

Voilà les trappistes! voilà ces hommes incomparables, que des gens, qui ne les connaissent pas et qui
ne les valent pas, osent traiter d'oisifs et de fainéants
inutiles aux autres et à eux-mêmes! Étranges fainéants,
qui se lèvent au milieu de la nuit, alors que le reste
des hommes repose sur des couches certainement
moins dures que les leurs, qui subviennent par eux-
mêmes à tous leurs besoins, qui nourrissent des milliers de pauvres, qui défrichent, au péril de leur vie,
les landes, les marais et les déserts, et dont la discipline rude et austère ignore jusqu'aux plus innocentes
délicatesses de la vie! Leur journée se partage à peu
près également entre le travail et la prière, le travail
qui sanctifie le corps, la prière qui sanctifie l'âme. Ils
travaillent, à l'exemple du divin Sauveur dans l'atelier
de Nazareth; à l'exemple de saint Bernard, leur modèle
et leur père, qui, revenu dans sa chère solitude après
avoir terrassé l'erreur dans les conciles, converti les
peuples, pacifié les empires et les souverains, reprenait
la bêche et la cognée, remuait la terre, coupait du
bois, le portait sur ses épaules comme le dernier des
frères, et trouvait un charme infini dans ces humbles
travaux! Ainsi font les fils de saint Bernard, aujour-
d'hui comme il y a sept cents ans; ils travaillent des
mains pour ne pas être à charge à leurs frères, pour
châtier leur corps, pour obéir à la grande, à l'univer-

selle loi de l'expiation : ils prient, parce qu'ils savent que l'homme n'est pas seulement un corps, mais qu'il est aussi une intelligence et un cœur, qu'il ne vit pas seulement de pain, mais de vérité et d'amour !

Qu'est-ce que vivre, sinon exercer et développer, par cet exercice même, les facultés que Dieu nous a données ? Or ceux là vivent noblement et complétement, qui passent leur existence à exercer leur corps par le travail et leur âme par la contemplation et l'amour de l'éternelle vérité ! Parmi tous ceux qui attaquent et calomnient les trappistes, en est-il un seul qui vive aussi bien et qui vive autant? Qu'ils s'examinent eux-mêmes sincèrement, qu'ils retranchent de leurs journées le temps et les forces qu'ils donnent à l'égoïsme, à leurs passions, à leurs vices, souvent même à la corruption ou à la haine de leurs semblables; qu'ils comptent les heures qu'ils emploient, les pauvres qu'ils nourrissent, les larmes qu'ils essuient, le bien qu'ils font à eux-mêmes et aux autres; puis, qu'ils se comparent aux trappistes, et qu'ils répètent, s'ils l'osent, que ces religieux, si méprisés, ne sont pas meilleurs et plus utiles qu'eux !

J'insiste sur ce point parce qu'il est capital et qu'il fait toucher du doigt la vanité, je dirai plus, l'iniquité des jugements du monde.

Voici deux hommes : l'un habite confortablement une maison confortable; il a sa chambre à coucher, son cabinet de travail; car, je le veux, c'est un travailleur, un fonctionnaire, un homme politique. Actif et matinal, il se lève presque en même temps que le so-

leil (en hiver, bien entendu!); il a le courage de sortir
de la douce moiteur de son lit dès sept heures du matin, et, retiré dans une chaude robe de chambre, les
pieds au feu, bercé dans les bras d'un bon fauteuil, il
lit son journal, déjeune, puis se met à son bureau et
travaille. Vers onze heures ou midi, il déjeune pour la
seconde fois, et, après avoir goûté les charmes repo-
sants de la famille, il se rend à son ministère, à la
Chambre, là enfin où l'appellent ses fonctions. Pendant
trois ou quatre heures, quelquefois davantage, il fait
de son mieux les affaires du pays en même temps que
les siennes, car il ne travaille pas gratuitement, et son
dévouement est convenablement rétribué. Puis, quitte
jusqu'au lendemain envers la patrie, il ne vit plus que
pour lui-même, pour sa famille et ses amis, pour le
monde et ses plaisirs. Il dîne bien, coule doucement sa
soirée au théâtre, au bal ou chez lui, et, minuit venu,
se couche dans un bon lit, se rendant, à l'inverse de
Titus, le doux témoignage qu'il n'a pas perdu sa journée. Le monde s'écrie : « C'est un honnête homme! »
et je n'y contredis point. Le monde dit : « C'est un
homme utile, actif, indispensable, dévoué! » et là encore je veux bien dire *amen*.

Notez qu'il s'agirait d'un journaliste qui fait des ar-
ticles pernicieux et largement payés, d'un poëte qui
façonne des pièces de théâtre sans moralité et sans but,
d'un homme de lettres qui empoisonne la société de ses
romans, que le jugement du monde serait le même :
le monde n'aurait pour cet homme que des hommages,
des honneurs et des places !

Maintenant, regardez de cet autre côté : voici un second personnage bien différent du premier. Au lieu d'un
hôtel, celui-là habite une cellule : sa chambre, c'est la
chapelle du monastère ; son cabinet de travail, c'est le
champ qu'il cultive. Il ne connaît ni le feu pendant
l'hiver, ni les rafraîchissements ingénieux pendant
l'été, ni aucune des douceurs de la vie ; à quelque
heure que le soleil se lève, il est toujours levé avant le
soleil. Au lieu de mets délicats et variés et de vins re-
cherchés, il ne mange que du pain bis et des légumes
grossiers ; il ne boit que du cidre ou de l'eau. Personne
ne le sert, mais il sert les autres. Il s'est privé volontairement de la joie d'avoir des enfants ; mais il a accepté
l'ingrat labeur d'élever et de réformer les enfants mis
au monde par des *hommes utiles* qui les ont abandonnés
ou perdus ! Ses vêtements sont simples, rudes et fabri-
qués par lui-même : ne recevant rien de personne, il se
nourrit et nourrit les pauvres du travail de ses mains.
Après avoir fait tout cela, il reste humble et se croit le
dernier des hommes ! Il prie Dieu, cultive la terre, et
son âme est aussi tendre à la prière que ses mains sont
dures au travail ! Pour celui-là, le monde n'a que des
mépris et de la pitié ! Il hausse les épaules et s'écrie :
« C'est un fainéant, c'est un homme inutile, c'est un
égoïste, c'est un moine ! »

Injustice, mensonge et vanité !

Je ne puis, je l'avoue, garder mon sang-froid quand
j'entends des incrédules vous calomnier ainsi par ignorance ou mauvaise foi, ô saints religieux, admirables
disciples de Jésus-Christ, qui valez mille fois mieux

que tous vos détracteurs et que moi qui vous rends témoignage !

Mais ce qui m'indigne encore davantage, ce que je
ne puis absolument excuser ni comprendre, c'est ce
même langage de mépris, de pitié ou de blâme dans la
bouche d'hommes qui se disent chrétiens et catholiques ! Qu'on recule devant la logique sublime de la foi
et de la charité, devant l'héroïsme du sacrifice et du
renoncement absolu, je ne le comprends que trop, et
je le pardonne à mes frères pour que Dieu me le pardonne à moi-même ; mais que des chrétiens blâment
dans les autres le courage qu'ils n'ont pas, qu'ils le
blâment contre les paroles formelles du Christ, voilà ce
que je ne comprends plus.

« Il est bon de servir Dieu, dit-on, mais avec modé-
ration et mesure. Se séparer absolument du monde,
comme les trappistes, consumer sa vie dans de perpé-
tuelles austérités, jeûner toujours, se condamner au
silence, n'est-ce pas le comble de l'exagération et de
la folie ? »

Exagération et folie, si l'on veut ; mais exagération
et folie de la croix ! Qu'est-ce que l'Évangile, sinon la
mortification, la pénitence et le sacrifice dans la charité, ou, pour tout dire en un mot, l'amour sacrifié ?
Qu'est-ce que la vie de Jésus-Christ, sinon la pratique
de ces austères vertus jusqu'à l'immolation de soi-
même, depuis la crèche jusqu'au Calvaire ? Et qu'est-ce
qu'un chrétien, sinon le disciple et l'imitateur de Jésus-Christ ?

Vous me demandez, vous, chrétien et catholique,

pourquoi les trappistes jeûnent, et se taisent, et se mortifient : et moi je vous demanderai pourquoi Jésus-
Christ est né dans une étable, pourquoi il a jeûné dans
le désert, pourquoi il a gardé le silence devant Hérode
et Pilate ; je vous demanderai pourquoi les douleurs et
les ignominies de sa passion, pourquoi sa sueur de sang
au jardin des Oliviers, pourquoi sa flagellation et sa
croix.

Les trappistes, puisqu'il faut vous le dire, jeûnent et
se mortifient parce qu'il est dit dans l'Évangile que
tout homme doit faire pénitence ! Ils font vœu de pauvreté, parce qu'il est écrit : « Bienheureux les pauvres ! »
Ils prient beaucoup, parce que Jésus-Christ a dit qu'il
fallait prier toujours ! Ils se taisent, parce qu'ils savent
qu'au jour du jugement nous rendrons compte de toute
parole inutile ! En un mot, ils mènent une vie crucifiée,
parce qu'ils adorent un Dieu crucifié !

Mais il est une autre cause non moins profonde et
touchante de toutes ces mortifications et de leur surabondance, si je puis ainsi parler. De même que Jésus-
Christ a souffert pour tous les hommes, il a donné aux
chrétiens le sublime pouvoir de souffrir et de prier les
uns pour les autres. Si donc les trappistes se vouent à
la pauvreté, à l'obéissance, à la continence absolue,
c'est qu'il est des hommes amoureux des richesses, de
la révolte et des plaisirs coupables, et qu'il faut expier
les crimes de ces hommes ! S'ils jeûnent toujours, c'est
qu'il est des chrétiens qui ne jeûnent jamais et qui se
font un dieu de leur ventre ; s'ils ne boivent que de
l'eau, c'est pour compenser l'ignominie de ceux qui

noient leur raison dans l'ivresse; s'ils gardent le silence
volontaire, c'est pour expier les paroles inutiles ou
coupables qui se disent dans le monde, les injures, les
mensonges, les blasphèmes ; c'est pour arrêter dans la
main de Dieu la foudre qu'il s'apprête à lancer contre
les blasphémateurs de son nom ! En un mot, s'ils se
livrent à des mortifications qui semblent excéder non-
seulement les préceptes et les exemples de Jésus-Christ,
mais toute borne et toute mesure, et s'ils vivent en
quelque sorte ensevelis dans la pénitence, c'est qu'il
est des chrétiens, et combien, hélas! qui ne savent
même plus ce que c'est que la pénitence!

Que les catholiques laissent donc aux ennemis de
Jésus-Christ et de son Église ces déclamations misérables contre les trappistes et tous les ordres religieux, et
qu'ils répètent avec moi cette conclusion, qui ressort
invinciblement, ce me semble, de tout ce que je viens
de raconter : c'est que les trappistes sont non-seulement au nombre des plus saints, mais des plus utiles
des hommes. Ils cultivent la terre, ils cultivent aussi
cette autre terre plus ingrate et plus dure qu'on appelle
l'âme humaine ; ils font produire à toutes deux des
fruits sans nombre pour eux-mêmes et pour les autres;
ils travaillent et ils prient. Trois fois heureuse et trois
fois sainte la vie qui peut, comme la leur, se résumer
en ces deux mots bénis : le travail et la prière !

Qu'on me pardonne la longueur et la vivacité de ces
réflexions, et qu'on me permette encore une citation et
un souvenir.

La citation est une lettre écrite, en 1852, par un

ancien officier devenu trappiste au monastère d'Aigue-
belle, dans la Drôme, et adressée à un de ses amis du
monde : c'est la plus admirable et la plus énergique
confirmation de tout ce que j'ai dit plus haut sur l'austérité et le bonheur de ces saints religieux, et l'éloquence chrétienne a produit, selon moi, peu de pages
comparables à cette simple lettre d'un moine obscur
et ignoré. O vous qui prenez en pitié les trappistes!
lisez et jugez.

« Mon cher ***, voici quatorze mois que je suis dans
cette maison, ainsi que tu as dû l'apprendre par notre
famille. Si tu as été surpris de cette détermination de
ma part, sache que personne n'en est plus étonné que
moi-même, et que tous les jours je me demande s'il est
bien vrai qu'un homme aussi attaché que moi aux
choses de la terre, aussi ignorant des choses du ciel,
et si peu porté par sa nature à une vie austère; s'il
est vrai, dis-je, que cet homme se soit fait trappiste!
Voilà pourtant le prodige que la grâce a opéré. Elle a
ressuscité un cadavre, elle a fait que les ténèbres les
plus épaisses sont devenues lumière! C'est une immense
miséricorde, un témoignage admirable de l'amour de
Dieu pour sa créature, et c'est moi qui ai le bonheur
ineffable d'en être l'objet.

« Comme le grand apôtre, étonné de ce qui m'arrivait, je demandai au Seigneur ce qu'il voulait que je
fisse, et j'acquis la conviction qu'il fallait que je quit-
tasse ma profession et le monde pour embrasser la vie
pénitente du trappiste. Quoique je fusse d'une faiblesse
extrême par suite de longues fièvres contractées en

Afrique, je n'hésitai pas un instant à répondre à l'appel qui m'était fait, persuadé qu'il ne serait pas difficile à Celui qui est l'auteur de la vie de donner à mon corps la force nécessaire pour m'acquitter des devoirs de l'état auquel il m'appelait.

« Ma confiance n'a pas été vaine. Ma santé, loin de s'altérer par les austérités de la règle, s'améliore à tel point, que je crains de vivre plus longtemps que je ne le désirerais. Mon visage, qui était d'une maigreur effrayante, est si plein aujourd'hui, que j'en ai honte; et cependant le trappiste ne fait pas bonne chère, ainsi que tu le verras dans le détail de nos pratiques de chaque jour, que je vais te donner.

« Pendant huit mois de l'année, c'est-à-dire depuis le mois de septembre jusqu'à Pâques, nous observons le grand jeûne, qui consiste en un seul repas, que nous prenons à deux heures et demie du soir, après none ; ce repas se compose d'une soupe et d'une portion de légumes, à laquelle on ajoute quelques noix pour dessert. Dans le carême, on ne dîne que sur les quatre heures et demie, après vêpres; pendant l'avent et tous les vendredis, on n'a pas de dessert; les portions sont préparées à l'eau et au sel seulement. Dans le carême, la soupe est aussi supprimée : les trois premiers vendredis et les derniers jours, on n'a que du pain et de l'eau pour ses repas [1].

---

[1] *Note de l'auteur.* — A ceux qui se récrieraient contre la *folie* de ces austérités, il est bon de rappeler que le jeûne pour tous les chrétiens, dans les premiers siècles de l'Église, consistait à ne rien prendre avant le coucher du soleil.

« Le lever a lieu tous les jours, été comme hiver, à deux heures du matin, les dimanches à une heure, et certains jours de fête à minuit. Nous avons chaque jour sept ou huit heures de chœur, et le reste de la journée est employé au travail, à l'étude. Le travail consiste à cultiver nos terres, à charger souvent de grands mannequins de pierres, à enlever le fumier de nos écuries ou du laboratoire, à éplucher des légumes, à balayer le monastère, etc.

« Si tu étais inspecteur de ce département, tu me rencontrerais quelquefois sur la route, une brouette à la main, ramassant le fumier que les chevaux y ont laissé. Je ne te parle pas de toutes les pénitences corporelles ou humiliantes qui se pratiquent à la Trappe ; elles sont continuelles : il n'y a pas de jour qu'on n'ait à s'accuser de quelque manquement à la règle. Voilà, en abrégé, notre vie journalière. Dans l'été, nous avons un travail plus pénible, parce que c'est le temps de la moisson, et que les chaleurs sont assez fortes dans ce pays. Aussi dîne-t-on vers midi, et le soir on a une salade ou une écuelle de lait avec du dessert.

« Toutes ces pratiques semblent devoir épuiser bientôt un homme habitué à une vie douce et aisée dans le monde. Cependant je ne connais pas de lieu où la santé soit plus florissante qu'ici. C'est que nous suivons ce précepte de l'Évangile : « Cherchez premièrement le royaume de Dieu, et le reste vous sera donné par surcroît. » Et Notre-Seigneur nous tient parole. Mais, s'il a un soin si grand de nos corps, quel soin penses-tu qu'il ait de nos âmes ? Les consolations intérieures, la paix dont il nous fait jouir, l'entretien familier dont il veut bien nous honorer, la joie toute céleste qu'il répand au dedans de nous, nous rendent cette vie si agréable, que j'appréhende fortement, à l'heure de la mort, de n'avoir rien fait pour satisfaire à mes péchés. Il m'est impossible d'appeler du nom de pénitente une vie mille fois plus douce que celle que je menais dans le monde : c'est le centuple promis à ceux qui quittent tout.

« L'existence des trappistes devrait faire ouvrir les yeux aux incrédules, car quelle apparence y a-t-il que des hommes, la plupart instruits, appartenant à de bonnes familles, prennent de la joie à mener une vie aussi austère, si la grâce ne les soutenait? Je ne t'ai pas parlé du silence perpétuel qui est gardé, de la manière de se coucher tout habillé, s'étendant simplement sur une paillasse piquée épaisse de quatre doigts au plus, et de tant d'autres incommodités qu'on endure, telles que le froid, par exemple, le feu ne se trouvant nulle part qu'au laboratoire. La nature aurait trop à souffrir pour qu'on pût persévérer longtemps, si la Divinité ne nous soutenait de sa grâce toute-puissante. Aussi sommes-nous loin de croire que nous faisons quelque chose de bien, et, si notre sanctification s'opère, c'est la grâce qui fait tout : nous avons le bonheur extrême d'avoir été choisis, voilà tout. Juge maintenant si nous devons être fidèles à correspondre à un aussi grand bienfait, et si nous nous trouvons honorés de l'appel qu'a fait de nous le grand Roi! Aussi sommes-nous effrayés de notre responsabilité, car il est écrit qu'on redemandera beaucoup à celui à qui il aura été beaucoup donné. Et je puis t'assurer qu'ici l'on reçoit si abondamment, qu'à moins d'être déjà au ciel, on ne saurait mieux connaître et comprendre les choses éternelles. »

C'est ainsi que les trappistes répondent au mépris affecté, comme à l'hypocrite compassion de leurs détracteurs ! C'est ainsi qu'ils comprennent et qu'ils aiment cette vie d'austérités qui excite la pitié des incrédules et des ennemis de l'Église ! Sachez-le donc une fois pour toutes, gens au cœur trop sensible, les moines ne veulent pas plus de l'affranchissement que vous leur souhaitez que les prêtres ne veulent de la liberté de se marier, et les peuples de ce paradis du socialisme où les révolutionnaires prétendent les faire tous entrer de gré ou de force ! Chacun prend son bonheur où il le trouve : jouissez de vos tristes plaisirs, et laissez les trappistes jouir de leurs privations !

Après cette citation, j'arrive au dernier souvenir que m'a laissé la Trappe de Mortagne.

C'était au mois de septembre 1847, le roi Louis-Philippe avait annoncé l'intention de visiter le monastère : je n'eus garde de manquer ce curieux spectacle, et, au jour fixé, j'étais à la Trappe longtemps avant l'arrivée du cortége royal. Tout le pays était métamorphosé : l'agitation, le bruit, la foule, avaient remplacé le silence et le calme de cette tranquille campagne. Plus de vingt mille personnes étaient accourues de tous les pays d'alentour, et, faute d'hôtelleries, campaient en plein air ; les bois, les prairies, étaient remplis de voitures ;

de charrettes, dont les chevaux dételés paissaient à
côté, près des arbres auxquels on les avait attachés :
on eût dit un campement d'une de ces tribus nomades
qui parcouraient, il y a quinze cents ans, les forêts de
la Gaule et de la Germanie, emportant avec elles leur
mobile patrie.

Dans l'intérieur du monastère, il y avait un peu plus
de calme; la foule n'y était pas admise, et je ne pus
entrer que par faveur, en ma qualité de vieil ami de la
maison. Au milieu de la pelouse qui s'étend devant
l'église et les bâtiments du cloître, un tapis recouvrait
le sol; c'était là que les deux puissances devaient se
rencontrer, et que le pasteur de l'humble communauté
devait recevoir le chef de la grande nation.

Après une assez longue attente, nous vîmes sortir
du cloître le cortége religieux. En tête s'avançaient
lentement l'évêque du diocèse, recouvert de ses ornements pontificaux, la mitre sur la tête, la crosse dorée
à la main, et le Révérend Père abbé, vêtu de sa longue
robe blanche, le plus beau, le plus majestueux des vêtements, portant également une mitre et une crosse,
mais une mitre de laine blanche et une crosse de bois,
à cause de son vœu de pauvreté; des prêtres en surplis
et tous les religieux en robes blanches suivaient processionnellement en chantant des psaumes.

L'évêque et le Père abbé, arrivés à l'endroit où le
tapis avait été préparé, s'arrêtèrent, et bientôt l'on vit
le roi des Français s'avancer à leur rencontre, suivi de
plusieurs princes et princesses et d'un nombreux cortége. Ce moment fut solennel. A voir cette procession

en plein air, ce clergé en étoles, ces moines en robes
de laine, cet évêque et cet abbé vénérables, leurs mi-
tres en tête et leurs crosses en main, sous un beau
ciel, au milieu des pompes inimitables d'une belle nature, on aurait pu se croire transporté au moyen âge;
mais les habits noirs du cortége royal ne permettaient
pas cette illusion au spectateur et le faisaient retomber bien vite et de bien haut en plein dix-neuvième
siècle.

Après avoir baisé le crucifix que lui présentait le
Père abbé et écouté le discours plein de convenance et
de charme qu'il lui adressa, le roi entra dans l'église,
précédé des moines et des prêtres. On célébra le saint
sacrifice, et les religieux chantèrent ensuite le *Domine
salvum fac regem* et leur inimitable *Salve Regina*. Puis
le roi, conduit par le Père abbé, visita en détail tout le
monastère, et je me retirai rempli des émotions de ce
grand et singulier spectacle.

Six mois après, le roi Louis-Philippe voyait son
trône brisé par un orage populaire; il passait silencieux et fugitif tout près de cette même contrée où
l'avait précédé le roi Charles X, où l'avaient accueilli
naguère les acclamations de vingt mille spectateurs accourus sur ses pas. Sa race était bannie, fugitive comme
lui, et cependant le Père abbé de la Trappe continuait
à régner paisiblement sur son petit troupeau : cette
fois encore, la houlette du pasteur avait été plus solide
que le sceptre du souverain.

Telle est, en quelques mots, l'histoire de l'Église et
du monde. Les rois s'élèvent et tombent, les dynasties

se fondent, vivent et meurent, les empires se succèdent, les peuples mêmes sont remplacés par d'autres peuples, et la face de la terre va sans cesse se renouvelant; mais l'Église de Jésus-Christ, toujours persécutée, toujours à la veille de périr, vit toujours et ne meurt jamais! Elle vit et communique son éternelle jeunesse aux institutions qui viennent d'elle. De même que saint Pierre régnait à Rome sur l'Église naissante, il y a dix-huit siècles, le pape Pie IX règne aujourd'hui sur le monde catholique; et, de même que les moines, disciples de saint Antoine, fleurissaient au désert d'Égypte il y a quinze cents ans, les trappistes fleurissent aujourd'hui dans la solitude de Mortagne comme au désert de Staouëli, car les œuvres des hommes passent, mais l'œuvre de Dieu ne passe pas!

CHAPITRE II

UNE VISITE A L'HOPITAL MILITAIRE.

Après les journées de Juin 1848, un bon prêtre de l'église des Missions-Étrangères, désirant venir en aide aux besoins religieux des nombreux soldats casernés à l'École-Militaire et dans les baraques des Invalides, eut la pensée de les réunir dans une chapelle basse de son église, pour les instruire, leur parler de Dieu, et, par l'attrait du bien, les préserver du mal.

A cette époque, la belle chapelle de l'École-Militaire servait de magasin à fourrage et n'avait point encore été rendue au culte, comme elle l'a été depuis par la piété de l'Empereur. L'église des Missions-Étrangères devint donc bientôt, avec celle du Gros-Caillou, où une œuvre semblable avait été établie, la paroisse d'adoption des soldats chrétiens de ce quartier, et, les jours de fête surtout, ils y venaient en grand nombre. J'aimais à assister à ces réunions militaires, dont le charme simple et pieux me touchait jusqu'au fond du cœur. J'aimais aussi à revoir quelques-uns de ces bons soldats chez le prêtre dévoué qui s'était en quelque sorte improvisé leur aumônier et qu'ils chérissaient comme un père.

Parmi ces militaires, je ne tardai point à en distinguer un auquel je vouai bientôt une affection particulière. C'était un tout jeune homme, d'une physionomie douce et triste; il avait des cheveux très-blonds, un front élevé, plein d'intelligence, des yeux bleus, de petites moustaches à peine dessinées au-dessus de ses lèvres. Son air de distinction et de mélancolie me frappa dès le premier jour que je le vis. Je m'approchai affectueusement de lui et lui adressai quelques mots auxquels il répondit avec politesse, mais avec réserve. D'abord il fut silencieux, taciturne, comme en défiance; puis il se détendit peu à peu; son front devint moins sombre, sa physionomie plus confiante. Enfin son cœur s'ouvrit et s'épancha dans le mien. De ce moment, il devint plus aimant et plus affectueux chaque jour; il se livra sans réserve à l'amitié que je lui offrais. Hélas! cette amitié devait être courte, et, commencée dans une église, allait finir à l'hôpital!

De causeries en causeries et de confidences en confidences, je sus bientôt toute l'histoire du pauvre enfant. Elle était simple et ressemblait à celle de bien des soldats. Il était de Strasbourg, d'une famille honorable; il avait un frère un peu plus âgé que lui, officier dans le même régiment. Après des études à peu près com-

plètes, l'ennui, l'inquiétude d'esprit, je ne sais quelle
funeste inspiration, le poussèrent à quitter la vie tranquille qui s'ouvrait devant lui, pour la profession militaire. Il n'avait rien à craindre du recrutement, puisqu'il avait un frère sous les drapeaux. Il s'engagea
cependant, et, quand je le connus, il était soldat depuis quelques mois. Déjà ses yeux étaient ouverts et
son désillusionnement était complet : il se voyait avec
terreur, ou du moins avec chagrin, engagé pour sept
ans dans une carrière qu'il n'aimait pas, pour laquelle il n'était pas fait, dans laquelle il s'était jeté par
un coup de tête, malgré les larmes de sa mère, sans
nécessité et sans goût. Quand je lui demandais comment
il avait pris cette étrange résolution, il secouait la tête
et me disait :

« Je ne sais pourquoi j'ai fait cette folie, mais je
sais que je l'ai faite et que m'y voilà pour sept ans !
Mes parents ne sont pas assez riches pour me racheter,
et je ne le leur demanderai jamais : ils ont mes frères
et mes sœurs à élever. Le vin est tiré, il le faut boire...
mais c'est un vin bien amer, ajoutait-il en souriant
tristement, et j'aimerais mieux ma bonne bière de
Strasbourg. »

C'est ainsi que le jeune étudiant alsacien se trouvait, sous la capote du soldat, en garnison à Paris, et
c'est ainsi que l'on voit tous les jours tant d'autres
jeunes gens gâter et perdre leur jeunesse et leur vie
par irréflexion, par étourderie, comme à plaisir. Car
est-ce faire autre chose que de se jeter tête basse et les
yeux fermés dans une carrière qu'on ne connaît pas,

qu'on détestera peut-être le lendemain du jour où on
la connaîtra, et dont, par suite, on remplira mal les
devoirs? Certes, la carrière militaire est grande et
sainte, et nul ne l'admire plus que moi. Après celle du
prêtre, elle est belle entre toutes, parce que, plus que
toute autre, elle exige du dévouement et du sacrifice;
mais, pour en être digne, il y faut entrer par la bonne
porte, par la porte du devoir et de la réflexion. Les bons
soldats, vraiment dignes de leur uniforme, sont, ou ces
braves jeunes gens que le sort appelle tous les ans sous
les drapeaux et qui répondent noblement et simplement à cet appel de la patrie, ou ces engagés volontaires qui se font soldats parce qu'ils sentent vibrer en
eux cette sublime vocation des armes, apanage des
fortes races et des âmes élevées. Quant à ces enfants
qui s'engagent par coup de tête, par désespoir, par caprice, et qui ne prennent le régiment que comme un
pis aller, je ne crois pas me tromper en disant que
ceux-là sont, pour la plupart, de tristes soldats qui ho-
norent rarement leur uniforme, et qui, trop souvent, le
déshonorent.

Certes, mon jeune Alsacien, mon cher et pauvre
Louis, n'était pas capable d'une action déshonorante,
mais il manquait de cette énergie morale sans laquelle
il n'est pas de bon soldat. Il était doux, obéissant, bon
sujet, et se faisait rarement punir; mais la vie militaire lui pesait, et il ne se sentait pas à sa place au milieu de ses camarades : leurs qualités et leurs défauts
le choquaient également; il ne savait pas tirer profit de
ces trésors qui reposent si souvent au fond de l'âme

simple et forte de nos soldats. Sans amis, sans compagnons, il s'assombrit et s'isola de plus en plus, et sa
tristesse s'accrut avec son isolement. Si le bon Dieu,
qui veille sur tous ses enfants, ne l'eût conduit comme
par hasard à l'église des Missions-Étrangères, au milieu de ces douces et pieuses réunions de soldats, il fût
devenu tout à fait malheureux; car il n'était pas de ces
âmes basses et grossières pour lesquelles l'inconduite
est une occupation et un refuge : l'inconduite n'eût
été pour lui qu'un ennui de plus et un remords. Mais
il trouva dans cette humble église ce qu'il n'y cherchait
peut-être pas, une satisfaction profonde aux besoins de
son cœur et de véritables affections; il y trouva des
camarades chrétiens, des prêtres dévoués, toute la vie
de l'âme et du cœur. Aussi s'éprit-il d'un tendre
amour pour ces réunions; il s'y rendait assidûment,
et n'y manquait que lorsque son service l'en empêchait.

Cependant, vers la fin du mois de décembre 1850,
il cessa tout à coup de venir aux Missions-Étrangères.
Je crus d'abord qu'il avait été puni, et qu'il n'osait me
l'écrire, et je pris patience; mais plusieurs jours se
passèrent, et Louis ne reparaissait pas. Enfin j'appris
par un de ses camarades qu'il était entré à l'hôpital
militaire du Gros-Caillou, qu'il était assez gravement
malade, et qu'il me faisait prier de l'aller voir. Le jeudi
suivant, j'étais auprès de son lit.

Ce n'est que le jeudi et le dimanche, de midi à deux
heures, qu'il est permis d'aller visiter les malades
dans les hôpitaux militaires, avec une carte délivrée

à l'intendance, et qui n'est jamais refusée à personne.

Mon pauvre Louis fut bien heureux de me voir.
Son visage était pâle et son regard languissant : néanmoins il ne se sentait pas atteint gravement, et je crus
comme lui qu'il en serait quitte pour deux ou trois semaines d'hôpital. Après avoir doucement et longuement
causé avec lui, je lui serrai la main et lui dis au revoir. Depuis lors je revins en effet le plus exactement
possible, les jeudis et les dimanches, passer quelques
moments au chevet du soldat malade.

C'était la première fois que je mettais le pied dans
un hôpital militaire ; triste connaissance à faire et qui
m'émut douloureusement! C'est tout un monde que
cet hôpital militaire du Gros-Caillou, monde de misères et de souffrances. De vastes corps de logis séparés par de grandes cours peuvent contenir de sept
à huit cents lits trop souvent occupés. Les maladies
sont classées par catégories et par salles : ici, la salle
des fiévreux ; là, celle des blessés ; plus loin, les petites
véroles, les scarlatines, les rougeoles ; ailleurs encore,
des salles honteuses remplies de malades volontaires,
partout l'image de la souffrance, image plus attristante
encore dans un hôpital militaire qu'ailleurs, car il n'y
a là que des jeunes gens, des soldats dans la force de
l'âge, et le contraste de cette jeunesse avec la souffrance et la mort, de cette langueur de la maladie
avec l'énergie et l'activité de la vie militaire ; cette
pâleur sur des fronts de vingt ans, et surtout la pensée
que la plupart de ces pauvres enfants souffrent et vont
mourir peut-être loin du regard et de l'amour de leur

mère, tout cela accroît singulièrement la tristesse du spectacle et remplit le cœur d'une émotion poignante.

Ce n'est point que l'aspect de l'hôpital soit triste et sombre par lui-même : il est, au contraire, plein de soleil et de tranquillité. Les cours sont plantées de grands arbres et coupées de petits parterres de verdure et de fleurs. Les bâtiments sont propres et leurs murailles blanches ont une apparence de gaieté. A l'intérieur, les salles sont vastes, bien aérées, lumineuses, et, quand j'allais voir mon jeune ami, je remarquais avec satisfaction que le soleil de janvier ne brillait pas une minute au ciel sans que ses pâles rayons vinssent à travers les vitres des croisées réjouir les pauvres malades et leur sourire comme une espérance envoyée d'en haut. Mais qu'est-ce que le soleil et sa joyeuse lumière quand on a devant les yeux cette longue file de lits presque tous occupés par un soldat qui souffre ? Hélas ! la maladie est toujours la maladie, et un hôpital est toujours une triste demeure et un douloureux spectacle !

En traversant les cours et les jardins pour me rendre à la salle de Louis, je contemplais chaque fois avec une douce émotion les malades qui, déjà à moitié guéris, se promenaient sous les grands arbres, ou se tenaient assis le long des murs, respirant avec délices les rayons du soleil. Tous portaient une grande robe de chambre en laine grise, des pantalons pareils, des pantoufles en cuir jaune, une large cravate blanche qui retombait sur leur poitrine en forme de jabot ; ce

costume est très-pittoresque et sied assez bien. Si rien
n'est plus triste que l'aspect d'un malade, rien n'est
plus doux que la vue d'un convalescent. La physionomie conserve quelques traces des souffrances traversées,
et la maladie apparaît encore à la pâleur des joues, à
la fatigue des traits, mais elle apparaît comme une
ennemie vaincue. On sent que la jeunesse l'emporte,
que la force revient, que la vie renaît de toutes parts,
et que bientôt ce malade, encore faible et languissant,
ce convalescent à la démarche incertaine et vacillante,
se redressera vaillant et vigoureux soldat, secouera
l'uniforme de l'hôpital pour celui de la caserne, et sortira de la triste demeure joyeux, plein de vie, remerciant Dieu de sa santé reconquise. Se sentir vivre après
qu'on s'est senti mourir, c'est là certainement une des
plus grandes joies de ce monde; cette joie, mon pauvre
Louis ne devait pas la connaître.

Je ne tardai pas à m'apercevoir qu'il était gravement attaqué et que son état empirait au lieu de s'améliorer. A chaque nouvelle visite, je le trouvais plus
faible, plus pâle et plus découragé. Quand je l'aidais à
se soulever ou à se retourner dans son lit, j'étais
effrayé de sa maigreur toujours croissante : ses pauvres membres étaient réduits à rien. Quelquefois il me
montrait ses bras avec un triste sourire ; j'essayais de
sourire aussi et j'affectais devant lui un calme et une
sécurité que je n'avais plus. Pourtant je ne désespérais
pas encore; je pensais seulement que la maladie était
grave et que la guérison serait lente. Pour lui, comme
la plupart des jeunes malades, il passait du décourage-

ment le plus complet aux plus folles espérances, tantôt certain de guérir en quelques jours, tantôt plus certain encore de mourir.

Un jour, il me raconta, tout heureux, un songe qu'il venait de faire. Il avait rêvé qu'il n'était plus malade ni soldat : il s'agissait bien d'hôpital ou de régiment ! Il était marié, père de famille : encore garçon au commencement de son rêve, à la fin, il avait déjà deux enfants.

— Qu'en pensez-vous ? me dit-il en me regardant avec anxiété, comme si son sort eût réellement dépendu de ma réponse.

— Je pense, mon ami, répliquai-je en souriant, que tout arrivera comme vous l'avez rêvé; seulement vous y mettrez un peu plus de temps.

A ce moment, j'espérais encore un peu qu'il en pourrait être ainsi; mais bientôt je ne l'espérai plus. L'état du malade s'aggrava de jour en jour; sa faiblesse devint extrême : il parlait avec peine et d'une voix presque éteinte. Mes visites, après celles de l'aumônier et du bon prêtre des Missions-Étrangères, étaient, je crois, ses seules consolations; car son frère était alors malade comme lui, et, quoique dans le même hôpital, il ne pouvait sortir de son lit pour aller embrasser le pauvre enfant, qu'il ne savait pas d'ailleurs si gravement atteint.

Chaque fois que j'entrais dans la salle de mon pauvre soldat, je voyais ses yeux se tourner de mon côté, et, quand j'approchais de son lit, ils étaient souvent humides de larmes commencées : rien n'est navrant à

voir comme ces larmes des malades qui s'arrêtent au
bord de le paupière, parce qu'elles n'ont pas la force
de couler! Je prenais la main de Louis, cette pauvre
main amaigrie et brûlante, et je devais rester longtemps ainsi : j'essayais de le consoler; il m'écoutait,
me répondait à peine et restait les yeux toujours fixés
sur moi. Son regard doux et triste semblait me dire :
« Je vous aime, je sais que vous m'aimez : ne vous en
allez 'pas, je n'ai plus que peu de temps à vous voir en
ce monde. »

Ah ! j'ai fait bien du mal dans ma vie; j'ai beaucoup, j'ai gravement péché devant Dieu; mais, quand
le souvenir de mes fautes me poursuit et m'accable,
je pense à ce pauvre soldat mourant, au bien que je
crois lui avoir fait durant son long séjour à l'hôpital,
et cette pensée me rend un peu de courage et de confiance dans la miséricorde infinie du Seigneur. O mon
cher Louis! si tu es au ciel, comme je l'espère, prie
pour ce pécheur qui fut ton ami et qui chercha à
adoucir les derniers moments de ton passage sur la
terre!

C'est ainsi que se passaient mes visites à l'hôpital.
Après quelques dernières paroles d'espoir et de religion, je disais adieu à mon malade, j'embrassais son
front humide et froid; et, quand je refermais la porte
de la salle, j'apercevais encore son regard qui me
suivait.

La dernière fois que je le vis, ce fut le dimanche
23 février 1851 : je devais partir le lendemain pour un
voyage de cinq à six jours. Je trouvai Louis un peu

mieux; on l'avait changé de lit. Je lui dis que j'allais m'absenter une partie de la semaine et que je ne pourrais venir le voir le jeudi suivant, mais que je viendrais certainement le dimanche. Cette nouvelle l'affligea sans le tourmenter beaucoup ; ce jour-là, il avait bon espoir, et j'avoue que je partageai un peu sa confiance. Je lui avais apporté quelques petites médailles de la sainte Vierge en argent ; je lui en mis une au cou et je serrai les autres dans son portefeuille, pour qu'il pût au besoin en donner à ses camarades d'hôpital. Il me remercia beaucoup et parut ravi d'avoir sur son cœur l'image de la sainte mère de Dieu. Quoiqu'il ne se fût pas encore confessé, il était dans d'excellentes dispositions, et j'étais assuré qu'à l'instant où il se sentirait en danger il ne manquerait pas de demander l'aumônier. Je partis donc plus tranquille que de coutume et lui dis au revoir sans trop d'inquiétude.

Quand je revins à Paris, le samedi matin, je trouvai la lettre suivante, que m'adressait un camarade de régiment de Louis, alors à l'hôpital comme lui :

« Mon cher monsieur, je m'empresse de vous faire savoir la triste situation de K*** ; son mal empire de plus en plus. A midi, il a eu la visite d'un sous-lieutenant auquel il a encore pu parler ; à midi et demi, il a été plus mal... Pourquoi vous le cacher? il a expiré très-paisiblement après cinq minutes d'agonie. Je regrette bien de ne m'être pas trouvé là pour ses derniers moments. Je suis arrivé cinq minutes trop tard ; il rendait le dernier soupir comme j'entrais dans la salle... Il me disait hier qu'il s'était confessé, qu'il en était content, qu'il pensait toujours à la sainte Vierge, que vous lui aviez donné des petites médailles, qu'il y tenait beaucoup... Je crois qu'il est dans le ciel, car il est mort saintement.... »

Cette lettre me causa autant de chagrin que de surprise. Ainsi mon pauvre Louis était mort et je n'avais pas assisté à ses derniers moments! Je m'étais absenté cinq jours seulement, et je ne le retrouvais plus au retour! Encore tout ému de cette fatale nouvelle, je courus à l'hôpital et je montai chez l'aumônier; j'étais avide d'avoir quelques nouveaux détails sur la mort du soldat. Cet excellent prêtre, auquel j'avais déjà recommandé particulièrement mon malade, me confirma la nouvelle du funeste événement; il m'affirma aussi que, la veille de sa mort, le jeudi soir, Louis s'était confessé avec toute sa connaissance. Ne croyant pas à une fin si prochaine, il ne lui avait point administré les derniers sacrements de l'Église; mais la mort était venue plus vite qu'il ne l'avait pensé, et le lendemain, vendredi, vers midi, Louis avait expiré presque subitement, avant qu'on eût eu le temps d'aller chercher l'aumônier.

Tout en regrettant amèrement que mon pauvre ami n'eût point été administré, la pensée qu'il avait reçu le sacrement de Pénitence et le pardon de ses fautes la veille même de sa mort fut pour moi une grande consolation, et je pus me dire avec une certitude presque absolue que son âme était sauvée. En quittant le bon aumônier, je voulus aller une fois encore dans la salle où le jeune soldat était mort; j'espérais avoir quelques détails de plus par ses camarades d'hôpital. J'entrai dans la salle, et j'aperçus du premier coup d'œil le lit où j'avais vu Louis pour la dernière fois. Il était vide, recouvert d'un drap blanc, et semblait attendre un nouveau malade; rien n'indiquait que la mort venait de passer par là, et déjà les traces du dernier séjour de mon pauvre Louis sur la terre avaient disparu. Deux soldats étaient couchés de chaque côté de ce lit abandonné; je m'approchai d'eux et leur demandai s'ils avaient vu mourir leur camarade. Ils me répondirent affirmativement, mais ne purent rien m'apprendre de nouveau, si ce n'est que Louis n'avait perdu connaissance qu'une demi-heure avant sa mort, et qu'il avait succombé sans souffrance apparente, sans agonie violente et presque subitement, comme une lampe vide d'huile qui s'éteint tout à coup après avoir vacillé longtemps.

Après avoir prié tout bas pour le pauvre enfant qui avait souffert et était mort en ce lieu, je quittai cette triste salle et j'allai trouver le soldat qui m'avait écrit pour m'annoncer la fatale nouvelle. Je sus de lui que Louis avait eu la consolation de voir, quelques jours avant sa mort, son frère, qui, le sachant beaucoup plus mal, avait quitté son lit, au risque de se tuer, et était venu l'embrasser une dernière fois : touchant et douloureux spectacle que celui de ces deux jeunes frères, tous deux militaires et presque du même âge, l'un mourant, l'autre gravement malade, échangeant des

caresses fraternelles et s'épanchant dans un adieu suprême !

J'appris aussi que les soldats de la compagnie de
Louis avaient résolu de le faire enterrer à leurs frais et
d'assister à ses funérailles, fixées au lendemain. Son
corps, déjà porté à l'amphithéâtre, avait donc été re-
placé intact dans un cercueil et devait être enseveli
avec quelque solennité. J'aurais voulu ravoir, comme
un dernier souvenir du pauvre soldat, la petite médaille de la sainte Vierge que j'avais attachée à son cou
huit jours auparavant, mais cela me fut impossible,
elle avait disparu, et son frère non plus que moi n'en
entendit jamais parler.

Le lendemain à midi, je me rendis à la chapelle de
l'hôpital ; toute la compagnie de Louis, le corps des
officiers en tête, assista avec recueillement à la cérémonie funèbre. Puis le cortége se mit en marche pour
le cimetière : les soldats marchaient sur deux lignes,
le fusil baissé vers la terre ; le cercueil était porté par
des camarades de Louis ; je suivais par derrière avec
les officiers. Nous arrivâmes ainsi au cimetière du
Mont-Parnasse, où sont enterrés les soldats qui meurent à l'hôpital du Gros-Caillou. Le cercueil disparut
bientôt sous la terre que les fossoyeurs rejetèrent par-
dessus, et tout le monde se retira, officiers et soldats.
C'en était fait, tout était terminé, et Louis avait défi-
nitivement disparu de ce monde, ne laissant pour seules
traces de son passage ici-bas que des larmes silen-
cieuses que le temps devait bientôt sécher, si ce n'est
dans les yeux de sa mère !

En quittant le cimetière, je commandai une croix
de bois portant le nom du pauvre soldat, son âge et la
date de sa mort, afin que le signe sacré de la Rédemption indiquât la place où reposaient ses restes mortels ;
mais son frère m'envia ce soin pieux et voulut s'acquitter seul de ce dernier devoir. Peu de temps après,
quand il fut sorti de l'hôpital, ce noble jeune homme,
alors sous-lieutenant, aujourd'hui un des capitaines
les plus distingués et les plus chrétiens de l'armée,
vint me voir et me remercier. Nous nous aimâmes
bientôt, et de ce jour a daté pour nous une liaison sérieuse et chrétienne qui, née sur un tombeau, ne finira
pas même avec notre vie.

En racontant l'histoire de ce pauvre engagé volontaire, mort à vingt ans dans un lit d'hôpital, j'ai raconté
l'histoire de bien des soldats, histoire d'hier, d'aujour-
d'hui, hélas ! et de demain ! Car à l'armée comme partout, malgré la jeunesse, malgré la force, la mort
moissonne incessamment, et l'hôpital est un champ de
bataille toujours ouvert pour les soldats et toujours
encombré de morts et de mourants. Triste champ de
bataille, en vérité, où l'on succombe sans gloire,
sans profit pour la patrie, quelquefois avec le remords
déchirant de se sentir mourir par sa faute ; séjour de
souffrance et d'inconsolable douleur, si, là comme
partout, Dieu n'avait placé de saintes âmes pour adoucir
à ses pauvres enfants de l'armée l'amertume de la dernière heure ! Cette consolation suprême du soldat mourant, cette joie de l'hôpital, c'est l'aumônier, quand il
est saint et dévoué comme celui du Gros-Caillou ; ce

sont les sœurs de Charité, qui rayonnent autour de lu
et dont le sourire angélique réjouit les longues salles et
illumine les pâles visages des malades.

C'est un grand et saint ministère que celui d'un aumônier d'hôpital militaire. Il en est peu de plus pénible
et de plus dur, mais il n'en est point peut-être de plus
consolant. Passer sa vie au milieu des malades et des
mourants, voir et revoir chaque jour toutes les misères
humaines dans leur horrible variété, entendre des plaintes, des gémissements, des cris de douleur, assister à ce
spectacle navrant de la vie qui s'éteint dans des yeux de
vingt ans, c'est une cruelle épreuve pour un cœur bou
et dévoué, pour le cœur d'un prêtre tout pénétré de la
tendresse infinie et de la compassion du Sauveur Jésus! Mais, à côté de l'absinthe, voici le miel des consolations célestes! Ces malades, ces mourants, ce sont
de braves soldats, de pauvres jeunes gens, souvent
plus souffrants de l'âme que du corps, avides d'affection humaine et de miséricorde divine, qui accueillent
une bonne parole, un sourire bienveillant avec des
larmes de joie, qui saisissent avec un touchant empressement la main amie qu'on leur présente, pour lesquels
le prêtre qui s'approche est véritablement l'ange de la
consolation et de la paix. Avec lui, ils croient voir entrer dans leurs salles de douleur les souvenirs du passé,
les doux, les ineffaçables souvenirs de l'enfance, du
village et de la famille. La main qu'il leur tend, c'est
la main d'un père, et quand, penché sur leur couche,
il sourit doucement et parle à voix basse, ils croient
voir sourire et entendre parler leur mère! Émotion

puissante et vraie, baume consolant qui fait souvent
plus que tous les remèdes pour la guérison du corps et
qui assure la guérison de l'âme! C'est là la grande, la
sublime consolation de ce saint ministère; c'est qu'il
n'est point stérile, c'est qu'il n'est point repoussé, c'est
qu'il peuple le ciel en consolant la terre!

Le plus grand, ou, pour mieux dire, le seul vrai
chagrin du prêtre digne de ce nom, c'est de sentir que
son travail est inutile, non pas devant Dieu, qui voit et
récompense tout, mais pour la sanctification des hommes. C'est de se dire à la fin du jour, après avoir répandu à flots sa sueur et son dévouement, qu'il n'a
rien fait, rien d'apparent du moins, et qu'il n'a point
gagné une âme à Dieu. C'est de voir autour de lui ces
créatures, faites à l'image divine qui se perdent comme
à plaisir, qui vivent dans l'oubli du salut, qui se répandent en mille agitations, en mille soucis de la terre,
et qui courent à l'éternité sans faire une seule œuvre
pour l'éternité! C'est de poursuivre en vain ces âmes
fuyantes et insaisissables comme l'eau, de les trouver
ou sourdes, ou aveugles, ou prévenues, indifférentes
quand elles ne sont point hostiles et insultantes! C'est
de courir au milieu des ronces et des épines après la
brebis errante, et de revenir le soir au bercail les mains
ensanglantées et vides! Voilà la grande épreuve du
bon prêtre, voilà le plus cruel sacrifice du missionnaire, et telle fut aussi sans doute la plus grande douleur du Calvaire! Donner son cœur, donner ses sueurs,
donner son sang, ce n'est rien! Mais donner tout cela
inutilement pour beaucoup, sinon pour tous, c'est vider

véritablement jusqu'à la lie le calice de l'amertume et de la désolation!

Eh bien, cette désolation suprême, l'aumônier de l'hôpital militaire ne la connaît pas. Il se fatigue, mais sa fatigue est féconde; il le sait, il le voit, il en touche les fruits. Il s'épuise, mais bien des âmes se nourrissent de son épuisement; il peut mourir à la peine, mais il sait que sa mort elle-même sèmera au loin la résurrection et la vie! Il est, en effet, presque sans exemple que les soldats malades refusent les secours d'un bon aumônier; ils les accueillent au contraire avec une joie et une piété touchantes, et meurent souvent comme des saints, sans un murmure, sans un regret donné à la vie, la sérénité sur le front et le ciel dans les yeux.

Cela étonne, et rien pourtant n'est plus facile à comprendre. Ces malades de l'hôpital militaire, ce sont des jeunes gens encore voisins des souvenirs de l'enfance, qui ne sont point séparés de l'innocence du baptême et des grâces de la première communion par ces abîmes d'iniquité que le vice met des années à creuser. Ce sont des soldats, disposés à aller au repentir comme ils iraient à l'ennemi, avec la générosité de leur profession et de leur âge. Ce sont des âmes simples et franches, qui ne songent point à disputer avec Dieu et la vérité, qui font souvent le mal, il est vrai, mais qui le savent et ne cherchent pas à le dissimuler; faibles, mais non méchants, âmes que Dieu attend et qu'il retrouve, parce qu'elles sont sans orgueil et qu'il n'y a pas loin de l'humilité au repentir. De là un retour facile et

prompt vers la foi et une admirable docilité à ses leçons, quand le respect humain ne vient plus s'inter-
poser entre le prêtre et le soldat ; de là une humble et
touchante soumission à la volonté de Dieu ; de là ces
morts non-seulement chrétiennes, mais saintes, non-
seulement résignées, mais joyeuses, dont la guerre
d'Orient a présenté tant d'exemples, et que connaissent
aussi nos hôpitaux de France. Oh ! qu'ils sont beaux,
qu'ils sont consolants, ces jeunes gens étendus sur leur
couche de douleur, alors que les larmes et la souffrance
ont tout purifié, que la foi a tout élevé, et que la mort
qui s'approche a déjà tout transfiguré ! C'est ainsi que
la religion change l'amertume en douceur, les tristesses
en joies, et fait mourir de jeunes soldats loin de leur
mère, sur un lit d'hôpital, avec le sourire de la paix et
des espérances éternelles !

Parfois cependant des scènes terribles viennent troubler cette sérénité des morts chrétiennes, et des circonstances se rencontrent où il faut que l'homme disparaisse
tout entier derrière le prêtre pour que celui-ci puisse
accomplir jusqu'au bout son divin ministère. Un jour,
en arrivant à l'hôpital, où j'allais voir en même temps
l'aumônier et un soldat malade, je trouvai le bon prêtre
plus pâle et moins calme que de coutume. Je l'interro-
geai, et je sus de lui qu'il venait de visiter un zouave, récemment revenu de Crimée, chez lequel des symptômes
d'hydrophobie se manifestaient depuis le matin. Ce
malheureux avait été mordu quelques jours auparavant
par un chien enragé, et la terrible maladie, la maladie
sans remède, désespoir des médecins et horreur de la

4

nature, venait d'éclater en lui avec violence. Aussitôt on l'avait enfermé seul dans un cabinet écarté; les infirmiers osaient à peine y pénétrer, et n'approchaient de lui que le moins possible et plusieurs à la fois. Les crises de cet infortuné se succédaient presque sans interruption, et, dans ces crises terribles, il s'élançait de son lit, à demi nu, la bouche écumante, et se tordait à terre dans d'affreuses convulsions. Puis, quand la crise était passée, il se jetait à genoux, priait à haute voix d'une manière si touchante, avec des accents si profonds et si résignés, qu'en l'entendant tous les assistants pleuraient à chaudes larmes.

Il demandait avec instance l'aumônier pour se confesser et recevoir l'absolution. Le bon prêtre frémit, mais n'hésita pas un instant : il entra dans le cabinet où gisait le malheureux zouave, et, comme il fallait qu'il fût seul avec le malade pour entendre sa confession, il dit aux infirmiers de se retirer : les infirmiers obéirent en tremblant. Scène terrible que celle de cette confession sans cesse interrompue par les convulsions et les cris du mourant, et pendant laquelle l'infortuné entremêlait de hurlements involontaires l'humble aveu de ses fautes ! Il fallut plus d'une fois que le prêtre le retînt dans ses bras pour l'empêcher de s'élancer sur lui et qu'il le replaçât de force dans son lit, comme une bonne mère qui presse sur son cœur l'enfant malade ou révolté qui se débat avec fureur contre son amour.

Enfin le mystère de miséricorde s'accomplit, et le prêtre épuisé sortit de ce triste séjour, laissant le pauvre zouave consolé et pardonné, avec la promesse qu'il a tenue, de venir le revoir encore. Telle est l'énergie sublime que donne la charité de Jésus-Christ à ceux qui en portent une étincelle dans leur cœur !

En traversant les cours et les salles de l'hôpital avec l'aumônier, je vis partout une impression de consternation et d'effroi ; les convalescents parlaient à voix basse ; les malades semblaient frappés de stupeur, car l'histoire du zouave enragé s'était répandue partout avec la rapidité de l'éclair, et d'ailleurs on entendait au loin, dans les salles et les cours environnantes, le bruit mal étouffé de ses hurlements.

Dans la salle où se trouvait le malade que j'allais voir, un lit tout proche du sien était recouvert d'un drap blanc : ce drap cachait le corps d'un grenadier de la garde, qui avait été administré une heure auparavant et qui venait de rendre le dernier soupir. Ce jour-là, plus que jamais, je trouvai que l'hôpital est un triste séjour.

Quelque temps après, je revis l'aumônier et lui demandai des nouvelles du pauvre zouave : il m'apprit qu'il avait succombé le lendemain du jour où il s'était confessé, et que jusqu'à la fin il avait témoigné des sentiments admirables de foi et d'amour de Dieu. En mourant, ses lèvres écumantes murmuraient encore les noms de Jésus et de Marie. Pauvre soldat ! Il est arrivé au ciel par un terrible chemin ! Mais qu'importent les horreurs de la route quand on est parvenu au terme du voyage ?

C'est ainsi, c'est par ces victoires éclatantes du zèle et de la charité sur la nature, qu'un bon aumônier d'hôpital acquiert sur ses malades une influence salutaire et une autorité qu'il ne fait servir qu'au salut de leurs âmes. Quant à celui qui fuirait ces victoires et ces combats de chaque jour, et qui, par lâcheté ou par négligence, laisserait partir sans préparation et sans secours ces âmes dont il est responsable devant Dieu, celui-là, s'il existe, n'est pas un prêtre, il n'est pas un chrétien, et terrible est le compte qu'il devra rendre un jour au tribunal de l'éternel Juge !

L'aumônier de l'hôpital militaire du Gros-Caillou ne vit que pour ses malades, auxquels il se consacre tout entier : il les visite incessamment, il parcourt toutes les salles, et celles où il semblerait devoir être moins bien accueilli sont peut-être celles où il l'est le mieux, tant il est vrai que la faiblesse est pour la plus grande part dans les fautes de ces pauvres jeunes gens ! En un mot, à toutes les heures du jour et de la nuit, comme un bon curé de campagne, il est aux ordres de ses chers et mobiles paroissiens.

Que la charité est ingénieuse ! Sans aucune ressource personnelle, avec un traitement bien modique, ce bon prêtre a trouvé moyen de former une belle bibliothèque pour ses malades. Il a demandé, il a quêté, il a reçu plus d'un refus maussade, plus d'un affront pour lui, mais aussi plus d'un ouvrage précieux pour ses soldats : il a pris, non sur son superflu (car il n'en a pas), mais sur son nécessaire, et c'est ainsi qu'il a monté sa bibliothèque ; c'est ainsi qu'il l'entretient, la renouvelle, l'accroît incessamment ; et c'est ainsi que, ne tenant de son titre d'aumônier aucun droit, aucune autorité pour faire la police de l'hôpital et en proscrire officiellement les mauvais livres, il les combat victorieusement et les éloigne du lit de ses malades en leur offrant gratuitement de bons livres qu'ils acceptent avec reconnaissance et qu'ils lisent avec avidité; j'entends par bons livres tous ceux qui amusent ou intéressent le lecteur sans corrompre son esprit ou son cœur.

Soutenu par cette même charité, qui, à la ressemblance divine, fait beaucoup avec rien, cet excellent prêtre parvient encore à munir de médailles et de livres de prières tout militaire qui sort de l'hôpital et qui lui en demande, ou plutôt qui n'en refuse pas. C'est ainsi qu'il est véritablement le bienfaiteur de cette multitude de soldats qui, passant incessamment par l'hôpital du Gros-Caillou, en partent dans un cercueil pour aller au cimetière, ou sur pieds et guéris pour retourner à la caserne. Son zèle s'étend aux convalescents comme aux mourants; il s'efforce de les réconcilier tous avec l'Église; il cherche et réussit le plus souvent à rendre aux uns et aux autres cette foi pratique, aussi nécessaire pour bien vivre que pour bien mourir! Offices des dimanches, prédications assidues, chant de cantiques militaires, retraites pour les grandes fêtes de l'année, il ne néglige aucun moyen, et, grâce à son dévouement infatigable, peu de ces braves soldats quittent l'hôpital sans avoir fait leur paix avec Dieu et leur conscience. Ils assistent en foule à tous les exercices religieux, ils font plus qu'y assister, ils en profitent, et tel est l'empressement de leur ferveur, que la chapelle de l'établissement, devenue trop petite, a dû être agrandie. Spectacle attendrissant que celui de cette humble chapelle, remplie de soldats convalescents de toutes armes, dont l'uniforme d'hôpital se mêle aux blanches cornettes des sœurs de Charité, chrétiens amenés là non par la crainte d'une mort prochaine, mais par le libre amour de Dieu, priant à genoux sans ostentation comme sans respect humain, chantant des psaumes et des cantiques et écoutant avec recueillement la parole de vérité! Et quel spectacle plus solennel et plus touchant encore de les voir aux jours de grandes fêtes s'approcher de la sainte table par centaines, dociles comme des enfants, mais forts et libres comme des hommes, mettant ainsi le dernier sceau, le sceau de l'union et de l'amour, à leur réconciliation avec Dieu, et remportant de cet hôpital qu'ils vont quitter, avec la santé du corps reconquise, la vie de l'âme, qu'ils n'avaient point en y entrant.

Oui, cette pauvre chapelle est témoin chaque jour de bien des retours consolants, de bien des résolutions généreuses, et, si toutes ces résolutions ne sont point fidèlement tenues, si la faiblesse humaine reprend quelquefois le dessus au milieu de toutes les tentations dont les soldats sont environnés, souvent aussi la foi demeure victorieuse et triomphe de tous les obstacles et des habitudes même les plus invétérées; je n'en citerai qu'un exemple frappant entre tous les autres.

Un brigadier de la gendarmerie de la garde, Breton d'origine, d'une famille chrétienne, d'une âme naturellement pieuse et d'une nature élevée, avait néanmoins la fatale habitude de s'enivrer. Un jour il rentra au quartier dans un état complet d'ivresse, fut surpris dans cet état par un de ses chefs et condamné par suite à quinze jours de prison. Quand, revenu à lui, il apprit la punition qui lui avait été infligée, il fut désespéré, et l'excès de son chagrin fut tel, qu'il tomba gravement malade. Au lieu de la prison, il fallut le transporter à l'hôpital, où il ne se rétablit qu'après un assez long séjour. Il y connut l'aumônier, l'aima, lui confia ses misères, résolut de vivre désormais en bon soldat et en bon chrétien, et, pour s'assurer contre lui-même, prosterné dans la chapelle de l'hôpital en présence de Jésus-Christ, il prit la sainte Vierge et les anges à témoin et promit solennellement à Dieu que de sa vie il ne boirait plus une goutte de vin. Puis il écrivit à son colonel une lettre admirable d'humilité, de repentir et d'énergie chrétienne, pour le prier de lui remettre sa peine et renouveler devant lui l'engagement qu'il avait pris devant Dieu. Le colonel, ému jusqu'aux larmes, lui accorda la grâce qu'il sollicitait et lui promit en même temps sa protection s'il s'en montrait digne. Depuis ce jour, cet héroïque jeune homme a fidèlement tenu son serment; pas une goutte de vin n'a touché ses lèvres, et les exemples, les railleries de ses camarades comme les entraînements de l'habitude, l'ont trouvé inébranlable. Il est vrai qu'il vient puiser incessamment des forces à la source unique et inépuisable de l'Église, au cœur toujours ouvert du Seigneur Jésus-Christ. C'est un des plus fervents et des plus solides chrétiens que je connaisse, et il ne se passe pas de semaine sans qu'il aille revoir le bon prêtre qui l'a sauvé, et la chapelle bénie où Dieu reçut son serment.

Honneur, amour et reconnaissance soient donc à vous, ô saints prêtres de Jésus-Christ! humbles et zélés aumôniers des hôpitaux militaires, vous tous qui ressemblez à ceux que j'ai la joie et l'honneur insigne de connaître et d'aimer! vous êtes bien les disciples et les ministres de ce bon Sauveur qui est venu sur la terre, non pour ceux qui se portent bien, s'il y en a, mais pour les malades du corps et de l'âme! Soyez bénis à jamais! Le monde, je le sais, vous ignore et vous méprise, heureux quand il ne vous calomnie point! Mais Dieu, votre maître et votre récompense, vous voit, vous applaudit et vous soutient, et, même sur la terre, il y a bien des cœurs nobles et simples, énergiques et dévoués, qui vous admirent, qui vous bénissent et qui, sous leur uniforme grossier, battent pour vous de reconnaissance et d'amour!

J'ai parlé de reconnaissance et d'amour : il n'est point, en effet, de cœur plus affectueux et plus reconnaissant que le cœur des soldats. J'en ai fait l'expérience personnelle, ayant eu quelquefois l'occasion de rendre service à plusieurs d'entre eux. J'ai presque toujours rencontré chez les soldats que j'ai obligés une reconnaissance très-supérieure au bienfait, ce qui est contraire à toutes les règles, ou du moins à tous les usages qui régissent cette matière si délicate des services acceptés et rendus. Il est vrai que le bien que je cherchais à leur procurer était un bien tout spirituel, tendant uniquement à la paix et à la sanctification de leurs âmes ; or c'est de tous les bienfaits le plus précieux en réalité, et celui que les soldats savent apprécier au-dessus de tous les autres. Autant ils sont prompts à accepter les conseils, les exemples et les consolations de la religion quand on les leur présente avec affection, autant ils sont reconnaissants envers ceux qui ont contribué, directement ou non, à les leur faire goûter. Tâche facile autant que douce, féconde en consolations et en fruits ! Il est si doux et si rare, hélas ! quand on parle du bon Dieu, de sentir tomber ses paroles dans des cœurs tout ouverts, encore animés des émotions généreuses de la jeunesse, prêts à servir Jésus-Christ avec l'énergie de la foi après l'avoir offensé avec l'entraînement de l'ignorance et de la passion ; dans des cœurs ardents et tendres qui aimeront Dieu et ceux qui leur parlent de Dieu plus vivement qu'ils n'ont aimé le mal et les apôtres du mal !

C'est à cette générosité chrétienne des militaires, à cette promptitude de repentir, à cet entraînement de reconnaissance, que je dois une des joies les plus vraies de ma vie ; si le trait que je vais rapporter est une digression, que le lecteur me le pardonne. Le cœur de nos admirables soldats s'y peint si vivement et avec un naturel si touchant, que nul, j'en suis sûr, après l'avoir lu, n'aura le courage de me le reprocher.

En 1850, j'avais composé un petit volume de contes et de récits pour les militaires, sous le titre de *Dimanche des soldats*, et j'en avais envoyé quelques exemplaires à ceux que j'avais connus en garnison à Paris.

Un d'entre eux, alors à Lille, m'écrivit la lettre suivante, en réponse à l'envoi de ce petit livre ; j'y laisse
à dessein les fautes de français, et je la donne telle
qu'elle est sortie de la plume et du cœur du soldat et
telle qu'elle est tombée sur mon cœur :

« ....Votre livre m'a fait bien plaisir, et, le soir, il
m'est arrivé une circonstance que je vais vous raconter.
Dans la chambre où je couche, nous sommes onze soldats, plus un caporal. Le soir donc, à cinq heures, j'ai
acheté une chandelle de quinze centimes, j'ai fait un chan-
delier de ma baïonnette, que j'ai mis à la tête de mon lit;
je me suis couché; j'ai appelé mes camarades, que j'ai
fait asseoir sur les lits à côté du mien; ils ont tous obéi;
et voilà ce que je leur ai dit : — O mes bons camarades!
tous les soirs, à Loos, vous me disiez de vous conter des
histoires; eh bien, ce soir, je vais vous en conter; ceux
qui voudront se coucher, je leur donne la permission,
mais pas de dormir! Ils m'ont dit : — Si c'est bien
beau, nous ne nous coucherons pas. — Eh bien, leur
dis-je, écoutez-bien. J'ai commencé par le *Retour au
village*; ils m'ont tous écouté avec un profond silence,
et, quand j'ai eu fini ce premier chapitre, je leur ai
demandé comment ils ont trouvé ça. — Très-bien,
m'ont-ils dit. Et il a fallu continuer. A la *Chemise d'un
homme heureux*, ils ont bien ri; mais *Notre-Dame des
Victoires*, le *Pont d'Angers*, c'était différent : il y en a
qui ont pleuré, et un principalement dont je vais vous
dire deux mots tout à l'heure. Enfin, je leur ai lu jusqu'au septième dimanche, la *Mort du sergent Herbuel*.
Il était dix heures, ils sont allés se coucher tout tristes,

Un seul est resté debout, pensif; la tête dans ses deux
mains, il est resté au moins une demi-heure dans cette
posture. Je le voyais bien, mais je voulais le laisser
réfléchir; j'avais plaisir à le considérer ainsi. Enfin je l'ai
appelé; il a relevé la tête et regardé autour de lui comme
s'il sortait d'un rêve. Je l'ai appelé une seconde fois, il
m'a regardé et j'ai vu de grosses larmes qui coulaient
le long de ses joues; il était beau ainsi! Et puis il est
venu à moi; il m'embrassait comme pour du pain et
me disait en pleurant : —Je ferai comme le camarade
de Jacques, je veux aller à la messe et me confesser;
je n'irai pas à Notre-Dame des Victoires, mais à Lille,
où je trouverai un bon prêtre comme celui que le camarade de Jacques a vu prêcher !

« Il s'est détourné du côté de ceux qui le regar-
daient (car ils se sont tous levés pour voir et entendre
ce qu'il me disait) : —Eh bien, leur dit-il, lesquels
de vous viendront avec moi demain se confesser? —
Moi! dit un; et il est venu l'embrasser; les autres
sont restés muets... Nous nous sommes mis à prier,
eux pour demander pardon à Dieu de leurs péchés,
moi, pour prier Dieu et la sainte Vierge de les maintenir dans les mêmes idées jusqu'au lendemain. Mes
prières ont été exaucées, j'en suis heureux. Le lendemain, ils étaient levés avant que la diane fût battue :
ils m'ont embrassé en me disant : —Viens nous conduire chez un prêtre pour nous confesser. — Hélas !
leur dis-je, je ne le peux pas, car je suis obligé d'aller
à l'exercice des sous-officiers, caporaux et élèves.
Enfin, je leur ai donné l'adresse de M. l'abbé ***; ils

ne l'ont pas trouvé, mais un autre l'a remplacé pour l'office; ils sont revenus gais et joyeux comme des pinsons. La première chose qu'ils m'ont dite en arrivant, la voilà : — Tu nous a sauvés ! — Non, leur dis-je, ce n'est pas moi, mais celui qui a fait le livre où se trouve la belle histoire de *Notre-Dame des Victoires*... Je leur ai dit votre nom. L*** n'a cessé de le répéter; je lui ai prêté votre livre, il l'a tout lu, et votre nom, il l'a écrit partout, sur les murs et même sur la couverture de son livret. Le fourrier est venu précisément le lui demander comme il finissait de l'écrire. —Qu'est-ce que c'est que ça, M. de Ségur sur votre livret? Qui a mis ce nom? — C'est moi, fourrier. — Eh bien, vous serez consigné deux jours pour vous apprendre à mettre d'autres noms que le vôtre. — Dame, mon fourrier, dit-il, je ferai deux jours de consigne de grand cœur pour avoir connu ce nom-là! — Comment donc? lui demanda le fourrier. Et alors L*** lui raconta tout et finit en disant : — Je me suis confessé ce matin, demain j'y retournerai, et dimanche je communierai. — Vous êtes un brave garçon, lui dit le fourrier; vous n'avez pas de respect humain, et voilà comme j'aime les chrétiens! »

Non! je dois l'avouer, jamais lettre ne m'entra plus avant dans le cœur! Après l'avoir lue, je me mis à genoux, je remerciai Dieu et je pleurai! Je remerciai Dieu d'avoir fait des âmes si grandes et si simples, si promptes au repentir, à la reconnaissance et à l'amour; et je pleurai d'avoir été jugé digne de servir d'instrument pour agir sur ces âmes! Certes, c'est pour un auteur une douce et pénétrante émotion que les suffrages et les éloges des juges et des maîtres de l'art. Eh bien, je ne crains pas de l'affirmer, jamais auteur ne ressentit plus de joie en recevant les félicitations empressées des académiciens et des écrivains illustres, que je n'en éprouvai en lisant et relisant la lettre pleine de fautes d'orthographe de ce pauvre soldat. Elle m'apprenait, non que j'avais fait un beau livre, mais que j'avais fait un livre utile; elle m'apprenait que j'avais touché à fond une âme, une de ces chères âmes rachetées par le sang de Jésus-Christ! Puissé-je, avec la grâce de Dieu, atteindre encore ce but et n'en poursuivre jamais un autre en écrivant!

Un autre soldat, un caporal des voltigeurs de la garde, homme admirable de foi et de piété filiale, qui trouvait moyen, du fond de la Crimée, d'envoyer à sa famille une grande partie de sa solde, et qui, décoré de la médaille militaire après l'assaut de Malakoff, s'est juré à lui-même d'en consacrer le revenu tout entier à son vieux père, ce brave et noble jeune homme m'écrivait d'Orient dans une lettre pleine de la plus naïve affection :

« ...Au camp de Maslak, en Turquie, où nous étions, nous avions fait une petite réunion pour honorer la sainte Vierge durant le mois de mai. Voici ce que nous faisions : d'abord, il y avait à dix minutes de notre camp une haute montagne en forme de pain de sucre, et sur le sommet de cette montagne, dans le versant du côté de la France, nous avions pioché un emplacement de manière à faire une plate-forme et un banc taillé dans la terre formant un demi-cercle; sur cette plate-forme où nous étions assis, nous avions fait une croix avec du gazon et au bas de la croix l'initiale de Marie; quelques fleurs décoraient cette enceinte. C'est là que nous allions tous les soirs, après la soupe, prier Dieu et chanter les louanges de la sainte Vierge. Nous priions pour nos camarades de France et pour ceux de Crimée qui sont si en danger. Nous nous disions : « C'est à cette heure qu'à Paris et dans toutes les « grandes villes de France nos camarades chantent des « cantiques à la reine du ciel ! » et nous nous unissions à leurs intentions. Nous avons bien parlé de vous; mes camarades aimaient tant de chanter vos cantiques : *Te souviens-tu* et *Mère de Dieu!* Nous avions fait un programme ; chaque jour nous savions ce que nous devions faire, et chacun de nous, à tour de rôle, faisait une lecture et lisait les pensées de la journée et la prière du soir... Adieu, bien cher monsieur, croyez à mon amitié sincère; je vous embrasse de toute l'ardeur de mon cœur. »

Un autre enfin, car il faut se borner, un artilleur, aujourd'hui maréchal des logis, auquel je n'avais rendu d'autre service que de lui parler quelquefois du bon Dieu, m'écrivait, après m'avoir raconté ses souffrances et ses dangers en Orient :

« ... Soyez sûr que je ne vous ai jamais oublié dans mes prières, et que bien souvent j'ai offert toutes mes souffrances à Dieu pour qu'il vous conserve, vous et votre famille, et qu'il rende vos enfants aussi affectionnés que vous pour les soldats... Si Dieu exauce les prières d'un pauvre sous-officier qui, à l'Alma, à In-kermann, à la Tchernaïa, à Malakoff, et bien souvent dans les sorties que faisaient les Russes, a toujours été protégé des projectiles de l'ennemi comme de l'épidé-mie qui a fait tant de victimes, il vous accordera une vie longue et heureuse en ce monde et la vie éternelle dans l'autre... »

Voilà comme les soldats savent aimer Dieu et les chrétiens qui cherchent à les ramener à Dieu ! Il est facile de juger par là de leur reconnaissance ardente envers leurs aumôniers et leurs sœurs de Charité. Ils aiment, ils vénèrent ces bonnes sœurs, et, qu'on le sache à l'éternel honneur du cœur humain, ce qu'ils chérissent le plus en elles, ce n'est pas tant l'allége-ment qu'elles apportent aux misères de leurs corps que l'amour qu'elles manifestent pour leurs âmes. Je ne parlerai point longuement de ces admirables servantes de Jésus-Christ. Avant la guerre d'Orient, il eût peut-être été opportun de raconter les prodiges de leur cha-rité et de leur dévouement : car la France, la France elle-même, dont elles sont peut-être le plus beau titre de gloire, ne les connaissait qu'à demi et ne les mettait point assez haut dans son respect et dans son amour. Il a fallu cette immortelle campagne pour les révéler tout entières à la France et au monde. Mais enfin au-jourd'hui que cette révélation a eu lieu, que pour-rais-je dire sur elles qui n'ait été proclamé hautement, non-seulement par des Français et des catholiques, mais par des Russes, des protestants et des Turcs ? Non, saintes filles, chastes épouses de Jésus-Christ, alors même que mon témoignage serait retentissant dans le monde, vous n'avez pas besoin de mon témoignage !

La seule chose que je veuille, que je doive dire, et que tout homme de cœur et de foi redira avec moi, si l'esprit de parti n'étouffe point en lui tout esprit de justice, c'est qu'en plaçant les sœurs de Charité dans les hôpitaux militaires de France, l'Empereur a fait une œuvre digne de la bénédiction de Dieu et de la reconnaissance publique ; c'est qu'il a rendu aux familles, à la religion et à l'armée un de ces services dont les âmes chrétiennes se souviennent toujours ! Le premier depuis cinquante ans, il a rendu des sœurs, de bonnes, pieuses et tendres sœurs, aux pauvres soldats malades, et par là il a donné aux mères chrétiennes la plus précieuse, la seule vraie consolation, et il a assuré dans l'armée le salut de bien des âmes. Aussi, quand cette grande nouvelle pénétra pour la première fois dans l'hôpital militaire du Gros-Caillou et qu'elle eut gagné de dortoir en dortoir avec une incroyable rapidité, on vit dans toutes les salles, et par un élan spontané de reconnaissance et de joie, les pauvres malades se soulever sur leurs lits et s'écrier du fond de l'âme : « Vivent les sœurs ! Vive l'Empereur ! »

Et depuis qu'elles ont pris possession de leurs sublimes fonctions, d'autant plus sublimes qu'elles sont plus humbles et plus restreintes, quelle intimité touchante s'est immédiatement établie entre elles et les soldats ! Quelle tendresse et quel respect de la part des malades, quelle modestie souveraine de la part des sœurs ! Quelle chasteté simple et profonde, qui rayonne si visiblement autour d'elles, qu'elle fait paraître naturelles toutes les saintes audaces de leur charité, et que le cynisme lui-même, interdit et troublé, balbutie, s'incline et se tait en leur présence !

Oh ! qu'il avait bien raison, le grand saint Vincent de Paul, leur fondateur, quand, répondant à ceux qui s'effrayaient de cette nouveauté hardie de jeter ses religieuses au milieu du monde, des hommes, des soldats, sans même leur donner de voile, il disait cette parole divine : « Elles auront leurs vertus pour voile ! » Oui, grand saint, vous avez dit vrai. Vos filles ont leur vertu pour voile, et c'est un voile qui les a toujours protégées et qui les protégera toujours ! Mais cette vertu qui remplace tout et qui permet tout, c'est la seule vertu chrétienne, c'est la vertu descendue du ciel, née dans le sang du Calvaire et consacrée par le triple sacrifice de la richesse, de la liberté et de la maternité ! C'est la vertu des vierges, des chastes épouses de Jésus-Christ, la vertu des sœurs de Charité !

Un seul fait en dira plus que toutes les phrases sur l'utilité de la présence des sœurs dans les hôpitaux militaires : là où il y a des sœurs, la mortalité diminue sensiblement, et elle diminuerait plus encore si leur action était plus libre et plus étendue, comme je l'expliquerai tout à l'heure. La mortalité diminue, non-seulement parce que les soldats reçoivent de ces saintes filles de meilleurs soins physiques, mais surtout parce qu'elles apportent avec elles une paix, une douceur, une sérénité, qui agissent puissamment sur l'âme des malades. A leur vue, l'espérance et la sécurité renais-

sent dans ces pauvres âmes souvent plus souffrantes que
les corps qu'elles animent. Leur seule présence console, et telle est l'action de l'esprit sur la matière, que
consoler c'est presque guérir.

Là, au contraire, où il n'y a que des infirmiers militaires, quelle différence dans l'aspect de l'hôpital et
dans le traitement des malades! Ce n'est pas que je
veuille dire du mal de ces pauvres infirmiers, qui ont
largement payé leur tribut dans la guerre d'Orient,
et parmi lesquels je connais quelques âmes admirables.
Je ne leur reproche qu'une chose, dont ils ne peuvent
me vouloir beaucoup, c'est d'être des hommes comme
les autres. Pour recruter ce corps, comme tous les corps
de l'armée, on n'exige ni vertus, ni qualités, ni aptitude spéciales. Qu'en résulte-t-il? C'est que, la plupart
du temps, n'étant pas soutenus par l'énergie surnaturelle de la foi, et se trouvant sans cesse en présence de
malades dont ils doivent être par état les serviteurs
dévoués, auxquels ils doivent rendre les soins même
les plus répugnants, ils se laissent aller au dégoût, à
l'ennui, à des brusqueries aussi naturelles que regret-
tables. De leurs mains qui ne se joignent point pour la
prière et que n'a point adoucies l'amour de Jésus-Christ,
ils manient rudement le corps et l'âme des malades.
Ils ignorent les délicatesses, les ménagements, les ten-
dresses ingénieuses de la charité. Habitués à avoir sans
cesse devant les yeux des mourants et des morts, ils
s'endurcissent à ce spectacle et bientôt n'y compatissent
plus. On en a vu, plus d'une fois, s'oublier jusqu'à discuter à haute voix devant des malades l'époque pro-

bable de leur mort, jusqu'à en plaisanter entre eux et en faire le sujet de détestables paris ! Alors même qu'ils ne s'emportent pas jusqu'à de tels excès, ils sont habituellement sans douceur et sans compassion, et l'on peut dire que toute cette hygiène morale, si je puis ainsi parler, plus importante peut-être que les soins physiques pour assurer la guérison, n'existe point avec eux.

Pourquoi ? Hélas ! je l'ai dit et je le répète, parce qu'ils sont des hommes et qu'ils exercent en hommes un ministère pour lequel les hommes ne suffisent pas ! Pour ce ministère sacré des malades et des mourants, il faut des saints ou des saintes, il faut des frères de Saint-Jean-de-Dieu ou des filles de la Charité !

C'est donc une grande et belle œuvre que d'avoir placé les sœurs de Saint-Vincent de Paul dans les hôpitaux militaires de France; mais ce n'est pas tout, et il reste encore à faire; il reste des devoirs sacrés, j'ose le dire, et en même temps bien faciles à remplir, à l'égard de nos soldats malades. Je me permettrai d'indiquer ici les plus urgents.

Il est d'abord une chose qui frappe et qui choque vivement quand on entre dans un hôpital militaire. Contrairement à ce qui se passe dans les hôpitaux civils, contrairement à la convenance, à la décence, au respect du corps et de l'âme des malades, il n'y a point de rideaux à leurs lits. Ces pauvres soldats sont donc couchés à côté les uns des autres, sans que rien les isole des regards de leurs voisins, exposés chacun à la vue de tous, et soumis à la honte d'exécuter en quel-

que sorte publiquement les prescriptions souvent si humiliantes de la médecine. Je ne parle pas des difficultés matérielles et morales qui résultent de cet état de
choses pour l'administration des sacrements, et surtout de l'influence fatale que doit exercer sur ces pauvres malades la vue de l'agonie et de la mort de leurs
camarades. Je sais bien que, d'ordinaire, quand on
s'aperçoit qu'un soldat va mourir, on l'emporte de la
salle commune dans un cabinet isolé; mais, outre que
le temps manque souvent pour opérer ce transport,
comme il arriva pour le jeune soldat dont j'ai raconté
l'histoire, pense-t-on que ce soit un spectacle bien salutaire pour des malades que celui de cet enlèvement *in
extremis* dont ils ne connaissent que trop la terrible signification? Il y a là évidemment, dans l'état matériel
des hôpitaux militaires, une lacune déplorable, mais,
heureusement, bien facile à combler, et qui cessera
le jour où elle sera connue du chef si paternel de
l'armée.

Un autre obstacle sérieux au bien-être des soldats
malades consiste dans la position, je ne veux pas dire
trop dépendante, mais trop restreinte, faite aux sœurs
pour tout ce qui regarde la partie matérielle de l'administration. Ainsi, contrairement encore à ce qui se
passe dans les hôpitaux civils, ce ne sont point elles
qui sont chargées de la cuisine. Il en résulte évidemment, et je n'ai pas besoin d'insister sur ce point, que
la nourriture est moins bonne et plus coûteuse, et que
les pauvres malades en souffrent. Qu'on alloue aux
sœurs une somme fixe, inférieure, si l'on veut, à celle

qui se dépense actuellement pour cet objet, et l'on verra si la nourriture des soldats ne deviendra pas à la fois plus abondante et meilleure.

Enfin, chose incroyable et qui prouve jusqu'à quel point d'extravagance peut aller cette manie de tout réglementer qu'on appelle la gloire de notre époque, et qui n'est, à mon sens, qu'une forme de barbarie plus raffinée, un règlement en vigueur, un règlement exécuté depuis de longues années, malgré les réclamations des médecins et les exclamations du sens commun outragé, fixe les heures de repas, dans les hôpitaux militaires, à dix heures du matin et à quatre heures du soir, et, en dehors de ces deux repas, défend de donner aucun aliment aux malades sous aucun prétexte, de sorte que, quels que soient la nature du mal et le degré de la convalescence, l'état de l'estomac, la faiblesse ou les besoins du malade, il faut que tout plie sous l'unité absurde et brutale de cette loi, qui prétend réglementer jusqu'à la nature humaine, et qui décide sans appel que tout soldat convalescent, quel que soit son état, devra rester sans nourriture depuis quatre heures du soir jusqu'à dix heures du matin, c'est-à-dire pendant dix-huit heures ! Les bonnes sœurs gémissent de cette déplorable exigence et s'efforcent d'en atténuer autant que possible les effets désastreux en distribuant chaque jour à leurs frais, et malgré le règlement, un peu de lait ou de bouillon aux soldats qui en ont le plus besoin. Mais ce n'est là qu'un remède insuffisant, et il arrive, en dépit de tous leurs efforts, que beaucoup des soldats qui meurent à l'hôpital succombent à l'épreuve

de la convalescence, après avoir heureusement traversé
celle de la maladie.

J'aurais cru manquer à un devoir de conscience en
ne signalant point ici, autant qu'il est en moi, ces ré-
formes aussi urgentes, aussi nécessaires que faciles à
accomplir, et je m'estimerais mille fois heureux si j'a-
vais pu contribuer par là, d'une manière quelconque,
à améliorer dans l'avenir le sort de nos braves soldats
malades. Avec un souverain juste et bon, qui compatit
d'autant plus au malheur, qu'il l'a lui-même traversé,
la difficulté ne consiste point à obtenir la réforme des
abus connus, mais à les faire connaître. O pauvres
feuilles de papier que je remplis, non avec mon imagination, mais avec mes souvenirs et avec mon cœur,
que je serais fier de vous et que je vous aimerais d'un
amour plus reconnaissant et plus tendre, si, portées
par un souffle bienfaisant, vous voliez assez haut pour
atteindre ce but !

Je veux terminer ce chapitre de l'hôpital militaire
par une des histoires les plus touchantes, à mon gré,
qu'on puisse entendre : c'est l'histoire d'un humble infirmier dont l'âme est aussi grande que sa condition est
modeste.

Ce noble jeune homme, né dans un petit village du
département de l'Orne, et demeuré orphelin de bonne
heure, n'a eu en quelque sorte qu'une pensée depuis qu'il
est au monde, celle de faire ériger son cher village en
paroisse, comme il l'était avant la grande Révolution. Il
n'a épargné, dans ce but, ni son temps, ni sa personne,
ni son dévouement, et, comme on va le voir, il a

poussé ce dévouement jusqu'au plus sublime sacrifice.

Tant qu'il demeura au village natal, il se fit l'auxiliaire, je pourrais presque dire le vicaire du bon curé du voisinage, qui ne pouvait venir que les dimanches et les jours de grande fête célébrer le service divin à l'église de la pauvre paroisse déchue. Avec l'autorité d'une foi ardente et d'une énergie incroyable dans un tout jeune homme, il réunissait devant l'autel les habitants du village pour la prière du soir, leur faisait de pieuses lectures, organisait et dirigeait des exercices religieux pour le mois de Marie, et remplaçait ainsi, autant qu'il était en lui, le pasteur dont l'église était veuve depuis soixante ans.

Quand l'âge de la conscription arriva, il partit pour l'armée, où le sort l'appelait, ne regrettant presque du pays natal que son clocher tant aimé. Son temps de service expiré, il revint au village et courut à sa chère église. Hélas! il la trouva bien vieille, bien délabrée : malgré le zèle pieux des bons villageois, elle menaçait ruine de toutes parts. Que faire en cette extrémité? Le pauvre soldat ne s'était point enrichi au service; il revenait comme il était parti, le cœur plein de foi et d'amour, mais les mains vides. Et pourtant la chute de la vieille église eût entraîné celle de toutes ses espérances; car, nul ne l'ignore, pour l'érection d'une succursale, l'existence des édifices nécessaires au culte est la première condition exigée.

Après y avoir longtemps réfléchi, le digne garçon prit une résolution héroïque. Il ne possédait au monde que la maison paternelle, seul héritage de sa famille, et sa personne : il résolut de donner sa maison à la commune pour en faire un presbytère, et vendit sa personne pour réparer l'église! Il rentra au service comme remplaçant, et, avec le prix de son remplacement, commença la reconstruction presque totale du pauvre vieil édifice. Depuis cette époque, et il y a cinq ans de cela, il poursuit son œuvre avec une admirable énergie, et, à l'heure qu'il est, il l'a presque terminée. Une dame, instruite de cette histoire et touchée jusqu'aux larmes du dévouement de ce pauvre soldat, lui offrit de le faire remplacer pour lui rendre sa liberté : il refusa, et la pria de reporter sur sa chère église le zèle et l'intérêt qu'elle voulait bien lui témoigner.

C'est ainsi qu'il est aujourd'hui, et pour deux ans encore, employé à l'hôpital militaire du Gros-Caillou, où plusieurs infirmiers continuent à aider les sœurs dans le soin des malades; humble, joyeux, ne se doutant pas qu'il a fait une action sublime, et n'aspirant, après la récompense du ciel, qu'à une seule récompense en ce monde, celle de voir enfin un acte de l'autorité religieuse et de l'autorité civile réaliser son espérance et rendre à sa chère église le titre de succursale, depuis si longtemps perdu. J'en ai la confiance, ce vœu si pur et si désintéressé sera exaucé un jour ou l'autre; Dieu bénira l'heureux village qui a donné naissance à un si noble cœur, et l'humble infirmier du Gros-Caillou pourra bientôt, quand son temps de service sera terminé, aller s'agenouiller dans son église, redevenue

paroisse, et remercier le Seigneur d'avoir béni ses efforts et couronné son dévouement.

Je connais le héros de cette touchante histoire,
et plus d'une fois j'ai eu l'honneur de lui serrer la
main. Il s'appelle Gahéry, et sa paroisse s'appellera
Étrigé.

CHAPITRE III

NOTRE-DAME DE PARIS.

Dieu me fit une grande grâce en plaçant mon entrée sérieuse dans la vie au moment où deux faits catholiques d'une portée incalculable venaient bouleverser la jeunesse de Paris et commencer, au cœur même de la France, un mouvement qui devait s'étendre au monde entier : je veux parler de la Société de Saint-Vincent de Paul et des Conférences de Notre-Dame.

Tandis que la Société de Saint-Vincent de Paul, fondée dans une chambre haute du quartier latin par quelques jeunes étudiants catholiques, gagnait d'âme en âme, de ville en ville, de nation même en nation, et battait partout en brèche le respect humain, en présentant aux incrédules et aux railleurs la foi sous le manteau sacré de la charité, les conférences de Notre-Dame achevaient de renverser ce grand ennemi de tout bien en rapprenant aux jeunes générations le chemin si longtemps oublié de l'église. L'éloquence complétait l'œuvre de la charité.

Ce fut une idée généreuse et hardie que l'établissement de conférences prêchées exclusivement pour les hommes dans la cathédrale de Paris en l'an de grâce 1835; mais ce fut une hardiesse bien plus grande encore que l'apparition officielle d'un dominicain dans la chaire de Notre-Dame en 1841. Quand on apprit que, dans l'antique métropole, un moine tonsuré et ne cachant point sa tonsure, vêtu d'une robe de laine blanche, qu'il montrait avec une égale tranquillité à ses amis et à ses ennemis, allait paraître et prêcher publiquement, on s'étonna d'abord; les uns sourirent, les autres tremblèrent. Les libres penseurs se demandaient s'il était bien vrai que, dans un siècle de lumière et de liberté, après Voltaire, après les conquêtes de 89, après la Révolution de juillet, un moine osât paraître en public, à Notre-Dame, sous le patronage déclaré de l'archevêque de Paris, avec ses vêtements de religieux, comme un esclave qui étalerait sans pudeur les insignes de la servitude! Et quel moine encore! Un fils de ce sombre et sanglant saint Dominique, que tous les historiens conjurés contre l'Église et la vérité représentaient depuis trois siècles comme l'inventeur fanatique de l'inquisition, comme le bourreau des malheureux Albigeois! Évidemment, c'en était fait de la liberté, si elle existait pour des gens de cette espèce!

Les chrétiens tièdes ou timides, et leur nombre, hélas! était grand alors comme il l'est et le sera toujours, n'envisageaient qu'avec effroi cette tentative qu'ils trai-

taient d'audacieuse et de prématurée. Ils disaient qu'en
voulant aller trop vite on compromettait l'avenir religieux de la France, et que l'Église tout entière paye-
rait bientôt l'imprudence de quelques-uns de ses enfants. Les pauvres gens s'imaginaient de bonne foi, à
force de se l'entendre répéter, que l'Église catholique
est hors la loi commune de liberté, et que c'est par
une insigne tolérance, digne à jamais de leur gratitude,
que les gouvernements libéraux la laissent vivre tant
bien que mal, protégent la personne de ses prêtres, à
peu près comme s'ils étaient des citoyens ordinaires,
et empêchent, sauf les cas de force majeure, le sac et la
profanation de ses temples !

Malgré ces murmures et ces frissons, malgré des obstacles sérieux et des menaces officieuses qui vinrent
échouer devant l'impassible volonté de monseigneur
Affre, le scandale s'accomplit : le dominicain parut
dans la chaire au milieu d'un immense auditoire,
auditoire étrange, bigarré de mille opinions, tel que
l'antique cathédrale n'en avait jamais vu peut-être dans
ses murs depuis les jours de Philippe-Auguste, qui la
commença, jusqu'au siècle dernier, qui faillit la détruire. Il y avait de tout dans cette foule, des incrédules, des voltairiens, qui venaient railler et siffler peut-
être, des indifférents et des curieux, qui, flairant un
scandale, étaient accourus là comme au spectacle émou-
vant d'une première représentation, enfin et surtout
des chrétiens, remplis de mille émotions diverses d'espoir, de noble orgueil ou de crainte.

Le religieux savait tout cela ; mais il était calme et

maître de lui, parce qu'il connaissait sa puissance, non pas tant la puissance du génie que celle de la vérité, la puissance de Dieu lui-même, qui ne fait jamais défaut à ses humbles et fidèles serviteurs. Il ouvrit la bouche, il parla une heure entière au milieu d'un silence et d'une émotion toujours croissants, et après qu'il eut cessé, le silence et l'immobilité duraient encore. L'auditoire était vaincu, subjugué; la cause était gagnée : l'orateur avait obtenu plus que le silence de la défaite, le respect de l'admiration. De ce jour, l'ordre de Saint-Dominique avait reconquis son droit de cité en France, et l'œuvre immense des Conférences de Notre-Dame, déjà fondée et florissante, avait reçu une splendeur et une consécration nouvelles !

Quand je vins à mon tour m'asseoir à ce banquet sacré de l'éloquence chrétienne et prendre ma part de ces joies pures et profondes de l'intelligence et de la foi, l'éloquent dominicain régnait depuis longtemps en maître sur son auditoire charmé. Et quel auditoire, mon Dieu ! L'immense nef de la cathédrale n'y suffisait pas : les bas-côtés mêmes étaient assiégés de jeunes gens qui, pour mieux entendre et pour entrevoir au moins le visage ou les gestes du prédicateur, montaient sur les balustrades, escaladaient les piliers des colonnes, et formaient à l'œil comme des vagues plus élevées au milieu d'un océan de têtes humaines. Jamais je n'oublierai l'émotion qui me remuait jusqu'au fond du cœur chaque fois qu'il me fut donné d'assister à ces grandes solennités de la foi catholique. Quel frémissement, quand l'éloquent dominicain, enveloppé de cette

robe de laine blanche si belle, si **austère** et si simple,
la tête rasée, ceinte seulement d'une couronne de cheveux comme d'une auréole, apparaissait dans la chaire
de vérité, et quand, se relevant après s'être prosterné devant Dieu, il promenait sur la foule émue son
regard étincelant comme celui de l'aigle! Puis, quel
silence profond! Comme nous buvions à longs traits
toutes ses paroles, comme nous dévorions ses gestes
du regard, comme nous étions suspendus à ses lèvres
si puissantes et si douces, d'où le miel découlait, d'où
jaillissait l'éclair, d'où la lumière et la charité s'épan-
chaient sur nous comme d'un foyer divin!

Alors toutes les âmes étaient unies et confondues
dans une seule âme, dans l'âme de l'apôtre qui nous
parlait si magnifiquement de nos immortelles destinées; tous comprenaient et justifiaient cette admirable
définition de l'éloquence donnée par le grand orateur
lui-même : « L'éloquence est l'âme humaine, c'est
l'âme rompant toutes les digues de la chair, quittant
le sein qui la porte et se jetant à corps perdu dans
l'âme d'autrui! » Oui, c'était bien son âme qui passait
dans la nôtre et qui, pour un moment, nous emportait
dans les régions célestes du saint amour et de la pure
lumière!

Je ne prétends point faire ici une étude littéraire; je
ne cherche qu'à retracer l'impression que produisait
sur moi et sur beaucoup d'autres la parole enflammée
de ce grand homme! Il touchait, il enflammait, il en-
traînait, tantôt soupirant des accents pleins de la plus
mélancolique tendresse, tantôt flétrissant le mal avec

une irrésistible énergie; sachant tour à tour et avec une
égale puissance exposer les misères et les trésors du
cœur de l'homme, discuter un système philosophique
et raconter l'histoire; à la fois théologien, poëte, philosophe, historien, et toujours logique sous une apparence de désordre, qui, chez lui, n'était qu'un art de
plus. Je ne sais si l'impression de l'orateur m'est restée tellement présente et vivante au cœur, qu'il suffit
d'un souvenir pour l'y faire vibrer de nouveau; mais il
est certain qu'aujourd'hui encore j'éprouve, en relisant
ces admirables Conférences, une émotion presque égale
à celle que je ressentais en les écoutant.

Je crois le voir, le grand orateur, je crois l'entendre
dans ses discours incomparables sur la chasteté, sur
l'immutabilité de l'Église, sur l'amour de Jésus-Christ,
et tant d'autres, étonnant son auditoire par son génie,
le subjuguant par son autorité, s'emparant de lui par
une irrésistible argumentation, l'éblouissant par un
langage étincelant de passion et d'images, l'attendrissant jusqu'aux larmes et faisant fondre tous ces cœurs
en admiration et en amour!

Aussi grand écrivain qu'il est grand orateur, il
réalise complétement pour moi l'idéal de l'éloquence,
tel que je me le suis formé.

Veut-il dépeindre le triomphe momentané de l'incrédulité au dix-huitième siècle et l'affreuse dégradation morale qui en fut la conséquence, ouvrez le second
discours sur la Chasteté et lisez; c'est Tacite, mais un
Tacite chrétien :

.... « Que fait cependant l'Église? s'écrie-t-il après

avoir exposé les beaux plans, les conjurations et les
folles espérances des philosophes : l'Église semble
pâlir. Bossuet ne rend plus d'oracles; Fénelon dort
dans sa mémoire harmonieuse ; Pascal a brisé au tombeau sa plume géométrique; Bourdaloue ne parle plus
en présence des rois; Massillon a jeté aux vents du
siècle les derniers sons de l'éloquence chrétienne.
Espagne, Italie, France, par tout le monde catholique, j'écoute : aucune voix puissante ne répond aux
gémissements du Christ outragé. Ses ennemis gran-
dissent chaque jour. Les trônes se mêlent à leurs conjurations. Catherine II, du milieu des steppes de la
Crimée, au sortir d'une conquête sur la mer ou sur la
solitude, écrit des billets tendres à ces heureux génies
du moment; Frédéric II leur donne une poignée de
main entre deux victoires; Joseph II vient les visiter, et
dépose la majesté du saint empire romain au seuil de
leurs académies. Qu'en dites-vous? Que dites-vous du
silence de Dieu? Qu'est-ce qu'il fait? Déjà le siècle a
marqué le jour de sa chute; attendez : une heure, deux
heures, trois heures... demain matin, ils enterreront
le Christ. Ah ! ils lui feront de belles funérailles; ils
ont préparé une procession magnifique ; les cathédrales en seront, elles se mettront en route et s'en iront
deux à deux, comme les fleuves qui vont à l'Océan,
pour disparaître avec un dernier bruit. Qu'en dites-
vous encore une fois, messieurs? C'est vrai, Dieu se
taisait. Il avait tout ôté à son Église, tout, excepté lui;
tout, excepté le triomphe de l'erreur contre l'erreur
même. Jamais Dieu jusque-là n'avait laissé à l'erreur

son développement total : cette fois, il laissait faire
jusqu'au bout. Attendons à notre tour, et, avant même
la fin, regardons dans les mœurs quels étaient les effets
du triomphe de la raison pure.

« Que faisait dans le monde la chasteté, cette vierge
évoquée du tombeau par la doctrine catholique? Qu'y
faisait-elle? Voici le palais des rois très-chrétiens :
dans la chambre où avait dormi saint Louis, Sardana-
pale était couché. Stamboul avait visité Versailles et
s'y trouvait à l'aise. Des femmes enlevées aux dernières boues du monde jouaient avec la couronne de
France; des descendants des croisés peuplaient de leur
adulation des antichambres déshonorées, et baisaient,
en passant, la robe régnante d'une courtisane, rappor-
tant du trône dans leurs maisons les vices qu'ils avaient
adorés, le mépris des saintes lois du mariage, l'imitation des saturnales de Rome, assaisonnées d'une im-
piété que les familiers de Néron n'avaient pas connue.
Au lieu du soc et de l'épée, une jeunesse immonde ne
savait plus manier que le sarcasme contre Dieu et l'im-
pudeur contre l'homme. Au-dessous d'elle se traînait
la bourgeoisie plus ou moins imitatrice de cette royale
corruption, et lançant à sa suite ses fils perdus, comme
on voit derrière les puissants rois de la solitude, les
lions et leurs pareils, des animaux plus petits et vils
qui les suivent pour lécher leur part du sang répandu. »

Quelle énergie sublime! quelle sainte audace! quelle
immortelle peinture! Quand de pareils traits sont
entrés dans l'esprit et dans le cœur, ils y restent fixés
à jamais!

Ailleurs, après avoir démontré l'inconsistance et l'incurable variation des doctrines humaines, il arrive à l'Église; et, voici en quels termes magnifiques il exalte la merveille de son unité et de son immutabilité doctrinale :

« N'y a-t-il donc aucune puissance, aucune doctrine qui soit assez divine et assez humaine pour fonder la société des esprits sans sacrifier la liberté de la raison ? N'y a-t-il dans le monde aucun dogme public librement reconnu et accepté du pauvre, du riche, de l'ignorant, du sage et du savant ? Ah ! faites silence ! j'entends au loin et tout proche, du sein de ces murailles, du fond des siècles et des générations, j'entends des voix qui n'en font qu'une, la voix des enfants, des vierges, des jeunes hommes, des vieillards, des artistes, des poëtes, des philosophes, la voix des princes et des nations, la voix du temps et de l'espace, la voix profonde et musicale de l'unité ! Je l'entends ! Elle chante le cantique de la seule société des esprits qui soit ici-bas; elle redit, sans avoir jamais cessé, cette parole, la seule stable et la seule consolante : *Credo in unam, sanctam, catho-licam, apostolicam Ecclesiam !* Et moi dont c'est aussi la fête, moi, le fils de cette unité sans rivage et sans tache, je chante avec tous les autres et je redis à vous : *Credo in unam, sanctam, catholicam, apostolicam Ecclesiam !* Ah ! oui, j'y crois !

« …. Quoi ! depuis dix-huit cents ans, tous les docteurs et tous les fidèles catholiques, tant d'hommes si divers de facultés, de naissance, de passions, de préjugés nationaux; tous ces évêques, tous ces papes, tous ces conciles, tous ces livres, tous ces millions d'hommes et d'écrits; quoi! tous ont pensé et ont dit la même chose, et toujours! cela est-il possible? Mais que pensent-ils donc, que disent-ils donc? Écoutez : ils disent qu'il y a un Dieu en trois personnes qui a fait le ciel et la terre; que l'homme a manqué à la loi de la création; qu'il est déchu et corrompu jusqu'à la moelle des os; que Dieu, ayant eu pitié de cette corruption, a envoyé la seconde personne de lui-même sur la terre; que cette personne s'est faite homme, a vécu parmi nous et est morte sur une croix; que, par le sang de cette croix volontairement offert en sacrifice, le Dieu-homme nous a sauvés; qu'il a établi une Église à laquelle il a confié, avec sa parole, des sacrements qui sont une source de lumière, de pureté et de charité, où tous les hommes peuvent boire la vie; que quiconque s'y abreuve vivra éternellement, et que quiconque s'en sépare, en repoussant l'Église et le Christ, périra éternellement. Voilà la doctrine catholique; ce que disent aujourd'hui comme hier, au nord et au midi, à l'orient et à l'occident, ses papes, ses évêques, ses docteurs, ses prêtres, ses fidèles, ses néophytes : idées fondamentales aussi bien qu'immuables, parce qu'elles décident de toute la direction active des intelligences qui en font profession. Trouvez-moi maintenant une éclipse à cette immutabilité; trouvez-moi une page catholique où ce dogme soit nié en tout ou en partie; trouvez-moi un homme qui, s'en étant écarté, n'ait pas été à l'instant chassé de l'Église, eût-il été le plus éloquent des écrivains, comme Ter-

tullien, ou le plus élevé des évêques, comme Nesto-
rius, ou le plus puissant des empereurs, comme Constance et Valens. Trouvez-moi un homme à qui la
pourpre, ou le génie, ou la sainteté, ait servi contre
les anathèmes de l'Église, une fois qu'il a eu touché
par l'hérésie à la robe sans couture du Christ?

« Certes, le désir n'a pas manqué de nous prendre
ou de nous mettre en faute contre l'immutabilité; car,
quel privilége pesant à tous ceux qui ne l'ont pas!
Une doctrine immuable, quand tout change sur la
terre! Une doctrine que des hommes tiennent dans
leurs mains; que de pauvres vieillards, dans un endroit
qu'on appelle le Vatican, gardent sous la clef de leur
cabinet, et qui, sans autre défense, résiste au cours du
temps, aux rêves des sages, aux plans des rois, à la
chute des empires, toujours une, constante, identique
à elle-même! Quel prodige à démentir! quelle accusation à faire taire! Aussi tous les siècles, jaloux d'une
gloire qui dédaigne la leur, s'y sont-ils essayés. Ils sont
venus tour à tour à la porte du Vatican; ils ont frappé
du cothurne ou de la botte; la doctrine est sortie sous
la forme frêle et usée de quelque septuagénaire; elle a
dit :

« Que me voulez-vous? — Du changement. — Je ne
« change pas. — Mais tout est changé dans le monde :
« l'astronomie a changé, la chimie a changé, la phi-
« losophie a changé, l'empire a changé; pourquoi êtes-
« vous toujours la même? — Parce que je viens de
« Dieu, et que Dieu est toujours le même. — Mais sa-
« chez que nous sommes les maîtres; nous avons un

« million d'hommes sous les armes, nous tirerons l'é-
« pée; l'épée, qui brise les trônes, pourra bien couper
« la tête d'un vieillard et déchirer les feuillets d'un
« livre. — Faites : le sang est l'arome où je me suis
« toujours rajeunie. — Eh bien, voici la moitié de ma
« pourpre, accorde un sacrifice à la paix, et parta-
« geons. — Garde ta pourpre, ô César! demain on
« t'enterrera dedans, et nous chanterons sur toi l'*Al-*
« *leluia* et le *de Profundis*, qui ne changent jamais. »

« J'en appelle à vos souvenirs, messieurs, ne sont-ce
pas là les faits? Aujourd'hui encore, après tant d'essais
infructueux pour obtenir de nous la mutilation du dogme
public qui fait notre unité, qu'est-ce que l'on nous dit?
qu'est-ce que toutes les feuilles spirituelles et non spirituelles qui s'impriment en Europe ne cessent de nous
reprocher? « Mais ne changerez-vous donc jamais, race
« de granit? Ne ferez-vous jamais à l'union et à la paix
« quelques concessions? Ne pouvez-vous nous sacrifier
« quelque chose, par exemple, l'éternité des peines, le
« sacrement de l'Eucharistie, la divinité de Jésus-
« Christ? ou bien encore la papauté, seulement la pa-
« pauté? Dorez au moins le bout de ce gibet que vous
« appelez une croix! » Ils disent ainsi : la croix les regarde, elle sourit, elle pleure, elle les attend : *Stat* .
crux dum volvitur orbis. Comment changerions-nous?
L'immutabilité est la racine sacrée de l'unité; elle est
notre couronne, le fait impossible à expliquer, impossible à détruire; la perle qu'il faut acheter à tout prix,
sans laquelle rien n'est qu'ombre et passage, par laquelle le temps touche à l'éternité. Ni la vie ni la mort

6

ne l'ôteront de mes mains; empires de ce monde, pre-
nez-en votre parti! »

Quels accents! quelle puissance! et quelle autorité
souveraine quand il jette aux sceptiques et aux indécis
de son auditoire cette sublime apostrophe :

« Devant vous, qui ne croyez pas, mortels nés d'hier
et promis à la mort pour demain, feuilles emportées
sur tous les rivages des mers, incertains de vous-mêmes
et de tout, je me pose avec une hardiesse qui n'a pas
même besoin de courage. Je sais d'où je viens et où je
vais. J'ai ma foi contre vos doutes, et ce qui vous paraît
absurde, indigne, flétri, mort, cette cendre même, au
delà de cette cendre, s'il est possible, je le prends, je le
mets sur l'autel, je vous commande d'y venir, et nul de
vous n'est assez fort pour être certain au dedans de lui
qu'il ne viendra pas! »

Si je me laissais aller au charme souverain qu'a toujours exercé sur moi tout ce qui est sorti de cette bouche et de cette plume incomparables, je ne m'arrêterais
jamais dans mes citations. Je n'en ferai plus qu'une
seule, en rappelant un de mes plus chers souvenirs, une
de mes plus puissantes émotions. C'était en 1846 ; le
grand orateur, après avoir parlé les années précédentes
de l'Église, de sa constitution, de ses effets sur l'esprit,
sur le cœur et sur la société, était arrivé à la personne
adorable de Jésus-Christ :

« Seigneur Jésus! s'était-il écrié en abordant ce divin sujet, depuis dix ans que je parle de votre Église à
cet auditoire, c'est, au fond, toujours de vous que j'ai
parlé; mais enfin, aujourd'hui, plus directement, j'ar-

rive à vous-même, à cette divine figure, qui est chaque
jour l'objet de ma contemplation ; à vos pieds sacrés,
que j'ai baisés tant de fois ; à vos mains aimables, qui
m'ont si souvent béni ; à votre chef, couronné de gloire
et d'épines ; à cette vie, dont j'ai respiré le parfum dès
ma naissance, que mon adolescence a méconnue, que
ma jeunesse a reconquise, que mon âge mûr adore et
annonce à toute créature. O Père ! ô Maître ! ô Ami ! ô
Jésus ! secondez-moi plus que jamais, puisque, étant
plus proche de vous, il convient qu'on s'en aperçoive
et que je tire de ma bouche des paroles qui se sentent
de cet admirable voisinage ! »

Le Seigneur ne fit pas défaut à son humble et puissant serviteur, et, cette année-là, son éloquence sembla
grandir encore. Un jour, entre autres, quand je vivrais
cent ans je n'oublierai jamais, ce jour, il parla de la
vanité des amours humains et de l'éternelle puissance
de l'amour fondé par Jésus-Christ, avec des accents si
profonds, si tendres, si évidemment inspirés, qu'avec
tout l'auditoire je fus bouleversé, remué jusqu'à la
souffrance, et qu'aujourd'hui encore, après dix ans,
je n'y puis penser sans qu'un frisson me traverse le
corps et l'âme. Voici cet admirable morceau, qui restera comme un modèle inimitable de l'éloquence de la
chaire :

« .... Ce n'est pas assez pour Jésus-Christ de mettre
son esprit à la place du nôtre : roi de notre intelligence,
il n'est encore qu'au commencement de son ambition ;
il veut plus que la pensée, il veut l'affection. Et quelle
affection, mon Dieu ! un amour qui soit le comble de

l'amour humain, et devant lequel disparaisse toute
histoire d'amour. Et, afin que vous jugiez du prodige
qu'il y a à cela, examinez un peu de près la difficulté
que nous avons nous-mêmes à être aimés de notre vivant.

« A peine la fleur du sentiment point-elle en nous,
que nous cherchons, dans les compagnons de notre
adolescence, des sympathies qui s'emparent de notre
cœur et le tirent de sa chère et triste solitude. De là
viennent, dans l'histoire de toutes les vies généreuses,
ces premiers temps, ces souvenirs anciens qu'aucun
autre n'effacera, et qui, jusqu'à la dernière vieillesse,
laisseront à notre âme un parfum du passé. Cependant,
malgré la force de ces jeunes liaisons, le simple cours
des années en suspend le progrès; nos yeux, en s'affer-
missant, deviennent moins sensibles aux beautés de
notre âge; quelque chose qui n'est plus de l'enfance
nous délivre de ce charme premier qu'aucun autre,
peut-être, n'égalera, mais qui ne nous suffit plus. L'a-
mitié se refroidit dans une confiance grave et virile, et,
à notre âme, montée d'un degré sur le cycle de la vie,
il faut un attrait nouveau qui la subjugue en la rem-
plissant. En dirai-je le nom? Et pourquoi ne le dirais-je
pas? Il est deux choses devant lesquelles, avec l'aide de
Dieu, je ne reculerai jamais : le devoir et la nécessité.
C'est une nécessité de mon discours que je prononce le
nom trop profané du second sentiment de l'homme; je
le prononce donc et je dis : à l'homme gravitant de l'a-
dolescence à la maturité, il faut un attrait qui satis-
fasse à la fois sa jeunesse et sa force, son besoin de re-

nouvellement et d'avenir ; Dieu lui a préparé l'amour, qui doit, s'il est vrai, c'est-à-dire pur, achever l'éducation de sa vie et le rendre digne d'avoir une postérité. Mais, ô faiblesse de notre nature ! bientôt les soucis de la virilité plissent notre front ; les rides y creusent à la pensée un honorable témoignage : que faut-il de plus ? Incapables d'obtenir désormais la réciprocité d'un enivrement apaisé déjà pour nous, et qui n'a plus assez d'illusions pour se nourrir, nous nous reposons dans un attachement plus calme, plus serein, doux encore, mais qui ne mérite plus d'être comparé à l'entraînement de cette passion que j'ai nommée tout à l'heure par son nom propre.

« Toutefois les ressources de l'âme humaine ne sont pas à bout ; fille de l'amour éternel, le génie de sa source l'inspirera jusqu'à la fin. Avec les premières ombres de la vieillesse, le sentiment de la paternité descend dans notre cœur et prend possession du vide qu'y ont laissé ses précédentes affections. Ce n'est pas une décadence, gardez-vous de le croire ; après le regard de Dieu sur le monde, rien n'est plus beau que le regard du vieillard sur l'enfant, regard si pur, si tendre, si désintéressé, et qui marque dans notre vie le point même de la perfection et de la plus haute similitude avec Dieu. Le corps baisse avec l'âge, l'esprit peut-être encore, mais non pas l'âme, par laquelle nous aimons. La paternité est autant supérieure à l'amour que l'amour lui-même est supérieur à l'amitié. La paternité couronne la vie. Ce serait l'amour sans tache et plein, si de l'enfant au père il y avait le retour égal de l'ami à l'ami et de l'épouse à l'époux. Mais il n'en est rien. Quand nous étions enfants, on nous aimait plus que nous n'aimions, et devenus vieux, nous aimons à notre tour plus que nous ne sommes aimés. Il ne faut pas s'en plaindre. Vos enfants reprennent le chemin que vous avez suivi vous-mêmes, le chemin de l'amitié, le chemin de l'amour, traces ardentes qui ne leur permettent pas de récompenser cette passion à cheveux blancs que nous appelons la paternité. C'est l'honneur de l'homme de retrouver dans ses enfants l'ingratitude qu'il eut pour ses pères, et de finir ainsi, comme Dieu, par un sentiment désintéressé !

« Mais il n'en est pas moins vrai que, poursuivant l'amour toute notre vie, nous ne l'obtenons jamais que d'une manière imparfaite, qui fait saigner notre cœur. Et, l'eussions-nous obtenu vivants, que nous en reste-t-il après la mort ? Je le veux, une prière amie nous suit au delà de ce monde, un souvenir pieux prononce encore notre nom : mais bientôt le ciel et la terre ont fait un pas, l'oubli descend, le silence nous couvre, aucun rivage n'envoie plus sur notre tombe la brise éthérée de l'amour. C'est fini, c'est à jamais fini, et telle est l'histoire de l'homme dans l'amour.

« Je me trompe, messieurs, il y a un homme dont l'amour garde la tombe ; il y a un homme dont le sé- pulcre n'est pas seulement glorieux, comme l'a dit un prophète, mais dont le sépulcre est aimé. Il y a un homme dont la cendre, après dix-huit siècles, n'est point refroidie ; qui chaque jour renaît dans la pensée d'une multitude innombrable d'hommes ; qui est visité dans son berceau par les bergers et par les rois lui apportant à l'envi et l'or, et l'encens, et la myrrhe. Il y a un homme dont une portion considérable de l'humanité reprend les pas sans se lasser jamais, et qui, tout disparu qu'il est, se voit suivi par cette foule dans tous les lieux de son antique pèlerinage, sur les genoux de sa mère, au bord des lacs, au haut des montagnes, dans les sentiers des vallées, sous l'ombre des oliviers, dans le secret des déserts. Il y a un homme mort et enseveli, dont on épie le sommeil et le réveil, dont chaque mot qu'il a dit vibre encore et produit plus que l'amour, produit des vertus fructifiant dans l'amour. Il y a un homme attaché depuis des siècles à un gibet, et cet homme, des millions d'adorateurs le détachent chaque jour de ce trône de son supplice, se mettent à genoux devant lui, se prosternent au plus bas qu'ils peuvent sans en rougir, et là, par terre, lui baisent avec une indicible ardeur les pieds sanglants. Il y a un homme flagellé, tué, crucifié, qu'une inénarrable passion ressuscite de la mort et de l'infamie, pour le placer dans la gloire d'un amour qui ne défaille jamais, qui trouve en lui la paix, l'honneur, la joie, et jusqu'à l'extase. Il y a un homme poursuivi dans son supplice et sa tombe par une inextinguible haine, et qui, demandant des apôtres et des martyrs à toute postérité qui se lève, trouve des apôtres et des martyrs au sein de toutes les générations. Il y a un homme enfin, et le seul, qui a fondé son amour sur la terre, et cet homme, c'est vous, ô Jésus! vous qui avez bien voulu me baptiser, m'oindre, me sacrer dans votre amour, et dont le nom seul, en ce moment, ouvre mes entrailles et en arrache cet accent qui me trouble moi-même, et que je ne me connaissais pas ! »

Voilà l'orateur chrétien ! voilà l'éloquence ! voilà le cri de la foi et de l'amour poussé par le génie ! voilà la parole qui a resplendi sur nos têtes et embrasé nos cœurs pendant dix ans ! O Conférences, grandes et chères Conférences de Notre-Dame, qui avez tenu ma jeunesse captive sous cette parole inspirée, je ne vous oublierai jamais ! Jamais je n'oublierai ces tressaille-ments qui couraient d'un bout à l'autre de l'immense auditoire, ces émotions qui nous forçaient à nous sou-lever à demi sur nos bancs, où nous retombions comme épuisés d'admiration ! Non, il n'est point de plai-sirs sensuels, il n'est point de passions assouvies, il n'est point de jouissances rassasiées, qui soient com-parables à ces joies célestes de l'intelligence chrétienne s'abreuvant, dans un vase d'or pur, de lumière et de vérité !

Ces émotions ne firent que s'accroître quand la Ré-volution de 1848 eut entassé les ruines autour de nous, ruines du trône et de bien des fortunes particulières, que d'autres ruines plus profondes, celles de la société elle-même, semblaient devoir suivre bientôt. Alors la parole de l'homme de Dieu devint plus puissante, plus pénétrante encore : il semblait que toutes les émotions du dehors étaient passées dans son cœur et qu'elles retombaient sur l'auditoire de tout le poids de son élo-quence. Jours terribles à traverser, mais qui laissaient dans l'âme d'ineffaçables souvenirs, où l'on sortait des ébranlements intérieurs de Notre-Dame pour retrouver les ébranlements de la place publique, où la grande voix du prédicateur était accompagnée du bruit sinistre du rappel et parvenait à le dominer !

C'est alors, c'est dans ces jours d'angoisse et de ténèbres où le présent paraît sans avenir et le jour même sans lendemain, où l'on sent trembler le sol sous ses pieds, où les bruits lugubres du dehors réveillent dans le fond du cœur je ne sais quels échos de tristesse et de mort, oui, c'est alors que l'on comprend et que l'on aime davantage cette religion divine, refuge des âmes blessées et consolatrice de toutes les douleurs ! C'est alors qu'on accourt avec plus d'empressement sous les voûtes séculaires des cathédrales qui ont vu passer tant de douleurs aujourd'hui muettes, tant de révolutions aujourd'hui emportées dans l'oubli ! C'est alors qu'on embrasse avec un amour plus attendri la croix sanglante du Sauveur, cette croix qui demeure debout et immuable au milieu des bouleversements du monde, et qu'on écoute avec un cœur tout ouvert les promesses éternelles de Celui qui a dit : « Le ciel et la terre passeront, mais mes paroles ne passeront point ! » Il en est des douleurs publiques comme des douleurs privées : elles ébranlent les sociétés et les cœurs, elles les déchirent, mais en les déchirant elles ouvrent un passage à Dieu, qui entre en vainqueur par leurs plaies saignantes. Malheur aux individus, malheur aux peuples qui résistent à ce dernier effort de la tendresse et de la miséricorde divines ! Quand Dieu a frappé pour purifier et convertir, et quand il a frappé en vain, il ne lui reste plus qu'à frapper pour détruire !

Les Conférences du célèbre dominicain n'avaient pas seules le privilége d'attirer la foule à Notre-Dame et de remuer profondément les cœurs. Un autre prédicateur, un autre religieux, partagea longtemps avec lui la fatigue et la gloire toute céleste de cet apostolat. Fondateur comme lui des Conférences de Notre-Dame, il enseigna d'abord pendant le carême et eut l'heureuse inspiration de faire suivre ses conférences d'une retraite pendant la semaine sainte. Plus tard, quand il se fut épuisé par excès de dévouement et de charité, il dut renoncer aux conférences pour se consacrer tout entier à l'œuvre non moins importante de la retraite.

Tous les soirs de la sainte semaine, il réunissait une immense multitude d'auditeurs sous les grandes voûtes de Notre-Dame, et le fils de saint Ignace achevait l'œuvre commencée par le fils de saint Dominique. La foule n'était pas moins nombreuse, l'attention n'était pas moins grande, ni l'émotion moins profonde. Avant que l'apôtre eût ouvert la bouche, son attitude simple et recueillie, son visage où l'austérité était tempérée par une céleste douceur, le regard plein de désir et d'amour qu'il promenait sur son auditoire, avaient déjà fait pour lui le plus admirable des sermons. L'autorité avec laquelle il faisait le signe de la croix, la force immense de conviction qui animait tous ses gestes, qui remplissait toutes ses paroles, la grandeur de ses pensées, la majesté de son discours, et surtout la charité ardente qui dominait tout le reste, lui donnaient une puissance de conversion à laquelle peu d'âmes pouvaient se soustraire. On voyait l'amour qui le dévorait intérieurement, cet amour de Dieu et des hommes, plus fort que la mort elle-même, palpiter dans son cœur, s'en échapper comme un torrent de feu et s'épancher sur toutes ces âmes rachetées par le sang de Jésus-Christ. On sentait, sans qu'il le dît, que, pour la moindre de ces âmes, il eût donné sa vie avec joie ; là était le secret de sa force et de son succès. On l'aimait, on aimait le Dieu qui sait mettre un tel amour, un tel dévouement, dans le cœur naturellement si froid et si égoïste de l'homme ; or, quand on a commencé à aimer, tout est dit ! On pleurait, on détestait ses fautes, on assiégeait le confessionnal où le saint prêtre demeurait chaque soir, quelquefois bien avant dans la nuit, tant était grande la foule des pénitents : et c'est ainsi que le royaume de Dieu allait chaque jour grandissant au milieu de nous.

Je me rappellerai toujours avec émotion celles de ces retraites bénies où il me fut donné d'assister, une surtout où j'entrai tiède, hésitant entre le bien et le mal, et d'où je sortis plein des plus saintes résolutions. Rien ne peut donner une idée de l'aspect imposant de cette immense assemblée d'hommes, éclairés par la lumière incertaine des lampes, gardant un profond silence, puis se levant tous à la fois et entonnant ensemble, avant le commencement du sermon, le psaume *Miserere*, avec la puissance de trois mille voix d'hommes, de trois mille âmes de chrétiens, unies dans un même sentiment de repentir, d'adoration et d'amour. Lors de cette retraite dont je parle, le vendredi saint, quand, après ce chant du *Stabat*, tout imprégné des larmes et du sang du Calvaire, le prédicateur, la voix déjà brisée par la fatigue des jours précédents, nous retraça la passion du Sauveur; quand, avec une éloquence sublime, il nous montra le Verbe éternel, l'agneau de Dieu, Jésus-Christ, notre frère, notre maître et notre victime, trahi, souffleté, flagellé, se tordant comme un ver sous le fouet sanglant des bourreaux; puis, quand, se redressant avec un geste terrible, il s'écria : « Et maintenant, allez, aimez et caressez encore votre chair, si vous l'osez; mais ne dites plus que vous êtes chrétiens! » Je sentis (et il me sembla que tout l'auditoire le sentait comme moi) un frisson traverser mon âme; mon cœur se fondit de repentir et d'amour, et ce moment céleste, où j'aimai Dieu plus ardemment peut-être que je ne l'avais aimé, m'est resté présent comme un de mes plus chers souvenirs.

Et cependant, dans ces jours à jamais bénis, où le sang de Jésus-Christ semble avoir une vertu plus agissante sur les cœurs, les voûtes de Notre-Dame furent témoins d'un spectacle plus grand, d'une émotion plus profonde encore. Je veux parler de la communion pascale qui suit la retraite de la semaine sainte. Cette solennité religieuse est désormais établie, consacrée, passée dans les habitudes et les mœurs des chrétiens à Paris : elle se renouvelle tous les ans avec une splendeur et une beauté vraiment célestes; mais rien ne peut donner une idée de l'impression immense qu'elle fit sur les enfants de l'Église comme sur ses ennemis, quand elle eut lieu pour la première fois.

Ce fut toute une révélation, la révélation de la vie religieuse au dix-neuvième siècle, de l'inépuisable fécondité de l'Église, de la résurrection de la foi dans tous les rangs de la société en France. A partir de ce moment, on sut et il ne fût plus permis d'ignorer que le catholicisme n'était pas une de ces vieilleries bonnes à mettre de côté, une de ces religions de musée qui ont fait leur temps et avec lesquelles les esprits éclairés et les hommes-d'État ne se donnent même plus la peine de compter. Il n'avait pas manqué d'écrivains et de philosophes pour l'écrire, de gens de toute espèce pour le croire. On le disait, on l'imprimait publiquement; on l'enseignait dans les colléges; on racontait comment les dogmes finissent; bien plus, on racontait leur mort et leurs funérailles; les détails, les circonstances, tout y était : évidemment, on y avait assisté. Le christianisme était fini, et avec lui toute religion; car on lui faisait l'honneur de reconnaître qu'il était difficile de faire mieux que le Christ, et qu'après lui il n'y avait plus de religion possible. On lui donnait des regrets parfois sincères, on répandait même des larmes et des fleurs sur sa tombe. Tout cela se faisait publiquement, sérieusement; et tous ces gens gradés, décorés, largement défrayés par le budget, philosophes, hommes d'État, politiques habiles, gens d'esprit pour la plupart, jouaient à l'enterrement de l'Église avec un tel air de conviction, que beaucoup sans doute étaient de bonne foi.

Il est vrai qu'on y apportait des ménagements; on n'y allait pas avec brutalité, comme des gens sans

7

éducation qui manquent d'égards pour la faiblesse et la décrépitude, ou comme des gens sans traitements et sans places qui n'ont nul souci des positions acquises et des faits accomplis : on n'était pas logique comme les socialistes ont voulu l'être depuis. On reconnaissait que, si la religion chrétienne était morte et bien morte pour les classes éclairées de la société, il fallait la laisser vivre encore pour le peuple et pour les femmes, je ne dis pas pour les enfants des classes aisées, à en juger par l'enseignement philosophique que leur donnait l'Université. Le temps viendrait sans doute où l'émancipation des esprits gagnerait de proche en proche avec les progrès des lumières et des mœurs, et c'était le devoir suprême des gouvernements de guider avec douceur et prudence ce grand mouvement, de dégager peu à peu le peuple des langes usés de la foi pour l'élever aux pures clartés de la philosophie. Cependant on reconnaissait généralement que le moment n'était pas venu, que les esprits n'étaient peut-être pas assez polis, les mœurs assez pures, et que la religion, le catéchisme et la confession, étaient encore nécessaires pour empêcher les femmes d'abandonner leurs maris et leurs ménages, les enfants du peuple de mépriser et d'insulter leurs parents, et les pauvres, qui font les dix-neuf vingtièmes de la population, de se ruer sur les riches, de les égorger pour les voler, et de renverser le gouvernement pour se mettre à sa place.

On faisait donc la part du feu ou plutôt des ténèbres; on abandonnait au christianisme les femmes, les pauvres, les gens du peuple, les petits, en un mot, toutes les âmes viles de la société ; mais on gardait pour soi, pour la philosophie, pour la lumière, tous les gens comme il faut, depuis les sommets sociaux jusqu'à la petite bourgeoisie ; c'était là l'arche sainte à laquelle l'Église ne devait pas toucher, le camp de la raison pure où l'on prétendait et où l'on croyait régner sans partage. Et c'est au milieu de ces aveuglements, de ces prétentions plus puériles encore qu'odieuses, que resplendit tout à coup le grand événement des conférences de Notre-Dame, de la retraite et de la communion générale !

Si les voltairiens et les universitaires pâlirent, si, à un étage inférieur de l'intelligence, les esprits forts de boutiques et les apôtres de cabaret frémirent d'indignation et éclatèrent en murmures contre les jésuites et le gouvernement libéral qui laissait s'accomplir de pareils scandales en plein dix-neuvième siècle, les catholiques sentirent leur âme inondée de joie à la vue du magnifique spectacle qu'offrit ce jour-là l'église de Notre-Dame. Dès sept heures du matin, la nef de l'immense métropole était remplie d'hommes graves, recueillis, silencieux, se laissant guider, placer, ranger à côté les uns des autres par les prêtres de la cathédrale, comme des petits enfants qui vont faire leur première communion ; et qui sait, en effet, si, dans cette foule de chrétiens, il n'y en avait pas un grand nombre pour lesquels cette communion pascale devait être la première !

Dans cette immense multitude, tous les rangs,

toutes les classes, toutes les professions, étaient repré-
sentés et confondus. On y voyait l'élève de l'École
polytechnique agenouillé près de l'élève de l'École
normale, vainqueurs l'un du respect humain, l'autre
des piéges d'une fausse philosophie. Le militaire,
depuis le général jusqu'au simple soldat, l'étudiant,
le député, l'homme d'État et l'obscur journalier,
priaient à côté l'un de l'autre, tous unis dans une
même pensée d'adoration, dans un même sentiment
de charité ardente pour ce Dieu dont l'amour engen-
dre, purifie et renferme tous les amours, Et quand le
prodige éternellement subsistant de la miséricorde de
Dieu se fut accompli, quand toutes ces lèvres eurent
reçu le sainte hostie, quand Jésus-christ habita dans
tous ces cœurs, quand tous ces fronts, jeunes ou vieux,
se furent inclinés sur le pavé de la cathédrale, succom-
bant, en quelque sorte, sous le poids de la bonté
divine, dites-le, ô mon Dieu! ce spectacle ne vous
sembla-t-il pas digne de votre éternelle majesté?
n'émut-il pas doucement votre cœur paternel et n'at-
tira-t-il pas les regards ravis de vos anges? Ah! sans
doute, les grandes voûtes de Notre-Dame durent en
tressaillir d'allégresse, et ce jour acheva d'effacer les
dernières souillures qu'avaient laissées dans la vieille
métropole le délire et les ignominies de la Terreur!

C'est ainsi que les catholiques se comptèrent et se
montrèrent, non-seulement à Dieu et aux anges, non-
seulement à leurs frères étonnés et ravis de se trouver
tant de frères qu'ils ne connaissaient pas, mais encore
à ces philosophes puérils qui chantaient depuis si

longtemps les funérailles de l'Église. Comme cet ancien
sage qui, pour toute réponse, marcha devant un fou
qui niait le mouvement, ils répondirent aux oraisons
funèbres de leurs ennemis en faisant acte de vie. De ce
jour, la lutte du bien contre le mal se poursuivit avec
une ardeur et une confiance toutes nouvelles, les
chrétiens timides reprirent courage ; la foi et l'espérance s'affermirent dans bien des âmes, et le respect
humain, cette grande plaie des faibles et cette lâcheté
même des courageux, reçut un coup mortel dont il ne
s'est jamais relevé. De ce jour, il fut constaté que la
religion n'était pas à l'usage seulement des femmes et des
ignorants, mais à l'usage de tout le monde, et la démons-
tration a toujours été en grandissant depuis. Puisse ce
mouvement béni, qui ramène les âmes de l'erreur à la
vérité, continuer, avec l'aide de Dieu, à grandir encore et toujours ! Puisse-t-il finir par envelopper
ceux-là mêmes qu'il épouvanta d'abord et dont plusieurs se sont déjà rendus à la lumière de la foi et à
la chaleur de l'éternelle charité !

Avant de quitter Notre-Dame de Paris, je voudrais
encore rappeler deux souvenirs qui sont inséparables
pour moi de celui de la vieille métropole.

C'est à Notre-Dame qu'eurent lieu, après les fatales
journées de Juin 1848, les funérailles de monseigneur
Affre, archevêque de Paris, d'immortelle mémoire.
C'est au pied de ses autels qu'il avait prié avant d'aller
à la mort qui l'attendait sur les barricades ; c'est là
qu'il avait fait le sacrifice de sa vie et qu'il avait mé-
dité cette grande parole du Maître qui fut aussi la

dernière parole du prélat martyr : Le bon pasteur donne sa vie pour ses brebis! C'est de là qu'il était parti, traversant deux fois Paris, pour aller trouver le chef du pouvoir exécutif, et pour aller ensuite porter aux insurgés des paroles de bénédiction et de paix, toujours simple et ferme, grand et humble, au milieu des acclamations du peuple et de l'armée, comme au milieu des sanglots qui éclataient partout sur son passage, après qu'il eut été mortellement blessé. C'est là enfin qu'après le sacrifice consommé sa dépouille mortelle revint triomphalement, comme celle des martyrs et des saints, au milieu d'un peuple immense, ému de douleur, d'admiration et d'amour.

O profondeur cachée des desseins de Dieu! Ainsi s'était accomplie à la lettre cette parole mystérieuse que, par une sorte d'inspiration prophétique, le saint prélat avait prononcée en montant sur le trône archiépiscopal : « La paix soit avec vous : nous ne venons ni gouverner ni troubler la cité, mais OFFRIR UNE VICTIME [1] ! »

J'eus la consolation, au sortir des horreurs de cette guerre civile, alors que fumaient encore les ruines qu'elle avait faites et le sang qu'elle avait répandu comme l'eau, de contempler le saint archevêque, sa plus pure victime, sur le lit funèbre où il fut exposé durant plusieurs jours avant ses funérailles. Hélas! c'était sur cette même couche qu'il venait de rendre

---

[1] Voyez le mandement de prise de possession de Monseigneur Affre, en date du 6 août 1840.

le dernier soupir après d'affreuses souffrances héroïquement supportées! C'était là qu'offrant à Dieu en
sacrifice ses dernières douleurs comme il avait offert sa
vie, il s'écriait : « Mon Dieu! si je souffre, je l'ai bien
mérité; mais votre peuple, votre pauvre peuple, faites-
lui miséricorde, *parce, Domine, parce populo tuo !* »
C'était là qu'il disait à ceux qui l'entouraient en pleurant : « Ce n'est point pour ma guérison qu'il faut
prier, mais pour que ma mort soit sainte! » et qu'il
répétait de sa bouche mourante ces touchantes paroles :
« Je désire que mon sang soit le dernier versé! »

Maintenant il ne souffrait plus : le sacrifice était
accompli, l'heure du repos et de la gloire était arrivée.
Étendu sur sa couche mortuaire, il était revêtu de ses
ornements pontificaux : ses mains froides, d'une blancheur de cire, reposaient doucement de chaque côté de
son corps; on voyait briller à son doigt l'anneau pasto-
ral. Sa tête était couverte d'une mitre blanche; son
visage avait une expression calme, sereine, presque
souriante : il semblait dormir paisiblement. Des cier-
ges brûlaient autour du martyr, des prêtres en étoles
priaient à ses côtés. Tout ce spectacle était plein de
grandeur, de silence et de paix.

On n'entendait dans la chambre funèbre que le
bruit silencieux des fidèles qui venaient en foule
contempler une dernière fois le visage aimé de leur
archevêque, et qui passaient après avoir fait une
courte prière à ses pieds. Plusieurs centaines de mille
personnes vinrent ainsi prendre congé de lui : toutes
étaient émues et recueillies, beaucoup pleuraient. La

curiosité même était dominée par le respect. Des femmes, des enfants, des hommes, dépouillant tout respect humain, touchaient avec des médailles et des cha-
pelets le corps du martyr. Les soldats, accourus en
oule pour revoir mort celui qu'ils avaient vu si noble·
ment marcher au combat et tomber sous le feu, le tou·
chaient également avec leurs sabres et leurs baïon-
nettes, comme pour sanctifier leurs armes par ce
contact sacré et pour les consacrer à Dieu. Le colonel
d'un des régiments de dragons en garnison à Paris entra dans la chambre mortuaire, en grand uniforme,
avec quelques officiers de son arme, et dit, après avoir
prié près du corps du prélat : « Je viens au nom de
mon régiment, et je puis dire au nom de toute l'armée,
rendre hommage au martyr qui s'est sacrifié pour
nous. » Ce fut là, sans doute, près de ce corps vénéré,
que beaucoup de militaires puisèrent cet esprit de foi
et ces sentiments profondément chrétiens qui éclatèrent depuis avec tant d'énergie, et qui firent l'admiration du monde; ce fut là que la croix et l'épée se touchèrent et s'unirent pour la première fois depuis bien
des années, et je ne doute pas que le sang de monseigneur Affre n'ait été comme le ciment béni de cette
grande réconciliation du prêtre et du soldat, qui, depuis
le trône jusqu'à la chambrée, est désormais un fait accompli et qui assurera peut-être le salut de la France !

Tel est le premier souvenir que je voulais rappeler ;
voici le second. Ce fut à Notre-Dame, après une de ces
grandes conférences qui m'avaient tant ému, que je
rencontrai un ami auquel je m'unis bientôt de la plus

tendre affection, un ami pieux comme un ange, bon comme un enfant, aimant comme un cœur pur et chrétien, et, en même temps, ardent comme la forte race dont il descendait, généreux comme un chevalier de Rhodes, courageux comme un vrai lion : cet ami, c'était cet Hélion de Villeneuve-Trans, ce soldat gentilhomme dont la mort glorieuse en Orient a suscité dans tous les rangs du monde une si *inconsolable admiration!* Il a succombé sous les murs de Sébastopol, où l'avaient emporté ce courage brillant et cette grandeur d'âme qui eussent fait de lui un héros s'il avait vécu, et qui ont fait de lui, dès la fleur de l'âge, un élu de Dieu dans le ciel !

La vie de cet ami incomparable a été pendant plusieurs années si étroitement unie à ma vie, son souvenir tient une si grande place au milieu de mes plus chers et plus purs souvenirs, que je manquerais au dessein et au titre même de cet ouvrage, si je ne retraçais ici l'histoire de ce cher compagnon de ma jeunesse telle que je l'ai écrite et publiée séparément et telle que le lecteur la trouvera reproduite en entier au chapitre suivant. La vie de ce noble jeune homme sera certainement, pour tous ceux qui liront cet écrit, la page la plus intéressante et la plus belle de mes souvenirs.

7.

CHAPITRE IV

HÉLION DE VILLENEUVE-TRANS.

I

Il semble qu'il y ait peu de chose à dire sur la vie d'un jeune homme mort à vingt-neuf ans, sous-officier, après une existence qui n'eut rien d'extraordinaire aux yeux du monde que la manière dont elle fut brisée. Mais, quand on connaîtra tous les trésors cachés que renfermait l'âme de cet admirable jeune homme, tous les traits de ce caractère héroïque, tous les exemples qu'il a donnés dans sa vie et dans sa mort, on comprendra que j'écrive la vie d'Hélion de Villeneuve-Trans, non pas seulement pour satisfaire aux désirs de sa mère et au penchant de mon propre cœur, mais pour en tirer de vives leçons et de profonds enseignements.

Après tout, la seule chose vraiment grande, vraiment intéressante, dans l'homme, c'est son âme immortelle ; les événements extérieurs n'ont eux-mêmes d'intérêt qu'en tant qu'ils servent à la manifester au dehors. Or l'âme se manifeste dans les petites choses aussi bien que dans les grandes ; souvent même elle s'y montre avec plus de vérité, de simplicité et de charme. Quand Dieu a mis dans une âme les qualités supérieures qui font les héros, ces qualités apparaissent dans les graves circonstances ; mais les qualités douces et simples qui attirent l'amour plutôt que l'admiration, ces vertus de chaque jour, encore plus rares peut-être que les autres, la bonté, la tendresse, le dévouement, tout ce côté charmant et profond de l'âme n'apparaît que dans les événements quotidiens et dans les circonstances vulgaires de la vie.

C'est à ce double point de vue que la vie d'Hélion de Villeneuve-Trans offre un attrait particulier : car il eut à la fois cette grandeur d'âme qu'on admire et cette bonté d'âme qui fait aimer. Sa jeunesse fut celle d'un saint, sa mort fut celle d'un héros et d'un martyr, et je ne crois pas avoir rencontré sur la terre de physionomie plus aimable et plus forte en même temps. C'est cette physionomie que je vais essayer de rendre telle que je la trouve dans mes longs et vivants souvenirs, et dans les souvenirs plus longs et plus vivants encore de sa mère.

Hélion de Villeneuve-Trans naquit à Nancy le 26 juin 1826. Je dirai peu de chose de sa famille, parce qu'elle est connue de tout le monde, et parce que la vanité

n'entre pour rien dans cet écrit. Je rappellerai seulement que son nom, qu'il vient d'illustrer encore en
mourant, était déjà, au temps de saint Louis, un des
noms les plus anciens et les plus vénérés de France.

La première et la plus grande grâce que lui fit Dieu
fut de le faire naître, non d'une famille illustre, mais
d'une famille chrétienne. Pour être pieux et bon, il
n'eut qu'à regarder autour de lui et à suivre des leçons
que l'exemple accompagnait toujours. Son excellente
nature se développa rapidement dans cette douce atmo-
sphère, sa bonté et sa foi grandirent en même temps,
appuyées l'une sur l'autre, ne se séparant jamais, et
dès sa plus tendre enfance il donna des signes d'une
piété extraordinaire.

Dans l'enfance de l'homme, comme à tous les âges
de la vie, la foi prête aux actes les plus insignifiants
une grandeur et un charme surhumains. Elle donne à
cette petite et faible créature qu'on appelle un enfant
une force de vertu et une beauté morale admirables.
Sous ce rapport, l'enfance d'Hélion de Villeneuve présente des caractères tout à fait surprenants et qui ne
peuvent s'expliquer que par une grâce toute particulière de Dieu. On me pardonnera de les rapporter en
détail : outre que son existence fut si courte, que, retrancher les années de son enfance, ce serait retrancher
une partie considérable de sa vie tout entière, l'histoire de ses premières années est nécessaire à l'intelligence de celles qui les ont suivies : elle les contient
toutes en germe, comme le grain de blé renferme l'épi
que le temps et Dieu développeront : son enfance ex-

plique toute sa vie, elle explique surtout sa mort.

D'ailleurs, de même que tout, jusqu'au moindre brin d'herbe, a son intérêt et son charme dans l'étude de la nature, tout, jusqu'à l'humble prière d'un petit enfant, a son charme et sa grandeur dans l'ordre de la foi. La puissance et la bonté de Dieu se manifestent plus visiblement dans ces humbles et petites choses où il semble s'abaisser davantage et avoir plus de chemin à faire pour arriver jusqu'à sa créature. Pour moi, le spectacle d'un enfant chrétien m'a toujours profondément attendri, et j'éprouve une émotion non moins intime à entendre prononcer le nom du bon Jésus et de la sainte Vierge Marie par les lèvres incertaines d'un petit enfant encore tout plein de l'innocence baptismale que par la bouche inspirée du plus éloquent prédicateur.

A l'âge de quatre ans, Hélion de Villeneuve, se trouvant en Provence, tomba dans un canal où il faillit se noyer. Cet événement accrut d'une manière surprenante les sentiments de piété qui remplissaient déjà son âme, et dès ce moment son enfance fut celle d'un saint. Il fit planter une petite croix près de l'endroit où il était tombé, obtint que le curé du village voulût bien la bénir, et ce lieu devint pour lui un pèlerinage de tous les instants. Tous les jours, et bien des fois chaque jour, ce pèlerin de quatre ans venait visiter sa chère petite croix et s'y agenouillait pieusement. Il y passait des heures entières à prier, et souvent il fallait que sa mère vînt le chercher pour l'arracher à ses méditations et à ses prières.

De retour à Nancy, il se fit également, dans un coin de la maison, une sorte d'oratoire où il se retirait continuellement et où il passait de longues heures. Quand sa prière se prolongeait outre mesure, et que sa mère inquiète l'appelait, il lui répondait : « J'ai besoin de prier ; » et il restait à genoux.

Je ne crois pas qu'on rencontre ailleurs, si ce n'est dans la vie des saints, des exemples pareils de grâce divine et de piété surhumaine.

Mais la foi ne va jamais seule : comme une reine céleste, elle est toujours accompagnée de mille douces vertus, de mille qualités aimables qui lui font cortége. Avec l'amour de Dieu grandissaient chaque jour, dans l'âme du saint enfant, la bonté, la tendresse et une énergie morale qui annonçait et qui préparait en lui le héros. Un trait touchant manifesta d'une manière frappante ces rares qualités.

Un jour, comme il revenait de la promenade, sa main se trouva prise dans une porte que le vent avait refermée violemment sur lui. Sans pousser un cri, il rouvrit lui-même cette porte et retira sa main : le gant qui la cachait était tout couvert de sang. Sa sœur aînée, témoin de l'accident, fut si émue, qu'elle perdit connaissance. Quant à lui, s'oubliant selon son habitude pour ne penser qu'aux autres, il composa son visage, entra chez sa mère avec un air de gaieté que démentait sa pâleur, et lui dit tout d'abord : « Ce n'est pas la faute de ma sœur! » Puis il lui raconta l'accident, ôta son gant et lui montra sa main : une partie de l'ongle et de la première phalange du doigt était complétement détachée! La pauvre mère recueillit comme une relique ce petit morceau de la chair de son fils et le conserva précieusement ; véritable relique, en effet, car c'est tout ce qui lui reste aujourd'hui de sa dépouille matérielle!

Avais-je tort de dire que l'enfance d'Hélion de Villeneuve contenait en germe le héros de Sébastopol? Et ne reconnaît-on pas dans ce noble enfant, qui cache sa douleur sous un sourire, l'admirable jeune homme qui, mortellement blessé, écrit à sa mère, pour la rassurer, une lettre héroïque soutenue par un dernier effort de gaieté vraiment sublime? Les circonstances sont différentes, la scène et l'âge ont changé; l'âme est toujours la même.

Les suites de cet accident furent longues et douloureuses : l'enfant supporta les souffrances du pansement avec un courage incroyable. Dans un petit journal où il avait, dès cet âge, l'habitude d'écrire chaque soir ses impressions quotidiennes, je lis ces paroles touchantes :

« Aujourd'hui la journée s'est passée comme la veille; j'ai autant souffert et ne me suis pas plaint : j'ai offert mes maux à Dieu. »

Et plus loin : « Ce matin, j'avais envie de me plaindre pendant le pansement; mais, en offrant ses douleurs à Dieu, on les diminue de moitié, et l'on rougirait de se plaindre en pensant à ce que les saints ont souffert. »

Dans une cruelle maladie qu'il fit à peu près à la même époque et qui le retint trois mois cloué sur son lit, il montra le même courage et les mêmes sentiments de résignation chrétienne : il passait ses journées entières les yeux attachés sur une croix, unissant ses douleurs à celles du Dieu crucifié.

C'était à cette source divine qu'il puisait son courage dans la souffrance, le plus difficile des courages : il comprenait déjà, le saint enfant, que l'amour de Dieu est le seul refuge contre les douleurs humaines, et qu'il n'est pas d'amour de Dieu en dehors de la foi chrétienne. Non, le Dieu des philosophes et des sages n'est pas un Dieu qui console et qu'on aime ; on l'adore à peine, on le craint encore moins : il est trop loin, trop haut, trop abstrait, pour qu'on pense beaucoup à lui et pour qu'il pense lui-même à ses créatures. Le seul Dieu qu'on puisse aimer, et le seul, en effet, qui ait fondé son amour sur la terre, c'est le Dieu incarné, le Dieu crucifié, le Dieu né d'une femme, qui, pour combler la distance infinie qui nous séparait de lui, a voulu vivre, aimer et souffrir comme nous, qui est mort pour nous sauver sur une croix, aussi vraiment homme qu'il est vraiment Dieu, aussi vraiment notre frère et notre ami qu'il est notre père et notre rédempteur ! Voilà le seul Dieu qu'on aime ici-bas, et, s'il est vrai que l'amour de Dieu soit la fin dernière et le devoir de l'homme sur la terre, il est le seul vrai Dieu, puisqu'il est manifestement le seul qui ait fondé et obtenu cet amour !

Cet amour de la croix de Jésus-Christ était le fond même de l'âme d'Hélion de Villeneuve et le principe de toutes ses pensées, de tous ses sentiments, à l'âge où la plupart des enfants savent encore à peine ce que c'est que Jésus-Christ.

« Mon excellente maman, écrivait-il à sa mère, à dix ans, pour le jour de sa fête, Dieu nous a tant donné de preuves de son infinie bonté, qu'en cherchant à te donner un souvenir de moi je n'ai rien trouvé de mieux qu'une croix qui rappelle les souffrances que Notre-Seigneur Jésus-Christ a endurées pour nous sauver des peines éternelles de l'enfer. »

La douloureuse passion de Jésus-Christ était le sujet continuel de ses méditations, et, pour s'unir autant qu'il était en lui aux souffrances du Sauveur, il avait imaginé de lui-même de jeûner tous les vendredis. Dès l'âge de sept ou huit ans, il s'imposa cette dure péni-tence, et il le fit avec tant d'humilité et de secret, que sa mère ne le sut que par hasard et plusieurs années après. Ce jour-là, en revenant de l'église, il allait à sa chambre comme pour prendre son déjeuner du matin; mais il n'y touchait pas et le renvoyait secrètement à la cuisine. Il fallut, pour qu'on sût ce pieux manége, qu'on le surprît un jour en flagrant délit de mortifi-cation; et sa mère, émue d'admiration et de joie, le laissa libre de suivre l'instinct de sa piété. Il s'était également imposé la loi de ne jamais manger ni frian-dises, ni mets sucrés, ni dessert, les vendredis et les samedis, et il continua ces pieuses pratiques longtemps encore après que son enfance eut fait place à l'ado-lescence.

Enfin, dès ce même âge, il avait l'habitude d'aller à la messe tous les jours, de grand matin, par le froid, la neige ou la pluie; et le soir aussi, quelque temps qu'il fît, il allait dire ses prières à l'église : enfant res-

pectueux de Jésus-Christ, il commençait et finissait
ainsi ses journées à l'ombre des autels, et sa première
comme sa dernière visite était pour la maison sacrée
de son Père.

Il aimait ses parents comme il aimait Dieu, et la
tendresse naturelle de son cœur s'accroissait encore de
toute la force de sa piété. C'est en effet une grave et
trop commune erreur de s'imaginer que la foi tue ou
affaiblit dans le cœur du chrétien les affections naturelles. C'est le christianisme, au contraire, qui a ra-
mené sur la terre tous les amours légitimes que le
paganisme en avait bannis, l'amour des époux et des
épouses, des enfants et des pères, et cet amour frater-
nel de tous les hommes entre eux, cette admirable
vertu de la charité chrétienne qui embrasse tous les
genres d'affection, et en dehors de laquelle il n'y a
point d'affection sûre d'elle-même ni des autres. Or ce
que la foi chrétienne a fait il y a dix-huit cents ans,
elle le fait encore aujourd'hui ; elle est la mère et la
sœur de la charité ; elle lui est unie dans l'Église de
Jésus-Christ, comme dans le soleil la chaleur est unie
à la lumière. Aussi rien n'est plus tendre que l'âme
d'un vrai chrétien ; tout ce que les autres jettent en
pâture à leurs passions de trésors intimes, de tendresse
et d'affection, il le garde pour les affections légitimes,
pour le sanctuaire béni de la famille, pour le cœur de
sa mère, et son amour est d'autant plus fort, qu'il ne
le sépare jamais du devoir.

Telle était l'âme d'Hélion de Villeneuve, élevé avant
le temps à l'âge d'homme par cette merveilleuse insti-

tutrice qu'on appelle la grâce. Son cœur était aussi
tendre que pur ; après l'amour de Dieu, l'amour de
ses parents le remplissait tout entier. Aimer son père,
sa mère, ses sœurs, était toute sa joie, et il trouvait
des accents ravissants de douceur et de simplicité
pour leur exprimer cet amour.

Écoutez ce que cet enfant de douze ans écrivait à
sa mère pour le jour anniversaire de sa naissance, avec
un charme d'expression qu'aucun écrivain ne dés-
avouerait :

« C'est aujourd'hui ma plus grande et la seule véritable fête qu'il y ait pour moi, ma chère maman, car
c'est aujourd'hui que tout mon bonheur est venu au
monde ! »

Peut-on mieux sentir et mieux dire ce qu'on sent ?

« Tu désires, ajoutait-il, savoir ce que je pense du
bonheur ? Eh bien, je pense que mon plus grand bonheur est de pouvoir me dire qu'avec la grâce de Dieu,
en laquelle j'espère plus qu'en toute autre chose, je
ne te quitterai jamais, ni toi, ni mon père. »

Je dois rapporter ici une circonstance particulièrement touchante et qui prouve à quel point cet aimable
enfant craignait, en effet, d'être privé de sa mère.
Chaque soir, il obligeait sa mère à demander à Dieu
qu'il le fît mourir avant elle ; il ne voulait pas s'en-
dormir avant qu'il l'eût entendue faire cette étrange
prière à haute voix auprès de son lit. Prenant cette
demande pour un caprice d'enfant, la pauvre mère y
accédait en souriant : hélas ! ce qu'elle croyait être un
caprice était peut-être un pressentiment, et la prière

qu'elle faisait avec un sourire devait s'accomplir dans les larmes!

A cette tendresse, qui est au fond de toutes les âmes vraiment grandes, Hélion de Villeneuve joignit dès son enfance une énergie morale extraordinaire. Il fut toujours plein de courage, méprisant la souffrance, amoureux du danger, ignorant toute recherche de lui-même, bravant toutes les intempéries des saisons, en un mot, aussi dur de corps qu'il était tendre de cœur. Il dut à cette éducation austère une vigueur physique peu commune, et il arriva à l'âge d'homme avec un corps aussi fortement trempé que son âme.

Telle fut l'enfance d'Hélion de Villeneuve, enfance vraiment extraordinaire, où l'on voit la bonté native, une forte éducation et la grâce divine s'unir et se fondre merveilleusement pour produire une physionomie vraiment unique d'énergie, de douceur et de charme. Ces premières années de vertu, de tendresse, de foi profonde, furent le commencement et la préparation de sa vie ; et, à voir la solidité des assises, on pouvait juger dès lors que l'édifice ne manquerait ni de grandeur ni de beauté.

Comme un sol généreux et fortement travaillé par la charrue est prêt à produire avec abondance tous les fruits de la terre, son âme, naturellement grande et travaillée par la grâce de Dieu et les soins de ses parents, était prête aussi à porter des fruits de tout genre pour le monde et pour le ciel. De ce point de départ, il pouvait s'avancer dans la vie sans témérité, mais avec une humble et ferme confiance, parce que son espérance n'était pas en lui-même, mais en Dieu; exposé, comme tous les hommes, aux erreurs, aux passions, aux chutes mêmes, mais à peu près certain de ne pas rester dans le mal s'il y posait le pied, et de revenir tôt ou tard à ce Dieu dont la foi était désormais inébranlable dans son cœur et dont l'amour avait rempli les premières années de sa vie.

Quand on commence ainsi l'existence, la fin n'en est guère douteuse, si le milieu en est quelquefois obscurci. Dieu se souvient des premiers sacrifices et du premier amour, et cet amour divin laisse dans le cœur qu'il a traversé des parfums impérissables : ils peuvent s'évaporer pour un moment au feu des passions; mais, un jour ou l'autre, à l'heure marquée par Dieu dans son infinie miséricorde, ils se retrouvent au fond du cœur, pour mêler leur douceur céleste aux joies de la vie ou aux amertumes de la mort !

II

La piété extraordinaire d'Hélion de Villeneuve fit devancer pour lui l'âge habituel où les jeunes garçons sont admis à faire leur première communion, et il accomplit ce grand acte à dix ans. Il s'y prépara avec une admirable ferveur et reçut son Créateur et son Dieu le 26 juin 1836, jour anniversaire de sa naissance, avec un cœur parfaitement pur et tout embrasé de reconnaissance et d'amour.

C'est un grand acte dans la vie, le plus grand peut-être après celui de la mort, que le moment où pour la première fois l'âme s'unit à Dieu dans le sacrement adorable de l'Eucharistie. De cette première visite du Seigneur à sa créature dépend souvent l'avenir tout entier de l'homme, non-seulement son avenir sur la terre, mais son avenir éternel. Il est bien rare et presque sans exemple qu'un homme qui a fait sa première communion avec foi et amour ne revienne pas à Dieu tôt ou tard, à quelques excès, à quelque oubli du ciel que sa vie ait été livrée. Ce n'est point en vain que Dieu a daigné se donner à l'homme pour nourriture au milieu des ineffables abaissements de l'Eucharistie.

De ce jour, les grâces et les vertus grandirent dans l'âme du saint enfant, devenue le sanctuaire du Très-Haut. Non-seulement sa foi et sa piété, mais sa bonté, son énergie pour le bien, son amour du devoir et le sentiment profond de l'honneur, se développèrent rapidement dans son cœur. L'enfant se transformait en homme, mais son âme restait toujours la même, et c'était l'âme d'un chrétien.

Son dévouement était sans limites et ne faisait point acception de personnes. Dès l'âge de douze ans, il se dévouait aux pauvres, comme plus tard il se dévoua à son pays. N'ayant encore que bien peu d'argent à leur donner, il leur portait l'aumône plus précieuse de ses consolations et de sa douce tendresse : il allait les visiter fréquemment, causait longuement avec eux, s'intéressait à

leurs petites affaires, à leurs joies si rares comme à leurs
nombreuses souffrances, et connaissait déjà l'art de
sécher les larmes et d'apaiser les douleurs.

La mère de son précepteur étant tombée gravement
malade, il alla s'établir à son chevet, la soigna comme
un fils, passa les nuits auprès d'elle, lui prodigua les
soins de tout genre, et, comme un ange consolateur,
l'assista jusqu'à son dernier soupir. C'était ainsi qu'il
se dévouait et qu'il aimait : je n'ai pas besoin après
cela de dire s'il était aimé !

Ce besoin de dévouement, qui formait le fond de son
âme comme de toutes les grandes âmes, s'alliait chez
lui à un autre sentiment, qui est souvent la conséquence
du premier, je veux dire l'amour du danger. Il faisait
plus que braver le danger, sous quelque forme qu'il se
présentât ; il le recherchait, il l'aimait comme tant
d'autres aiment le plaisir : ce sentiment alla sans cesse
se développant en lui et finit par devenir en quelque
sorte sa passion dominante. C'est ce qui explique bien
des circonstances de sa vie et surtout la grande détermination qui le poussa en Crimée, au-devant du
péril et de la mort.

Toutes les fois que des incendies éclataient à Nancy ou
dans les villages environnants, au premier son du
tocsin, au premier cri d'alarme, il était sur pied. Rien
ne pouvait le retenir, il courait au feu, organisait les
secours, n'épargnait ni sa peine ni sa personne, et,
arrivé le premier sur le lieu du sinistre, il en partait
toujours le dernier.

Un soir, entre autres, un violent incendie s'étant

manifesté à trois lieues de Nancy, il partit aussitôt, et,
ne trouvant ni cheval ni voiture, monta sur une des
pompes afin d'arriver avec les pompiers eux-mêmes sur
le théâtre de l'incendie. Il passa la nuit à travailler,
s'exposant au plus fort du danger, et revint à Nancy le
lendemain matin, tout couvert de fumée, tout noirci
par le feu, mais le visage radieux comme un soldat qui
revient de sa première victoire. Tels furent ses premiers champs de bataille, tels étaient, dès sa première
jeunesse, l'ardeur de son dévouement et l'entraînement de ses généreux instincts.

Quand il eut passé son examen de baccalauréat, il
vint à Paris pour faire son droit, à l'automne de 1845.
De nobles parents qu'il avait en Autriche, où ils étaient
demeurés depuis l'émigration, lui avaient offert une
brillante position et un avenir assuré dans l'armée au-
trichienne; mais il refusa absolument cette proposition,
quelque séduisante qu'elle fût, déclarant qu'il ne servirait jamais que la France. Dès cette époque, en effet,
l'amour de son pays et un sentiment profond de l'honneur français étaient vivants dans son cœur et se con-
fondaient en lui avec la soif du dévouement et du danger
comme avec l'amour de l'Église. L'Église et la France,
tel était son mot d'ordre, comme celui de ses ancêtres,
comme celui de notre histoire tout entière, pour qui
sait la comprendre. Il vint donc à Paris pour faire son
droit, laissant à Dieu le soin de lui choisir plus tard
une carrière et de donner une direction à sa vie.

Il avait alors dix-neuf ans; je le connus presque dès
son arrivée. C'était le temps où les vieilles voûtes de

Notre-Dame retentissaient de ces admirables conférences du Père Lacordaire dont j'ai retracé dans le chapitre précédent le vivant souvenir. Toute la jeunesse de Paris se pressait autour de la chaire du grand prédicateur et s'enivrait de son éloquence comme d'un breuvage divin descendu du ciel. C'est au sortir d'une de ces belles assemblées que je vis Hélion de Villeneuve pour la première fois. Nous nous serrâmes la main et nous nous aimâmes presque aussitôt d'une amitié que la mort elle-même n'a point brisée et n'a fait que rendre plus étroite. Il était alors dans tout l'épanouissement de sa belle jeunesse et de son admirable nature. Son extérieur était plein de charme : son beau visage respirait la bonté, la gaieté, la plus aimable franchise. Il rayonnait le bonheur, et la pureté de son âme se reflétait tout entière sur sa physionomie à la fois douce, candide et virile.

Gœthe a dit quelque part qu'une des plus grandes jouissances de ce monde est de voir une belle âme s'ouvrir devant soi. Il est certain qu'un des plus grands bonheurs, qu'une des joies les plus vraies de ma vie, ce fut de voir l'âme d'Hélion de Villeneuve s'ouvrir et s'épanouir à mes yeux dans les doux épanchements de l'amitié. Je vis sans peine jusqu'au fond de son cœur, comme on voit au fond d'une source limpide, et je le trouvai parfaitement pur. Il ne cachait rien, parce qu'il n'avait rien à cacher, et c'est même cette extrême limpidité de son âme qui donnait un cachet tout particulier et un charme si sympathique à sa physionomie. Qu'on se figure la plus heureuse nature embellie de tous les dons de la grâce divine, et l'on aura l'âme d'Hélion de Villeneuve à cette bienheureuse époque de sa vie où, sorti de l'enfance et de l'adolescence, il posait le pied dans la virilité.

Il avait conservé avec la ferveur de ses jeunes années ses habitudes religieuses. Tous les matins il allait à l'église et souvent il y retournait prier le soir. Tous les quinze jours il retrempait sa foi dans les sacrements de la Pénitence et de l'Eucharistie. C'était ainsi qu'il entretenait la santé et la pureté de son âme.

Jamais jeune homme chrétien ne rendit la dévotion plus aimable et plus saintement contagieuse : mieux que personne, je puis l'attester. On aimait sa piété comme on aimait sa franchise, sa gaieté, sa simplicité et les mille vertus charmantes qu'il tenait de Dieu et de l'éducation. Il respirait le bonheur et ce contentement intime d'une conscience parfaitement en paix avec Dieu et avec elle-même. On sentait, rien qu'à le voir, qu'il était heureux de vivre et qu'il méritait de l'être ; car vivre, pour lui, c'était aimer Dieu, ses parents, ses amis ; c'était faire son devoir partout et toujours, et le faire sans effort, sans peine, par le seul penchant d'une bonne nature et d'une forte grâce.

C'est une belle chose, aussi belle que rare, et bien digne d'admiration et d'amour, que l'âme humaine dans cet état de repos et de joie méritée. Aussi Hélion de Villeneuve fut-il beaucoup aimé : presque tous ceux qui l'approchaient subissaient le charme de sa bonne et grande nature, et, selon l'âge et la position des personnes qui le connaissaient, il inspirait à toutes l'estime, la bienveillance ou la plus sincère affection.

Le seul défaut qu'il eût alors était une trop grande facilité de liaison ; encore ce défaut, qui plus tard lui devint funeste, n'était-il que l'exagération d'une bonne qualité. Parfaitement incapable du mal, il se refusait à le voir et surtout à le soupçonner chez les autres. Il allait à tout le monde avec un excès de confiance qui indiquait une grande pureté d'intention et une extrême bienveillance d'esprit, mais qui pouvait et devait tôt ou tard l'exposer à des piéges et à des déceptions. Sans prodiguer l'amitié, il prodiguait la familiarité et il étendait outre mesure le cercle de son intimité. Il était trop facile avec les choses comme avec les hommes, et il ne tarda pas à abuser un peu des plaisirs légitimes de la jeunesse, oubliant que ces plaisirs cessent d'être légitimes le jour où, par l'abus qu'on en fait, ils commencent à devenir dangereux.

Néanmoins, et malgré cette ombre légère, Hélion de Villeneuve conserva pendant les premières années de son séjour à Paris toutes les habitudes, toutes les vertus, tous les charmes de son enfance, et la Révolution de février 1848 le trouva encore très-pur, très-bon et très-pieux.

III

La Révolution de février, qui changea tant de choses, changea aussi la vie d'Hélion de Villeneuve, et signala pour lui le commencement d'une existence nouvelle. Du moment qu'il eut endossé cet uniforme de la garde nationale, qui pendant quelques mois mérita l'honneur d'être appelé un uniforme militaire, du moment qu'il fut descendu dans la rue au bruit du rappel, le fusil à la main, et qu'il eut goûté, dans les journées de Février comme en celles de Juin, de quelques-unes des émotions de la vie militaire, sa vocation, encore incertaine à ses yeux, lui fut révélée, et il se dit : « J'étais né pour être soldat ! » Sa pensée alla même plus loin, et, dès ce premier moment, il laissa entrevoir qu'il le serait un jour.

Les exercices, les nuits de garde, les patrouilles, les bruits de l'émeute, la rue transformée en une sorte de camp, en attendant qu'elle devînt un champ de bataille, tout cela l'enivrait de joie, et il apportait à l'accomplissement de tous ces devoirs, nouveaux pour lui comme pour tant d'autres, non-seulement l'esprit de dévouement et de sacrifice d'un bon citoyen, mais l'esprit de gaieté et l'entrain d'un vieux soldat épris de son métier.

Dans les journées de Février comme dans les innombrables journées d'agitations qui suivirent, bien des fois nous parcourûmes ensemble les rues, les émeutes et les clubs, lui courant après le danger, moi courant après lui ! Nous vîmes ensemble cette misérable émeute, qui devint en deux jours une révolution, se former, hasarder son avant-garde de gamins débraillés, puis grandir devant l'inaction du pouvoir, et gagner, en quelques heures, des profondeurs des faubourgs jus-

qu'aux Tuileries et au Palais-Bourbon. Nous vîmes les
premières charges de cavalerie, alors qu'on osait encore déployer une apparence de répression; nous entendîmes tirer les premiers coups de fusil sur la place du
Châtelet. En traversant les rues sombres et tortueuses
du centre de Paris, nous serrâmes la main de pauvres
soldats qui étaient là isolés, perdus dans de petits pos-
tes, et dans l'attitude incertaine et fatiguée desquels on
lisait déjà les humiliations du lendemain.

Le 24 février au matin, en parcourant les boulevards,
nous remarquâmes avec un serrement de cœur tous les
indices précurseurs d'une ruine : des groupes de bour-
geois inquiets, des groupes d'ouvriers menaçants; sur
les murs, des affiches multipliées qu'on ne daignait
plus lire, annonçant avec de nouveaux ministres de
nouvelles hésitations et de nouvelles faiblesses ; dans
les rues les plus tranquilles d'habitude, des insurgés
arrachant publiquement les pavés et construisant en
paix des barricades; sur les boulevards, symptôme
plus alarmant encore, des bataillons entiers de soldats
et de gardes nationaux, déplorablement confondus, la
crosse de leurs fusils en l'air, escortés d'une populace
nombreuse dont les cris semblaient à la fois un remer-
cîment et une menace.

Un peu plus tard, après le massacre des braves
gardes municipaux, après l'abdication du roi Louis-
Philippe et pendant l'envahissement des Tuileries, que
nous ignorions encore, nous vîmes, toujours ensemble,
du socle d'une des statues du pont de la Concorde que
nous avions escaladé, une foule ignoble d'hommes, de

8.

femmes à moitié ivres, défiler sur les quais, approcher sans résistance de la Chambre des députés, où la duchesse d'Orléans s'était réfugiée avec ses enfants, franchir l'escalier du palais en face de bataillons qui se laissaient désarmer à mesure qu'ils arrivaient au pont de la Concorde, puis enfin enfoncer les portes extérieures de la Chambre et disparaître dans ses profondeurs avec des gestes menaçants et des cris furieux.

Moment terrible, où nous apparut l'image la plus hideuse et la plus complète de l'anarchie que des Français mêmes puissent voir. Jamais, pour ma part, je n'oublierai l'impression de chagrin et de honte qui me broya le cœur quand je vis de braves soldats, le front baissé, la mort dans l'âme, réduits, par le défaut de commandement et l'inaction de leurs chefs, à subir cette humiliation sans pareille de se laisser désarmer sans combat par des misérables qui emportaient leurs armes en triomphe. Cette impression, l'âme toute militaire d'Hélion de Villeneuve la ressentit sans doute plus vivement encore que la mienne, et peut-être ne fut-elle pas étrangère à la détermination qu'il prit plus tard d'endosser à son tour cet uniforme, le plus noble qui fut jamais, qu'attendaient de si glorieuses réparations.

Quelques instants après l'envahissement de la Chambre, nous entendîmes proclamer par les rues le gouvernement provisoire, puis la république. En traversant le jardin des Tuileries, nous vîmes le palais envahi: à chaque fenêtre, des hommes en blouse brisaient les persiennes et jetaient au vent des papiers déchirés, arrachés au cabinet du roi, pauvres papiers d'État em-

portant avec eux les dernières pensées d'un gouvernement qui n'était déjà plus.

Le soir même, nous prîmes les armes ; nous ache-
tâmes tant bien que mal dans une boutique de fripier
des vêtements plus ou moins réguliers de gardes nationaux, et, soldats improvisés d'une société réduite à
se défendre elle-même en l'absence de tout pouvoir,
nous passâmes notre première nuit militaire au ministère de l'intérieur. Triste nuit, et bien digne de la
journée qu'elle suivait ! A chaque instant des coups de
fusil, des prises d'armes, l'éternel et ignoble défilé des
vainqueurs de l'Ecole Militaire, qui passaient chargés
d'armes, affublés grotesquement d'uniformes de soldats
en lambeaux, poussant des cris où l'ivresse du triomphe se mêlait à celle de l'eau-de-vie.

Je ne dirai rien des jours qui suivirent, et qui ne
se ressemblèrent que trop, si ce n'est qu'Hélion de Villeneuve se donna tout entier à cette vie d'alerte et d'a-
gitation avec une joie telle, qu'elle étouffait presque en
son âme le chagrin des hontes et des malheurs de la
patrie. Dans cette joie, dans cet entrain, dans toute
son attitude, sa vocation véritable, la vocation militaire,
se révélait déjà avec une entière évidence ; lui-même
ne s'y trompa point, et tout d'abord il écrivit à sa mère
qu'il avait toujours eu le désir de se faire soldat, et
que, si la guerre éclatait, il lui serait impossible de ne
pas s'engager. Aux premières élections de la garde
nationale, il fut nommé sous-lieutenant dans sa compagnie à la presque unanimité, et il prit part, en cette
qualité, à toutes les manifestations imposantes qui firent

un instant de la garde nationale une sauvegarde pour la société et une véritable armée pour la cause de l'ordre. Toujours le premier debout au son du rappel, il assista à toutes les émeutes, depuis celle du 15 mai jusqu'aux sanglantes journées de Juin ; c'est ainsi qu'il préludait aux grandes luttes de Sébastopol.

Ses parents, effrayés de le savoir à Paris, exposé á tous les dangers que la garde nationale avait alors à courir, désiraient vivement en leur cœur qu'il abandonnât momentanément ses études de droit et qu'il revînt près d'eux à Nancy. Néanmoins, connaissant leur fils, ils hésitaient à lui demander ce sacrifice. Hélion de Villeneuve, ayant appris indirectement l'inquiétude de sa mère et craignant que sa santé n'en fût compromise, eut l'abnégation vraiment admirable de lui proposer de quitter cette vie de Paris qu'il aimait tant, d'abandonner un poste plein d'attraits pour lui, puisqu'il était plein de dangers, et de lui sacrifier ainsi, sinon son devoir, du moins le plus cher de ses goûts. Je ne puis résister au désir de citer presque en entier la lettre qu'il écrivit à sa mère à cette occasion : elle respire à la fois une grandeur d'âme et une tendresse filiale qui font venir les larmes aux yeux.

« .... Je ne m'inquiète pas de l'avenir ; il est entre les mains de Dieu, il en fera ce qu'il voudra, et ce qu'il voudra sera toujours bien si de notre côté nous faisons toujours notre devoir. La vie n'est qu'un temps bien court, il s'agit de bien l'employer, et dans toutes les positions, si l'on fait ce qu'on doit, on peut être heureux en ayant confiance en Dieu... Le curé de *** me

connaît bien, puisqu'il t'a dit juste, ce que je t'ai dit
moi-même, que je serai toujours prêt à faire ce que
vous voudrez, même en sacrifiant mes convictions. Je
suis bien sûr d'ailleurs que tu ne voudrais jamais me
faire faire de lâcheté ; tu m'aimes *trop bien* pour ne
pas savoir qu'à mon sentiment *il n'y a plus de bonheur
possible quand on a fait une vilenie...* Cependant, si ta
tendresse t'empêchait de voir les choses tout à fait
juste, je t'assure que j'aimerais mieux ne pas t'affliger.
Mon plus grand désir est que tu sois heureuse, et je
ferai toujours ce que je pourrai pour cela. »

Ses parents, dignes d'un tel fils, répondirent par un
sacrifice à celui qu'il leur offrait de faire pour eux, et
lui écrivirent en l'engageant à rester à Paris. Cette dé-
cision le remplit de reconnaissance et de joie.

« Ainsi donc, leur répondit-il, ma bonne mère, tu
me laisses achever mon droit à Paris. Puisque tu me
dis que ta santé et celle de mon bon père ne l'exigent
pas, je reste et je te remercie de me laisser ici. Mais,
si tu sentais que mon absence te fît du mal, n'hésite
pas à me faire revenir, et sois sûre que le bonheur de
vous rendre heureux me dédommagerait de tout. »

— « Si je suis content d'être à Paris, lui écrivait-il
encore, c'est uniquement à cause de l'occasion qui
peut se présenter chaque jour d'être bon à quelque
chose... Je t'ai toujours dit que je déplorais l'inaction
dans laquelle vivent forcément tant de jeunes gens, et
moi tout le premier ; de là résultent des goûts futiles,
de la difficulté à se bien conduire et la conscience que
l'on n'est bon à rien ; mais enfin il n'y avait pas moyen

de faire autrement. Je t'ai toujours dit aussi qu'en cas de guerre je ne pourrais m'empêcher de servir. Eh bien, nous voici dans un moment difficile; on est comme dans un camp, ne sachant jamais ce qui arrivera le lendemain. S'il y a quelque chose, la garde nationale est assurément la principale force, c'est elle qui fera presque tout. Tu conçois donc que je sois heureux d'en faire partie, surtout comme officier... »

Et dans une autre lettre il ajoutait : « Si la guerre se déclare, je trouve qu'E. et B. seront bien heureux. Dans le temps où nous sommes, il est du devoir de tout homme d'honneur de faire ce qu'il peut : quand on n'est pas capable de rendre des services en politique, c'est à l'armée qu'on doit être si l'on se bat. »

Grande et belle leçon, sur laquelle je reviendrai plus tard, qu'il appuyait dès lors de son exemple et qu'il consacra plus tard de son sang sous les murs de Sébastopol.

Ces lettres, où sa belle âme se montre tout entière, prouvent jusqu'à l'évidence que, dès ce moment, il connaissait sa vocation et était décidé à la suivre, le cas échéant. Mais la guerre, un moment imminente, put être évitée ; l'agitation même produite par la Révolution de février s'apaisa peu à peu, sinon dans les esprits, du moins dans la rue. Paris perdit bientôt l'aspect d'un camp, que lui avaient donné tant d'émeutes, et l'armée reprit dans la capitale la place qu'elle avait dû momentanément céder à la garde nationale. Hélion de Villeneuve, trop âgé déjà pour s'engager en temps de paix, retenu d'ailleurs par la santé profondément ébranlée de son père, dut songer à trouver une autre occupation, car l'oisiveté lui était insupportable.

Il entra donc, en 1849, au ministère des affaires étrangères. Mais, quoiqu'il y réussît parfaitement, il n'aima jamais cette carrière, trop paisible et trop renfermée pour ses goûts. L'ennui, ce sentiment d'inquiétude et de malaise qu'éprouvent tous les êtres qui ne sont point dans leur vocation, firent de cette vie sédentaire un danger pour lui. Des liaisons trop nombreuses et trop faciles, et l'abus des plaisirs du monde, agirent également sur lui dans un sens fatal. Peu à peu ses habitudes religieuses, cette grande, cette unique sauvegarde des jeunes gens, allèrent en s'affaiblissant dans sa vie, et laissèrent son âme livrée sans défense à toutes les tentations du dehors et du dedans.

Que dirai-je de plus? Il avait évité jusqu'alors tous les piéges qui lui étaient tendus, et Dieu sait si le monde les multipliait sous ses pas! Il les avait évités par la fuite, par la prière, par la fréquentation des sacrements qui donnent à la faiblesse humaine toute la force de Jésus-Christ. Une fois désarmé, il y succomba, et cette âme si belle, si grande, si pure, restée chaste pendant vingt-trois ans, connut enfin ce que le monde appelle en souriant le plaisir et ce que l'Église en pleurs appelle le mal; elle le connut, le subit comme un joug, mais ne l'aima jamais et n'y demeura qu'en passant : sa foi, son élévation native, étaient trop grandes pour qu'elle s'y attachât un seul jour d'une affection durable.

La faiblesse d'Hélion de Villeneuve fut si passagère, elle resta tellement à la surface de son cœur et de sa vie, si je puis m'exprimer ainsi, et elle fut effacée par tant de vertus charmantes et par une si sublime expiation, que j'ai hésité à la mentionner, même en passant, dans cette histoire. Je l'ai fait néanmoins, après y avoir longtemps réfléchi, d'abord par respect pour la vérité, puisque ce récit est une histoire, et ñon pas un éloge, ensuite à cause des enseignements utiles qu'on en peut tirer.

Premièrement, en effet, elle prouve une fois de plus, après tant de lamentables exemples, le danger des mœurs trop faciles et de l'abus des plaisirs permis. On ne peut user sans péril du monde et de ses joies qu'à la condition d'en user modérément ; car l'air qu'on y respire est mauvais et agit d'une manière funeste sur tous ceux qui y séjournent trop longtemps sans nécessité. Insensiblement il modifie les points de vue, l'aspect des choses, la façon dont on envisage la vie ; il dissipe l'esprit, il atteint même le cœur ; et quand, par la grâce de Dieu, on revient à soi, après un de ces fatals moments d'enivrement et d'oubli, on se trouve avec terreur bien loin du point de départ, hélas ! et bien au-dessous.

Mais la faiblesse passagère d'Hélion de Villeneuve enferme un autre enseignement bien plus rare et non moins important. Il a, en effet, montré par son exemple comment un chrétien peut se relever quand, par malheur, il a failli. Pour une foule de jeunes gens, une première faute semble un engagement irrévocable conclu avec le mal. Par je ne sais quel sentiment faux qu'on appelle de la logique, et que j'appelle de la folie, on s'imagine que les fautes doivent s'appeler et se tenir comme les vertus, qu'on ne peut céder à une passion sans céder à toutes, et que, par cela seul qu'on a eu la faiblesse d'offenser Dieu en quelque chose, on est obligé de ne le respecter en rien ; comme si l'abandon d'un devoir devait avoir pour conséquence l'abandon de tous les devoirs, et comme si, parce qu'on est faible, on était contraint de devenir impie !

Avec cette prétendue logique, trop commune en France, à la première faiblesse, à la première faute, on abandonne tout : prière, église, habitudes chrétiennes de tout genre; on se croirait inconséquent en respectant dans ses paroles et dans ses actes un Dieu qu'on offense, non par haine, mais par faiblesse humaine : on ne le respecte donc plus ! Parce qu'on a violé un commandement, on les viole tous, ou peu s'en faut. A ce métier, la foi s'affaiblit et meurt vite, la vie chrétienne se retire tout à fait, et la voie du repentir et du retour se ferme quelquefois pour jamais.

Hélion de Villeneuve ne fut pas logique de cette façon-là, grâce à Dieu. Il connaissait trop bien la bonté et la miséricorde infinie du Sauveur ! Il savait que l'Évangile est plein de douceur et d'indulgence pour la faiblesse humaine, et que Dieu pardonne tout à l'humble repentir. Il savait que Madeleine, la grande pécheresse, s'était relevé purifiée et sainte après avoir pleuré aux pieds du Seigneur, et que le pauvre Publicain s'était retirée pardonné du temple pour avoir humblement confessé ses misères; tandis que le Pharisien avait remporté avec lui le lourd fardeau de ses vices austères et de ses orgueilleuses vertus. Il savait, en un mot,

que Dieu préfère à une vertu superbe et enflée d'elle-
même mille fautes avouées dont on s'humilie et dont
on se repent. Il n'eut donc pas la prétention d'ériger
sa faiblesse en principe, de s'en parer comme d'un vê-
tement d'honneur et de vouloir détruire dans son cœur
la foi de toute sa vie, parce qu'il l'avait un moment
oubliée. Il ne manqua jamais d'honorer Dieu par ses
paroles et par ses actes; il continua à prier pour demander au Seigneur de lui rendre la force qu'il avait
momentanément perdue; il continua d'aller à la messe le
dimanche, à observer même les autres commande-
ments de l'Église, tels que le jeûne et l'abstinence. Et
comme un de ses compagnons le raillait sur son obstination à ne rien prendre un jour de jeûne, il lui répondit en souriant : « Parce que j'ai la faiblesse d'offenser Dieu en un point, faut-il que je l'offense en tous
les autres? »

Grâce à cette fidélité courageuse, Hélion de Villeneuve n'eut point de peine à sortir du genre de vie où
il avait posé le pied. Après un court enivrement, il
secoua ce joug des plaisirs défendus, si pesant pour
une âme chrétienne, comme on chasse un mauvais
rêve après le sommeil, et, au premier avertissement de
la Providence, il dit adieu au mal et rentra à pleine
voile dans le port de la paix chrétienne.

C'était au mois de septembre 1850. Hélion de Villeneuve était à Paris, où les travaux du ministère le re-
tenaient presque toute l'année, quand une lettre de sa
mère lui apprit que son père était dangereusement malade et qu'il l'appelait près de lui. Cette fatale nouvelle

le frappa comme un coup de foudre. Il accourut à Nancy et trouva son père encore vivant, mais condamné par les médecins. Ce bon père, ce noble et excellent chrétien, avait voulu attendre son fils pour être administré devant lui, et lui léguer ainsi, avec le souvenir de cette douloureuse, mais sublime cérémonie, un dernier exemple et une dernière leçon.

Il vécut encore huit jours, pendant lesquels Hélion de Villeneuve ne le quitta pas une minute, le veillant, le soignant avec la tendresse d'un fils et le dévouement ingénieux d'une sœur de Charité, portant lui-même d'un lit dans un autre celui qui l'avait porté enfant entre ses bras, et recueillant comme un héritage sacré les paroles suprêmes du mourant. C'est un grand bonheur pour un fils de pouvoir penser, non-seulement sans rougir, mais avec un noble orgueil, à la vie et à la mort de son père, et de pouvoir se dire avec certitude qu'après une existence honorée des hommes son âme repose heureuse et bénie dans le sein de Dieu.

Après avoir reçu une dernière fois, en présence de sa famille, les sacrements de l'Église avec un grand recueillement, le marquis de Villeneuve-Trans parla à son fils de la vie qu'il devait mener, de l'honneur de son nom, qu'il lui laissait pur et sans tache; il lui recommanda d'avoir toujours présent à la pensée le souvenir de ses ancêtres, grands par la foi et par leur dévouement chevaleresque à la France, de toujours porter dignement un nom illustré par tant de générations; puis il s'endormit doucement dans les bras de ce cher fils et dans la paix du Seigneur.

Hélion de Villeneuve lui rendit les derniers devoirs de la piété filiale avec une grande tendresse et une grande affliction ; il le conduisit en Provence, à Bargemont, et déposa son cercueil dans le caveau de famille, où lui-même, hélas! devait venir le rejoindre bientôt.

Tel fut le plus grand chagrin d'Hélion de Villeneuve, le seul peut-être qui ait assombri son heureuse existence jusqu'au jour de son adieu suprême à sa mère et du grand déchirement de la mort. Cet événement fit sur lui la plus salutaire impression, et le ramena aux pratiques et aux pensées religieuses, qui avaient un moment sommeillé au fond de son cœur.

Je ne parlerai point en détail de sa vie depuis ce moment jusqu'à celui où la guerre d'Orient éclata : je n'y trouve aucun événement saillant. Elle fut remplie par ses travaux monotones du ministère, par des voyages qu'il fit en Espagne, en Italie, en Allemagne et en Russie, comme porteur de dépêches, par les occupations, beaucoup trop restreintes à son gré, que lui donnaient ses fonctions de capitaine d'état-major de la garde nationale. Je ne rappellerai qu'un fait, qui prouve à quel point, même au milieu de quelques faiblesses, le sentiment chrétien vivait toujours dans son âme : jamais il ne partit pour un voyage sans s'être auparavant confessé de ses fautes, mettant ainsi à régler ses affaires de conscience le même soin que d'autres apportent à régler leurs affaires temporelles. C'est dans ces dispositions que le trouva la guerre quand elle vint tout à coup troubler la France, l'Europe et le monde.

IV

Si jamais guerre fut juste dans son principe, grande et généreuse dans son but, ce fut sans contredit cette guerre d'Orient, où la France se jeta résolûment, sans intérêt personnel, sans arrière-pensée d'agrandissement et de conquête, mue par la seule volonté de défendre le droit, de combattre pour la justice et pour la vérité.

Au mépris des traités, au mépris de cette morale éternelle, supérieure à tous les traités, la Russie voulait imposer à la Turquie des concessions déshonorantes, incompatibles avec la dignité de tout gouvernement qui se respecte et avec l'indépendance d'un peuple encore digne de ce nom. Il appartenait aux grandes nations de l'Europe, gardiennes du droit des gens, d'intervenir en faveur du faible opprimé contre le puissant qui voulait se faire oppresseur, et de dire à cet empire russe, presque aussi vaste que l'Océan et plus envahissant que lui : « Tu n'iras pas plus loin ! Tu n'iras pas plus loin, non-seulement parce que la justice et la foi des traités s'y opposent, mais parce que l'indépendance et la sécurité de l'Europe entière seraient compromises si tu faisais un pas de plus ! »

Ce n'était donc pas une guerre de don Quichotte que nous allions faire en Orient, et la Turquie en était l'occasion plus encore que la cause. Nous allions y défendre, avec la vieille politique de la France, la dignité et la liberté de toutes les nations de l'Europe; nous allions, sans le vouloir, et sans le savoir peut-être, défendre mieux encore que cela, l'indépendance de l'Église catholique, menacée par l'envahissement continu du schisme grec.

En effet, si la Russie menace l'Europe comme puissance politique, elle ne menace pas moins l'Église comme puissance religieuse. La foi orthodoxe, comme elle s'intitule, ardente, ambitieuse, unie et comme fondue avec le gouvernement russe lui-même, ne se contente pas de persécuter la vérité catholique à l'intérieur, elle cherche à la persécuter, à la combattre, à l'anéantir au dehors. Elle ne cache pas sa prétention de se substituer un jour à elle, de régner sans rivale à sa place sur l'Église universelle, et de représenter seule dans le monde cette foi du Christ fondée sur Pierre pour l'éternité, et qui, en dehors de Pierre et de ses successeurs, n'est et ne sera jamais qu'erreur et vanité. Or, quand une erreur, quelle qu'elle soit, s'appuie sur une force matérielle immense, qui non-seulement la défend mais la propage et veut l'imposer à tout le monde, elle devient un grand danger pour la vérité, et les fils de la vérité doivent s'armer contre elle et la dominer à tout prix; ils doivent, sinon la détruire, au moins la réduire au silence et à l'impuissance de persécuter.

C'était donc une guerre religieuse et catholique au premier chef que la guerre d'Orient; c'était la défense de l'Église contre le schisme russe, de la papauté véritable contre cette papauté des czars, plus odieuse encore qu'elle n'est ridicule; en un mot, c'était Rome que nous courions défendre à Constantinople, et, par un merveilleux dessein de la divine providence, en tirant l'épée contre la Russie pour maintenir l'existence de l'empire ottoman, nous ne faisions, en réalité, que poursuivre la grande œuvre des croisades! Il appartenait à la France catholique, à la fille aînée et bienaimée de l'Église, de se mettre à la tête de cette grande et sainte entreprise, et d'entraîner l'Europe à sa suite dans cette croisade du dix-neuvième siècle, comme elle l'avait entraînée jadis à la délivrance de la terre sainte. Ainsi, chose étrange et admirable! l'Angleterre protestante et la Turquie allaient combattre avec la France et sous ses ordres pour l'affranchissement et la liberté de la foi catholique, et Dieu se servait de l'hérésie et de l'islamisme lui-même pour écarter de son Église le plus grand danger qui pût la menacer dans les temps modernes, tant il est vrai qu'aujourd'hui, comme toujours, « l'homme s'agite et Dieu le mène. »

L'âme française et catholique d'Hélion de Villeneuve comprit tout de suite le caractère sacré de la guerre qui commençait. Digne fils des croisés, fier de compter parmi ses ancêtres un des grands maîtres de cet ordre de Malte qui porta si longtemps et si fièrement le drapeau de l'Église et celui de la patrie, il tressaillit à l'annonce de cette lutte où son pays et sa foi étaient également intéressés. Sa pensée et son cœur s'élancèrent vers l'Orient, à la suite de nos braves soldats, et dès les premiers préparatifs de guerre, dès le départ

de nos premières troupes, dès le premier coup de canon, il sembla, comme le cheval de la Bible, dresser
sa tête, frémir d'une ardeur belliqueuse, et, le feu dans
les yeux, s'écrier : « Allons! » Toutes ses idées de
guerre, tous ses goûts militaires, vinrent l'assiéger
jour et nuit, et sa vocation, si longtemps refoulée, se
dressa devant lui plus ardente et plus entraînante que
jamais!

Il chercha d'abord à chasser cette pensée comme
une tentation, comme un mauvais rêve; il tourna ses
regards vers sa mère, qui, veuve et n'ayant pas d'autre
fils, trouvait en lui le souvenir vivant de l'époux qu'elle
avait perdu, le compagnon de sa vie, l'appui de sa
vieillesse prochaine, l'orgueil et la joie de sa famille!
Mais la pensée qu'il cherchait à écarter revenait toujours plus forte et plus pressante. Chaque coup de canon tiré en Orient retentissait douloureusement dans
son cœur; le sentiment de joie que la nouvelle de nos
succès, du débarquement inespéré de nos troupes en
Crimée, de la victoire de l'Alma, faisait naître dans son
cœur était dominé et comme éteint par son amer
regret de n'y point avoir pris part. Il rougissait en lui-
même, comme d'une lâcheté, de son inaction et de sa
vie tranquille à Paris tandis qu'on se battait en Orient;
il se regardait presque comme un déserteur ou un réfrac-
taire, tant sa vocation était violente, si je puis ainsi parler; et le sang héroïque qui bouillonnait dans ses veines
lui montait du cœur au visage chaque fois qu'on parlait, en sa présence, de celui qui coulait là-bas pour la
France et pour l'Église.

Une première fois, au début de la campagne, il avait parlé à sa mère de son désir ardent de s'engager et de partir comme simple soldat pour la Crimée; mais le chagrin de la pauvre mère avait été tel, sa répulsion si violente, qu'il renonça à son espoir et qu'il se promit à lui-même de ne plus lui en reparler jamais. Il se ressouvint qu'en d'autres temps, au moment des émeutes de 1848, il avait promis à sa mère de tout sacrifier pour son bonheur, même ce qu'il considérait comme un devoir, et il résolut de tenir parole. Mais sa mère était digne de lui; elle comprit que, s'il avait dû, en bon fils, lui faire le sacrifice de sa vocation, elle ne devait pas l'accepter. Elle se rappela cette autre parole qu'il lui avait écrite : « Quand on a fait une vilenie, il n'y a plus de bonheur possible en ce monde! » Et dès lors elle se résolut à le laisser suivre sa vocation et sa destinée, sous la sauvegarde de Dieu, s'il persévérait dans les mêmes sentiments. Lutte mémorable de dévouement et de grandeur d'âme, où l'on ne sait lequel on doit admirer le plus, de l'abnégation du fils qui veut sacrifier le bonheur de sa vie à la piété filiale, ou de celle de la mère, qui se sacrifie elle-même au bonheur de son enfant!

La noble femme ne tarda pas à comprendre que la vocation de son fils n'était pas un caprice né d'un enthousiasme éphémère, mais qu'elle était réelle, sérieuse, profondément enracinée dans son cœur. Fidèle à l'engagement qu'il avait pris avec lui-même et dont il m'avait confié le secret, jamais il ne lui reparlait de son désir; mais elle le lisait dans tous ses traits, dans

9.

tous ses mouvements, dans tout l'ensemble et tout le
détail de sa vie. Il était triste, pensif; son travail ac-
coutumé le fatiguait et le dégoûtait. On voyait que sa
pensée était ailleurs, et la pauvre mère, hélas! n'avait
pas besoin de lui demander où!

Alors, avec l'héroïsme d'une mère chrétienne, elle
prit son parti : elle se dit qu'elle ne voulait pas, qu'elle
ne devait pas être un obstacle au bonheur de son fils;
qu'en l'empêchant de suivre sa vocation elle arriverait peut-être à briser son énergie morale, à le rejeter, par la tristesse et l'ennui, dans l'inconduite qu'il
avait si noblement abandonnée, et à compromettre
ainsi le salut même de son âme. Elle consulta des
hommes graves qui connaissaient son fils et qui connaissaient le cœur humain; elle pria, pleura, s'anéan-
tit au pied de la croix; puis, semblable à Blanche
de Castille, qui disait à saint Louis : « Mon fils, j'aimerais mieux vous voir mourir que commettre un
seul péché mortel! » elle dit à son fils :

« J'aime mieux te voir partir et mourir, s'il le
faut, en Orient, que rester ici pour moi malgré ta
conscience et ta vocation. Si tu crois que ton devoir
est de te faire soldat et que c'est bien la volonté de
Dieu qui t'appelle sous les drapeaux, engage-toi, pars
et va te battre. Mais souviens-toi toujours que je n'ai
jamais eu qu'une chose en vue, que je n'ai jamais demandé qu'une chose à Dieu pour toi, c'est le salut de
ton âme! C'est que, si je me résigne aujourd'hui à un
sacrifice surhumain, c'est par amour pour ton âme!
Si donc je te donne de moi-même ce consentement

que tu n'oses plus me demander, c'est à la condition
que tu veilleras sur cette chère âme au salut de laquelle je sacrifie mon bonheur, et que tu n'oublieras
jamais quelles larmes elle va me coûter ! »

Hélion de Villeneuve embrassa sa mère avec autant
d'admiration que d'amour; il la pressa sur son cœur,
il la couvrit de caresses et de baisers; il lui dit qu'elle
lui donnait la vie une seconde fois, qu'elle assurait son
bonheur en ce monde et dans l'autre en le laissant
suivre la voix de sa conscience et de son honneur; il
lui avoua que lui aussi croyait le salut de son âme attaché à cette résolution; qu'en tout cas il n'y aurait plus
eu de bonheur pour lui si, en résistant à sa vocation,
il eût fait ce qu'il considérait comme une sorte de
lâcheté; enfin il lui promit d'être toujours fidèle à la
foi divine qui lui dictait son sacrifice, d'aimer son âme
comme elle l'aimait, de combattre, de vivre, et, s'il le
fallait, de mourir en chrétien

Ce moment solennel décida de la destinée d'Hélion
de Villeneuve; et, si, par un dessein mystérieux de la
Providence, il abrégea son avenir en ce monde, il
assura son avenir éternel. La mère et le fils accomplirent ce jour-là un double sacrifice, digne de la mémoire des hommes et des anges : l'un immolant sa
tendresse filiale à l'honneur et au devoir, l'autre immolant son propre bonheur et sacrifiant même en idée
la vie terrestre de son fils au salut de son âme immortelle! On ne peut imaginer un oubli plus grand de
soi-même, une absence plus complète de cet égoïsme
qui est au fond de presque tous les amours, un plus

absolu dévouement; et, si quelque mère moins chrétienne et moins forte était tentée de trouver le sacrifice
excessif et s'en effrayait dans son cœur, je lui dirais,
pour lui faire tout comprendre, de méditer le sacrifice
de la sainte Vierge Marie, la plus tendre et la plus
sainte des mères, se tenant debout au pied de la croix,
et regardant mourir Jésus-Christ, son fils et son Dieu!
C'est là, c'est au Calvaire, que se trouve la source intarissable, infinie, de tous les dévouements, de tous
les sacrifices. de tous les héroïsmes! C'est là que les
chrétiens puisent la force de se sacrifier, comme Jésus
et comme Marie, au delà des limites mêmes de la
nature!

C'était au mois de mars 1855; le siége de Sébastopol se prolongeait au delà de toutes les prévisions, et
l'expédition de Crimée prenait des proportions chaque
jour plus considérables. De nouveaux régiments par-
taient incessamment de Marseille et de Toulon pour
Constantinople. L'empereur, qui avait conçu le plan
de cette expédition et qui avait assigné la Crimée pour
l'unique champ de bataille de cette grande guerre;
l'empereur, dis-je, voulut que sa garde, nouvellement
formée, reçût le baptême du feu et prît sa part dans la
gloire de cette lutte; il en fit donc embarquer successivement tous les régiments. Déjà l'infanterie presque
tout entière avait quitté la France : c'était au tour de
la cavalerie. L'empereur avait, dit-on, résolu d'aller
prendre en personne le commandement du siége, et le
brave régiment des guides, tout frémissant d'impatience, était désigné pour l'accompagner en Orient.

Déjà la semaine, le jour même du départ, étaient fixés, et, huit jours avant cette époque, qui paraissait certaine, Hélion de Villeneuve, sûr de trouver dans les guides de braves camarades et des chefs bienveillants, mit son projet à exécution. Il s'engagea dans ce régiment comme simple soldat, et, malgré son chagrin de quitter pour la première fois et pour longtemps la maison maternelle, ce fut avec une grande joie qu'il endossa cet uniforme militaire, objet de tous ses désirs et de toute son affection. Dès le premier jour de son entrée au régiment, il se mit au métier avec un entrain et une gaieté sans pareils, accomplissant sans murmure et sans ennui les devoirs les plus durs et les plus pénibles du soldat, étonnant par son aptitude et sa bonne humeur les plus vieux troupiers du régiment. Aussi fut-il de prime abord aimé de tout le monde, selon sa coutume : ses chefs, qui, en dehors du service, étaient ses compagnons et ses amis, et qui avaient tous admiré sa résolution héroïque, l'estimèrent et l'admirèrent davantage encore, quand ils virent de quelle manière il la mettait à exécution. Ses camarades, avec lesquels il se montra affable, gai et sans façon, se mirent à l'adorer, et le lui témoignèrent par mille preuves d'affection simples et naïves, dont il était si touché, qu'il en parlait presque les larmes aux yeux. Enfin, les plus augustes suffrages ne lui manquèrent pas, et tout ce qui porte l'uniforme militaire le félicita énergiquement de sa noble détermination et du grand exemple qu'il donnait à la jeunesse française.

Grand exemple, en effet, et que plusieurs peut-être,

plus libres, plus jeunes et plus désœuvrés que lui, auraient bien fait de suivre. Car, en dehors et au-dessus
même des services civils, c'est par le sang versé sur les
champs de bataille que les grandes races se sont for-
mées et maintenues; c'est le sang donné pour la patrie
qui féconde ce grand arbre de la noblesse, qui lui fait
pousser des rameaux vigoureux et des racines profondes, et porter des fleurs et des fruits précieux pour le
temps et pour l'éternité. Le jour où la noblesse laisse
les batailles se livrer sans y prendre sa part, elle com-
promet son avenir et sa force; car c'est surtout au jour
des combats que *noblesse oblige*, et toute victoire gagnée sans elle est une victoire gagnée sur elle !

Voilà ce qu'Hélion de Villeneuve avait compris et
senti avec toute l'énergie d'un grand cœur et d'une forte
race ! Voilà, grâce à Dieu, ce que beaucoup d'autres
comprirent et sentirent comme lui, et certes, rien qu'à
relire la nécrologie ou pour mieux dire le martyrologe de
la guerre d'Orient, on trouve à chaque instant de nobles et douloureuses preuves de la part que prirent à
cette nouvelle croisade les héritiers des grands noms
de France. Néanmoins les engagements volontaires des
jeunes gens du monde furent trop rares peut-être, et
le grand exemple d'Hélion de Villeneuve trouva, je
crois, peu d'imitateurs. On fit plus que de ne pas l'imiter, on le blâma, on le traita d'insensé; le monde, qui
n'est que vanité, et auquel l'égoïsme est si naturel,
qu'il ne peut même comprendre le dévouement; le
monde inventa je ne sais quels motifs secrets et roma-
nesques pour expliquer une résolution que ses ancêtres

n'auraient pas même admirée, tant ils l'eussent trouvée naturelle. Rien enfin ne manqua à son sacrifice, pas même le chagrin de le voir méconnu !

Mais sa résolution était prise ; les blâmes et les critiques ne la changèrent pas ; ils ne firent même qu'effleurer son âme et y laissèrent au fond toute la joie que cause aux grands cœurs le sentiment du devoir accompli. C'est ainsi qu'à ce moment même il écrivait à sa mère :

« Pour bien jouir du présent, il ne faut pas avoir la conscience qu'on a manqué sa vie, que l'on n'a jamais été bon à rien et qu'on ne le sera jamais. Il y a des gens qui se moquent de ce sentiment-là, ou plutôt qui ne l'ont pas, et qui sont fort heureux à condition de ne rien faire et de bien manger et bien boire. Mais je ne suis pas de ceux-là, et tu peux te dire, ma bonne mère, que tu fais mon bonheur en me laissant essayer un peu ce que je puis valoir... » Et, pour la rassurer, il ajoutait : « ... On commence à croire que la campagne sera finie pour l'hiver et la paix faite d'une façon ou d'une autre. S'il en était ainsi, ce serait bien beau. Aller faire un beau voyage, un petit bout de guerre, avoir peut-être la croix, puis après cinq ou six mois revenir pour rester ensemble et n'avoir plus de préoccupations ni de regrets ! »

Telles étaient ses dispositions et ses espérances, quand on sut que l'empereur, comprenant la nécessité de sa présence à Paris, se résignait à abandonner son projet de voyage en Crimée, et que le départ des guides était indéfiniment ajourné. Dans cette situation, Hélion de Villeneuve n'avait évidemment qu'une chose à faire : il ne s'était pas engagé à vingt-huit ans, il n'avait pas quitté une brillante carrière pour rester à balayer les écuries de l'École-Militaire et promener dans les rues de Paris son uniforme de simple soldat. Sa mère le comprit comme lui et consentit à le laisser changer de régiment, comme elle avait consenti à le laisser s'engager. Le 1er chasseurs d'Afrique était alors en Crimée; Hélion de Villeneuve obtint sans peine son incorporation dans ce régiment, avec le privilège d'entrer de suite dans un des escadrons de guerre, sans passer d'abord par le dépôt, selon les règlements.

Une fois ce point décidé, il mit ordre à ses affaires temporelles et spirituelles; et, prévoyant que peut-être il ne reviendrait pas de cette terre d'Orient, où l'entraînaient pourtant tous ses désirs, il écrivit son testament en ces termes :

« Au moment de partir pour une expédition dont il est possible que je ne revienne pas, je me considère comme en danger de mort, et je fais ici mon testament.

« Je meurs en bon chrétien, comme j'ai toujours tâché de vivre. Je remercie ma bonne et excellente mère du bonheur qu'elle m'a toujours donné, et lui demande pardon des chagrins que j'ai pu lui causer. Je lui laisse tout ce que je possède, en lui demandant de donner un souvenir de moi à mes sœurs... »

Après quelques dispositions en faveur de ses meilleurs amis, il ajoute :

« Je prie ma bonne mère de donner aux pauvres l'argent qui se trouve à moi chez M. S***, moitié à Nancy, moitié à Bargemont, demandant à ceux qui en profiteront de prier pour moi.

« Au nom du Père, et du Fils, et du Saint-Esprit. Amen.

« Signé : Hélion de Villeneuve-Trans.

« Paris, le 28 mai 1855. »

Après avoir exprimé ses dernières volontés d'une façon si touchante, si simple et si calme en même temps, il fallut se décider à partir. Le moment, le cruel moment des adieux était arrivé. Certes, il est toujours pénible de quitter ceux qu'on aime, alors même que l'absence ne doit être ni longue ni périlleuse, alors qu'on part pour un court et joyeux voyage. Mais, quand on se quitte pour un temps indéterminé ; quand celui qui part va braver des dangers sans nombre ; quand, enfin, l'adieu qu'on se dit est peut-être le dernier adieu, et l'embrassement du départ l'embrassement suprême, alors le cœur se brise véritablement, et la séparation de deux cœurs qui s'aiment est bien l'image du déchirement de la mort.

Aussi n'essayerai-je pas de rendre les angoisses du fils et de la mère au moment de ce fatal départ, que

ne devait suivre aucun retour. A ce moment suprême,
l'âme si tendre d'Hélion de Villeneuve fléchit sous le
poids de la douleur ; peut-être eut-il un instant de
regret, et, quoiqu'il fût trop tard pour reculer, son
cœur se serait brisé si sa mère, la mort dans l'âme,
mais le courage sur les lèvres et dans les yeux, ne l'eût
soutenu et ranimé par sa propre énergie. Elle eut la
force de le conduire jusqu'à la gare du chemin de fer
de Lyon, jusqu'à la portière de la voiture qui devait
l'emmener ; puis, quand le dernier baiser eut été
échangé, quand son fils eut disparu à ses yeux avec le
convoi qui l'emportait, elle revint seule et baignée de
larmes, mais toujours forte et dévouée, consoler sa fille,
plus faible et non moins désolée qu'elle-même !

V

Le déchirement de la séparation laissa dans l'âme d'Hélion de Villeneuve une douleur qui le dominait encore
quand il arriva à Marseille. Peut-être eut-il pour la première fois un pressentiment de la fin qui l'attendait en
Crimée. — « C'est un rude moment, écrivait-il de Marseille, que celui où l'on quitte tous ceux que l'on aime,
sans savoir si l'on reviendra jamais ! On peut me dire
avec raison que rien ne m'y forçait et que j'aurais tort
de me plaindre ; aussi je ne me plains pas ; seulement
je dis que c'est dur. »

— « J'avais le cœur bien gros, écrivait-il encore,

mon excellente mère, en partant l'autre soir. Jamais je
ne pourrai te remercier assez du courage que tu as eu. Si
tu n'en avais pas montré, je n'aurais pu en avoir moi-
même, et j'aurais été au désespoir. Cependant il faut se
dominer, car tout ne sera pas rose pour moi ; mais,
avec le cœur tranquille, on a de l'énergie... Sois tranquille *sur tout ce que tu m'as recommandé;* je n'oublierai rien et suis trop reconnaissant de ce que tu
as fait, pour ne pas faire moi-même tout ce que tu
veux... Je ne puis pas te dire que je t'aimerai davantage pour ce que tu viens de faire, c'est impossible ;
mais je t'en remercie de toute mon âme... »

Cependant les préparatifs du départ, la vue des
troupes qui s'embarquaient, des soldats et des officiers
qui revenaient en convalescence, tout ce mouvement
et ce travail d'un grand port de mer, dissipèrent peu
à peu ses idées noires, qui firent place à des pensées
plus riantes. La tristesse, d'ailleurs, était si incompa-
tible avec son heureux caractère, qu'elle ne pouvait
séjourner longtemps dans son âme. Il s'embarqua le
lundi 4 juin, et, après avoir jeté un dernier regard
sur la terre de France, un dernier baiser du cœur à sa
mère et à sa famille, il se tourna tout entier du côté de
l'Orient et fixa ses yeux avec une ardeur impatiente
sur cet avenir de campagnes et de guerre si longtemps
caressé comme un rêve et qui allait se changer pour
lui en réalité.

La traversée fut belle et pleine d'intérêt. C'est par des
extraits de ses lettres à sa mère que je raconterai désormais ses impressions et sa vie depuis le moment où

il s'embarqua jusqu'à celui où d'autres, hélas! durent écrire à sa place. C'est une correspondance simple, aimable, pleine de gaieté et de cœur, qui le peindra au naturel mieux que tout ce que je pourrais dire.

— « Nous voici à Messine, mon excellente mère, écrivait-il le 7 juin, avec un temps superbe et la meilleure traversée du monde. Je n'ai pas été malade un seul instant : tu juges si je me trouve bien, moi qui aime tant la mer! Nous avons à bord vingt sœurs de Saint-Vincent de Paul et un bon père lazariste, tous allant à Constantinople. Il y a beaucoup de soldats, et c'est vraiment touchant de voir comme les sœurs sont bonnes avec eux : le soir elles chantent leurs prières sur le pont... Je me porte mieux que jamais, tous les officiers que je rencontre sont charmants pour moi; tout s'annonce à merveille, et, si je ne te savais inquiète, je serais parfaitement heureux. Soigne-toi donc bien et tourmente-toi le moins possible... »

Le 13 juin, il écrit de Constantinople, toujours joyeux et plein d'espérance :

« Je n'ai qu'une minute à moi, mon excellente mère; je suis arrivé hier soir et pars dans un moment pour Kamiesch : il m'a fallu courir tout ce temps-là. Je vais on ne peut mieux, il fait superbe, je t'aime et t'embrasse de toute mon âme. »

Le 17, il posa le pied sur cette terre de Crimée qu'il ne devait plus quitter vivant. La lettre par la-

quelle il annonce à sa mère son arrivée est pleine de
joie et d'ardeur ; c'est une vraie prise de possession.

« Enfin, ma bonne mère, s'écrie-t-il, me voici arrivé au comble de mes désirs, et tu serais heureuse si
tu voyais comme je suis content. Mon Dieu ! que tout
ceci est beau et intéressant ! Sauf une bataille que je ne
verrai probablement pas, car nous sommes ici trop loin
de l'endroit où l'on se bat, à quatre lieues au moins
de Sébastopol ; j'ai vu tout et passé partout. J'ai débarqué avant-hier : alors a commencé un peu de misères ; j'ai pris mes bagages sur mon dos et me suis
dirigé pédestrement vers mon camp, qui est à six lieues
de Kamiesch. Il faisait chaud, et j'avoue que je trouvais
la route longue, lorsque, près d'arriver, j'ai rencontré
l'officier d'artillerie auquel tu sais que j'apportais de
l'argent. Il a été parfait pour moi, m'a fait entrer
dans sa tente, où il m'a donné une soupe à l'oignon
que je me rappellerai longtemps : je ne crois pas de
ma vie avoir rien mangé de meilleur; puis il m'a prêté
un cheval, sur lequel j'ai fait une entrée triomphale
au camp.

« Mes lettres ont fait merveille : le colonel m'a fait
donner de suite armes et cheval, et m'a mis dans le
troisième escadron. Je mène une vie charmante : le
général Forey m'a invité à dîner; aujourd'hui c'est
un commandant; enfin, c'est à qui me fera amitié.

« Je suis dans une petite tente où l'on ne peut entrer qu'à quatre pattes, mais où j'ai dormi supérieure-
ment entre les deux camarades auxquels je suis associé.

Ils ont de bonnes figures tous les deux, et on ne serait pas aise de les rencontrer le soir; mais ils sont forts bons diables et se réjouissent fort de mon arrivée, qui va améliorer leur *ordinaire*. Nous avons d'excellentes couvertures dans lesquelles on dort très-bien et à l'abri de tout, je t'assure. Tu rirais bien en me voyant couché entre ces deux gaillards-là.

« Nous faisons nous-mêmes notre cuisine, et à la cantine on trouve tout ce que l'on veut. Seulement c'est diablement gênant d'écrire ; je le fais à plat-ventre, et ce n'est pas commode. L'endroit où nous sommes est charmant : cette partie de la Crimée est un peu boisée et très-pittoresque; nous sommes au bord de la Tchernaïa, où j'ai lavé mon linge hier.

« Ce matin, à trois heures, toute la cavalerie est venue se placer près de nous : c'était un beau spectacle que celui-là, et qui seul vaudrait le voyage. Il y a deux régiments de hussards, deux de dragons, deux de cuirassiers et toute l'armée piémontaise. Le temps est magnifique, et tout est d'une propreté à laquelle j'étais loin de m'attendre. Tout le monde va bien, et l'on est si tranquille, que j'ai peine à me figurer que je sois à une vraie guerre : il me semble que c'est un camp de manœuvres. Il paraît qu'on a bien souffert cet hiver, mais à présent c'est une vraie partie de plaisir.

« Quand nous sommes arrivés, nous avons dû coucher à bord, on ne débarque pas le soir, et nous avons vu toute la nuit les bombes et les obus que l'on tirait : c'était bien beau !

« .... J'ai déjà fait connaissance avec l'aumônier de la marine : il a connu *** à l'Œuvre des soldats ; sois donc tranquille... »

Le 22 juin, il écrivait :

« Que tes lettres m'ont rendu heureux, mon excellente mère ! Je t'en remercie de tout mon cœur ; la distance et la vie que je mène me les rendent bien plus précieuses encore : aussi écris-moi par chaque courrier... Quant à m'envoyer des provisions, ce serait bien inutile ; je ne saurais littéralement où les mettre ; et puis il faudrait nourrir les braves camarades avec lesquels je vis, et ils sont nombreux.

« Voilà huit jours que je suis ici ; et cette existence fort singulière ne me déplaît pas. Seulement on n'a rien à faire que les choses ennuyeuses du métier, c'est-à-dire les corvées de toute espèce, la cuisine, le pansage, mener boire les chevaux, etc.; mais pas le plus petit combat ! Deux fois on nous a fait prendre les armes, et nous avons été faire des reconnaissances dans les environs ; mais ces promenades sont absolument comme celles que nous faisions à Paris ; toutes les troupes campées de ce côté en sont au même point.

« A part cela, je suis très-bien ; le pays est superbe ; des montagnes, de l'eau et des bois. Le soleil est bien un peu chaud, mais je m'y habitue : il n'y a que mon nez qui est devenu de la couleur de mon pantalon ; ce que je te disais des bois se rapporte aux environs ; nous sommes campés dans une grande plaine où il n'y a pas un pouce d'ombre. Tout le monde est excellent pour moi, et l'on m'invite très-souvent à dîner, j'avoue que c'est la politesse à laquelle je suis le plus sensible : la cuisine que font les soldats est assez médiocre, il faut le reconnaître, et cette vie entièrement au grand air donne un appétit féroce... Seulement il est certain que je n'ai aucune chance d'avancement : personne n'y peut rien ; on me témoigne la plus grande affection, je suis ici comme j'étais aux guides, mais il n'y a pas de place...

« Voici la vie que l'on mène ici. On s'éveille vers trois heures et on se lève, ce qui est fort simple, on n'a qu'à se mettre debout. A quatre heures, on mène les chevaux boire; après on les panse; puis on prend du café : ensuite on se chauffe au soleil jusqu'à trois heures de l'après-midi ; on fait de nouveau boire les chevaux, puis on dîne, et à la nuit chacun se couche. C'est comme cela tous les jours, et l'on ne sait rien de ce qui se passe à Sébastopol : c'est l'autre jour seulement que nous avons su qu'on avait tenté une attaque malheureuse !... »

— « Je voulais attendre ta lettre pour t'écrire, ma bonne mère, écrivait-il encore le 29 juin ; mais on ne nous a pas distribué le courrier, et, comme j'ai le temps de t'écrire en ce moment, j'en profite. J'espère avoir ta lettre ce soir ou demain, et je m'en réjouis bien. Je pense toujours à toi, mon excellente mère, et, à force de vivre dans le calme absolu où nous sommes, il ne me paraît pas possible que tu sois tourmentée. Cependant tu ne me vois pas; si tu pouvais seulement

passer un quart d'heure ici, tu serais bien rassurée.
C'est monotone à force d'être tranquille. Depuis que
je suis ici, il y a quinze jours aujourd'hui, nous ne
sommes montés à cheval qu'une seule fois, et encore,
comme je te l'ai dit, n'avons-nous rien vu. Le temps
se passe donc à s'ennuyer. Je me crois tout à fait à la
campagne : par exemple, le genre de vie est drôle, ce
n'est pas confortable, mais au moins il n'y a pas de
cérémonies. Je me porte à merveille ; cette existence
me convient bien.... Il y a dans le camp toute une
ménagerie, entre autres un mouton qui mange à table :
il y a aussi beaucoup de chiens avec lesquels je me lie
toujours en pensant à *Pampan*. Du reste, c'est incroyable comme on sait peu de chose. Au point où nous
sommes établis, on s'occupe assurément moins de Sébastopol qu'à Paris. Franchement, si la campagne se
borne à cela, il n'y a pas grand mérite à la faire.

« ..... Sans avoir grand'chose à faire, j'ai cependant
peu de temps, et puis c'est bien gênant d'écrire par
terre, au grand soleil, et littéralement dévoré de mouches. Le dimanche à onze heures, il y a la messe au
camp : c'est bien touchant! On la dit sous une petite tente : c'est un cuirassier qui faisait l'enfant de
chœur....

« ..... Adieu, ma bonne mère, je ne puis que te
répéter que je te remercie de tout mon cœur de m'a-
voir laissé venir, que je pense toujours à toi, et que je
t'aime bien tendrement. Écris-moi souvent, toi qui
peux le faire sur une table et sans mouches!.... »

Quand il écrivait cette dernière lettre, Hélion de Villeneuve était encore aux chasseurs d'Afrique; mais déjà il avait résolu de changer de corps, afin d'arriver à ce champ de bataille si désiré qui semblait fuir devant ses pas à mesure qu'il s'en rapprochait. Le jour où la cavalerie devait entrer sérieusement en campagne n'était pas encore arrivé; son rôle véritable ne devait commencer qu'après la prise de Sébastopol, et l'impatience qui dévorait l'âme d'Hélion de Villeneuve ne lui permettait pas d'attendre jusque-là. Néanmoins une pensée l'arrêtait, la crainte de tourmenter sa mère, dont l'inquiétude deviendrait affreuse quand elle le saurait exposé chaque jour au feu de l'ennemi. Il résolut donc, tout en acceptant les propositions qui lui étaient faites de passer dans les zouaves, de cacher à sa pauvre mère ce changement de corps, qui devait être, hélas! le dernier, et il ne confia son secret qu'au général de Montebello, son parent, auquel il écrivit le 2 juillet la lettre suivante :

« ..... Je suis caporal depuis hier (c'est un secret que je ne confie qu'à vous), caporal au 3e zouaves. Peu de jours après mon arrivée au 1er chasseurs, le général ***, qui m'avait reçu avec beaucoup de bonté, m'a fait appeler et m'a dit que j'avais fait une maladresse en arrivant ici dans les chasseurs; que la cavalerie ne ferait rien de longtemps, et que, fît-elle quelque chose, je n'y gagnerais rien pour l'avancement, beaucoup d'autres plus anciens devant passer avant moi. — Maintenant, m'a-t-il dit, je connais beaucoup le colo-

nel du 3ᵉ zouaves. Il n'a personne dans son régiment,
et vous nommera caporal de suite : dans un mois peut-
être vous serez sergent, et, s'il y a quelque affaire, vous
pouvez être officier à la fin de l'année : or les occasions ne manqueront pas. Si cela vous convient, je me
charge de tout; seulement je ne prends pas la responsabilité de vous y engager; pensez-y et décidez-vous.

— Vous concevez que la réflexion n'a pas duré longtemps : j'ai accepté tout de suite, à condition que personne n'en saurait rien en France, parce que cela in-
quiéterait davantage ma bonne mère. Il est donc convenu que mes lettres me seront toujours adressées au
1ᵉʳ chasseurs, et de là me seront renvoyées au 3ᵉ zouaves. Du reste, les deux régiments sont voisins en ce
moment; mon régiment ne va pas au siége, je ne sais
pourquoi. Me voilà donc habillé en Turc avec deux
beaux galons rouges! Vous ne ne reconnaîtriez pas
avec la tête rasée et un turban. J'ai bien fait, n'est-ce
pas? J'aurais bien voulu vous consulter avant, mais
c'était impossible. Matériellement, je suis beaucoup
mieux, je travaille comme adjudant au fourrier; je
couche avec ce même fourrier, qui est fort propre et
bien plus agréable dans l'intimité que les six chasseurs
avec lesquels je cohabitais : je mange avec les sous-
officiers. Je regrette seulement de ne pouvoir dire à
ma mère que je suis caporal, je me borne à lui dire
que je suis beaucoup mieux : le 3ᵉ zouaves fait partie
du deuxième corps, général Bosquet.... »

Le jour même où il écrivait cette lettre au général
Montebello, il écrivait à sa mère :

« J'ai reçu tes deux bonnes lettres, mon excellente mère, et je t'en remercie de tout mon cœur : après ce que tu m'as laissé faire, le plus grand bonheur que tu puisses me donner est de te bien soigner et de me le dire souvent.... Depuis ma dernière lettre, je suis beaucoup mieux matériellement; je travaille avec le fourrier, ce qui fait qu'aujourd'hui je t'écris sur une table, que, du reste, j'ai fabriquée moi-même, au grand étonnement de mes chefs, qui ne me croyaient que des aptitudes diplomatiques. Je mange avec les sous-officiers.... C'est incroyable comme on devient gourmand ! Il y a des jours où je ferais des bassesses pour avoir un peu de pommes de terre. Le fond des comestibles ici est le haricot : souvent il y a du riz, et, comme les camarades ne l'aiment pas, je m'en donne à mon aise. Je me porte mieux que jamais, et, si tu me voyais à présent, tu ne me reconnaîtrais pas ! Seulement je ne pourrai plus coucher dans un lit; je suis sûr qu'à mon retour je serai forcé de coucher par terre, à côté de *Pampan*. J'ai fait connaissance avec un nouvel animal; c'est un honnête chameau que l'on a pris aux Russes, et qui se promène toute la journée au camp; il est très-débonnaire. Le revers de la médaille, c'est que l'on ne se bat pas, et qu'il n'y a aucune raison pour que cela arrive. Enfin, ce n'est pas ma faute, et j'en prends mon parti. »

— « Je ne sais pas ce que l'on fait au siège; dans notre petit coin, nous sommes le calme même. A neuf heures, tout le monde ronfle; mais aussi, à quatre heures du matin, tout le monde a déjeuné. Je pense que tu ne me reprocheras plus de me lever tard, ni de lire le soir dans mon lit..

« .... Mon plus grand bonheur est de relire tes lettres : je les ai toujours sur moi, et de temps en temps je vais un peu à l'écart, et là, je les relis tranquillement.... Nous continuons à avoir un temps superbe. l'air est excellent, trop vif même. car il creuse l'estomac : il n'y a pas de malades dans notre camp. Tu sais que lord Raglan est mort : je n'ai pas entendu nommer son successeur.... »

Je transcris un peu longuement peut-être cette correspondance, parce que, outre l'aimable gaieté qu'elle respire, elle fait connaître quelle a été la vie de chaque jour d'une partie de nos braves soldats pendant la durée de cette immortelle campagne de Crimée.

Le 6 juillet, Hélion de Villeneuve écrit toujours avec la même gaieté confiante :

« .... J'ai eu ce matin ta bonne lettre du 22, et je ne puis trop te remercier de ton exactitude. Ne sois pas triste, mon excellente mère, je suis aussi heureux que possible; je me porte à merveille et n'ai qu'un regret, c'est de voir que la guerre finisse sans que j'aie eu l'occasion de voir la moindre bataille.... »

Et le 10 juillet :

« Ta dernière lettre était triste, ma bonne mère, et m'a fait de la peine; je voudrais que tu visses comment je suis ici : je t'assure qu'alors tu n'aurais pas de chagrins. Cette vie me fait un bien incroyable; je mange n'importe quoi avec le même appétit; je dors par terre mieux que sur mon lit, et je n'ai plus de fatigue ni de courbature comme la moindre chose m'en donnait à Paris; enfin, tu ne me reconnaîtrais pas!.... On doit me présenter aujourd'hui au général Bosquet.... En ce moment, il est six heures du matin, nous avons déjà fait la manœuvre; le soleil est magnifique et la plaine où nous sommes fait un bien bel effet. Si seulement tu pouvais me voir, ma bonne mère, tu ne serais plus inquiète; au contraire, tu serais contente de me voir si heureux.... »

Ce fut peu de temps après avoir écrit cette lettre qu'Hélion de Villeneuve fut nommé sous-officier, adjudant de tranchée, et chargé, en cette qualité, d'une des fonctions les plus périlleuses du siége. Sans cesse dans la tranchée, il fut désormais exposé continuellement au feu des Russes; il se trouva au premier rang, au poste qu'il avait le plus ambitionné, au plus dangereux, et c'est alors que son âme guerrière se manifesta dans toute son énergie. Au milieu des balles et de la mitraille, son front rayonnait, son cœur était inondé de joie : « Que je suis heureux à la tranchée, disait-il au brave général qui avait facilité son entrée dans les zouaves : il ne se tire pas une seule balle que je ne sois là ! »

Les soldats, même les plus intrépides, qui vont au feu pour la première fois, baissent involontairement la

tête quand le tonnerre des balles et des boulets fait
trembler l'air autour d'eux. Lui tint la tête haute dès
le premier coup de canon, et à chaque nouvelle bordée
de mitraille il relevait le front au lieu de le courber.
Durant les quelques jours qu'il passa ainsi dans la
tranchée, il montra l'âme d'un héros, et s'attira l'estime et l'admiration universelles. Les généraux comme
les simples soldats lui témoignaient publiquement
leur sympathie; ils s'étonnaient de trouver dans ce
brillant jeune homme du monde, élevé jusqu'à vingt-
huit ans au milieu de toutes les délicatesses du luxe,
cet oubli complet de toute recherche matérielle,
cette facilité à supporter les plus rudes épreuves, et,
pour tout dire, cet amour du danger qui avait toujours été sa passion dominante, mais que le monde ne
lui connaissait pas. Ils l'entouraient de marques d'affection et lui présageaient le plus brillant et le plus rapide avancement.

Le général Canrobert, parcourant un jour la tranchée, le rencontra sur son chemin au moment où il
revenait de porter un ordre. Hélion de Villeneuve, qui
l'avait connu à Paris, s'approcha de lui et le salua. Le
général, étonné de se voir ainsi abordé par un sous-
officier inconnu, lui demanda ce qu'il lui voulait, il ne
pouvait reconnaître dans ce sergent de zouaves, sous
les murs de Sébastopol, le brillant jeune homme qu'il
avait laissé et qu'il croyait encore peut-être dans les salons de Paris. Villeneuve se fit connaître, et raconta en
quelques mots l'histoire de son engagement. Le général
Canrobert, bien fait pour comprendre l'héroïsme d'un

pareil dévouement, lui tendit la main, l'embrassa et l'emmena sur-le-champ dans sa tente, où il le fit dîner à sa table avec tout son état-major. Depuis ce jour, il le combla de marques de bienveillance et d'amitié et le traita comme un enfant privilégié au milieu de cette grande famille de soldats dont il était l'idole et le père.

Un officier revenu de Crimée a raconté aux amis d'Hélion de Villeneuve un trait aussi magnanime que touchant, où son âme grande et bonne se montre tout entière. Il était de service dans la tranchée; le feu de l'ennemi tonnait avec violence. Un soldat, qui s'était avancé imprudemment sur un point ouvert sans défense aux balles des Russes, tomba mortellement blessé. Dans les douleurs de l'agonie, il se tourna vers ses camarades et s'écria d'une voix mourante : « Personne ne viendra-t-il me serrer la main avant que je meure? » Villeneuve l'entend, s'élance vers lui au milieu d'une horrible mitraille, et serre dans ses mains la main du pauvre soldat, qui meurt consolé par cette étreinte suprême. Aumône sublime d'une poignée de mains, qui fut plus précieuse sans doute devant le Seigneur que celle des plus riches trésors, et que Dieu récompensa bientôt par le don de la vie éternelle!

Cependant Villeneuve continuait à cacher à sa mère et son changement de corps et les dangers qu'il courait. Le lundi 16 juillet, il lui écrivait :

« Je suis détaché à l'état-major du deuxième corps ; il m'est arrivé des choses superbes ! je suis sous-officier, et cela sans avoir été à la moindre affaire. Si cela continue, je ne sais ce que je puis devenir sans courir aucun risque. Il faut avouer que j'ai de la chance! chacun me fait le meilleur accueil : j'ai dîné chez le général Espinasse, chez le général Canrobert et chez le général de Saint-Pol... A présent j'ai une position délicieuse. Inutile d'ajouter que je me porte mieux que jamais... »

Et le lendemain, mardi 17 juillet, il envoyait à sa mère, par le même courrier, ces quelques lignes, les dernières qu'il écrivit avant la blessure qui amena sa mort :

« Je n'ai pas encore reçu de lettre de toi, ma bonne mère; je commence à attendre de tes nouvelles bien impatiemment. Hier soir, j'ai encore vu le général Canrobert; maintenant je vais monter la garde près du général Pondevès. Adieu, ma bonne mère. Je t'aime de toute mon âme. »

Qnand sa mère reçut ces deux lettres, il n'était déjà plus. Le dimanche suivant 22 juillet, il partit le soir pour la tranchée avec le général Vinoy, qu'il accompagnait, pour porter des ordres, s'il y avait lieu. Ce même jour-là, se rappelant sans doute que le lendemain était l'anniversaire de la naissance de sa mère, il s'était confessé, afin de fêter cette journée en chrétien, comme il la fêtait toujours à Paris. Ainsi ses habitudes de piété s'étaient conservées toutes vivantes au milieu même de l'agitation et de l'enivrement du champ de bataille, et sur la terre de Crimée, dans toute la force de l'âge et

de la volonté, il retrempait son âme avec amour dans
les sacrements divins qui avaient nourri et fortifié son
heureuse et paisible enfance.

Par une sorte de pressentiment, le général Espinasse,
qui lui portait un extrême intérêt, voulut le retenir
près de lui ce soir-là ; mais Villeneuve lui répondit :
« Mon général, il faut que je gagne les galons de sous-
officier que je porte. » Et il partit. Il trouvait, sans
doute, le noble jeune homme, qu'il ne les avait pas
encore suffisamment mérités; et cependant ses chefs ne
pensaient pas ainsi, car déjà il était porté pour la croix,
et, s'il eût vécu quelques heures de plus, il serait mort
chevalier de la Légion d'honneur.

Il arriva à la tranchée vers six heures du soir. Le
feu de l'ennemi était terrible et multipliait au loin les
blessures et la mort. Vers onze heures, le général Vinoy, voyant que l'artillerie russe redoublait de vio-
ence, envoya son aide de camp chercher des renforts.
Villeneuve, qui se trouvait là, prit à côté du général la
place de cet officier absent. Quelques minutes après,
une épouvantable décharge de mitraille s'abattit comme
la foudre sur la tranchée, qu'elle enveloppa comme un
ouragan de feu. Les cris des blessés et des mourants
répondirent à cette horrible explosion.

Au milieu de ces gémissements, le général Vinoy,
demeuré seul intact et debout, en distingua un plus
déchirant que les autres, parce qu'il semblait partir du
fond de l'âme : c'était Hélion de Villeneuve qui venait
de tomber en s'écriant : « Ah ! ma mère ! »

Le général se pencha vers lui et le vit tout sanglant.

Il lui demanda où il était blessé; Villeneuve lui dit que
c'était au visage. En effet, un biscaïen l'avait atteint
au menton et lui avait fracassé la mâchoire inférieure.
Le général Vinoy essaya de le rassurer sur la gravité de
sa blessure, lui dit qu'il venait de gagner ses épaulettes
d'officier, et le fit transporter par des soldats à l'ambulance la plus voisine, en recommandant qu'on prît
de lui un soin tout particulier. Les soldats revinrent
peu de temps après, et dirent au général que les médecins avaient fait le premier pansement, et qu'ils ne
croyaient point la blessure dangereuse. Ils ajoutèrent
que le blessé venait de partir pour l'ambulance de la
deuxième division du deuxième corps, où il trouverait
des soins plus complets et plus faciles.

Il lui fallut, en effet, subir ce nouveau trajet de plus
de deux lieues, qui le fit cruellement souffrir, et il arriva
à l'ambulance, où l'attendaient de nouvelles souffrances et la mort. Sa mâchoire était tellement brisée, que
les médecins jugèrent une opération nécessaire. L'héroïque jeune homme se remit entre leurs mains, et leur
dit qu'ils pouvaient commencer; mais auparavant il
avait demandé qu'on prévînt l'aumônier et qu'on le
lui amenât le plus tôt possible.

L'opération fut aussi horrible que longue. Durant
tout le temps de ce martyre, Villeneuve ne poussa pas
un cri, ne fit pas entendre une plainte; les yeux levés
au ciel, l'âme étroitement unie à celle du Sauveur, il
pensait à Dieu, il pensait au Calvaire, et il offrait au
Seigneur Jésus-Christ, mort sur la croix pour les péchés du monde, ses horribles souffrances en expiation

de ses fautes. Terrible expiation, en effet, qui acheva de purifier par le sang son âme déjà purifiée dans les larmes de la pénitence et du sacrifice, et qui lui ouvrit les portes du ciel!

Le digne aumônier qu'il avait fait appeler, l'abbé G'Stalter, arriva près de lui au milieu de l'opération : il était pâle et sanglant entre les mains des chirurgiens, mais calme et plein de courage. De temps à autre il faisait un signe de croix et prononçait avec amour le nom de sa mère et celui du divin Sauveur! Les soldats qui étaient avec lui à l'ambulance le considéraient avec admiration et attendrissement.

Les uns disaient dans leur langage militaire : « C'est un crâne! » D'autres murmuraient en s'essuyant les yeux : « Comme le zouave aime sa mère! »

En voyant approcher le prêtre de Jésus-Christ, le patient lui tendit la main, lui fit des signes d'amitié et essaya d'articuler quelques paroles, que sa blessure rendait bien difficiles à comprendre. Cependant, quand l'opération fut terminée et qu'il fut seul avec l'aumônier, il put parler, quoique avec effort. Le bon prêtre lui prodigua les secours de son ministère, mais il avait bien peu de chose à faire pour lui aplanir la voie du ciel ; car, ainsi que je l'ai dit plus haut, Hélion de Villeneuve s'était confessé la veille ; d'un autre côté, les médecins avaient tous déclaré que sa blessure n'offrait aucun danger pour sa vie, et que la guérison serait même rapide : il n'y avait donc pas lieu de lui administrer les derniers sacrements de l'Église.

Il demanda du papier, une plume et de l'encre, que

l'aumônier lui fit apporter, et il écrivit à sa mère d'une main tremblante, mais d'un cœur ferme, cette lettre suprême, dont la gaieté apparente est un acte admirable d'héroïsme et de dévouement filial :

« Ma bonne mère, j'ai eu une chance du diable ! je viens d'être légèrement touché à la joue, et il en résultera qu'après le mois qu'il me faudra pour guérir je reviendrai tout de suite près de toi : je m'en réjouis bien. La première fois Dampierre t'écrira pour moi. J'ai reçu toutes tes bonnes lettres. *Je suis en état de grâce.*

« Je t'embrasse de toute mon âme. A bientôt... »

J'ai vu cette lettre, dernier envoi de ce noble fils à sa mère, et qui renfermait le dernier souvenir qu'il dût lui adresser de ce monde. Les mots : « Je suis en état de grâce » sont soulignés. L'écriture est très-lisible, mais altérée ; elle devient de plus en plus tremblante à mesure qu'elle approche de la fin, et, soit oubli, défaillance, il n'y a pas de signature.

Il fut longtemps à écrire cette lettre, bien courte cependant, et l'abbé G'Stalter, craignant que cet effort ne lui fît mal dans l'état de faiblesse où il était, après tout le sang qu'il avait perdu, l'engagea à se reposer un instant. Mais Hélion lui répondit avec un accent mêlé de tendresse et de mélancolie : « Monsieur l'abbé, on ne se fatigue jamais d'écrire à sa mère »

Il était alors cinq heures du soir. On apporta au blessé un bouillon, qu'il prit, non sans effort, avec un peu de vin. Puis l'aumônier, rassuré par les affirmations des médecins, lui souhaita un bon sommeil et le laissa heureux et content, presque gai, comme un convalescent qui revient aux espérances de la vie. Hélas! l'espoir du prêtre et du blessé lui-même était trompeur. Entre minuit et une heure du matin, après un repos qui semblait paisible, il se retourna tout à coup dans son lit et rendit le dernier soupir, doucement, sans effort, sans agonie, sous les yeux d'un bon infirmier qui le veillait, et qui avait ordre de ne pas le quitter un instant. C'en était fait de son existence ici-bas! et son âme si belle, si grande, si pure, abandonnant à la terre son enveloppe mutilée, était allée recevoir dans le ciel l'éternelle récompense promise aux martyrs et aux saints.

Le lendemain, quand la nouvelle imprévue de sa mort fut connue à l'état-major et dans le corps d'armée auquel il appartenait, ce fut un étonnement douloureux et un deuil universel. La plupart des généraux et des officiers le connaissaient et lui portaient une estime affectueuse; les circonstances exceptionnelles de son engagement volontaire, son courage héroïque, sa bonté et sa mâle franchise, l'avaient fait également connaître et aimer d'un grand nombre de soldats. La mort de ce simple sous-officier de zouaves produisit donc une impression presque égale à celle qu'aurait causée la mort d'un général, et, dans tous les rangs de l'armée, depuis le commandant en chef, qui lui avait présagé le plus brillant avenir, jusqu'aux simples soldats, sa fin si prématurée fit couler bien des larmes.

Je n'en citerai que deux preuves entre beaucoup d'autres : premièrement le passage suivant d'une lettre écrite à madame de Villeneuve par l'illustre maréchal Bosquet :

« J'ai reçu le buste précieux qui reproduit si bien les beaux traits du noble enfant que nous avons tous pleuré avec vous et regretté avec toute l'armée comme une glorieuse espérance perdue. »

Je citerai en second lieu la lettre écrite par le général Féray au colonel chef d'état-major de la garde nationale le lendemain de la mort de Villeneuve ; on y retrouve, avec toute l'énergie militaire, l'émotion sincère et contenue, et le cœur d'un vrai soldat.

« Mon cher colonel.

« En vous écrivant ce matin la grave blessure du jeune Villeneuve, j'avais un peu d'espoir et je voulais vous le faire partager.

« Malheureusement je ne puis vous continuer les mêmes espérances. Mon aide de camp arrive de l'ambulance du deuxième corps et m'apporte la triste nouvelle que votre protégé est mort cette nuit à une heure. J'en suis profondément affligé : j'avais connu M. de Villeneuve dans les salons, et je l'avais aimé ; ici, j'avais reconnu qu'il avait des qualités plus sérieuses que celles qui m'avaient séduit, et je l'avais estimé.

« Vous ne pouvez vous faire une idée de l'énergie de ce brave garçon. Quand je lui avais offert de quitter la cavalerie pour prendre cette rude vie des zouaves, il avait accepté avec une reconnaissance touchante. Il ne demandait que des occasions de se signaler, et il avait le noble orgueil de vouloir envoyer de ses nouvelles à ses amis de France par nos bulletins. Il ne cherchait pas la mort, mais il courait après le danger avec amour. Il me disait il y a huit jours : « Je suis si « heureux à la tranchée! on ne tire pas une seule balle « que je ne sois là ! »

« La mort lui devait de l'épargner un peu plus longtemps. Vingt-quatre heures plus tard il aurait eu la croix, objet de son ambition, que Vinoy avait demandée pour lui.

« Je crois qu'il aurait fait honneur à son nom et que c'est une perte pour l'armée.

« Mon cher ami, je ne puis donner de consolations à une mère dans d'aussi tristes circonstances ; mais, s'il y en a une possible, c'est de lui dire : « Votre fils « est mort en brave soldat, avec un courage et une ré- « signation héroïques, glorieux d'être tué pour la « France et méritant les regrets et l'estime de tous. »

« Mon cœur, un peu bronzé sur la mort, s'est retrouvé ce matin. Adieu. »

Cependant tous ceux qui avaient connu la blessure d'Hélion de Villeneuve et les espérances des médecins

s'étonnèrent de cette mort si rapide et si peu prévue.
Les hommes de l'art eux-mêmes s'en émurent, et le
docteur Félix, médecin en chef de l'ambulance, qui
avait voulu soigner le blessé, ne pouvant se rendre
compte de ce brusque et fatal dénoûment, voulut faire
l'autopsie de son corps. Alors, mais alors seulement,
on reconnut que la blessure du visage n'avait pas été
la seule ni la plus grave, et que le biscaïen qui lui
avait fracassé la mâchoire avait passé par le larynx
sans qu'on s'en fût aperçu, avait traversé les conduits
du poumon et causé, à travers mille désordres, un
épanchement intérieur très-considérable. On retrouva
dans sa poitrine cet énorme morceau de fer, dont une
trace bleuâtre indiquait le passage, et qui avait causé
sa mort. Il fut pieusement recueilli par une main amie,
et plus tard envoyé en France à madame de Villeneuve-
Trans, comme une chère et douloureuse relique de la
passion de son fils.

Le lendemain de la mort d'Hélion de Villeneuve, le
digne aumônier qui lui avait ouvert le ciel lui rendit
les derniers devoirs. Les funérailles furent modestes;
elles l'étaient toutes forcément sur cette terre de Crimée où l'on mourait tant et si vite. Néanmoins elles
furent accomplies avec toute la solennité possible et
avec un grand recueillement. Grâce aux illustres ami-
tiés du défunt, son corps eut le privilége (véritable privilége même pour les officiers) d'un cercueil fabriqué
avec des caisses à biscuit. Il fut enseveli dans le cimetière du deuxième corps, où les tombes étaient déjà
bien nombreuses, et le jour même, sous la tente qui

tenait lieu de chapelle, en face de la colline où dormait sa dépouille mortelle, le prêtre de Jésus-Christ offrit le saint sacrifice de la messe pour le repos de son âme. Avant de livrer le cercueil à la terre, l'aumônier avait eu soin de le faire marquer d'un signe particulier, afin qu'on pût facilement le reconnaître si jamais on voulait le faire exhumer, et ramener en France les restes du noble soldat qu'il renfermait.

C'est ainsi que mourut Hélion de Villeneuve-Trans, enseveli à vingt-neuf ans dans la fleur de son âge, de son triomphe et de son dévouement. C'est ainsi que s'accomplit le sacrifice de la mère et du fils et que s'ac-complirent aussi leurs immortelles espérances; et c'est ainsi que Dieu répondit aux prières mystérieuses de l'enfant, qui avait demandé de mourir avant sa mère, et aux prières de la mère, qui avait demandé avant tout et par-dessus tout le salut de l'âme de son fils.

Plusieurs, en voyant la fin si brusque et si doulou-reuse d'une si belle vie et de tels dévouements suivis d'une telle récompense, s'étonneront peut-être et se-ront tentés de murmurer contre la Providence. Mais à ceux-là je répondrai d'abord que, si quelqu'un est à plaindre, même humainement parlant, ce n'est pas Hélion de Villeneuve, car il est mort à vingt-neuf ans, après une existence aussi heureuse que possible, après vingt-neuf années que je puis appeler, presque sans exagération, vingt-neuf années de bonheur. Il est mort avant l'âge ordinaire des déceptions et des malheurs, emportant dans sa tombe le secret d'un avenir que Dieu seul connaissait et qui eût été peut-être rempli de larmes et de douleurs, laissant derrière lui des amis sincères pour le pleurer, et un souvenir impérissable dans le cœur de ceux qui l'ont aimé. Il est mort glorieusement sur le champ de bataille tant rêvé ; il a donné son sang pour son pays et pour sa foi, et il a fait plus par sa mort pour son nom, pour la France et pour l'Église, qu'il n'eût fait par la plus longue et la plus belle vie. Enfin il est mort chrétiennement, saintement, purifié par la souffrance, avec un prêtre à ses côtés pour lui rappeler la patrie absente et lui ouvrir les portes du ciel. Non, non, ce n'est pas lui qui est à plaindre, et pour quiconque a, je ne dis pas de la foi, mais du cœur, son sort est glorieux et éminemment digne d'envie.

Quant à ceux qu'il a laissés derrière lui, qui le pleurent et qui l'aiment ; quant à sa mère surtout, que sa mort laisse veuve de tout le bonheur qu'elle trouvait en lui, leur douleur est profonde sans doute, inconsolable par les moyens humains, mais elle est pleine de résignation, d'espérance et de consolations divines ! Sa mère ne sait-elle pas qu'elle a atteint son but et que son sacrifice n'a pas été vain, puisqu'il a assuré le salut de son fils ? Ne sait-elle pas, à n'en pouvoir douter sans douter de la bonté divine, qu'il est dans le ciel, qu'elle l'y retrouvera un jour, et qu'elle a rempli son devoir de mère chrétienne en menant l'âme de son fils jusqu'au seuil de l'éternité bienheureuse ? Or, pourvu que l'âme arrive à son immortelle destination, qu'importe aux chrétiens que le corps retourne un peu plus tôt ou un peu plus tard à la terre et à la pourriture

qui l'attendent? Si le but est atteint, qu'importent et
la durée et les épreuves mêmes du voyage?

O vous donc qui vous sentiriez tentés de murmurer
en voyant mourir un tel fils et pleurer cette mère, faites
silence comme eux, bénissez Dieu comme eux, au lieu
de l'accuser, et cessez de juger des choses et des âmes
chrétiennes avec les pensées de la terre. Les chrétiens
ne sont pas les citoyens du temps, mais de l'éternité, et
c'est à la mesure de l'éternité qu'il faut juger de leurs
joies et de leurs douleurs.

En se plaçant à ce point de vue, le seul vrai, le seul
immuable, pour juger la vie et la mort de notre héros,
tout change d'aspect, la miséricorde du bon Dieu apparaît dans ce qui semblait d'abord l'excès de sa justice, et les desseins de cette miséricorde infinie sur Hélion
de Villeneuve se manifestent avec une évidente clarté.
Cet enfant était né avec des grâces particulières; l'esprit divin, qui souffle où il veut, l'avait visité dès son
berceau ; il était évidemment un fils d'élection, et toute
son enfance fut comme enveloppée dans l'amour gra-
tuit et surnaturel de Dieu. Pour accomplir la destinée
que Dieu lui avait réservée, pour arriver à cette éternité
de bonheur et d'amour qui l'attendait au ciel, et dont
les merveilles de son enfance avaient été les prémices
et le gage, en un mot, pour prendre de prime abord
possession de ce beau ciel où rien n'entre qui ne soit
parfaitement pur, il fallait que son âme fût passée
comme l'or au creuset de la douleur, et que son front
fût marqué de ce caractère de la souffrance qui n'a
manqué à aucun des bien-aimés du Seigneur. Dès lors

tout s'explique admirablement : et sa vocation tardive, et cette sorte d'instinct irrésistible qui le pousse de résolution en résolution et de régiment en régiment jusqu'à la tranchée où l'attend la mort, et sa fin prématurée avec toutes ses souffrances physiques et morales. Son sacrifice a été accepté, parce que Dieu n'accepte les sacrifices que de ceux qu'il aime ; il a été sanglant et douloureux, parce que les chrétiens, nés du sang de la croix, sont les imitateurs de Jésus-Christ, parce qu'ils doivent, comme leur divin Maître, passer par les souffrances et la passion pour arriver à la gloire, et parce que cette gloire qui les attend au ciel est proportionnée pour chacun à la grandeur même du sacrifice. Voilà pourquoi Hélion de Villeneuve a tant souffert; c'était pour mériter la place toute privilégiée qui lui était réservée de toute éternité dans la « demeure de son père ! »

Avant de terminer ces réflexions et pour les confirmer par une autorité que personne ne récusera, je ne puis résister au désir de citer une lettre de saint François de Sales, qui se rapporte admirablement à la circonstance, et qui semble écrite au sujet de la mort d'Hélion de Villeneuve, tant elle renferme de traits frappants qui s'appliquent à lui. Cette lettre fut écrite par ce grand saint, par ce doux et céleste écrivain, par cet admirable consolateur, à une dame, sa mère d'alliance, comme il est dit dans le naïf langage du temps, à l'occasion de la mort d'un fils qu'elle avait perdu dans les Indes. Au lieu des Indes, qu'on lise la Crimée, et l'on aura l'histoire d'Hélion de Villeneuve et de sa mère.

« Oh ! que mon âme est en peine de votre cœur, ma très-chère mère! car je le vois, ce me semble, ce pauvre cœur maternel, tout couvert d'un ennui excessif, ennui toutefois que l'on ne peut ny blasmer, ny treuver estrange, si on considère combien estoit amiable ce fils, duquel ce second esloignement de nous est le subject de nostre amertume. Ma très-chère mère, il est vray, ce cher fils estoit l'un des plus désirables qui fût oncques; tous ceux qui le cognurent le recognurent et le recognoissent ainsi. Mais n'est-ce pas une grande partie de la consolation que nous devons prendre maintenant, ma très-chère mère? Car, en vérité, il me semble que ceux desquels la vie est si digne de mémoire et d'estime vivent encore après le trépas, puisqu'on a tant de plaisir à les ramentevoir et représenter aux esprits de ceux qui demeurent.

« Ce fils, ma très-chère mère, avoit déjà fait un grand esloignement de nous, s'estant volontairement privé de l'air du monde auquel il estoit nay, pour aller servir Dieu et son roy et sa patrie en un autre nouveau monde. Sa générosité l'avoit animé à cela, et la vostre vous avoit fait condescendre à une si honorable résolution, pour laquelle vous aviez renoncé au contentement de le revoir jamais en cette vie, et ne vous restoit que l'espérance d'avoir de temps en temps de ses lettres. Et voilà, ma très-chère mère, que sous le bon plaisir de la Providence divine, il est parti de cest au-

tre monde pour aller en celuy qui est le plus ancien et
le plus désirable de tous, et auquel il nous faut tous
aller, chascun en sa saison, et où vous le verrez plutôt
que vous n'eussiez faict s'il fust demeuré en ce monde
nouveau parmy les travaux des conquestes qu'il pré-
tendoit faire à son roy et l'Église.

« En somme, il a fini ses jours mortels en son devoir et dans l'obligation de son serment. Ceste sorte de
fin est excellente, et ne faut pas douter que le grand
Dieu ne la luy ait rendüe heureuse, selon que dès le
berceau il l'avoit continuellement favorisé de sa grâce
pour le faire vivre chrestiennement. Consolez-vous
donc, ma très-chère mère, et soulagez vostre esprit,
adorant la divine Providence, qui faict toutes choses
très-suavement; et, bien que les motifs de ses décrets
nous soient cachés, si est-ce que la vérité de sa débon-
naireté nous est manifeste, et nous oblige à croire
qu'elle faict toutes choses en parfaicte bonté.

« Vous estes quasi sur le départ pour aller où est cest
aimable enfant; quand vous y serez, vous ne voudriez
pas qu'il fust aux Indes, car vous verrez qu'il sera bien
mieux avec les anges et les saincts, qu'il ne seroit pas
avec les tygres et barbares. Mais, en attendant l'heure
de faire voile, apaisez votre cœur maternel par la considération de la très-sainte éternité, en laquelle il est,
et de laquelle vous estes toute proche. Et, en lieu que
vous luy escririez quelquefois, parlez à Dieu pour luy,
et il sçaura promptement tout ce que vous voudriez
qu'il sçache, et il recevra toute l'assistance que vous
luy ferez par vos vœux et prières, soudain que vous

l'aurez faicte et délivrée entre les mains de sa divine majesté...

« Vous ne sçauriez croire combien ce coup a touché mon cœur; car enfin c'estoit mon cher frère, et qui m'avoit aymé extrêmement. J'ai prié pour luy et le feray toujours, et pour vous, ma très-chère mère, à qui je veux rendre toute ma vie un particulier honneur et amour de la part encore de ce frère trépassé..... »

C'est ainsi que saint François de Sales consolait, dans la personne de cette pauvre mère, toutes les mères chrétiennes dont les fils sont morts *au service de Dieu et de la patrie, et qui ont fini leurs jours en leur devoir et dans l'obligation de leur serment.*

VI

La dépouille mortelle d'Hélion de Villeneuve reposait depuis trois mois environ dans la terre de Crimée, quand sa mère obtint la permission aussi précieuse que rare de faire exhumer son cercueil et de le faire rapporter en France. C'était pour elle une grande consolation de penser qu'elle pourrait voir, toucher de ses mains, presser sur ses lèvres et mouiller de ses larmes ce bois insensible qui renfermait les restes aussi insensibles, hélas! de son enfant. Cette pensée devint dès lors sa préoccupation constante, et elle mit toute son activité à préparer à ce cher défunt des funérailles dignes de lui dans la vieille terre patrimoniale de Bargemont. Un prêtre courageux et dévoué, M. l'abbé Laine, aumônier de l'Empereur, voulut bien accepter la mission pénible, périlleuse même, et qui faillit lui coûter la vie d'aller chercher en Crimée le cercueil d'Hélion de Villeneuve et de le ramener à Marseille. Il s'embarqua vers la fin de septembre, et arriva à Kamiesch le 4 octobre.

Il lui fallut du temps pour faire toutes les démarches et obtenir les permissions nécessaires, et ce ne fut que le 12 octobre qu'on put procéder à l'exhumation. Il était impossible de se tromper sur l'identité du cercueil, car le cimetière du deuxième corps, comme les autres cimetières français de Crimée, était tenu avec un soin remarquable, et ressemblait, par son aspect, à tous les cimetières de France. Comme l'espace ne manquait pas, les cercueils étaient suffisamment distants les uns des autres, surmontés de tertres en terre recouverts d'herbe, et, sur la plupart, des plaques de pierre taillées par les soldats du génie, ou des croix de bois noir, indiquaient par leurs inscriptions les noms, âge et grade du défunt. Le cercueil d'Hélion de Villeneuve était surmonté d'une de ces croix, et M. l'abbé Laine la reconnut parfaitement. De plus, un registre tenu avec une grande régularité indiquait le jour précis de chaque décès et de chaque enterrement, et désignait la place de chaque cercueil par l'indication de *ses deux camarades de lit* dans ce funèbre dortoir de la mort.

Enfin, chose singulière, le digne prêtre retrouva les

soldats fossoyeurs qui avaient creusé la tombe d'Hélion de Villeneuve, et qui l'avaient enseveli. Avec toutes ces indications qui concordaient et se corroboraient l'une l'autre jusqu'à l'évidence, il fut facile de retrouver et d'exhumer son cercueil. L'opération se fit à la lueur des torches, à dix heures du soir; le maréchal Pélissier, craignant un effet moral fâcheux, n'avait pas voulu qu'elle eût lieu en plein jour. En quelques minutes, les fossoyeurs eurent enlevé la terre, et le cercueil fait en bois de caisse de biscuit, qui renfermait les restes du noble jeune homme, apparut aux yeux. On l'enleva et on le chargea sur une voiture qui le porta sur l'heure à Kamiesch : il était parfaitement intact et n'exhalait aucune odeur.

A Kamiesch, on le plaça dans un autre cercueil plus vaste et plus solide encore, sur lequel M. l'abbé Laine fit appliquer une croix de fer battu. Puis le prêtre de Jésus-Christ s'embarqua avec son précieux fardeau, veilla sur lui avec une sollicitude touchante, et revint à Marseille après une traversée de douze jours, gravement malade d'une fluxion de poitrine, mais n'ayant pas quitté un instant le cercueil, objet de sa mission et de son dévouement.

En touchant le port de Marseille, la dépouille mortelle d'Hélion de Villeneuve fut reçue par sa mère, qui, poussée en avant par son impatience et son amour pour son fils, attendait depuis trois jours déjà l'arrivée du fatal et bienheureux navire. Elle avait passé ces trois jours dans un hôtel de la ville, en proie à une agitation inexprimable, et tourmentée par cette inquiétude de l'attente, le plus pénible peut-être et le plus dévorant de tous les supplices! On devait accourir du port de la Joliette, où débarquent la plupart des bâtiments de guerre, pour la prévenir à l'instant même où l'on apercevrait le navire tant désiré. Craignant de n'être pas là au moment où cette nouvelle arriverait, elle passa ces trois jours entiers renfermée dans sa chambre, ne sortant que le matin pour aller entendre la messe, tressaillant à chaque bruit, à chaque coup qui retentissait à la porte de l'hôtel, attendant presque ce bâtiment funèbre comme elle eût attendu son fils vivant, désespérant vingt fois par jour de le voir jamais arriver, et se figurant, à chaque nouvelle déception, que la mer avait englouti, avec le navire, la consolation suprême qu'il apportait à sa douleur.

Enfin, le 23 octobre au matin, on vint la prévenir que le bâtiment arrivait : elle partit à l'instant même, et se fit conduire en voiture au port de la Joliette, distant de trois quarts d'heure au moins de l'hôtel où elle était descendue. Arrivée sur le port, elle aperçut le bâtiment qui renfermait les restes mortels de son cher fils; mais on lui dit qu'il serait impossible de faire transporter à terre le cercueil avant deux heures de l'après-midi. En attendant ce moment, elle s'assit à terre sur le pont de bois qui joignait le navire au quai, et demeura en silence, pleine d'angoisses, priant et pleurant, objet inattentif de la pitié et du respect universels.

Le bâtiment était chargé de soldats malades et blessés, qui revenaient guérir ou mourir au pays natal; il y en avait de tous les corps, de tous les uniformes, il y avait aussi, hélas! parmi eux, des blessures de tous les genres. La vue de ces braves gens mutilés, privés les uns d'un bras, les autres d'une jambe, et le spectacle des malades, dont les joues étaient creuses et livides, dont les genoux tremblaient, et qu'on transportait à l'hôpital, étaient vraiment navrants, et le sourire de joie qu'ils avaient à peine la force d'envoyer au ciel et à la terre de France tirait les larmes des yeux.

Quand on commença à descendre à terre tous ces martyrs de cette admirable campagne d'Orient, la pauvre mère sortit de sa méditation; elle s'émut à la vue de leurs douleurs, qui ranimaient la sienne, chercha à son tour à les consoler, les interrogea, leur demanda s'ils avaient connu son fils, et, quand ils répondaient affirmativement, elle payait par quelques secours et surtout par ses remercîments leurs paroles consolantes. Ces pauvres gens étaient profondément émus à la vue de cette mère de douleurs; ils la saluaient, l'entouraient de soins et de prévenances, et lui témoignaient leurs sympathies par des paroles inhabiles et grossières peut-être, mais pleines de cœur et de vérité.

Vers deux heures de l'après-midi, le capitaine du bâtiment lui fit annoncer que le cercueil de son fils allait être débarqué. Elle s'approcha, respirant à peine, et vit bientôt ce cercueil bien-aimé, soulevé à l'aide de cordes, apparaître au-dessus du pont du navire, puis redescendre doucement vers elle et venir s'arrêter à ses pieds. Elle se mit à genoux et baisa pieusement

et avec larmes ce bois qui renfermait les restes inanimés de son fils. Il semble que ce moment aurait dû
être terrible pour la pauvre mère; il fut, au contraire,
plein de consolation et de douceur. Elle fut elle-même
tout étonnée de sentir, au lieu d'une douleur désespé-
rée, un calme incroyable et une paix vraiment surnaturelle se répandre dans son cœur et remplir toute son
âme. Elle crut, et sans doute elle ne se trompait point,
que c'était son fils bien-aimé qui lui envoyait cette
grâce céleste du sein de Dieu, et qui lui donnait ainsi,
du haut du ciel, un gage sensible de son salut et de son
bonheur éternel. Il est certain que, contrairement à
toutes les prévisions humaines, les heures qu'elle passa
ainsi près du cercueil de son fils, ces heures si redou-
tées de ses amis, furent les plus douces qu'elle eût encore goûtées depuis son malheur, et qu'elle puisa dans
le contact de ce cercueil, qui semblait devoir briser
son cœur, une force et un courage tout nouveaux pour
supporter sa douleur.

Le cercueil fut déposé sous une espèce de hangar
sur le quai de débarquement. La voiture qui devait le
transporter à Bargemont s'étant trouvée trop petite,
il fallut qu'on en allât chercher une autre. Plus de
trois heures se passèrent dans cette attente; madame
de Villeneuve resta tout ce temps à genoux près des
restes de son fils, priant pour lui avec une grande
abondance de consolations et de grâces. Les employés
du port, les matelots et les soldats, en voyant cette
femme en grand deuil, agenouillée près d'un cercueil,
devinaient la funèbre histoire et la considéraient avec

attendrissement. Ils se découvraient en passant près d'elle, et lui donnaient mille marques de sympathie et de respect. Il y eut un moment où on débarqua des chevaux qui se trouvaient sur le bâtiment : ces animaux s'agitaient et ruaient en touchant la terre ferme, et, comme ils passaient nécessairement devant le cercueil d'Hélion de Villeneuve, la pauvre mère craignit qu'ils ne l'atteignissent de leurs ruades. Elle alla donc au poste qui se trouvait à côté, et dit aux soldats que le cercueil d'un de leurs camarades tué devant Sébastopol était sur le quai, exposé aux coups de pied des chevaux, et qu'elle leur demandait de venir le protéger. Aussitôt le chef du poste envoya un détachement de soldats qui firent la haie devant le cercueil, et qui protégèrent ainsi le fils et la mère tout le temps que dura le débarquement des chevaux.

Enfin, vers six heures du soir, une voiture des pompes funèbres arriva sur le port; on y plaça le cercueil, et madame de Villeneuve, ne voulant pas abandonner un instant les restes de son fils, y monta avec un de ses neveux. Son gendre et un autre parent, qui ne l'avaient pas quittée durant tout le cours de ce pénible voyage, suivaient dans une seconde voiture. Le funèbre cortége se mit en marche, et le lendemain, 24 octobre, à une heure de l'après-midi, on arriva à Bargemont. Mais, le postillon s'étant égaré dans les montagnes, on y arriva par une route presque impraticable, et il fallut traverser tout le village et passer devant le château, qu'on aurait pu et dû éviter en suivant la route ordinaire : ainsi le cercueil de l'héroïque

jeune homme passa devant ce château où il avait vécu
de si douces et de si heureuses années, où s'était écou-
lée dans la joie et la paix du cœur sa pure et riante
jeunesse !

On arriva enfin à une petite chapelle située au pied
de la montagne où se trouvent le village et le château
de Bargemont, chapelle qui appartient à la famille de
Villeneuve, et où le corps du défunt devait reposer
jusqu'au lendemain. Le curé et le vicaire se tenaient à
l'entrée pour recevoir le cercueil avec les bénédictions
de l'Église. Quand on l'eut déposé dans cet asile provisoire, tout le monde se retira, et la pauvre mère
resta seule près du corps de son fils ; elle y passa toute
la fin du jour et une partie de la nuit. Vers minuit,
elle consentit à prendre un peu de repos ; mais, après
deux heures inutilement employées à chercher du sommeil, elle se releva, poussée par un instinct plus fort
que la raison, et retourna près de son cher cercueil,
où elle resta à prier jusqu'au jour. Durant toute cette
nuit de prière et de solitude, ou plutôt de tête-à-tête
avec le cercueil de son fils, elle goûta le même calme
et la même abondance de consolations spirituelles
qu'elle avait déjà éprouvés sur le port de Marseille.

A six heures du matin, le vicaire de Bargemont vint
dire une première messe à la chapelle, et, à sept heures
et demie, tout se prépara pour les funérailles : elles
devaient avoir lieu dans la chapelle de Notre-Dame,
située près de là, au sommet d'une petite montagne,
et qui renferme le caveau de famille des Villeneuve.
Tout le clergé des environs, ayant en tête le curé de la

paroisse, les confréries d'hommes et de femmes, encore si vivantes et si nombreuses dans le Midi, se réunirent et se groupèrent avec leurs insignes, leurs ornements et leurs bannières; puis le cortége funèbre se mit en marche avec cette lenteur solennelle des cérémonies chrétiennes. Le cercueil était porté par la confrérie des Pénitents, et suivi par la famille du défunt et par sa mère, qui avait voulu conduire son fils jusqu'à sa dernière demeure. Toute la population de Bargemont venait ensuite, pleine de tristesse et de recueillement; la plupart de ces braves gens avaient connu Hélion de Villeneuve, l'avaient vu enfant, puis jeune homme, et l'avaient aimé pour ses qualités charmantes, qui le faisaient aimer de tout le monde. Aussi les larmes des assistants, cet ornement si rare des funérailles, et que nul autre ne remplace, ne manquèrent-elles pas à son enterrement; et peut-être, dans toute cette foule qui assistait à son service funéraire, ne se trouva-t-il pas une seule âme qui ne le regrettât sincèrement!

Quand le convoi fut parvenu à la chapelle de Notre-Dame, le curé célébra une grand'messe solennelle pour le repos de l'âme du défunt. Puis on descendit le cercueil dans le caveau mortuaire, et les restes inanimés d'Hélion de Villeneuve prirent possession de la dernière place qu'ils doivent occuper dans ce monde jusqu'au grand jour de la résurrection. On plaça son cercueil près de celui de son père, qu'il y avait pieusement conduit lui-même bien peu d'années auparavant. Sa mère s'agenouilla une fois encore à côté du cercueil, épancha son âme dans une longue et fervente prière, puis elle dit adieu aux chères dépouilles qui reposaient là ; et, quand le caveau eut été refermé, elle quitta la chapelle et le pays à l'instant même, et partit, laissant son fils, mais emportant Dieu, l'éternel consolateur de toutes les douleurs humaines ! Elle partit pour Paris, où l'attendaient, avec les larmes et la tendresse d'une fille, de nouveaux devoirs et les seules joies qu'elle pût encore demander à la terre. Désormais sa tâche envers son fils était accomplie : après avoir assuré le salut de son âme, elle venait de rendre à son corps les derniers honneurs ! Grâce à son amour infatigable, les corps du fils et du père reposaient en paix sous la garde de Dieu, à côté l'un de l'autre, de même que, grâce à son sacrifice, leurs âmes étaient unies là-haut au sein de l'éternelle félicité.

J'ai déjà parlé des regrets universels que la mort d'Hélion de Villeneuve avait causés dans l'armée d'Orient. Ces regrets ne furent pas moins unanimes en France, où il avait laissé tant d'amis dévoués. Plusieurs même sentirent, à la douleur profonde que leur causa sa mort, qu'ils l'aimaient plus encore qu'ils ne l'avaient pensé, et qu'il s'était fait dans leur cœur une de ces places dont le vide ne se comble jamais !

Chacun se redisait avec attendrissement sa bonté, ses qualités charmantes, la gaieté de son esprit, la tendresse de son cœur, les mille circonstances où i avait révélé l'énergique beauté de son âme. On se rappelait surtout qu'il avait pratiqué toujours, et au plu haut degré, cette vertu si rare de l'indulgence et de la bienveillance envers tout le monde, qui est comme la plus douce fleur de la charité chrétienne ; que jamais il n'avait ouvert la bouche pour médire, et que, lorsqu'on médisait devant lui, il témoignait par son attitude gênée ou par son silence qu'il souffrait et qu'il désapprouvait. Dans le monde même, dans ce monde si égoïste, si oublieux et si vain, sa mort laissa bien des regrets et peut-être aussi quelques remords.

Entre tous les témoignages d'affection et de regrets qui le suivirent dans la tombe, je n'en citerai qu'un seul, qui fut particulièrement sensible au cœur de sa mère. L'état-major de la garde nationale de Paris, auquel il avait appartenu, après avoir assisté en corps et en grande uniforme, le général de Lawœstine en tête, à un service funèbre qui fut dit pour lui en l'église de Saint-Thomas-d'Aquin, sollicita de sa mère et obtint comme une faveur la permission de faire monter dans un reliquaire la balle qui avait causé la mort d'Hélion de Villeneuve et qu'on lui avait rapportée d'Orient.

Ce reliquaire est d'un travail remarquable ; mais il touche surtout par la pensée religieuse qui l'a inspiré et qu'il exprime admirablement. Il a la forme d'une petite chapelle dont les battants peuvent se fermer et s'ouvrir : il est surmonté d'une croix, signe à la fois du sacrifice, de l'honneur et du salut.

On y lit avec attendrissement les inscriptions suivantes, qui résument les sentiments du fils et de la mère :

« Dieu me l'a donné, Dieu me l'a ôté, que son saint nom soit béni ! » (JOB.)

« Il s'est souvenu des œuvres de ses pères; il a donné sa vie pour ce qui est juste; il recevra du Seigneur une grande gloire et un nom éternel. » (*Machabées.*)

« Comme ses ancêtres, il est mort en chrétien pour la patrie et pour l'honneur — Sébastopol, 24 juillet 1855, à vingt-neuf ans. »

En dessous, et sur le socle du reliquaire, ces mots sont gravés :

« Offert à madame la marquise de Villeneuve-Trans par le général marquis de Lawœstine, commandant supérieur de la garde nationale de la Seine, et les officiers de son état-major général, comme témoignage de leur souvenir et de leurs regrets pour le marquis Hélion de Villeneuve-Trans, leur ancien camarade. »

Et maintenant que j'ai retracé autant qu'il était en moi la vie d'Hélion de Villeneuve-Trans depuis sa naissance jusqu'à sa mort, sinon avec talent, du moins avec amour et avec vérité, qu'il me soit permis, comme récompense, d'adresser une prière et un adieu suprême à l'ami dont le cœur a été pendant de longues et trop courtes années si étroitement uni et comme confondu avec le mien.

O mon cher Hélion! doux ami que j'ai tant chéri, dont le souvenir est lié dans mon âme à tant d'aimables souvenirs, toi près de qui j'ai traversé les plus difficiles années de la vie, toi dont la piété si douce a fait tant de bien à mon cœur et a si puissamment aidé, à ton insu peut-être, à établir ma vie dans le céleste amour et dans la vérité! du haut de ce beau ciel où tu es à jamais heureux, jette encore un regard de tendresse sur ceux qui pleurent ton départ si prompt de la terre, et demande à ce Dieu saint, que tu vois face à face, qu'il les éclaire et les bénisse, qu'il affermisse les uns dans la piété, qu'il y ramène les autres, et qu'un jour il les réunisse tous à toi dans l'éternité de son amour !

Pour moi, je n'oublierai jamais l'affection qui lia si intimement nos âmes ; ton souvenir sera toujours un de mes plus chers souvenirs, et j'ai le ferme espoir, avec l'assistance divine, qu'après t'avoir serré la main pour la première fois sous les voûtes de Notre-Dame, au milieu de l'assemblée des fidèles, il me sera donné de t'embrasser un jour dans le ciel, au milieu de l'assemblée des élus, sous le regard et la bénédiction de Dieu !

CHAPITRE V

Au mois d'août 1846, je partis de Paris avec mon frère aîné pour un voyage qui devait durer six semaines ou deux mois. Un de nos amis nous avait promis de venir nous rejoindre quelques jours après : on nous avait dit que c'était la perfection de voyager à trois, et nous en fîmes la douce expérience : « *Numero deus impare gaudet.* »

Notre voyage, indépendamment des considérations habituelles de plaisir et de santé, avait un but religieux ; c'était d'aller voir les *stigmatisées* du Tyrol. Nous avions souvent entendu parler de ces deux pauvres et saintes filles, perdues dans de lointaines montagnes, vivant d'une vie toute surnaturelle au milieu d'obscures et sauvages contrées, comme ces fleurs des Alpes qui croissent au fond des abîmes ou sur la pente escarpée des précipices et qui semblent ne s'épanouir

12

et ne donner leur parfum que pour le ciel. Nous avions écouté les merveilleux récits que des prêtres, des savants, des hommes du monde, racontaient sur ces miracles vivants de la justice et de la bonté divines; nous avions lu les relations parfaitement concordantes entre elles qu'en avaient écrites à plusieurs années d'intervalle des voyageurs de tout pays et de toute condition; et, malgré la confiance que nous inspiraient ces relations et ces récits ou plutôt à cause de cette confiance même, nous éprouvions le violent désir de faire à notre tour ce long pèlerinage et de voir de nos yeux, de toucher de nos mains, ce que tant d'autres avaient vu et admiré avant nous.

Dans ce siècle qui regarde avec tant d'ardeur les choses de la terre et qui marche les pieds et les mains dans la matière et le dos tourné au ciel, la grande erreur des incrédules et la grande infirmité de ceux-là mêmes qui se disent et qui se croient chrétiens, c'est de nier le monde surnaturel ou du moins de n'accepter ses manifestations qu'avec une défiance et une répugnance qui équivalent presque à une négation. Il suffit qu'un récit de cette nature soit de seconde ou de troisième main pour qu'on en conteste l'exactitude et la véracité, et pour que l'auditeur poli vous réponde par la gracieuse et irréprochable impertinence d'un sourire, ou par les mots d'exagération et de crédulité qu'il laisse tomber de sa bouche et qui répondent à tout.

De là notre désir de constater par nous-mêmes les faits merveilleux qui nous avaient été attestés par tant de témoins dignes de foi, afin de pouvoir dire au re-

tour aux partisans de notre croyance comme à ses ad-
versaires : « Voici ce que j'ai vu, voici ce que j'ai entendu ; écoutez, jugez, et concluez avec ou contre nous. »

Nous résolûmes donc d'aller au Tyrol visiter ces
pieuses servantes de Jésus-Christ, mais un peu comme
le bon la Fontaine, en prenant le plus long, c'est-à-dire
en traversant la Suisse, en visitant les îles Borromées
et Milan et en gagnant le Tyrol par le lac de Côme et
la Valteline. De cette façon, nous suivions une route
admirable, au milieu des plus belles montagnes, des
plus ravissantes vallées, et nous trouvions presque à
chaque pas quelques-unes de ces émotions chrétiennes
que je cherche principalement à retracer dans cet
écrit et dont la douceur égale et surpasse toute douceur.

I. — GENÈVE.

Partis de Paris le 6 août, nous arrivâmes à Genève
le 11 au matin. J'épargnerai au lecteur la description
de cette ville comme de la plupart de celles dont j'aurai occasion de parler dans la suite ; je veux raconter
ce que j'ai senti plutôt que ce que tout voyageur a vu
ou peut voir comme moi.

Si le cœur d'un vrai catholique se dilate et s'élève
vers Dieu avec la joie du triomphe en apercevant à
l'entrée même de Genève une vaste et belle église dédiée à l'immaculée conception de la sainte Vierge Marie, il se resserre en pensant au passé, qui n'y est encore
que trop vivant, et se sent oppressé au milieu de tous

les souvenirs dont cette ville est peuplée. La voilà
donc, cette place forte aujourd'hui presque démante-
lée, grâce à Dieu ! cette capitale désormais ouverte,
mais si longtemps imprenable de la Réforme, véritable
citadelle dans le sens littéral comme dans le sens figuré
de ce mot, que tous les souverains protestants de
l'Europe avaient entourée de remparts et de bastions
pour la défendre contre les tentatives imaginaires de
la France et de la Savoie catholiques ! La voilà, cette
Rome protestante, qui fut pendant plus de deux siècles
le centre et le foyer de l'hérésie, où les prétendus réformés venaient de toutes parts puiser moins l'amour
de Dieu et du nouveau culte que la haine de Rome et
de l'Église, où ceux qui refusaient avec un sourire de
mépris d'aller vénérer à Rome les tombeaux des saints
apôtres Pierre et Paul accouraient en pèlerinage au
tombeau de Calvin ! C'est là, c'est dans cette ville de
Genève, où la Réforme domina si longtemps sans rivale
et sans obstacles (les lois et le feu y mettaient bon ordre), qu'on peut la juger avec toutes ses inconséquen-
ces, et c'est là que, l'histoire à la main, on peut me-
surer le prodigieux aveuglement de ces hommes qui,
après les premières promesses et les honteuses déceptions de la Réforme, après le despotisme sanglant de
Calvin, les violences et les ignominies de Luther, ont
préféré le joug de plomb d'une doctrine humaine au
frein d'or pur de l'autorité divine, et déserté la fontaine limpide et intarissable de la vérité pour l'eau
trouble et malsaine de l'erreur !

La Réforme, en effet, a eu deux buts : elle a pré-

tendu corriger les abus que le temps avait introduits
dans l'Église, protester contre le relâchement des
mœurs du clergé, et en même temps émanciper l'esprit humain : elle a fait son entrée dans le monde au
nom de la morale et de la liberté.

Or à quoi a-t-elle abouti immédiatement? Pour la
morale, la réponse est partout, mais surtout dans la
vie de Luther; pour la liberté, elle est partout aussi,
mais surtout à Genève, dans la personne de Calvin.

Sur le premier point, je laisse parler l'illustre Père
Lacordaire :

« Au seizième siècle, dans un coin de la Saxe, dit-il
dans une de ses plus admirables conférences, il se
trouva un homme qui eut la pensée de nous réformer,
et certes, il en avait le droit plus qu'homme de son
temps; car il avait reçu de Dieu une éloquence qui
jaillissait de ses lèvres ou qui tombait de sa plume
avec une égale fécondité ; âme ardente, capable de retenir par l'amour autant que de subjuguer par la doctrine, et à qui rien ne manquait dans le caractère pour
assurer la puissance de son esprit. Ajoutez que c'était
un cénobite. L'Église l'avait pris au siècle, couvert
d'un froc, jeté sous le cilice et la cendre ; il avait senti
la verge heureuse de l'obéissance, les joies de l'humilité, et ce mélange d'une telle nature avec une forte
grâce l'avait merveilleusement préparé pour rendre
aux autres tous les dons du ciel, devenus plus grands
pour avoir passé par son cœur. Quoi de plus? un
homme de génie, un orateur, un écrivain, un moine.

toutes les puissances et toutes les gloires dans cette jeune main ! Laissons-le faire son œuvre.

« Il a fini, messieurs.....; mais où est-ce que je le retrouve ! Non plus au foyer sacré de la tente cénobitique, mais à l'âtre d'une maison vulgaire, les pieds étendus vers un feu domestique, une femme à côté de lui ! Lui, deux fois consacré vierge par l'onction du sacerdoce et les serments du cloître ! Lui, qui avait été fait Christ par l'Église, et qui n'avait pas trouvé l'Église assez pure pour lui ! Le voilà marié ! Et non pas seul. Sa parole a brisé la porte des vieux couvents de la Germanie ; elle a troublé la chasteté séculaire du vieillard et celle plus pure encore du jeune homme ; elle a tiré de la tombe toutes les convoitises de la chair. Dieu, par la doctrine catholique, n'avait•pas seulement élevé ses prêtres à la continence absolue ; il en avait inspiré le goût et fait le don à mille autres. Il avait préparé pour chaque misère du monde une virginité qui devait en être la mère et la sœur : cet homme a tout détruit. Il a desséché le sacerdoce dans sa racine même, en lui ôtant les stigmates de Jésus-Christ, qu'il doit, par la chasteté, porter dans sa chair crucifiée. Il a vendu au siècle les âmes privilégiées que l'Évangile lui avait ravies, dépeuplé les solitudes où la prière veillait sous la garde de la mortification. Tout ce cœur, tout ce génie, toute cette éloquence, toute cette force d'âme, tous ces plans de réformation, ont abouti, non pas au déluge, mais au mariage universel !

« Le mot n'est pas de moi, messieurs, il est d'Érasme.

Vous connaissez tous Érasme. C'était en ce temps-là le premier académicien du monde. A la veille des tempêtes qui devaient ébranler l'Europe et l'Église, il faisait de la prose avec l'élasticité la plus consommée. On se disputait dans l'univers un de ses billets. Les princes lui écrivaient avec orgueil. Mais, quand la foudre eut grondé, quand il fallut se dévouer à l'erreur ou à la vérité, donner à l'une ou à l'autre sa parole, sa gloire et son sang, ce bon homme eut le courage de demeurer académicien, et s'éteignit dans Rotterdam au bout d'une phrase élégante encore, mais méprisée. Il vit avant de mourir les fruits de la Réforme, bien inattendus de lui, et se vengea d'elle par le mot qui vient de m'échapper[1]. »

Voilà pour les mœurs, telles que la Réforme les réforma ; et encore faudrait-il ajouter au mariage universel d'Érasme le divorce, qui détruit le mariage dans son principe, et même la polygamie, qui est autorisée explicitement et formellement par la fameuse consultation de Luther, Bucer et Mélanchthon au landgrave Philippe de Hesse! Les Mormons, quoi qu'on puisse dire, n'ont fait de nos jours qu'appliquer les principes posés il y a trois cents ans par les chefs mêmes et les fondateurs de la Réforme.

Genève n'échappa point à ce honteux stigmate que Dieu a imprimé dès le premier jour au front de la

---

[1] Conférences de Notre-Dame de Paris, par le P. Lacordaire, vingt-troisième conférence.

Réforme. « Là aussi, dit encore Érasme après avoir raconté les débauches inouïes dont étaient témoins les villes réformées de l'Allemagne, on ne fait que danser, manger, boire et se vautrer dans la débauche. Adieu l'étude, l'instruction, la pureté de la conduite, la retenue ; partout où ces gens-là se montrent, aussitôt disparaît l'esprit de discipline et de piété. »

Quant à la liberté de l'esprit humain, la Réforme a-t-elle été plus fidèle à son drapeau ? L'histoire entière, si je l'interrogeais ici, répondrait : Non ! à toutes ses pages ; mais je ne veux pas sortir de Genève, et, pour réponse, je trouve Calvin.

On a trop oublié ce que fut Calvin et ce qu'il fit à Genève, où il domina comme un maître. Tout le monde sait qu'il fit brûler en 1553 Michel Servet, médecin d'Aragon, convaincu d'erreur et d'hérésie au sujet de la Sainte-Trinité et surtout d'irrévérence à l'égard de Calvin lui-même. Mais ce qu'on ne sait pas assez, c'est que le réformateur avait prémédité cet acte de cruauté et de vengeance personnelle sept années à l'avance, ainsi qu'il résulte de cette lettre, qu'il écrivait à Faret dès le 13 février 1546 : « Servet m'a écrit dernièrement et a joint à sa lettre un gros livre de ses rêveries, avec des vanteries arrogantes que j'y verrais des choses jusqu'à présent inouïes et ravissantes. Il promet de venir ici, si je l'agrée ; mais je ne veux point engager ma parole ; car, s'il vient et si mon autorité est considérée, je ne permettrai point qu'il en échappe sans qu'il perde la vie. »

Et à Viret, prédicant de Lausanne : « Si jamais

Servet vient à Genève, il n'en sortira pas vivant, c'est
pour moi un parti pris. »

Une fois Servet arrêté, traduit devant le tribunal de
l'inquisition génevoise et condamné à mort, Calvin,
voulant en quelque sorte associer toute la Réforme à
l'acte qu'il allait consommer, consulta les Églises pro-
testantes de Suisse ; voici leurs réponses :

Zurich. — « La Providence divine vous a donné une
bien belle occasion de prouver au monde que ni votre
Église ni la nôtre ne favorisent les hérétiques ; vigilance
et activité. Que la contagion soit arrêtée et que Christ
vous illumine de sa sagesse. »

Schaffouse. — « Nous sommes certains que vous
emploierez tous vos efforts pour que l'hérésie ne ronge
pas comme un chancre les chairs du corps chrétien.
Point de disputes. Disputer avec un insensé, c'est faire
de la folie avec des fous. »

Bâle. — « Vous emploierez, pour guérir l'âme du
malheureux, tout ce que Dieu vous a donné de sagesse :
s'il est inguérissable, vous aurez recours à ce pouvoir
dont Dieu vous arma, afin que l'Église de Christ cesse
de souffrir et que de nouveaux crimes ne soient pas
ajoutés aux anciens. »

Berne. — « Que Dieu vous donne l'esprit de prudence et de force, à l'aide duquel vous puissiez délivrer
d'une peste semblable et votre Église et la nôtre. »

Faret, ce ministre de Neufchâtel, époux de sa servante, auquel Calvin avait confié, sept années auparavant, ses desseins sur Servet, et qui vint assister le
malheureux dans son supplice, ou plutôt le maudire à

sa dernière heure, Faret écrivait, de son côté, à Calvin, quelques jours avant l'exécution : « Je ne comprends pas que vous hésitiez à tuer dans le corps le scélérat qui a tué dans leur âme tant de chrétiens ! Je ne puis croire qu'il se trouve des juges assez iniques pour épargner le sang de cet infâme hérétique ! »

Enfin, après que Servet eut été brûlé vif, le 27 octobre 15 3, et que Calvin, de sa fenêtre, l'eut vu conduire au bûcher, comme cette femme du *Médecin malgré lui*, qui ne voulait quitter son mari qu'après l'avoir vu pendre, Bucer lui écrivit : « Servet méritait d'avoir les entrailles arrachées et déchirées. » Et le doux Mélanchthon : « Révérend personnage et mon très-cher frère, je rends grâces au Fils de Dieu, qui a été le spectateur et le juge de votre combat, et qui en sera le rémunérateur : l'Église aussi vous en devra sa gratitude, à maintenant et à la postérité. Je suis entièrement de votre avis, et je tiens pour certain que, les choses ayant été dans l'ordre, vos magistrats ont agi selon le droit et la justice en faisant mourir ce blasphémateur. »

Le meurtre de Servet a donc été prémédité, préparé, conseillé ou applaudi par les complices de la Réforme, et froidement consommé par Calvin, qui ne s'en repentit même pas, car il écrivit un livre pour justifier le supplice de ce malheureux et pour établir que c'est un devoir de conscience de mettre à mort les hérétiques, au nombre desquels les catholiques devaient naturellement figurer en première ligne.

Cet acte de froide barbarie et de suprême intolérance n'a pas été isolé dans la vie de Calvin et dans l'histoire

de la Réforme à Genève. Le poëte Gruet fut mis à mort
et décapité pour avoir dit du mal de Calvin. Bolsec,
médecin apostat et réfugié lyonnais, fut banni à per-
pétuité de la ville pour la même raison. Daniel Ber-
thelier, maître de la monnaie à Genève, fut soumis à
des tortures effroyables et décapité par la main du
bourreau. Le conseil inquisitorial établi à Genève, par
Calvin, pour veiller à la pureté de la foi et des mœurs
publiques, signalait par ces exploits son zèle et sa charité chrétienne; il épiait, il poursuivait, il condamnait, bannissait, brûlait impitoyablement; et l'on s'é-
tonne vraiment qu'après de pareilles origines les
protestants aient eu l'audace et se croient encore le
droit de jeter à la face de l'Eglise catholique les souvenirs fantastiques de cette inquisition espagnole dont
Rome a toujours condamné les excès, et dont l'inquisition génevoise a, dans tous les cas, dépassé les ri-
gueurs!

En vérité, on croit rêver quand on relit cette législa-
tion draconnienne que Calvin, le second chef de la
Réforme, l'apôtre de la liberté d'examen, établit à Genève : partout on y trouve la mort. Mort à tout criminel de lèse-majesté divine, c'est-à-dire à quiconque
n'accepte pas la profession de foi imposée par le réformateur; mort aux idolâtres (c'est-à-dire aux catholiques sans doute) et aux blasphémateurs. Mort au fils
qui frappe ou maudit son père. Mort aux hérétiques.
Mort aussi à l'adultère, mais avec cette circonstance
atténuante que le divorce, qui n'est autre chose que
l'adultère légal, est permis, de sorte que les maris et

les femmes, impatients du joug du mariage affluaient à Genève pour s'en débarrasser. On fouettait les enfants en public pour avoir injurié leur mère, et, quand le pauvre enfant n'avait pas l'âge de raison, on le hissait à un poteau pour montrer qu'il avait mérité la mort.

Avant l'émancipation de la Réforme, les sorciers, à Genève, n'étaient punis que du bannissement. Calvin établit contre eux le supplice du feu, et, dans l'espace de soixante ans, d'après les registres de la ville, cent cinquante individus furent brûlés pour crime de magie.

On ne saurait s'imaginer jusqu'où s'étendait cette inquisition calvinienne. Elle désignait à l'heureux habitant de la libre Genève le nombre de ses plats, la forme de ses souliers, la coiffure de sa femme. On lit dans les registres de l'État, 13 février 1558 : « Trois compagnons tanneurs mis trois jours en prison et à l'eau, pour avoir mangé à déjeuner trois douzaines de pâtés, ce qui est une grande dissolution. »

La ville était peuplée d'espions qui allaient rapporter au consistoire les blasphèmes, les impiétés et les propos libertins qu'ils avaient entendus ; les coupables étaient traduits devant le conseil et condamnés suivant la gravité du délit. Les jeux de cartes, de dés, de quilles, étaient prohibés ; on mettait au carcan les joueurs de profession. Enfin, tout, dans cette religion inaugurée au nom de la liberté, était réglementé jusqu'au moindre détail ; les sermons étaient fréquents, et il y fallait assister sous peine de punition corporelle ; on devait, sous peine d'admonestation d'abord, puis d'amende, y arriver avant le sermon commencé, et, pour finir par le comble du ridicule après le comble de l'odieux, trois enfants qui avaient quitté le prêche pour aller manger des gâteaux, furent fustigés publiquement [1].

Voilà ce qu'a fait Calvin dans Genève ! Voilà ce que les catholiques et les protestants oublient trop et ce qu'il est plus nécessaire que jamais de rappeler aux uns et aux autres, aujourd'hui surtout que l'orgueil des protestants et leur haine contre l'Église semblent montés à leur faîte, et qu'ils lui livrent, avec une ardeur sans pareille, cette guerre de petits pamphlets et de grosses calomnies, guerre incessante, acharnée, soutenue par des millions, qui fait du protestantisme, sans qu'il le veuille et sans qu'il le croie, l'allié le plus utile et le plus dangereux du socialisme en Europe.

J'ajouterai, pour en revenir à Genève, que cette ville, modèle reconnu et avoué de la Réforme, fut si fidèle à l'esprit de Calvin, que, pendant plus de deux cents ans, elle s'opposa, par tous les moyens possibles, à l'exercice du culte catholique, même dans des oratoires particuliers; que les prêtres et les évêques n'y pouvaient pénétrer sans danger, et qu'en 1679, le ministre de France ayant manifesté l'intention d'avoir la messe dans son hôtel, le conseil d'État de Genève, épouvanté, fit tout au monde pour s'y opposer et consigna

---

[1] Tous ces faits sont empruntés à l'*Histoire de Calvin*, par M. Audin, qui indique scrupuleusement les sources authentiques et originales où il les a puisés.

son désespoir dans plusieurs délibérations, entre autres dans celle du 25 janvier 1681, où il est dit : « Si l'établissement d'un résident de France dans cette ville est un témoignage de la protection de Sa Majesté et une marque de l'honneur dont elle favorise les États souverains, il n'est pas douteux que l'introduction si surprenante de la religion romaine dans son hôtel a causé parmi nous une grande frayeur et consternation[1]. »

Incroyable renversement du sens humain! Ce sont les enfants et les chevaliers du libre examen, les ennemis de la servitude catholique, qui tiennent ce langage aussi puéril, aussi ridicule qu'odieux! C'est pour en venir là que Genève et des nations entières ont déserté l'Église romaine, la mère antique et vénérée de tous les fidèles! Ils ont rejeté comme trop dur le joug du vicaire de Jésus-Christ, du pacifique successeur de saint Pierre, et ils ont accepté la chaîne de fer de je ne sais quel pape apocryphe, sans mission, sans autorité, sans passé, et, grâce à Dieu, désormais sans long avenir!

Et cependant, par quelles mains pures et célestes Dieu ne présenta-t-il pas à cette infidèle Genève sa vérité méconnue! Peu d'années après la mort de Calvin, il lui donna pour évêque saint François de Sales, le plus doux et le plus aimable des saints, le plus savant des docteurs, le plus humble des hommes, le plus cha-

---

[1] *Note de l'auteur.* — Ces derniers faits sont tirés d'un ouvrage très-curieux, récemment publié à Genève sous ce titre : *Fragments biographiques et historiques*, extraits des registres du conseil d'État de la république de Genève de 1535 à 1792.

ritable des apôtres, l'image la plus frappante peut-être qui ait paru dans l'Église de la personne adorable du Sauveur, celui qui arracha à saint Vincent de Paul, son contemporain et son ami, cette belle exclamation : « Oh ! mon Dieu, si monseigneur de Genève est si bon, qu'il faut donc que vous le soyez vous-même ! » Dieu mit aux portes de Genève ce flambeau lumineux et sans tache, dont l'éclat illumina l'Europe et qui dissipa dans des provinces entières les ténèbres de l'hérésie. Le monde le vit et s'éclaira à sa lumière. Genève, hélas ! ne le vit pas ! Elle ne voulut pas le voir, elle s'arma contre cet homme divin de sa double muraille de pierre et d'obstination fanatique, et le saint évêque de Genève fut connu, aimé, vénéré partout, excepté à Genève !

Il n'y pénétra que bien rarement, par surprise, au péril de ses jours ; car on le redoutait comme le fléau de l'hérésie, comme le plus terrible ennemi de la Réforme, ennemi doux et pacifique, et d'autant plus puissant qu'il était plus pacifique et plus doux. Une fois entre autres, un grave intérêt religieux l'obligeant à traverser Genève pour gagner du temps, il s'y résolut en disant : « Allons à la garde de Dieu, il fera de nous ce qu'il lui plaira. »

Ceux de sa suite l'exhortaient au moins à se déguiser et à cacher son titre.

« Non, dit-il, il ne faut pas rougir de porter la livrée de Jésus-Christ, et le pasteur qui va chercher ses brebis ne doit point se cacher à elles. »

Il se présenta donc hardiment à la porte de la ville,

en habit violet et suivi de douze hommes à cheval qui formaient sa suite.

L'officier de garde à cette porte ayant demandé à un de ses compagnons le nom du seigneur qu'ils escortaient, celui-ci répondit, sur l'ordre du saint :

« C'est l'évêque du diocèse. »

L'officier, ignorant ce que c'était qu'un diocèse, inscrivit sur son registre : « Aujourd'hui est passé l'évêque du diocèse, » et le laissa entrer dans la ville. Saint François de Sales traversa tout Genève jusqu'à la porte opposée sans rencontrer d'obstacles, et, comme cette porte était fermée à cause du prêche qui se faisait alors, il se reposa tranquillement pendant une heure dans une maison voisine ; puis, quand la porte eut été rouverte, il sortit de Genève aussi paisiblement qu'il y était entré.

Quand les Genevois apprirent que le saint évêque les avait ainsi bravés, leur fureur fut extrême et se répandit en menaces contre l'homme de Dieu. Ils jurèrent que, s'ils l'avaient pu prendre, ils lui eussent fait payer de la vie son audace. Quand on rapporta ces propos à saint François de Sales, il leva les yeux au ciel et dit en soupirant : « Hélas ! je le voudrais bien, si leur conversion était à ce prix ! Mais, puisque ma vie leur est inutile, que gagneraient-ils à ma mort ? »

Il aimait en effet d'une tendresse extrême cette ville infidèle qui le haïssait tant, comme un bon père aime encore un enfant dénaturé qui le trahit et qui l'outrage. Jamais on ne chantait devant lui le cantique

Super flumina Babylonis, ce chant divin de la tristesse
et de l'exil, qu'il ne pleurât au souvenir de sa chère
Genève! Il pleurait sur elle comme Jésus-Christ pleura
sur Jérusalem, et il répétait avec larmes ces célestes
paroles du Sauveur : « Jérusalem, Jérusalem! qui tues
les prophètes et qui lapides ceux qui te sont envoyés,
combien de fois j'ai voulu rassembler tes enfants comme
la poule rassemble ses petits sous ses ailes, et tu n'as
pas voulu! »

Non ! pas plus que Jérusalem, Genève n'a voulu de
la vérité! Ses ministres refusèrent constamment les
controverses publiques que saint François de Sales
leur offrit mille fois : ils avaient peur de lui, comme les
ténèbres ont peur de la lumière. Théodore de Bèze
seul consentit à le voir, mais en particulier seulement,
et trois fois l'apôtre de Jésus-Christ vint secrètement à
Genève conférer avec le successeur de Calvin ; il l'é-
branla, le convainquit, c'est un fait certain et qui résulte des paroles échappées à Théodore de Bèze lui-
même [1], mais il ne put le convertir, car ce n'est pas de
l'esprit, mais du cœur que vient la conversion. Il obtint
néanmoins de lui un aveu remarquable. Lui ayant posé
cette question : « Peut-on faire son salut dans l'Église
romaine? » Le ministre, d'accord avec tous les chefs
de la Réforme, avec tous les protestants qui veulent
être logiques, répondit affirmativement; il avoua même
que l'Église romaine était l'Église mère.

Alors François de Sales lui posa cette seconde ques-

---

[1] Voyez la *Vie de saint François de Sales*, par M. Hamon,
curé de Saint-Sulpice.

tion, à laquelle ni lui ni aucun protestant n'a jamais pu répondre d'une manière satisfaisante :

« Puisqu'on peut faire son salut dans l'Église romaine, pourquoi les calvinistes ont-ils versé tant de sang, afin d'établir leur religion en France? Pourquoi tant de séditions et de révoltes, tant de guerres, d'incendies? »

Et, s'il eût vu se dérouler la suite des événements et des siècles, combien son argument eût été plus terrible encore et plus saisissant! Pourquoi cette persécution incessante de l'Église catholique, partout où le protestantisme est victorieux? Pourquoi les supplices et les échafauds multipliés en Angleterre? Pourquoi ce martyre infâme de l'Irlande pendant trois cents ans? Pourquoi l'exil et la confiscation prononcés en Suède contre quiconque abandonne la religion luthérienne? Pourquoi cette haine vivante et agissante de Rome, cette guerre de Bibles et de propagande, ce trafic scandaleux des consciences qu'on achète pour de l'argent, et tous ces efforts qui aboutissent, hélas! non pas à faire des protestants convaincus et chrétiens, mais à défaire des catholiques et à perdre les âmes? Ah! le grand malheur des pauvres hérétiques, de ceux mêmes qui sont bons et de bonne foi, et, grâce à Dieu, il y en a beaucoup, c'est que, trop souvent, par les préjugés mêmes de leur erreur, ils méconnaissent, ils détestent, ils combattent l'Église, ils entravent son œuvre de régénération sociale et de salut, ils la poursuivent, sans se l'avouer, jusque dans ses sœurs de Charité et ses frères

instituteurs ; ils se font, en un mot, les ennemis passionnés du bien et de la vérité, et ils se rendent ainsi,
sans le vouloir, sans le savoir peut-être, complices de
la perte des peuples et de l'accroissement du mal sur
la terre !

Avant de quitter Genève, où j'ai pourtant retenu
bien longtemps déjà le lecteur, je ne puis taire les souvenirs de Rousseau et de Voltaire, qu'y rappellent à
tous les passants la statue du premier, avec une inscription louangeuse, et le château de Ferney, domaine
et demeure du second. Il semble que la providence de
Dieu ait voulu que le souvenir de ces deux hommes fût
lié matériellement à celui de Genève, comme il l'est
moralement dans l'histoire par la complicité du mal
qu'ils ont fait ! Tout se tient en effet dans les événements
de ce monde, et jamais filiation ne fut plus claire et
plus légitime que celle qui fait descendre la Révolution
de la philosophie ou plutôt de l'incrédulité du dix-huitième siècle, et celle-ci des principes de la Réforme.
Voltaire et Rousseau sont bien les fils de Luther et de
Calvin, et ils sont aussi les pères de cet esprit révolu-
tionnaire qui débuta par la Terreur, et qui, de nos
jours, mène le monde à l'abîme du socialisme. Tous les
deux, avec une puissance peu commune d'esprit et
d'intelligence, ont montré au monde combien les plus
grands hommes sont petits et nuisibles en dehors de la
foi, et quand on songe que les savants et les ignorants,
les académies et les peuples ont fait pendant un temps
de ces deux illustres ennemis de la vérité l'objet de
leur admiration et d'un culte presque idolâtrique, on

lève les yeux et les mains vers le ciel, et on se dit que l'intervention du démon est aussi nécessaire que celle de Dieu pour expliquer certaines pages de l'histoire.

J'ai vu Ferney aux portes de Genève; j'ai vu les traces de cet engouement puéril qui portait les pèlerins de ce fameux domaine à dépouiller de leur écorce les arbres qui avaient abrité Voltaire, et à racler les bancs de bois sur lesquels il s'était assis, pour emporter comme une relique précieuse un peu de la poussière que son contact avait consacrée, et je me suis demandé :

D'où vient cet enthousiasme et ce culte pour une telle mémoire, si ce n'est de l'esprit de mensonge et d'iniquité? On a fait de Voltaire un grand philosophe, lui qui ignorait les premiers éléments de la philosophie, lui le plus superficiel des hommes, qui n'avait pour tout raisonnement que le sarcasme et la raillerie sacrilége, lui qui, avec tout son prodigieux esprit, connut si peu le cœur humain, qu'il ne sut pas faire une bonne comédie! On a fait un ennemi du despotisme et un grand citoyen de ce courtisan parvenu, qui flatta misérablement les empereurs et les rois, qui applaudissait aux attentats politiques de Catherine, et qui osait écrire à Frédéric II, vainqueur de nos armées, ces paroles les plus bassement adulatrices qu'une main française ait tracées : « Toutes les fois que j'écris à « Votre Majesté, je tremble comme nos régiments à « Rosbach[1]! » On a fait une gloire de la France de l'au-

___

[1] « Vous souvenez-vous, lui écrivait-il encore, d'une pièce char-

teur infâme de cet infâme livre de la *Pucelle*, qui traîne
dans la boue une des gloires les plus pures et les plus
touchantes de la patrie ! Enfin on a érigé en ami du
peuple cet homme qui, reniant le nom plébéien de son
père, tranchait en tout et partout du grand seigneur,
qui voulait bien convertir à l'incrédulité les savants et
les princes, ce qu'on appelle aujourd'hui les hommes
d'élite, mais qui prétendait hautement laisser les servantes et le peuple, la canaille en un mot, dans les salutaires entraves de la religion, et qui, pour prêcher
d'exemple, osait (c'est presque un blasphème de le rappeler) communier publiquement dans l'église de Ferney, et l'écrire en riant à ses amis, dont quelques-uns
avaient au moins la pudeur de s'en scandaliser.

Après Ferney, j'ai vu la statue de Jean-Jacques
Rousseau à Genève, j'ai vu l'Ermitage de Montmo-
rency, où il composa quelques-uns de ses ouvrages, et
où son souvenir a été longtemps vénéré, et là encore
je me suis dit : D'où viennent cette admiration et ce
culte pour la mémoire de cet homme qui, malgré le
profond et universel ennui qu'il inspire aujourd'hui,
eut un grand art de style, mais qui fit de son talent

---

mante que vous daignâtes m'envoyer il y a plus de quinze ans (peu
après Rosbach), dans laquelle vous peignîtes si bien :

> Ce peuple sot et volage,
> Aussi vaillant au pillage
> Que lâche dans les combats !

Lettre de Voltaire au roi de Prusse.

(7 décembre 1774.)

Ce peuple était le peuple français !

un si fatal usage, qui écrivit des ouvrages qu'un honnête homme ne peut achever sans rougir et sans dégoût, qui osa publier ce livre des *Confessions*, monument achevé de cynisme, d'orgueil et d'ingratitude, qui
écrivit des pages si attendries sur l'éducation des enfants et mit les siens aux Enfants-Trouvés, qui mourut
misérablement après une vie misérable, et fut un
des ennemis les plus dangereux de ce Jésus dont il
avait reconnu vingt fois dans ses écrits l'incontestable
divinité. Modèle involontaire, je veux le croire, de cette
race d'écrivains de nos jours, qui, soit inconséquence,
soit hypocrisie, entremêlent leurs blasphèmes contre
Jésus-Christ d'hommages et d'adorations insupporta-
bles, et qui attaquent le christianisme en se disant
chrétiens ! semblables à ces soldats de Pilate qui s'age-
nouillaient devant le Christ et le saluaient roi d'Israël
avant de le souffleter et de lui cracher au visage, ou à
ce Judas qui le trahit par un baiser !

Quoi qu'on puisse penser de Voltaire et de Rousseau, les voilà tous les deux, avec leur esprit et leur
génie si l'on veut, quoiqu'en parlant d'eux le mot de
génie soit bien contestable[1], mais avec leurs vices, les
hontes de leur vie et le mal qu'ils ont fait, et c'est
pourquoi je leur refuse absolument tout titre à l'amour
et à l'admiration des hommes. Le génie par lui-même
n'est digne ni d'admiration ni d'amour : comme la liberté, comme la raison, comme la vie, c'est une arme

---

[1] L'empereur Napoléon Ier disait qu'il fallait que leurs contem-
porains fussent des nains pour les avoir considérés comme des
géants.

utile ou nuisible à soi-même et aux autres, selon l'u-
sage qu'on en fait; c'est le fer mis aux mains d'un ha-
bile soldat, qui doit s'en servir pour défendre ses frères, mais qui peut s'en servir aussi pour leur percer le
cœur. Or c'est ce qu'ont fait Voltaire et Rousseau; ils
ne se sont servis de leur génie que pour attaquer tout
ce qui a droit au respect et à la vénération des hommes,
Jésus-Christ, l'Église, l'autorité des princes et des lois,
les bonnes mœurs et la pudeur même ! Ils ont ébranlé
la société jusque dans ses fondements, et préparé les
ruines qui les ont suivis de si près; après eux et par
leur faute, il s'est trouvé que la somme des vices, des
larmes et des misères humaines s'était considérable-
ment accrue, et que serait-ce, grand Dieu ! si l'on se
plaçait au point de vue du salut éternel des âmes ! Ils
ont donc passé en faisant le mal, ils ont été les instruments et les serviteurs du mal ici-bas, et quiconque ne
met pas avant tout et au-dessus de tout en ce monde la
puissance d'un esprit pervers et d'une imagination dé-
réglée, quiconque estime pour quelque chose la vertu,
la dignité de la vie, le respect de la vérité, l'amour de
Dieu et des hommes, ne peut leur accorder ni estime,
ni admiration, ni amour ! Dignes fils de Genève, ils
sont les pères et les précurseurs de la Révolution, qui
ne s'y trompa point un seul intant, car l'apothéose de
Voltaire fut un de ses premiers actes; elle déposa triomphalement son cœur au Panthéon, en attendant qu'elle
mît à côté celui de Marat, et elle adopta pour son Évangile les livres, et surtout l'*Émile* et le *Contrat social* de
Rousseau ! Les Girondins se vantaient d'être les disci-

ples de cet homme comme les Terroristes, et Robespierre, peu de jours avant le 9 thermidor, vint se recueillir quelque temps à l'Ermitage, où vivait la mémoire de son illustre maître[1].

Mais laissons là toutes ces mémoires fatales et suran-
nées qui nous ont trop longtemps occupés, et sortons
de Genève, après avoir rappelé, pour nous consoler du
passé, que l'Église catholique y a repris sa place avec
un commencement de liberté, et que, malgré bien des
entraves subsistantes et des vexations sans cesse renou-
velées, le nombre des catholiques de Genève, qui n'é-
tait que de cinq au temps de saint François de Sales, et
de cinquante au commencement de ce siècle, est aujourd'hui de quinze mille sur une population de trente-
sept mille âmes. A voir un tel progrès accompli en
cinquante ans, on peut espérer qu'à la fin du siècle la
Rome du protestantisme ne renfermera plus un seul
protestant.

En quittant Genève, nous suivîmes la route qui mène
à Chamouny, et nous nous arrêtâmes le soir aux bains
de Saint-Gervais, d'où nous voulions partir à pied le
lendemain pour faire l'ascension du mont Joly; c'est
une des montagnes les plus élevées des Alpes, et, quoiqu'elle fût alors peu fréquentée par les touristes, des

---

[1] *Note de l'auteur.* — Nos socialistes modernes suivent fidèlement, en cela comme en tout, les traces de leurs devanciers de
1793, et les journaux américains ont récemment rendu compte
d'un meeting républicain tenu à New-York, le 10 août 1856, dans
lequel on a réuni, dans une seule et même acclamation, les noms
de Robespierre, de Voltaire et de Rousseau.

gens du pays nous avaient affirmé que du sommet on embrasse une vue incomparable d'étendue et de beauté.

Le lendemain matin, à six heures, nous partîmes avec un guide et des provisions bien nécessaires, car la montagne que nous allions gravir est haute de huit mille pieds, et nous avions six lieues à faire pour parvenir au sommet. C'était la première fois que je tentais une expédition de ce genre, et, par ce motif sans doute, cette ascension du mont Joly m'a laissé des souvenirs impérissables.

A mesure que nous avancions dans la montagne, les chalets devenaient plus rares, les arbres faisaient place aux arbustes, la verdure elle-même s'appauvrissait peu à peu, et déjà, de place en place, nous avions à traverser des espaces nus et arides parsemés de pierres et de roches brisées. Bientôt la pente devint plus escarpée, le flanc de la montagne plus dépouillé. Par moments, nous longions des précipices dont la vue nous tentait de vertige et nous forçait à nous rejeter de l'autre côté du chemin que nous gravissions. Il nous fallut ainsi, pendant un quart de lieue environ, côtoyer un abîme de quatre mille pieds, absolument à pic, et dont le souvenir seul me fait encore frissonner quand j'y pense : on eût dit que la montagne avait été coupée perpendiculairement de ce côté, avec un art et une régularité effrayants, depuis son sommet jusqu'aux profondeurs de la vallée qu'on apercevait dans le lointain.

Plus nous approchions du sommet, plus le cône

allait se rétrécissant; l'escarpement devint bientôt si roide qu'il nous fallut nous aider de nos mains pour continuer notre ascension. Nous avancions péniblement, n'osant regarder derrière nous, songeant avec effroi qu'il nous faudrait redescendre cette pente rapide que nous gravissions avec tant de peine, et faisant rouler à chaque pas des fragments d'ardoises et de rochers qui se dérobaient sous nos pieds.

Un phénomène singulier ajoutait à l'extraordinaire comme aussi à la terreur involontaire de notre ascension. Un brouillard bleuâtre, qui s'était élevé de la plaine dès le matin et qui allait sans cesse en s'épaississant, finit par nous envelopper de toutes parts et déroba à nos yeux le ciel, les montagnes environnantes et la plaine même qui s'étendait à nos pieds. Quand nous arrivâmes enfin au sommet de la montagne et qu'assis sur la plate-forme étroite qui la couronne nous jetâmes les yeux autour de nous, notre cœur fut saisi de la plus étrange impression.

Une vapeur blanche et opaque, tant elle était épaisse, nous environnait de tous côtés, nous dérobait la vue de tous les objets et semblait nous isoler du monde entier. Nous étions là, pauvres petites créatures humaines perdues sur un sommet désert, ne voyant rien au-dessus de nos têtes, au-dessous de nos pieds, que des nuages impénétrables aux regards. La base même de la montagne était cachée à nos yeux et le rocher où nous nous trouvions semblait séparé de la terre et porté sur les nuages. Nous étions semblables à des naufragés flottant sur un radeau fragile au milieu d'une mer sans limites, suspendus en quelque sorte entre le double abîme du ciel et de l'Océan, et séparés seulement de la mer par le bois qui les porte. Jamais je ne ressentis plus vivement l'impression de la petitesse matérielle de l'homme dans l'immensité de l'espace!

Malgré la grandeur étrange et la solennité de ce spectacle, nous regrettions amèrement d'avoir gravi à grand' peine la montagne pour ne rien voir que cet immense brouillard, quand tout à coup nous poussâmes un cri de joie et d'admiration. En un clin d'œil, le voile qui nous entourait s'était déchiré comme par enchantement : par cette large échancrure, le soleil nous apparut étincelant et radieux, et la magnifique chaîne du mont Blanc se dressa à nos yeux avec ses lignes grandioses et l'incomparable splendeur de ses neiges éternelles! Les montagnes semblaient amoncelées les unes sur les autres; elles allaient grandissant sans cesse, et, au point culminant, au centre de cette chaîne étendue de plus de vingt lieues, le mont Blanc, le roi géant des Alpes, s'élevait immense, solennel, plus beau, plus vaste, plus éblouissant que tout le reste. Dans le lointain se dessinaient vaguement, au milieu d'une vapeur brillante, l'Oberland, les cimes du Jura et des montagnes du Dauphiné, et, si le brouillard ne fût demeuré impénétrable du côté du Midi, nous eussions aperçu à l'horizon les grandes plaines de l'Italie. Apparition sublime et qui nous émut jusqu'au fond du cœur! Devant de pareilles magnificences, l'âme s'exalte et s'élève plus haut que les plus hauts sommets, et, par delà les nuages et l'azur du ciel, elle arrive jusqu'au trône de Dieu pour célébrer sa grandeur et s'anéantir à ses pieds.

A plusieurs reprises, le voile de brouillard se ferma et se rouvrit devant nous, et après chacun des entr'actes de ce spectacle sans pareil, cette nature nous apparaissait plus belle et Dieu plus admirable dans ses œuvres! Entre la plaine et nous, le brouillard s'était presque dissipé; seulement une vapeur bleuâtre et transparente flottait encore dans l'espace, comme dans une église une légère fumée d'encens, et nous apercevions à travers, au fond de la vallée, à une profondeur immense, les arbres qui nous paraissaient de petites plantes, et les villages qui nous faisaient l'effet de ces jouets de carton et de bois avec lesquels on amuse les enfants.

Quand nous eûmes rassasié nos yeux de toutes ces merveilles, réparé nos forces par la nourriture et le repos, et rafraîchi nos lèvres avec la neige des glaciers mêlée au vin que nous avions apporté, nous quittâmes à regret ces hauteurs pour retomber dans l'horizon étroit et borné de la plaine, emportant, comme souvenir de notre ascension, et en même temps comme preuve singulière et inattendue de l'universalité du déluge, quelques pierres marquées profondément de l'empreinte séculaire de poissons et de coquillages de mer, et, après quelques heures d'une descente qui fut moins effrayante et moins pénible que nous ne l'avions pensé, nous nous retrouvâmes le soir à Saint-Gervais, le corps et l'âme épuisés de fatigue et d'admiration.

Nous recommençâmes souvent, dans le cours de

notre voyage, des expéditions de ce genre; nous parcourûmes la célèbre vallée de Chamouny, décrite tant de
fois et que je ne décrirai pas une fois de plus. Nous
visitâmes cette Mer de glace, si prodigieuse, si effrayante
avec ses vagues pétrifiées et ses grandes crevasses
béantes d'un vert bleuâtre où l'œil se perd dans des
abîmes sans fond, d'où l'on entend sortir un bruit sourd
et lointain comme celui d'un grand fleuve qui passerait
en mugissant dans ses profondeurs! Nous visitâmes
aussi le charmant glacier des Bossons, tout différent
d'aspect, sans crevasses et sans bruits souterrains,
éblouissant comme la neige, et dont les pyramides, bi-
zarrement taillées par le caprice de la nature, ressem-
blent de loin à un peuple pâle et immobile de fantômes.
Nous gravîmes enfin plusieurs pics élevés pour contempler la chaîne du mont Blanc sous tous ses aspects.

Une comparaison frappante et mélancolique se présente presque involontairement à l'esprit tandis qu'on
opère l'ascension de ces grandes montagnes, et le bon
saint François de Sales, qui aimait tant à se servir des
objets que lui présentait la nature comme d'un point de
départ pour s'élever à la contemplation des vérités
éternelles, dut faire plus d'une fois cette réflexion en
gravissant les hauteurs de sa chère Savoie.

Quand on part pour une ascension longue et périlleuse, on passe d'abord au milieu de riantes vallées,
près du clocher connu et aimé du village; on ne voit
partout que verdure, fleurs aux doux parfums, spectacle aimable et plein d'espérance : le chemin est uni,
la pente est insensible : ce n'est que le début du voyage.

Peu à peu, la montée devient plus rapide, le chemin plus difficile. A mesure qu'on avance, la nature s'assombrit; elle perd, morceaux par morceaux, ses charmes et ses enchantements; la verdure s'en va, les fleurs passent avec leurs parfuns; bientôt les maisons du village et le clocher même qui les domine disparaissent aux regards. On avance toujours, et l'air devient plus rare, et les obstacles, les glaciers, les précipices se multiplient sous les pas du voyageur. Alors malheur à lui s'il n'a pas un bâton solide et ferré pour soutenir ses pas, des cordiaux pour réparer ses forces et un guide pour lui montrer le chemin! Livré à lui seul, il courrait le risque de s'égarer sans retour, de rouler au fond d'un abîme ou de tomber sur le chemin, à bout de courage et de forces.

Il en est de même de cet autre voyage qu'on appelle la vie. Au début, tout est riant, plein d'illusion, d'innocence et de foi naïve : c'est la joie sereine d'une belle et tranquille vallée. Mais avec les années, le calme, l'heureuse insouciance, la joie souvent et plus souvent encore l'innocence s'en vont : la vie prend chaque jour un aspect plus sévère et le chemin devient plus étroit et plus rude : les désillusions, les tentations, les luttes et les dangers arrivent et se multiplient! C'est alors qu'au voyageur de la vie, comme à celui qui gravit la montagne, il faut un appui, un guide, un viatique. Cet appui, nécessaire pour soutenir ses pas incertains, c'est la foi; le guide, c'est l'Église; le viatique, ce sont les sacrements, c'est l'eau de la vie éternelle où le chrétien se désaltère et se purifie, c'est la nourriture sacrée du pain et du vin eucharistiques. L'homme, qui ne peut rien sans ces divins secours, peut tout et triomphe de tout avec eux. Il évite les abîmes, il franchit tous les obstacles, et il arrive enfin, épuisé, mais victorieux, au sommet de la montagne, à cet endroit suprême où, prêt à quitter la terre et déjà tout proche de l'éternité, il aperçoit le monde à ses pieds dans un lointain confus, et, dominant désormais les nuages et les tempêtes, il n'a plus en face de lui que la sérénité profonde du ciel, la splendeur du soleil et la lumière inaltérable de Dieu qui lui sourit et qui l'appelle!

Notre compagnon de voyage nous ayant rejoints à Chamouny, nous partîmes le 16 août pour le Simplon par Martigny et Sion. La route, appelée dans le pays le *Passage de la Tête-Noire*, qui conduit de Chamouny à Martigny, est de toute beauté par son aspect sauvage et les terribles accidents de la nature qu'elle traverse. On suit un étroit sentier qui s'élève rapidement entre une muraille de rochers à pic d'un côté, et, de l'autre, un affreux précipice, au fond duquel roule un torrent dont le lit rocailleux est encombré d'immenses blocs de pierre. On n'aperçoit de toutes parts que des masses énormes de rochers entassés et suspendus sur l'abîme, des forêts de sapins dont les uns, brisés par l'avalanche, maintiennent encore des quartiers de roc, tandis que d'autres semblent retenir les nuages suspendus à leurs branches, comme dans une plaine on voit les buissons tout chargés de la laine que les brebis ont laissée en passant. Toutes ces horreurs sont entremêlées, de place en place, de verdoyantes collines, de gazons frais et veloutés et de chalets audacieusement fixés au flanc de la montagne à des hauteurs effrayantes.

Des croix de bois indiquent par moments la place où des voyageurs périrent victimes de leur imprudence ou d'événements supérieurs aux prévisions humaines. Les guides les montrent avec soin à ceux qu'ils conduisent, leçon muette de prudence plus éloquente que tous les discours.

Une de ces croix rappelle un malheur particulièrement touchant. Une pauvre femme et son enfant, qu'elle tenait dans ses bras, étaient sur le bord du précipice, attendant de la charité des passants et de la bonté de Dieu le pain de la journée : Dieu leur donna ce jour-là mieux que le pain quotidien. Une avalanche de rochers fondit du haut de la montagne et roula jusqu'au fond de l'abîme, entraînant avec elle la mendiante et son enfant. Bienheureux de mourir en même temps, car ils étaient l'un à l'autre tout leur amour en ce monde ! La mort ne les sépara point : ensemble ils descendirent au fond du précipice, ensemble ils remontèrent consolés vers le ciel : car Dieu ne doit point demander un compte sévère à une mère qui voit pleurer et souffrir et mourir son fils, et la sainte Vierge Marie, la Mère de douleur, dut intercéder pour elle et lui ouvrir le ciel, par sa toute-puissante prière !

A partir du point culminant de la route que je viens de décrire, la vallée s'élargit insensiblement, la poitrine se dilate, et le chemin descend rapide entre deux belles lignes de montagnes. Quand nous arrivâmes à cette heureuse descente, le jour commençait à baisser ;

une douce brise s'élevait pleine de fraîcheur et de parfums, et le calme du soir se répandait sur toute la nature. Les rayons du soleil couchant n'éclairaient plus que les hauts sommets et nuançaient de mille teintes d'or, de pourpre et d'opale la neige des montagnes lointaines. Enfin ces derniers reflets s'éteignirent, l'astre du jour disparut dans une vapeur lumineuse ; l'ombre gagna, le silence vint. On n'entendait plus que le son argentin des clochettes pendues au cou des vaches, les mugissements des troupeaux qui désertaient le pâturage et les bêlements plaintifs des chèvres renfermées pour la nuit dans leurs étroites étables. Bientôt ces derniers bruits expirèrent ; nous restâmes seuls au milieu du silence, et pendant quelques instants nous marchâmes dans l'obscurité, entre le soleil qui venait de disparaître et les astres de la nuit qui n'avaient point paru encore. Peu à peu les étoiles s'allumèrent au firmament et répandirent une pâle lueur sur les sommets neigeux de la *Jung-frau* et du mont *Gemmhi*, qui se dessinaient vaguement à l'horizon. La lune seule, qui était à son dernier quartier, manquait à ce tableau que je ne puis décrire, mais dont je me souviendrai toujours. O majesté sereine d'une belle nuit, calme souverain de la nature qui repose, silence inénarrable du soir et de la solitude, avec quelle éloquence vous parlez au cœur de l'homme de la grandeur de Celui qui vous a faits, et de quelles émotions religieuses vous remplissez l'âme de cette créature si petite et si grande que Dieu a tant aimée et pour laquelle il a disposé toute chose !

Martigny, où nous arrivâmes assez tard dans la soirée, n'a rien de remarquable que le grand souvenir historique et chrétien qui s'y rattache. Près de cette ville se trouve un champ de bataille où se livra, il y a plus de quinze cents ans, un combat fameux, unique dans l'histoire. On avait vu dans les siècles passés et l'on a vu depuis l'héroïsme d'une troupe de gens de cœur tenir en échec pendant des heures et des jours des armées innombrables! On avait vu Léonidas et ses trois cents Spartiates défendre les Thermopyles contre les flots envahisseurs de l'armée des Perses et mourir jusqu'au dernier pour la gloire et pour la patrie! Mais ce qui était sans exemple, et ce qui l'a été depuis dans le souvenir et dans l'admiration des hommes, c'est le spectacle d'une armée entière, composée de six mille soldats forts, jeunes et courageux, d'une armée héroïque, connue dans tout le monde par sa valeur et ses victoires, se laissant égorger sans résistance depuis son commandant en chef jusqu'au dernier de ses soldats, pour obéir à Dieu et à son souverain! C'est le spectacle qu'offrit aux hommes stupéfaits et aux anges ravis le martyre de saint Maurice et de la légion thébaine qu'il commandait!

En ces lieux mêmes que nous foulions aux pieds campait cette légion bénie de Dieu, qui ne comptait que des chrétiens et des chrétiens, fervents! C'est là qu'elle reçut de l'empereur Maximien cet ordre inique de mettre à mort les hommes, les femmes et les enfants qui refuseraient de sacrifier aux idoles; c'est de là que Maurice, Candide et Exupère écrivirent à l'empereur;

au nom de tous leurs compagnons déjà deux fois dé-
cimés, cette réponse incomparable qui a retenti jusqu'à
nous à travers les siècles et qu'on ne peut relire sans
que les yeux se remplissent de larmes d'admiration :

« Nous sommes vos soldats, seigneur, mais nous
sommes serviteurs de Dieu ; nous vous devons le service militaire, à lui l'innocence ; vous nous donnez notre paye, il nous a donné la vie. Nous ne pouvons vous
obéir en renonçant à Dieu, notre créateur, notre maître et le vôtre, quand même vous ne le voudriez pas.
Si vous ne nous demandez rien qui l'offense, nous vous
obéirons comme nous avons toujours fait ; autrement,
nous lui obéirons plutôt qu'à vous. Nous avons prêté
serment de fidélité à Dieu avant de vous le prêter à
vous-même : vous ne pourriez vous fier au second, si
nous manquions au premier. Vous nous commandez
de rechercher les chrétiens pour les punir ; à quoi bon
en chercher d'autres ? Nous voici ! nous confessons
Dieu le Père et son Fils Jésus-Christ ! Nous avons vu
égorger nos compagnons sans les plaindre, nous nous
sommes réjouis de l'honneur qu'ils ont eu de souffrir
pour Dieu. Ni cette extrémité ni le désespoir ne nous
ont portés à la révolte : nous sommes armés et nous
ne résistons pas, parce que nous aimons mieux mourir
innocents que vivre coupables. »

Sentiments sublimes, admirable réalisation de cette
grande parole de l'Évangile, qui a fondé, avec la liberté
de l'âme chrétienne, le respect de l'autorité tempo-
relle : « Rendez à César ce qui est à César, et à Dieu
ce qui est à Dieu ! » Précepte sacré, que bien des

chrétiens oublient trop aujourd'hui, et sur lequel repose cependant le salut des sociétés et des empires! Oui, ces généreux soldats rendent à César leur vie, qui est à César, et ils gardent pour Dieu leur âme, qui n'appartient qu'à Dieu : les plus fermes à la fois et les plus obéissants des hommes; fidèles à Dieu jusqu'à mourir plutôt que de l'offenser, fidèles à l'Empereur jusqu'à mourir plutôt que de se servir de leurs armes contre lui. Maximien les fit égorger par d'autres légions : ils attendaient la mort à genoux, en silence, et tendirent la gorge aux bourreaux. Le sang coula par torrents et les cadavres s'élevèrent amoncelés sur cette terre que leur martyre a consacrée à jamais! Voilà comment les premiers soldats de Jésus-Christ mouraient et triomphaient de leurs persécuteurs. Il faut avouer que les soldats de la Réforme, qui prétendait revenir aux temps primitifs de l'Église, n'ont pas employé les mêmes procédés pour assurer l'établissement de leur foi dans le monde! Ils savaient bien que, si Dieu suffit à une œuvre divine, à une œuvre toute humaine il faut des moyens humains !

De Martigny, nous suivîmes la route qui mène au Simplon ; je n'en parlerai pas ; car, si rien n'est plus varié que l'aspect des montagnes, rien n'est plus monotone que les descriptions qu'on en voudrait faire. Dieu avec de la terre, des rochers, des sapins et de la neige, a fait des milliers de montagnes dont aucune ne se ressemble, comme avec des yeux, un front, un nez et une bouche, il a su varier à l'infini les visages humains. Mais l'homme ne peut pas plus rendre par des descriptions les nuances des montagnes que celles des visages. Telle est son impuissance, que ce que Dieu a fait de rien, il ne peut même pas le raconter, et, lorsqu'un écrivain a su, par labeur ou par génie, retracer dans un livre une image saisissante quoique bien affaiblie de ces merveilles de la création, c'en est fait, c'est un grand homme, et l'histoire le proclame immortel!

Nous gravîmes avec peine la route hardie et pittoresque du Simplon, et nous arrivâmes à l'hospice qui est au sommet, les vêtements et le visage tout mouillés par un nuage qui, montant avec rapidité le long de la montagne, nous avait enveloppés en passant et pénétrés de sa vapeur humide. Cet hospice est tenu par de bons religieux comme ceux du grand Saint-Bernard, qui se sont établis sur ces hauteurs pour offrir une hospitalité gratuite et tous les secours de la charité aux voyageurs qui traversent la montagne. Ils reçoivent tout le monde, pauvres et riches, catholiques et protestants, avec la même affabilité et les mêmes égards. Ils ne demandent rien à personne et n'acceptent même aucune rétribution de leurs soins. Seulement, dans leur modeste chapelle, un tronc reçoit la pièce d'or du riche ou l'obole du pauvre : ces aumônes sont destinées à embellir l'autel où ces saints religieux viennent puiser chaque jour, devant un Dieu présent et sacrifié, le courage de se sacrifier à leur tour pour ces mêmes hommes que leur divin Maître a tant aimés.

C'est une grande douceur pour un catholique de retrouver partout où il passe les traces vivantes et ai-

mantes de la sainteté de sa foi, et souvent, à la vue de
ces institutions charitables de tout genre que l'Église
a fondées partout où elle a été libre, son âme s'exalte,
et il s'écrie en lui-même avec émotion :

« O sainte Église de Jésus-Christ, que vous êtes belle
dans votre fécondité et dans votre charité ! Votre charité embrasse toutes les misères, toutes les infortunes,
et votre fécondité, vraiment surnaturelle, vous donne
des enfants d'amour et de sacrifice pour accomplir
partout les œuvres de votre charité ! Depuis l'enfance
jusqu'à la vieillesse, dans les campagnes comme dans
les cités, au sommet des montagnes comme dans les
îles des mers, près du chevet des malades comme dans
le cachot des condamnés, vous avez mis partout
des serviteurs volontaires, serviteurs passionnés de
l'âme et du corps ; vous avez donné des soutiens, des
amis, des frères et des sœurs, des pères et des mères à
ceux qui n'en avaient pas ou qui n'en avaient plus !
vous avez placé vos religieux et vos prêtres, comme
des sentinelles perdues, partout où l'homme peut passer avec ses vices ou ses misères, et c'est vous, ò
tendre mère du genre humain, qu'on retrouve en tous
lieux et qu'on retrouve souvent seule, non-seulement
au sommet neigeux des montagnes, dans les sables et
les forêts des missions lointaines, mais dans les bagnes
et les prisons, avec les lépreux, les esclaves et les fous,
et là même où l'on ne trouve plus personne, si ce n'est
le bourreau, sur le plancher de l'échafaud, près de
l'assassin et du parricide ! »

Il faut être, ce me semble, bien aveugle ou bien

prévenu pour ne pas reconnaître que, si la charité, c'est-à-dire l'amour ardent et désintéressé de Dieu et des hommes, se trouve quelque part ici-bas, c'est dans l'Église catholique, dans l'Église de saint Vincent de Paul et de saint François de Sales, dans l'Église des missionnaires, des Filles de la Charité et des Petites-Sœurs des pauvres ! Or, si la charité est dans l'Église, Dieu y est aussi, car Dieu est charité, *Deus charitas est*, et là où est l'amour, là est Dieu, *ubi charitas, ibi Deus* !

En dehors de l'Église catholique, il peut bien y avoir quelques gouttes de charité, parce qu'en dehors d'elle il peut y avoir quelques rayons de l'éternelle vérité. C'est ainsi que le protestantisme se ressent du céleste voisinage de cette Église qu'il déteste, qu'il voudrait détruire, et à laquelle pourtant il doit les vertus et les vérités qu'il retient encore. Mais la source large, féconde et inépuisable de la charité, comme le foyer de la vérité, ne sont que dans la seule Église ; c'est là que la chaleur et la lumière se tiennent étroitement embrassées comme en Dieu, parce que c'est là que Dieu réside, qui est toute la lumière et tout l'amour !

II. — MILAN.

Nous quittâmes l'hospice du Simplon, touchés et charmés de l'aimable et sainte hospitalité de ses religieux, et nous commençâmes à descendre la montagne du côté de l'Italie. Cette route est plus sauvage encore et plus belle d'horreur que celle de la Tête-Noire. On n'aperçoit partout que des gorges étroites et profondes, des rochers noirs, luisants, sillonnés de cascades blanches ou distillant une eau qui tombe lentement le long des pierres et des herbes pendantes, et qui donne véritablement à ces rochers une apparence vivante et souffrante : vous diriez qu'ils suent et qu'ils pleurent. Au fond du ravin, un torrent verdâtre se fraye péniblement un passage au milieu d'énormes blocs de pierre qu'il creuse, sous lesquels il disparaît par moments, et d'où il s'échappe avec un bruit lugubre ; plus on avance, plus le lit du torrent s'enfonce et se rétrécit : on dirait l'entrée des enfers.

Toutes les horreurs de cette nature sauvage accompagnent le voyageur jusqu'à l'entrée de l'Italie et se resserrent de plus en plus autour de lui, comme pour le retenir prisonnier. Mais, à partir d'Ysselle, limite des deux pays, la scène change brusquement, et la route débouche bientôt dans la belle et spacieuse vallée de Domodossola, qui est comme le vestibule de l'Italie. Nous traversâmes rapidement cette vallée, poursuivis par la pluie qui nous empêchait d'en jouir, et le soir nous arrivâmes sur les bords du lac Majeur, dans la petite ville de Laveno.

Quand nous nous levâmes le lendemain, nous vîmes avec joie que la pluie de la veille avait fait place à un temps splendide ; le soleil étincelait dans un ciel sans nuages. Nous nous hâtâmes de louer une barque pour aller visiter les îles Borromées. C'était le jeudi 20 août, et c'est avec un sentiment particulier de reconnaissance envers Dieu que je me rappelle cette belle journée où il me fut donné de goûter et d'admirer, plus que je ne l'ai jamais fait peut-être, les magnificences de la nature.

La matinée était incomparable de beauté, le ciel d'un bleu métallique, transparent et profond, dont le ciel bleu de notre France ne peut donner une idée : en se rapprochant de l'horizon, cet azur se fondait insensiblement en jaune d'or. La silhouette des montagnes se dessinait sur ce fond d'or en un bleu de cobalt d'une pureté et d'une transparence admirables. Les collines plus rapprochées, qui s'élèvent en amphithéâtre aux bords du lac, étaient couvertes d'une verdure chaude, sur laquelle les villages et les maisons de campagne se détachaient vivement, blanches comme la neige et brillantes comme les étoiles. L'air miroitait partout à nos regards ; on eût dit un fluide lumineux dont l'œil avait peine à soutenir l'éclat. Non, rien ne peut exprimer l'effet de toutes ces beautés réunies quand le soleil du matin répand sur elles, sans les confondre, une poussière dorée qui donne à tous les tons, à l'eau, à l'air, à la verdure, aux lointains, une harmonie et une transparence indéfinissables !

Et toute cette scène de lumière et de splendeur incomparable, cette nature éblouissante, ces villas orientales, cet ardent soleil reflété par les eaux bleues de ce lac immobile, ces merveilles d'une nature enchantée, nous saisissaient tout sortants des glaciers du mont Blanc et des gorges du Simplon, tout imprégnés encore des frimas et des horreurs que nous venions de

traverser! Ce sont là de ces contrastes que Dieu mé-
nage parfois à l'œil de l'homme, comme pour lui faire
sentir plus vivement la magnificence de ses œuvres et
la merveilleuse variété de sa création.

La barque qui nous berçait doucement nous conduisit
d'abord à celle des îles Borromées qu'on appelle l'Isola-
Madre. Elle apparaît de loin comme une corbeille de
verdure et de fleurs portée sur les eaux pures du lac.
A mesure qu'on approche, on distingue des terrasses,
des bois d'orangers, de lauriers et d'arbres les plus
rares, qui poussent en plein vent et qui de tous les
points du monde semblent s'être donné rendez-vous
dans ce séjour enchanté.

En abordant, nous nous trouvâmes au milieu d'a-
loès, de palmiers, de cèdres du Liban, de vieux pins
d'Écosse d'une hauteur prodigieuse, de lauriers blancs
et roses, et de mille autres arbres de la Chine, du
Japon, de l'Amérique, tous plantés sans ordre, presque
au hasard, comme les arbres les plus communs dans
un jardin anglais. Sur le gazon frais et uni des pe-
louses, des faisans se jouaient et ne songeaient pas à
profiter de la liberté qui leur était laissée pour fuir
une si ravissante prison.

L'Isola-Bella, voisine de l'Isola-Madre, a la réputation, comme son nom l'indique, d'être plus
belle encore que sa sœur, mais d'une beauté qui a
moins de charme à mes yeux, parce qu'elle est moins
naturelle; l'art s'y fait partout sentir : il est vrai que
c'est un art merveilleux. On y admire, outre un fort
beau palais, des terrasses étagées et comme suspen-

dues sur les eaux du lac, des grottes artificielles où croissent des palmiers, où le lierre et la vigne s'entrelacent et pendent en longues guirlandes de verdure. Nous remarquâmes surtout trois bois ravissants, l'un d'orangers en pleine terre, un autre de magnolias aux larges fleurs blanches et d'un parfum pénétrant, et le troisième de lauriers séculaires dont quelques-uns ont plus de cinquante pieds d'élévation. Avant de quitter ces îles vraiment enchantées qui nous rappelaient les jardins d'Armide de la *Jérusalem délivrée* et ces contes orientaux des *Mille et une nuits*, nous y cueillîmes quelques fleurs que nous emportâmes comme un souvenir. Le parfum de ces fleurs est tout particulier; il en est de même de celui des fruits qu'on y recueille : les uns et les autres sont remplis et comme imprégnés de l'air, de la chaleur et du soleil de l'Italie.

J'ai retrouvé récemment une de ces fleurs dans un portefeuille de voyage : elle est toute desséchée et son parfum est évanoui; mais le souvenir du lieu où je l'ai cueillie n'est ni évanoui ni desséché dans mon cœur; il y a conservé toute la vie et toute la fraîcheur du premier jour.

Si notre admiration fut vive, elle dura peu et n'atteignit même pas la fin de la journée. Vers une heure de l'après-midi, nous partîmes à pied pour Arona, longeant les bords du lac et croyant trouver partout sur ses rives les mêmes impressions. Mais, soit que notre pauvre nature ne puisse soutenir un long enthousiasme, soit plutôt que la scène changeât réellement d'aspect à mesure que le cours du soleil déplaçait les ombres et que nous avancions dans notre voyage, le spectacle qui nous avait si fort émus le matin perdit insensiblement à nos yeux une partie de sa splendeur et de sa beauté : tant il est vrai que dans l'ordre matériel aussi bien que dans l'ordre moral il n'y a qu'un seul point de vue véritable, et qu'une fois ce point de vue déplacé les choses même les plus dignes d'admiration perdent leur harmonie et leur charme ! Et c'est même (pour le dire en passant) ce qui explique les préjugés quelquefois invincibles, quoique bien grossiers, que nourrissent contre la vérité ceux qui ne la voient qu'à travers l'erreur dans laquelle ils sont nés et ont grandi !

Je crois aussi, en ce qui concerne la nature matérielle, qu'elle paraît toujours plus belle au matin qu'au milieu du jour. Comme les créatures vivantes, les choses inanimées ont leur réveil qui est plein de charme ; la verdure est plus vive sous la rosée du matin, l'eau plus transparente, l'air plus léger et plus imprégné de vives senteurs ; le soleil, encore peu élevé au-dessus de l'horizon, donne aux ombres, avec une couleur plus transparente et plus douce, des formes plus longues, plus gracieuses et plus variées. Hélas ! il en est du matin d'un beau jour comme du matin de la vie ; tous les objets y apparaissent plus aimables et plus séduisants à travers le prisme brillant de la jeunesse : seulement la jeunesse de la nature renaît tous les ans avec le printemps et tous les jours avec l'aurore, tandis que celle de l'homme brille un moment et s'éteint pour ne plus se rallumer.....

si ce n'est dans le ciel, au foyer de l'éternel amour !

Si nous ne trouvâmes pas dans la jolie ville d'Arona les spectacles splendides de la matinée, nous y goûtâmes d'autres émotions non moins douces, celles des souvenirs. C'est là, en effet, que naquit un des plus grands hommes, un des plus grands saints qui aient illustré l'Italie et l'Église, saint Charles Borromée, de haute et éternelle mémoire ; c'est là que, trois jours avant de retourner à Dieu, déjà mourant, il offrit pour la dernière fois le saint sacrifice de la messe. Le souvenir de ses premiers comme de ses derniers moments est donc lié à celui de cette humble ville, et il y est consacré par un monument certainement unique dans son genre, je veux parler de la statue en bronze, qui s'élève au bord du lac et qu'on aperçoit de plusieurs lieues à la ronde.

Cet immense colosse domine tout le pays d'alentour, et nous étions encore assez loin d'Arona que nous apercevions déjà la tête et les épaules du saint au-dessus des grands arbres qui l'avoisinent. Arrivés au pied de la statue, nous fûmes presque effrayés de sa hauteur : avec le piédestal de marbre qui la porte, elle est haute de cent trente-six pieds, c'est-à-dire un peu plus que la colonne Vendôme. On peut monter par un escalier intérieur jusque dans la tête du colosse, où douze personnes peuvent, dit-on, tenir assises en même temps. Malgré ces prodigieuses dimensions, l'aspect général ne choque pas, à cause de la parfaite proportion de toutes les parties. L'attitude du saint est à la fois majestueuse et recueillie ; sa tête est légèrement inclinée et tournée du côté de Milan, qu'il semble regarder avec une tendresse paternelle. Il tient un livre d'une main; l'autre main, étendue, semble bénir cette heureuse contrée qu'il aima tant, où il fut tant aimé, et qu'il protége du haut du ciel!

Cette statue, élevée par les Borromée à la mémoire de leur immortel cardinal, aux acclamations du Milanais tout entier, est certainement le monument le plus gigantesque qui ait jamais été élevé par l'orgueil légitime d'une famille et d'un peuple à l'humilité d'un saint. Ceux qui l'ont fait faire ont voulu que sa grandeur répondît autant que possible à la grandeur des vertus et de la mémoire de l'homme céleste qu'elle représente, et ils ont pensé qu'ils ne pouvaient faire un plus noble emploi de leur fortune qu'en la consacrant à la glorification d'un serviteur de Dieu. Ils ont fait ainsi une application frappante et presque matérielle de cette divine parole de l'Évangile : « Celui qui s'élève sera abaissé, et celui qui s'abaisse sera élevé! »

Ils ont raison, du reste, famille et peuple, d'être fiers de leur saint, car il y en eut peu de plus grand dans l'Église. Quand on songe qu'il fut cardinal et archevêque à vingt-trois ans et qu'il mourut à quarante-six ans, après avoir accompli tant de grandes choses et des travaux auxquels la vie humaine la plus longue semble n'avoir pas dû suffire, on admire la puissance de Dieu dans les instruments bénis qu'il s'est choisis ici-bas! Saint Charles Borromée a été la plus éclatante réponse que l'Église ait faite aux prétentions impies de la Réforme. Lui aussi fut réformateur, mais en fils tendre et respectueux, en chrétien, en saint, et non pas en révolté!

A l'époque où il prit possession du siége épiscopal de Milan, Luther venait à peine de descendre dans sa tombe à la lueur sinistre de l'embrasement qu'il avait allumé dans le monde. Calvin, le second pape des réformés, dominait en maître, proscrivait, brûlait et réglementait les consciences à Genève. Henri VIII avait consommé son double divorce avec Rome et Catherine d'Aragon, et inauguré l'avénement de l'Eglise anglicane par cinq noces successives, suivies d'autant de répudiations ou de meurtres. De toutes parts les peuples se soulevaient contre les princes, les princes contre l'Eglise, et tous noyaient leur réforme prétendue dans la débauche et dans le sang.

Saint Charles Borromée donna au monde d'autres exemples et s'y prit différemment pour réformer l'Église. Il commença par se sanctifier lui-même et par se retrancher jusqu'à l'usage légitime des choses permises, pour mieux en détruire l'abus autour de lui. Pendant les vingt-trois années que dura son épiscopat, il donna à l'Eglise et au monde le spectacle de l'austérité d'un anachorète au milieu de la richesse, de l'humilité dans les honneurs, d'une fermeté inébranlable jointe à la plus ardente charité et de la soumission la plus absolue à l'autorité du saint-siége. L'immense fortune de cinq cent mille livres de revenu qu'il tenait de ses pères ne suffisait pas à ses aumônes et à ses bonnes œuvres; il lui arriva de donner en un seul jour plus de quatre cent mille francs, et, dans d'autres circonstances, il vendit jusqu'aux meubles de son palais épiscopal pour en dis-

tribuer le prix aux indigents. Il donnait plus que sa
fortune, il se donnait lui-même tout entier à son peuple
bien-aimé. Quand cette peste, une des plus affreuses
dont l'histoire ait gardé le souvenir, désola Milan, on
vit avec admiration le grand et saint archevêque multiplier les secours et les consolations, entraîner à sa suite,
par son brûlant exemple, tout son clergé sur ce terrible
champ de bataille de la charité ; il allait par les rues
et dans les maisons, administrant les mourants, leur
prodiguant les soins de tout genre, plein de sollicitude
pour leur corps comme pour leur âme, pensant à tout
et à tous, excepté à lui-même, opposant partout son
immense charité à cette immense misère et mêlant à
toutes ces larmes, à tout ce deuil, à toute cette épou-
vante d'une ville la douceur divine et consolante du
nom de Jésus-Christ.

Après avoir ainsi lutté contre le fléau avec une
énergie surhumaine, il acheva de le vaincre par la
sublime opiniâtreté de ses prières. A la tête d'une procession suppliante, suppliant lui-même, la corde au
cou, les yeux pleins de larmes, les pieds nus et tellement déchirés par les cailloux du chemin, qu'ils laissaient
partout des traces sanglantes, il parcourut la ville entière,
s'offrant à Dieu en victime expiatoire pour le salut de son
peuple : il priait, il pleurait, et la population émue pleurait et priait avec lui : ce n'étaient partout que cris, gémissements et lamentations ! Dieu écouta enfin les larmes de
ce bon pasteur et de ce troupeau désolé, et la peste s'é-
loigna de Milan, laissant le saint archevêque plus grand,
plus chéri, plus admiré et plus humble que jamais.

Aussi énergique que charitable, il ne laissait subsister aucun abus et les poursuivait tous, même au péril de sa vie. Luther, donnant un exemple que tous les révolutionnaires ont suivi depuis, pour détruire les abus avait détruit les institutions : saint Charles ne détruisit rien et réforma tout. A son exemple et par ses soins, les mœurs du clergé redevinrent plus saintes et plus austères que jamais; la chasteté, l'obéissance, l'esprit de pauvreté, rentrèrent dans les cloîtres et dans les monastères où le relâchement s'était introduit. Enfin, pour prévenir le retour des abus qu'il avait réformés, ce grand homme fonda le premier dans son diocèse des écoles pour former les jeunes gens au sacerdoce, et, réalisant le vœu du concile de Trente, il nstitua la grande œuvre des séminaires, institution admirable, base nécessaire de l'édifice catholique, sur laquelle repose désormais le salut du clergé et par conséquent de l'Eglise, et qui du diocèse de Milan se répandit avec rapidité dans tout le monde chrétien.

Au milieu de tous ces travaux et des soins d'un immense diocèse, saint Charles donnait à la prière et à la méditation la plus grande part de sa vie. Il faisait six heures d'oraison chaque jour, souvent huit, et passait presque toutes ses nuits en prières. Ses austérités devenaient plus rigoureuses à mesure qu'il approchait du terme de son voyage ici-bas, et cet archevêque, ce prince de l'Eglise, vivait comme saint Antoine au désert ! Il ne mangeait que du pain et ne buvait que de l'eau; il dormait trois ou quatre heures chaque nuit étendu sur des planches que recouvrait un morceau de toile.

Les derniers jours de sa vie furent admirables; jamais on ne vit plus d'énergie et de vertu, plus de mépris de soi-même et d'amour de Dieu ! Les bords du lac Majeur, où nous nous trouvions, en furent les heureux témoins. Il était venu, selon sa coutume de tous les ans, faire une retraite dans une maison religieuse appelée le Mont-Varelle, située sur le bord du lac. Averti sans doute de sa fin prochaine, il passa les jours de cette retraite dans un recueillement plus profond encore que de coutume. Le cinquième jour, cet homme angélique qui, dès son enfance avait toujours été fidèle à Dieu et conservé l'innocence baptismale, fit sa confession générale avec un cœur brisé de douleur et un tel torrent de larmes, que son confesseur lui-même ne put s'empêcher de pleurer. Il s'y était préparé la nuit précédente en demeurant huit heures à genoux, sans s'appuyer, immobile et comme ravi en extase. Dès lors, il parut plus que jamais abîmé en Jésus-Christ et complétement détaché des choses du monde. En disant la messe, il était tellement pénétré de Dieu et les larmes lui tombaient des yeux en telle abondance, qu'il lui fallait interrompre le saint sacrifice pour les essuyer : son visage transfiguré paraissait alors éclatant de lumière.

Ce fut le 24 octobre 1584, à la fin de cette retraite, qu'il ressentit les premiers symptômes de la maladie qui devait lui ouvrir le ciel. Il fallut l'ordre de son confesseur pour qu'il consentît à adoucir un peu ses austérités : il permit qu'on fît cuire son pain dans de l'eau pure et qu'on mît un peu de paille sur les planches où il couchait. La fête de la Toussaint approchait : il voulait la passer à Milan, et, malgré ses souffrances, il se mit dans une barque et partit. Il passa par Canobbio et par Ascone, disant la messe chaque matin, quoiqu'il fût déjà si faible, qu'il ne pouvait se relever seul après les génuflexions, s'occupant de bonnes œuvres et trouvant encore dans sa grande âme la force de prêcher le peuple de ces petites villes.

Forcé par les médecins de ralentir sa marche, il dut s'arrêter, la veille de la Toussaint, à Arona, lieu de sa naissance, et ce fut là qu'il passa le jour de la fête. Tout dévoré qu'il était par la fièvre, il se leva vers deux heures du matin, resta en oraison jusqu'au jour ; puis il récita son office, se confessa, ce qu'il faisait tous les jours, et dit la sainte messe à sept heures. Ce fut la dernière fois ; le lendemain, jour des Morts, sa faiblesse s'était tellement accrue, qu'il dut y renoncer. Néanmoins il se fit porter à l'Église pour assister au saint sacrifice et y communia avec une grande ferveur ; puis il se mit dans une barque et partit pour Milan.

Quel spectacle attendrissant et solennel que celui de ce grand cardinal, de ce saint archevêque mourant, porté sur les eaux tranquilles de ce beau lac Majeur dans une petite barque, au milieu de pauvres bateliers qui l'appelaient leur père, avec lesquels il se plaisait encore à réciter des prières, auxquels il parlait de Dieu avec tant de piété et d'amour, qu'ils pleuraient tous en l'écoutant ! Il semble vraiment que les eaux du lac aient retenu quelque chose du charme et de la majesté de ce grand serviteur de Dieu, et que ses flots si paisibles, en venant doucement expirer sur la rive, murmurent encore le nom de saint Charles Borromée!

Nous quittâmes à regret cette petite ville d'Arona où la mémoire du saint archevêque est si vivante, et dès que nous fûmes à Milan, nous courûmes à la cathédrale où se trouve son tombeau. C'est là, en effet, qu'il rendit son âme à Dieu le 4 novembre 1584, deux jours après avoir quitté Arona. Il mourut, selon son désir, dans la cendre et dans le cilice, comme saint Ambroise, son illustre prédécesseur, calme, radieux et souriant au milieu des lamentations de ses serviteurs et de ses prêtres, accourus en foule pour recevoir ses dernières bénédictions.

On l'enterra, selon ses ordres, dans son église cathédrale, au bas des degrés qui montaient au chœur, dans l'endroit le plus foulé aux pieds. C'est là que depuis près de trois siècles on vient de tous les points de la chrétienté vénérer les restes de ce grand homme; c'est là que par son intercession furent obtenus, dès le lendemain de sa mort, de si éclatants et si nombreux miracles, que l'Église entière ne tarda pas à le proclamer saint par l'autorité du souverain Pontife; c'est là, dans l'humble caveau où repose sa dépouille sacrée, que nous vînmes à notre tour nous agenouiller avec une émotion profonde et demander à Dieu qui fait les saints d'envoyer à son Église de nouveaux Charles Borromée.

La cathédrale de Milan, que nous visitâmes dans tous ses détails, est digne du grand tombeau qu'elle abrite :

elle nous parut d'une beauté et d'une magnificence sans pareilles. Elle est tout entière en marbre éblouissant de blancheur et en quelques endroits seulement doré par le soleil qui semble l'avoir pénétré de ses rayons. L'intérieur est immense; il renferme trois nefs; toutes les fenêtres sont ornées de riches vitraux qui répandent dans l'édifice une teinte de recueillement et de mélancolie indéfinissable. Mais c'est du haut de la cathédrale que le spectacle dépasse toute idée et défie toute description. On marche au milieu d'une forêt de pics, de pyramides en marbre blanc, sculptés à jour; on s'égare au milieu d'une multitude de statues de toutes dimensions, travaillées avec un soin et un art infinis, et qui, les yeux baissés ou levés au ciel, semblent fixées dans l'immobilité de l'extase. Notre guide nous assura que ces statues sont au nombre de huit mille. La flèche la plus haute, que couronne une statue de la sainte Vierge, semble vraiment percer la nue, et se meut sensiblement sous le souffle du vent. De cette hauteur la vue est très-étendue et très-belle; mais l'œil se reporte invinciblement sur cette dentelle de marbre et sur ce peuple de statues d'anges et de saints qui vous entourent de toutes parts comme si l'on était déjà au paradis. Ce spectacle est, je crois, unique dans son genre, et il vaudrait à lui seul le voyage de Milan.

Il est néanmoins à Milan une autre église que nous allâmes visiter après la cathédrale et qui nous émut plus profondément encore, une église bien antique de style, bien humble d'apparence, sans ornements, sans beauté, mais où vivent les plus grands, les plus sublimes souvenirs : c'est l'église de Saint-Ambroise, un des lieux les plus vénérables de tout le monde catholique. En posant le pied sur ce seuil à jamais sacré, de quelles émotions le chrétien sent son âme remplie! Quel passé ces vieux murs, cette chaire antique, ce pavé même, évoquent et ressuscitent dans son cœur! Là vécurent, prièrent et pleurèrent les plus grands hommes qui aient honoré l'Église et le monde, saint Ambroise, le grand évêque, et Théodose, le grand empereur, saint Augustin, l'incomparable modèle des pécheurs convertis, et sainte Monique, l'exemple de toutes les mères chrétiennes. Quels noms! quelles figures! quels souvenirs! C'est là, c'est dans cette humble église, que ces augustes personnages accomplirent les plus grands événements de leur passage en ce monde et les plus touchants aussi dont l'histoire ait gardé le souvenir.

C'est à ce seuil même que se tenait saint Ambroise, entouré de quelques prêtres et de jeunes enfants, désarmé selon les hommes, mais fort de la toute-puissance et de la majesté de Dieu, quand il osa refuser à Théodose coupable l'entrée de la maison du Seigneur. O misère de l'homme! Ce même Théodose, ce grand et doux empereur qui s'écriait en délivrant des condamnés le jour de Pâques : « Plût à Dieu qu'il fût en mon pouvoir de ressusciter les morts! » ce souverain magnanime qui, récemment, avait reconquis l'Occident sur l'usurpateur Maxime et l'avait rendu à Valentinien sous la seule condition de ne point persécuter

l'Église; ce prince chrétien et miséricordieux qui, la
veille encore, étonnait l'univers, en pardonnant à la
ville d'Antioche, coupable d'avoir, dans une sédition,
brisé et outragé de mille manières ses statues, et qui
répondait, les yeux pleins de larmes, au saint évêque
Flavien lui demandant grâce pour son troupeau :
« Qu'y a-t-il de merveilleux qu'un homme pardonne à
des hommes, ses frères, quand Jésus-Christ, le Maître
du monde, crucifié par les Juifs, demande pardon à
son Père pour ses bourreaux? Allez, mon père, re-
tournez au milieu de votre peuple, rendez le calme à la
ville d'Antioche; elle ne sera rassurée, après une si
violente tempête, qu'en revoyant son pilote. » C'était
ce même Théodose qui venait de jeter la terreur dans
l'empire et la consternation dans l'Église par le massacre de Thessalonique! Indigné d'une sédition dont le
motif était infâme et qui avait coûté la vie aux magistrats et au gouverneur de la ville, il avait résolu et prononcé l'arrêt de mort de la population tout entière, et
tous les habitants de cette malheureuse cité, hommes,
femmes et enfants, au nombre de sept mille, avaient
été égorgés jusqu'au dernier.

A cette nouvelle, la douleur de saint Ambroise avait
été sans bornes : il avait interdit à Théodose l'entrée du
temple divin, et, comme Théodose insistait, en rappelant l'exemple de David auquel Dieu avait pardonné sa
faute, le saint évêque lui avait répondu : « Vous l'avez
imité dans son crime, imitez-le dans sa pénitence. »

Exemple admirable de sainte audace de la part du
pontife, de sainte soumission de la part du souverain!

Le maître du monde, le successeur de ces fous couronnés qui se faisaient adorer comme des dieux et dont les infâmes caprices couvraient la terre d'incendies, de sang et de supplices, l'empereur romain, pour tout dire en un mot, recula devant la parole désarmée du prêtre de Jésus-Christ. Il s'inclina sous l'arrêt du pontife, s'abstint pendant huit mois d'approcher de l'église, et passa tout ce temps dans la pénitence et les larmes.

Quand la fête de Noël approcha, son affliction et ses pleurs redoublèrent. Rufin, le plus familier de ses courtisans lui en ayant demandé la cause, l'empereur lui dit :

« Je pleure quand je considère que le temple de Dieu est ouvert aux esclaves et aux mendiants, tandis qu'il m'est fermé, et le ciel par conséquent ; car je me souviens de la parole du Seigneur : « Tout ce que « vous lierez sur la terre sera lié dans les cieux. »

Rufin lui dit : « Je courrai, si vous voulez, à l'évêque, et je le prierai tant, que je le persuaderai de vous absoudre.

— Vous ne le persuaderez pas, répondit l'empereur ; je connais la justice de sa censure, et le respect de la puissance impériale ne lui fera rien faire contre la loi de Dieu. »

Rufin insista et promit de convaincre Ambroise.

« Allez donc vite, » dit Théodose.

Et, se flattant de l'espérance que Rufin lui avait donnée, il le suivit de près. Ambroise, à la vue de Rufin, lui reprocha son audace de venir intercéder pour le pardon d'un crime dont il avait été l'auteur par ses conseils.

Et, comme Rufin redoublait ses instances, ajoutant que l'empereur allait arriver lui-même, le saint évêque s'écria :

« Je vous avertis, Rufin, que je l'empêcherai d'entrer dans le vestibule sacré ; mais, s'il veut changer sa puissance en tyrannie, je me laisserai égorger avec joie. »

L'empereur était déjà dans la grande place de Milan quand on vint lui annoncer cette résolution de saint Ambroise. Néanmoins il continua sa marche en disant :

« J'irai et je recevrai l'affront que je mérite. »

Arrivé près de l'église, il n'y entra point, mais alla trouver le saint évêque, qui l'attendait, assis dans la salle d'audience, et le pria de lui donner l'absolution. Ambroise lui dit avec force que se présenter ainsi dans le lieu saint, c'était s'élever contre Dieu même et fouler aux pieds ses lois.

« Je les respecte, répondit humblement Théodose, et je ne veux point pénétrer contre les règles dans l'enceinte sacrée ; mais je vous conjure de me délivrer des liens du péché, en considérant la clémence de notre Maître commun, et de ne pas me fermer la porte qu'il a ouverte à tous ceux qui font pénitence.

— Mais, reprit Ambroise, quelle pénitence avez-vous donc faite après un tel péché ? Par quels remèdes avez-vous guéri les plaies de votre âme ?

15.

« — C'est à vous, dit l'empereur, à m'apprendre ce que je dois faire, et à moi de l'exécuter. »

Alors saint Ambroise lui dit que, puisqu'il n'avait écouté que sa colère dans l'affaire de Thessalonique, il devait, pour toujours, mettre un frein à cette passion téméraire et furieuse, et ordonner, par une loi, que les sentences de mort et de confiscation ne recevraient désormais leur exécution que trente jours après avoir été prononcées, pour donner à la raison le temps de revenir sur ce qu'aurait dicté la colère.

Théodose accepta cette condition sublime que le ministre de Dieu mettait à son pardon, et, faisant aussitôt écrire cette loi, la signa de sa main.

Alors saint Ambroise lui donna l'absolution publique, et Théodose purifié entra dans la basilique. Là, en présence de tout le peuple assemblé, il dépouilla ses ornements impériaux, se prosterna sur le pavé et l'arrosa longtemps de ses larmes, en répétant les paroles de David : « *Adhæsit pavimento anima mea : vivifica me secundum verbum tuum*[1].

Spectacle sublime, inouï dans l'histoire, d'une telle humilité dans une telle puissance! Admirable leçon de soumission à Dieu et à son Église donnée au monde par le Maître du monde! Temps digne d'envie, où les âmes fortement trempées, après de pareils crimes, étaient capables de pareilles expiations! où l'Église, plus grande et plus forte que tout le reste, remportait sur

---

[1] *Histoire universelle de l'Église*, par Rohrbacher; Théodoret, Sozime.

les victorieux ces saintes et pacifiques victoires! Théodose se releva de la poussière du temple pardonné devant les hommes comme devant Dieu, et la postérité se demande encore quel fut dans ce jour mémorable le plus grand, de l'évêque qui imposa cette pénitence au souverain, ou du souverain qui l'accepta!

De ce jour, l'amitié déjà si tendre de Théodose et de saint Ambroise devint plus forte que la mort, et quand la dépouille mortelle du grand et pieux empereur revint une dernière fois dans cette basilique témoin de son immortel repentir, saint Ambroise en rappela le souvenir à la foule qui pleurait, par ces touchantes paroles:

« J'ai aimé ce héros qui a pleuré publiquement un péché que d'autres lui avaient fait commettre par artifice, qui l'a pleuré tous les jours de sa vie! Il venait de remporter une victoire éclatante dans la guerre la plus juste qui fut jamais, et cependant il s'abstint, pendant quelque temps, de la participation aux saints mystères, pour ne pas présenter à l'autel des mains teintes de sang. J'ai aimé ce héros miséricordieux et clément, et c'est pourquoi je le pleure du fond de mes entrailles. J'ai aimé ce héros; mes prières et mes larmes ne cesseront point d'être offertes au ciel pour qu'il soit introduit sur la montagne sainte du Seigneur, dans la véritable terre des vivants! »

Ces scènes sublimes, cette lutte de sainte audace et de soumission, cet empereur prosterné sur le pavé du temple, ces gémissements d'un saint sur son illustre ami, eurent pour témoins ces voûtes antiques, sous lesquelles nous nous tenions silencieux et comme

oppressés par la majesté de tels souvenirs ! Mais ce
n'est pas tout. Et combien d'autres grandes et saintes
figures la vieille basilique n'évoque-t-elle pas dans les
âmes !

C'est là, en effet, qu'eut lieu, en l'année 386, la
translation des reliques de saint Gervais et de saint
Protais, ces deux frères jumeaux, martyrs et fils de
martyrs, dont la dépouille reposait ignorée depuis près
d'un siècle, et dont le souvenir même s'était presque
complétement perdu dans l'Église.

Les circonstances de la découverte miraculeuse de
ces reliques et de leur translation sont si frappantes et
portent des caractères si évidemment surnaturels, que
je ne puis résister au désir de les rappeler ici. L'histoire de l'Église est pleine de ces faits admirables,
qu'on oublie ou qu'on néglige trop, car il est impossible de les admettre sans croire en Jésus-Christ, et il
est impossible de les nier sans accuser de mensonge ou
de folie le témoignage authentique des plus saints des
hommes, c'est-à-dire sans détruire le fondement de
toute certitude historique. Voici donc ce que raconte
saint Ambroise et ce que redisent, après lui, les voûtes
sacrées de sa basilique :

C'était en l'an 386, alors que le saint évêque était
en butte aux persécutions de l'impératrice Justine. Au
fort même de la persécution, saint Ambroise avait consacré cette basilique, récemment construite, et le peuple chrétien lui demandait d'en faire la dédicace,
comme il avait fait précédemment pour la basilique romaine, qu'il avait dédiée aux saints apôtres.

Saint Ambroise avait répondu : « Je le ferai si je trouve des reliques des martyrs; » et, dès ce moment, il se sentit comme un instinct prophétique qu'il en trouverait bientôt. En effet, Dieu lui révéla en songe que les corps de saint Gervais et saint Protais reposaient ensevelis et inconnus dans la basilique de Saint-Félix et de Saint-Nabor. Malgré les appréhensions de son clergé, il fit solennellement creuser le sol à l'endroit que Dieu lui avait désigné : on trouva d'abord les signes révélés, sans doute quelques palmes gravées ou quelque instrument de supplice : puis on découvrit dans un sépulcre deux hommes étendus, d'une taille au-dessus de l'ordinaire, les ossements entiers, beaucoup de sang, la tête séparée du corps. On les recueillit avec respect, et on les transporta vers le soir à la basilique de Fauste, où le peuple afflua pour les voir et les vénérer. Alors les vieillards se ressouvinrent d'avoir ouï autrefois les noms de ces martyrs et lu l'inscription de leur tombeau. Le lendemain, les reliques furent transférées à la basilique ambroisienne, dont je raconte l'histoire.

Dans ce temps-là, vivait à Milan un aveugle nommé Sévère, connu de toute la ville, et dont la vue était perdue depuis plusieurs années. Ayant appris le sujet de la joie publique dont il entendait les bruyantes manifestations, il sortit aussitôt, confiant en Dieu, se fit conduire sur le passage des corps saints, et obtint qu'on le laissât approcher des martyrs et toucher d'un linge le brancard où ils reposaient. Dès qu'il eut appliqué ce linge sur ses yeux, ils furent ouverts à l'instant même comme ceux de l'aveugle de Jéricho, et il put retourner chez lui sans guide. Ce miracle s'accomplit en présence d'un peuple immense qui fut témoin de la guérison de Sévère, après avoir été pendant plusieurs années témoin de son infirmité. Sévère se consacra tout entier au Dieu puissant qui l'avait guéri, et passa le reste de ses jours à prier dans la basilique ambroisienne, près des corps des saints martyrs. Il vivait encore au temps où Paulin, l'historien de saint Ambroise, écrivit la vie de ce grand évêque.

La translation des reliques de saint Gervais et de saint Protais fut signalée par un grand nombre d'autres miracles: des possédés furent délivrés, des malades guéris par le seul attouchement des vêtements qui recouvraient les martyrs : on jetait des habits et des linges sur leurs corps sacrés, et on les gardait précieusement comme des remèdes contre les maladies à venir. Saint Ambroise atteste lui-même tous ces faits dans les sermons qu'il adressa au peuple, et dans la lettre qu'il écrivit à sainte Marcelline, sa sœur, à cette occasion.

Ces événements miraculeux eurent un immense retentissement dans tout le monde chrétien, et voici comment les raconte à son tour, après saint Ambroise et Paulin, un témoin oculaire, témoin illustre s'il en fut jamais, dans un des plus beaux livres sortis du cœur et de l'esprit humain :

« Justine, mère de l'empereur Valentinien, séduite par l'hérésie des Ariens, persécutait votre Ambroise. Le peuple fidèle passait les nuits dans l'église, prêt à mourir avec son évêque, votre serviteur; et ma mère, votre servante, voulant des premières sa part d'angoisses et de veilles, n'y vivait que d'oraisons... Alors, pour préserver le peuple des ennuis de sa tristesse, il fut décidé que l'on chanterait des hymnes et des psaumes, selon l'usage de l'Église d'Orient, depuis ce jour continué parmi nous et imité dans presque toutes les parties de notre grand bercail.

« C'est alors que vous révélâtes en songe à votre évêque le lieu qui recélait les corps des martyrs Gervais et Protais. Vous les aviez conservés tant d'années à l'abri de la corruption, dans le trésor de votre secret, sachant le moment de les produire pour mettre un frein à la fureur d'une simple femme, mais d'une femme impératrice. Retrouvés et exhumés, on les transfère solennellement à la basilique épiscopale, et les possédés sont délivrés des esprits immondes, de l'aveu même de ces démons; et un citoyen très-connu, aveugle depuis plusieurs années, demande et apprend la cause de l'enthousiasme du peuple : il se lève, il prie son guide de le conduire à ces pieux restes. Arrivé là, il est admis à toucher avec un mouchoir le cercueil où reposaient ces morts saints et précieux à votre regard. Il touche, porte le linge à ses yeux; ses yeux s'ouvrent. Le bruit en court sur l'heure; tout s'anime du vif éclat de vos louanges; et le cœur de la femme ennemie, sans être rendu à la santé de la foi, n'en fut pas moins réprimé dans ses fureurs de persécution[1]. »

Ce témoin, dont l'autorité vient ainsi confirmer celle

[1] *Note de l'auteur.* — *Confessions de saint Augustin,* traduction de L. Moreau, livre IX, chapitre VII.

de saint Ambroise, c'est saint Augustin, et le livre est celui des *Confessions*.

Le souvenir de saint Augustin est, en effet, lié aussi étroitement que celui de Théodose au souvenir de saint Ambroise; il vit dans cette admirable église où je m'arrête depuis si longtemps, et que je ne puis me résoudre à quitter encore; et je l'avouerai même, c'est, de tous les grands souvenirs qu'elle renferme, celui qui me touche et m'émeut davantage. Comment en pourrait-il être autrement? Saint Augustin est le modèle des pénitents, la plus douce espérance des pécheurs convertis! Il est le plus aimable, et, si je puis ainsi parler, le plus consolant des saints; car nul n'aima Dieu davantage après l'avoir plus outragé!

Tout le monde connaît ce tableau d'Ary Scheffer, admirable traduction de la plus admirable page des *Confessions*, qui représente saint Augustin et sainte Monique méditant sur le bonheur du ciel. Ils sont assis auprès d'une fenêtre entr'ouverte qui laisse apercevoir la mer et le firmament. Une des mains d'Augustin repose dans celles de sa mère. Leur regard profond semble percer le voile de la création et contempler, par delà l'espace et le temps, les mystères de l'éternité. Il y a plus de méditation dans l'expression de saint Augustin, plus d'extase dans celle de sainte Monique : on y sent l'approche de la délivrance; mais on y sent aussi que, malgré ces nuances, leurs deux âmes sont également pleines de Dieu, et qu'elles sont unies et confondues dans la même pensée, dans la même foi, dans la sainteté du même amour!

Tels étaient Augustin et Monique alors qu'ils s'éloi-
gnaient de Milan, lui pour retourner en Afrique, elle
pour retourner au ciel. Mais qu'ils étaient bien différents quand ils arrivèrent dans la ville de saint Ambroise, et quand, pour la première fois, ils entrèrent
dans sa basilique! Monique était déjà sainte Monique;
mais elle était encore dans la douleur de ce long enfantement de son Augustin à la grâce, enfantement qui se prolongea près de vingt ans dans la prière et dans les larmes! Lui, infidèle, incrédule, impudique, ne cherchait
que la gloire humaine, les plaisirs des sens et les ap-
plaudissements des écoles! Quand il entra dans l'église
d'Ambroise et qu'il vint s'asseoir au pied de sa chaire,
il était attiré, non par le désir d'entendre parler de
Dieu, mais par le charme de l'éloquence du saint évêque. C'était l'homme qu'il cherchait : au lieu de
l'homme il trouva le saint, et par delà le saint il trouva
Jésus-Christ. A son insu et comme malgré lui, les discours d'Ambroise l'émurent, ébranlèrent son incrédulité, détruisirent peu à peu ses erreurs et ses préjugés,
et, quand il sortit de cette église où la grâce de Dieu
était venue au-devant de lui, l'enfant ingrat qui ne
voulait pas aller au-devant d'elle, si son cœur n'était
pas encore converti, son esprit était déjà convaincu;
la vérité lui avait apparu, elle le poursuivait, elle était
prête à le saisir, et quand, dans ce jardin des derniers
combats, sous ce figuier devenu célèbre, Dieu lui eut
jeté, au milieu de ses agitations et de ses larmes, cette
dernière parole, ce mot magique et suprême d'encou-
ragement et d'amour, tout fut dit, tout fut accom-

pli; il prit, il lut, et se releva heureux vaincu de la
grâce, heureux vainqueur de la chair, dans la possession calme et pleine de lui-même et de la vérité !

On montre encore, dans l'église de saint Ambroise,
l'endroit où se tenait l'illustre évêque pour parler au
peuple, et celui où se pressaient les fidèles pour entendre la parole de Dieu; et, en contemplant la vieille basilique, je me disais avec une émotion profonde : « C'est
donc là, c'est à cette même place où je me trouve aujourd'hui, que se tenait Augustin encore retenu dans
les langes du péché, écoutant avec un trouble inconnu
les célestes discours de saint Ambroise, les yeux fixés
sur lui, suspendu à ses lèvres et goûtant, avec le charme
de son éloquence, les trésors de lumière et de grâce qui
découlaient de la bouche et du cœur de l'apôtre ! C'est
là que sainte Monique priait pour la conversion de son
fils, épiant sur sa physionomie l'impression des paroles
d'Ambroise, et poursuivant en quelque sorte sa proie
tant aimée avec une sublime opiniâtreté ! Et c'est là
enfin, dans cette même église, que, quelques mois
plus tard, après cette retraite qui suivit sa conversion,
Augustin revint avec son fils Adéodat et son ami Aly-
pius, recevoir le baptême des mains de saint Ambroise !
Moment solennel que celui où le grand évêque de Milan reçut dans la société des enfants de Dieu le futur
évêque d'Hippone ! Avec quelle émotion il dut bénir cet
enfant prodigue dont il entrevoyait sans doute les grandes
destinées, et qui, revenu de si loin au bercail, devait
à son tour devenir un si divin pasteur ! Quelles actions
de grâces il dut rendre au Seigneur, lui si tendre et si

fort amoureux du salut des âmes, qu'au tribunal de la pénitence il pleurait plus abondamment en écoutant les fautes des pécheurs que les pécheurs eux-mêmes en les lui racontant! Avec quelle tendre allégresse il mêla ses larmes à celles de sainte Monique et bénit cette mère incomparable qui, après vingt ans de combats, avait enfin reconquis son fils! Désormais la sainte femme avait accompli sa mission sur la terre. Son fils était chrétien; le pécheur Augustin n'était plus, et déjà saint Augustin avait commencé! Elle pouvait lui dire dans l'effusion de sa tendresse et de sa foi : « Mon fils, en ce qui me regarde, rien ne m'attache plus à cette vie. Qu'y ferais-je? Pourquoi y suis-je encore? J'ai consommé dans le siècle toute mon espérance. Il était une seule chose pour laquelle je désirais séjourner quelque peu dans cette vie, c'était de te voir chrétien catholique avant de mourir. Mon Dieu me l'a donné avec surabondance, puisque je te vois mépriser toute félicité terrestre pour le servir : que fais-je encore ici? »

Elle mourut en effet peu de temps après à Ostie, en retournant de Milan à Carthage. Toujours forte, toujours sainte et sublime jusqu'à sa dernière heure, elle disait à ceux qui la plaignaient de mourir en pays étranger, loin de sa ville natale : « Rien n'est loin de Dieu, et il n'est pas à craindre qu'à la fin des siècles il ne reconnaisse pas la place où il doit me ressusciter. » Au moment d'expirer, elle dit encore à ses fils : « Laissez ce corps partout et que tel souci ne vous trouble pas. Ce que je vous demande seulement, c'est de vous souvenir de moi à l'autel du Seigneur partout où vous serez. »

C'est ainsi qu'elle s'endormit dans les bras de son Augustin et dans la paix de son Dieu, modèle accompli de l'épouse, de la mère, de la femme chrétienne.

Et maintenant que j'ai raconté les grands souvenirs qui se rattachent à vous, il faut que je vous dise adieu, église vénérable de saint Ambroise et de Théodose, de saint Augustin et de sainte Monique ! De même qu'après vous avoir visitée dans mon rapide voyage, je m'éloignai de vous avec peine, ma plume en ce moment ne vous abandonne qu'à regret ! Du moins vous serez toujours présente à mon souvenir. O voûtes sacrées qui avez abrité ces grands hommes, murailles antiques qui les avez vus pleurer, se réjouir et prier, pavé du sanctuaire sur lequel ils se sont agenouillés et dont leur front a touché la poussière, puissiez-vous, défendus par ces puissants protecteurs contre l'injure du temps, vivre jusqu'à la fin des siècles, et redire d'âge en âge aux générations fidèles ce que vous nous avez dit à nous-mêmes, les merveilles de miséricorde, de repentir et d'amour dont vous fûtes les témoins !

Avant de poursuivre notre voyage, nous voulûmes aller visiter la célèbre Chartreuse de Pavie, qui se trouve à quatre ou cinq lieues de Milan. L'église en est merveilleuse, et passe, avec raison, pour une des plus remarquables de l'Italie et du monde par les richesses et les trésors artistiques qu'elle renferme. La façade extérieure est ornée de bas-reliefs en marbre blanc d'une finesse inouïe, qui se détachent vivement sur un fond de briques rouges. A l'intérieur, toutes

les parois sont revêtues des marbres les plus rares ; les
voûtes sont peintes en bleu d'outremer et en or ; et
ces peintures, qui datent de plus de trois cents ans,
semblent faites d'hier, tant elles ont conservé de fraîcheur et d'éclat. De chaque côté de la nef s'épanouis-
sent, comme autant de corbeilles de fleurs ou de riches
écrins, sept chapelles, toutes plus éblouissantes les
unes que les autres, et dont chacune est une merveille.
Ce ne sont partout que mosaïques de marbre et de
pierres précieuses, bas-reliefs d'une beauté de dessin et
d'une perfection d'exécution admirables, colonnes
d'albâtre, de porphyre, de noir ancien, de flamme de
France, fresques et tableaux des plus grands maîtres,
entre autres une Vierge avec l'enfant Jésus, de Luini,
aussi belle, aussi pure, aussi divine que les plus célestes
compositions de Raphaël. Le chœur et le maître autel
dépassent toute imagination : c'est un amas incroyable
de richesses disposées avec un goût parfait. Le devant
de l'autel est formé d'un bas-relief du travail le plus
exquis et du marbre le plus pur, autour duquel étin-
cellent des pierreries de tout genre, de riches incrusta-
tions et des plaques de lapis-lazuli, plus larges que les
deux mains.

Une grille en fer sépare le chœur de la nef, et les
nombreuses statues de bronze doré qui la couronnent
sont également dignes d'admiration par leur richesse
et leur exécution. Enfin on voit dans cette église le
tombeau de Galéas Visconti, son fondateur, immense
monument en marbre de Carrare, ciselé avec un art,
un fini et une perfection sans pareils.

Le cloître, que nous visitâmes après l'église, et dont le bon supérieur des Chartreux voulut bien nous faire les honneurs, n'est pas moins remarquable, quoique dans un genre tout différent. Il y a là de vastes cours carrées autour desquelles règnent de longues galeries à jour, soutenues par des colonnettes de pierre, fines et élancées, d'une grâce et d'une légèreté incomparables. A travers ces vives et élégantes arcades, on entrevoit le ciel bleu, qui semble découpé par les ogives, les trèfles et les arêtes des galeries ; le soleil y répand d'ardents rayons, qui forment sur le sol et sur les murs mille dessins capricieux avec les ombres des colonnettes : on se croirait dans une des cours de l'Alhambra ! Quant au monastère proprement dit, c'est-à-dire à l'habitation des religieux, il est simple, sévère, austère même comme il doit l'être ; et tout son charme est dans le sourire bienveillant et l'accueil gracieux et charitable de ses pieux habitants.

Après cette excursion, nous revînmes à Milan, d'où nous partîmes le lendemain pour gagner le Tyrol par les lacs de Lugano et de Côme. Nous traversâmes le lac de Lugano sur une petite barque de pêcheur, afin de jouir plus à l'aise des charmes de ce site enchanteur. Ce lac est peu étendu, mais justement renommé pour sa beauté tranquille et solitaire. De hautes et belles montagnes l'entourent et projettent sur ses eaux, à toutes les heures du jour, des ombres larges et solennelles, qui vont s'agrandissant jusqu'au soir et finissent par l'envelopper tout entier. Tout, dans cette nature, est doux, harmonieux, plein de calme et de recueil-

lement. Cette impression s'accroît à mesure que le
jour tombe et que le voile des nuits s'étend sur l'azur
du ciel ; les contours des montagnes se confondent
peu à peu sans s'effacer entièrement, et leurs masses
semblent grandir aux yeux incertains du voyageur.

La nuit gagna tout à fait avant que nous eussions
atteint la rive, et nous eûmes ainsi le pendant de la
belle soirée que nous avions goûtée dans les montagnes. Le calme était peut-être plus profond encore, la
solitude plus grande. Tous les bruits de la terre s'étaient
évanouis ; nous avancions sur les eaux immobiles du
lac, qui semblait endormi comme toute la nature environnante ; les étoiles s'y reflétaient à des profondeurs
infinies, de sorte que nous semblions voguer entre deux
firmaments. Peu à peu notre conversation languit et
finit par tomber tout à fait. Dans ces instants solennels
on ne peut causer qu'avec Dieu. La barque qui nous
portait nous berçait doucement, et nous nous laissions
aller à ses balancements presque insensibles, comme
font les petits enfants sur les genoux de leur mère ou
dans le berceau tranquille dont le léger mouvement les
endort. L'eau, frappée régulièrement par la rame du
batelier, rendait un son doux et murmurant, comme
la chanson vague et monotone d'une berceuse. Tout
respirait la paix autour de nous, et nous sentions avec
délices cette impression du dehors nous pénétrer de
toutes parts et gagner, de l'extérieur, jusqu'au fond de
notre âme. Le spectacle de la paix de la nature agit
toujours profondément sur le cœur de l'homme, parce
qu'elle est l'image de cette paix de l'âme à laquelle il

aspire et que ses passions l'empêchent si souvent
d'atteindre, et surtout de cette paix inénarrable du
ciel, but éternel de son voyage ici-bas, dont la vie
de ce monde n'est que le douloureux chemin !

Bientôt un autre chant vint se mêler à celui que
nous disaient l'eau du lac et la rame du batelier, un
chant lointain et harmonieux dont les notes expirantes
arrivaient à peine jusqu'à nous. A mesure que nous
avancions, cette charmante harmonie devenait plus
distincte : c'étaient des jeunes gens qui chantaient sur
les bords du lac quelques-unes de ces mélodies faciles
et gracieuses, si nombreuses et si populaires en Italie.
Nous ne tardâmes pas à apercevoir des lumières qui
nous annonçaient la proximité de la rive, et dont les
feux scintillants n'imitaient que de bien loin la splendeur vive et profonde des étoiles. Le batelier rama plus
vigoureusement, et, après quelques minutes d'une
course rapide, nous vîmes distinctement des maisons,
des hôtels, des figures humaines qui s'agitaient sur la
plage. Adieu la solitude du lac, adieu le calme, le silence et la rêverie du soir ! Notre barque avait touché la
rive, et nous étions à Lugano.

III. — LE TYROL.

La ville et le lac de Côme, que nous parcourûmes le
lendemain, ne me parurent pas justifier leur réputation.
Il est vrai que nous y fûmes poursuivis par une sorte

de fatalité qui nous fit perdre en détail et successivement, soit à Côme même, soit dans les eaux du lac,
une bonne partie de notre léger bagage. De là peut-être
une prévention involontaire contre ce pauvre lac qui
n'y pouvait rien, mais qui n'en supporta pas moins le
contre-coup de nos infortunes : il arrive si souvent en
ce monde que les innocents payent pour les coupables!
Quoi qu'il en soit, je n'en parlerai pas, et je me récuse
moi-même comme suspect de prévention à son endroit.
Nous traversâmes le lac sur un bateau à vapeur qui
nous mena en quelques heures de Côme à Colico. De
là nous continuâmes notre route à pied et nous allâmes
coucher à Morbegnio après dix lieues de marche.
Nous mîmes deux jours à traverser la longue et insigni-
fiante vallée de la Valteline, et nous arrivâmes enfin
au pied du mont Stelvio, qu'il faut franchir pour entrer
dans le Tyrol proprement dit. La route qui mène au
sommet de cette montagne a été construite par les
ordres de l'empereur François : elle s'élève à deux mille
huit cents pieds de plus que celle du Simplon ; c'est la
route carrossable la plus élevée du monde entier. Elle
est d'un aspect très-pittoresque, et monte en zigzag
jusqu'au sommet de la montagne, bien au-dessus des
neiges, des glaciers et des nuages. Un relais de poste
est établi au point culminant; il y règne toujours un
froid très-vif, et de cette hauteur la vue est admirable,
surtout du côté du Tyrol. On a devant soi des précipices immenses, des montagnes nues et désolées, sil-
lonnées de nuages qui s'attachent à leurs flancs et couvertes de neiges éternelles, et, au dernier plan, une

vallée charmante, au fond de laquelle court comme un cheval furieux un torrent tout blanc d'écume.

A partir de ce moment et dans tout le reste du Tyrol, il nous parut que la nature prenait un caractère de grandeur et de majesté supérieur à tout ce que nous avions admiré jusque-là ; les montagnes sont plus sauvages encore qu'en Suisse et les vallées plus spacieuses. C'est une contrée plus solitaire, plus simple; les touristes ne l'ont pas envahie ni gâtée; elle a conservé cette originalité puissante qui se retrouve toujours dans les œuvres de Dieu et que la main de l'homme tend partout et incessamment à détruire. Les chemins sont quelquefois difficiles, les auberges mal fournies, et nous en fîmes l'expérience. Mais on y respire plus librement le grand air, cet air si bon que le bon Dieu a fait, comme disait Napoléon à Sainte-Hélène; on n'y est coudoyé par personne, on n'y rencontre guère sur les chemins que les gens du pays, et certes ce n'est pas là que me serait échappée cette boutade poétique que je retrouve, non sans quelque confusion, sur mon porte-feuille de voyage, et que j'y aurai sans doute écrite dans un moment de mauvaise humeur au milieu des merveilles trop visitées de l'Oberland :

Admirable Oberland, que tant de lacs fécondent,
Où la neige et les monts et les Anglais abondent,
Chef-d'œuvre du Très-Haut, lieu vraiment enchanté,
Que je serai content quand je t'aurai quitté !

Outre le charme de la grandeur et de la solitude, le Tyrol a celui des vieilles traditions qu'il a conservées.

Les paysans y portent encore le costume pittoresque de leurs pères, ce costume tyrolien si gracieux et si riche, qu'il semble ne pouvoir exister que dans les montagnes et les vallées de l'Opéra-Comique. Nous rencontrâmes plus d'une fois de beaux jeunes gens, fils sans doute de laboureurs aisés, qui portaient avec une aisance et une grâce parfaites la culotte collante, le chapeau orné de glands de soie ou d'or et la veste richement brodée du pays. La figure de ces braves paysans est douce, honnête et souvent d'une pureté de traits remarquable. On lit sur leur visage le contentement et la joie d'un peuple laborieux et chrétien, qui travaille une terre féconde sous un ciel privilégié, et qui sait se reposer du travail des mains par la prière, ce divin travail de l'âme. C'est en effet une population pleine de foi que celle du Tyrol; la vie chrétienne y coule à pleins bords et se manifeste partout au dehors. Les enfants y ont conservé la vieille foi naïve et forte des ancêtres, et l'air qu'on y respire fait du bien à des poitrines catholiques.

Presque à chaque pas on rencontre sur le bord des chemins de petits monuments en pierre, assez grossièrement sculptés, mais touchants par leur simplicité même, devant lesquels les passants s'agenouillent. On voit des femmes, des enfants, des hommes, s'arrêter devant ces images vénérées de la foi catholique et y prier avec recueillement. Ce sont tantôt des pauvres, enfants préférés de Jésus-Christ, qui viennent demander au Père céleste leur pain quotidien, tantôt des voyageurs qui se reposent en priant de la fatigue du chemin, tantôt des laboureurs qui suspendent un instant leur travail pour demander à Dieu de le bénir et de le sanctifier. Pratiques touchantes, heureuses et pures dévotions, que la plupart de nos campagnes de France ne connaissent plus et dont l'accroissement du bien-être matériel ne compensera jamais la douceur perdue! Ces monuments en pierre, ouvrages de pauvres paysans, artistes inconnus qui s'ignorent eux-mêmes, représentent le signe sacré de notre salut et souvent aussi l'image de la Vierge immaculée ou des saints. Parmi ces derniers il en est un dont le type est sans cesse reproduit, c'est saint Jean Népomucène, ce courageux martyr du secret de la confession, dont la mémoire est en grande vénération dans toutes ces contrées.

Ce saint prêtre, qui, il y a cinq siècles, édifiait l'empire par le spectacle de ses vertus et menait à la cour la vie d'un anachorète, était aumônier de l'empereur Venceslas, de honteuse mémoire, et confesseur de l'impératrice Jeanne, la plus pieuse des femmes. Venceslas, enivré de sa puissance et mû par je ne sais quel caprice de jalousie, conçut la pensée aussi absurde qu'impie de connaître les actions et les sentiments mêmes de sa femme par le moyen de son confesseur. Il fit donc venir Jean Népomucène, et, après mille promesses et mille menaces, lui dit ce qu'il exigeait de lui. Le saint prêtre rejeta la proposition avec horreur et rappela hardiment au prince que le secret de la confession est le secret de Dieu.

L'empereur, furieux, le fit jeter en prison et soumettre aux plus cruelles tortures. On lui promena par tout le corps des torches ardentes qui lui firent d'affreuses brûlures. Parmi tous ces tourments, le martyr prononçait les seuls noms de Jésus et de Marie. Il lassa les bourreaux et l'empereur lui-même, qui feignit de se réconcilier avec lui et l'admit de nouveau à sa cour. Mais ce n'était qu'un de ces caprices de clémence que les plus cruels tyrans ont connus! Jean Népomucène ne s'y trompa point; il se prépara à mourir, et, averti par une intuition prophétique de sa mort prochaine, à la fin d'un sermon, il dit adieu à son auditoire et demanda pardon à tous des mauvais exemples qu'il pouvait avoir donnés. En effet, à peu de temps de là, Venceslas le fit appeler de nouveau et lui dit brusquement qu'il avait à choisir entre ces deux extrémités, lui révéler le secret des confessions de l'impératrice ou mourir. Cette fois le saint, imitant Notre-Seigneur devant Pilate, se contenta de garder le silence : *Jesus autem tacebat*. L'empereur, hors de lui, ordonna qu'on le jetât dans la rivière à l'entrée de la nuit, afin que le peuple qui le vénérait ne fût pas témoin de sa mort. Cet ordre inique fut exécuté, et le saint, conduit sur un des ponts de la ville de Prague, fut précipité pieds et poings liés dans la Muldaw; c'était le 16 mai 1383.

A peine eut-il expiré dans les flots, que son corps apparut au-dessus du fleuve, tout rayonnant de lumière : la ville entière, accourue à la nouvelle de la mort du martyr, fut témoin du prodige. Les chanoines de la cathédrale vinrent processionnellement recueillir ce corps sacré et le déposèrent d'abord à l'église de Sainte-Croix, où un concours prodigieux de peuple vint le

vénérer. Puis on le transféra solennellement à l'église
métropolitaine de Prague, où il fut enterré. On mit sur
son tombeau une pierre où fut gravée depuis cette inscription qu'on y lit encore aujourd'hui :

« Sous cette pierre repose le corps du très-vénérable et
très-glorieux thaumaturge Jean Népomucène, chanoine
de cette église et confesseur de l'impératrice, lequel, après avoir été constamment fidèle à garder le
sceau de la confession, fut cruellement tourmenté et précipité du pont de Prague dans la rivière de Muldaw, par
les ordres de Venceslas IV, empereur et roi de Bohême,
fils de Charles IV, l'an mil trois cent quatre-vingt-
trois. »

Le nom de thaumaturge que cette épitaphe donne
à saint Jean Népomucène s'explique par les miracles
innombrables qui s'opérèrent au tombeau et par l'intercession du martyr. C'est à cette intercession qu'on
attribua notamment la victoire de Prague que les Impériaux remportèrent en 1620 et qui leur rendit le
royaume de Hongrie. Depuis cette époque, l'illustre
maison d'Autriche a témoigné une dévotion toute particulière pour ce grand serviteur de Dieu ; son culte est
resté très-populaire dans toute l'Allemagne, et son
histoire, presque ignorée en France, y est connue de
tout le monde. Le secret de la confession, comme
tous les dogmes, toutes les diciplines, tous les droits
et tous les devoirs de l'Église, a donc eu son martyr ;
cette vérité, comme toutes les autres, a été consacrée
par le feu et par le sang, par la souffrance et par la
mort de ses enfants, et c'est ainsi que sur cette question

capitale l'Église a répondu souverainement aux indignes accusations de ses ennemis!

Cependant nous approchions du but de notre voyage, et la vallée de Mérano nous séparait seule des lieux de bénédiction que nous allions visiter. Nous traversâmes à pied cette vallée charmante, qui passe avec raison pour un séjour enchanté, et qu'on appelle, dans le doux langage du pays, le Paradis de Mérano. A mesure qu'on approche de la jolie ville qui lui donne son nom, elle s'élargit et forme comme un jardin immense, qu'entoure un vaste amphithéâtre de montagnes. Défendue par ce rempart naturel contre les vents de l'est et du nord, cette heureuse vallée ne connaît pas d'hiver; la température la plus douce y règne en toute saison. Elle est comme le lac Majeur du Tyrol: l'air y est plein de parfums chauds et pénétrants, toutes les plantes y fleurissent, tous les arbres y donnent leurs fruits; c'est une vallée d'Italie aux portes de l'Allemagne.

Partout, le long du chemin, nous admirions les gracieux arceaux de verdure que forment les vignes entrelacées aux arbres de la route; leurs pampres courent de l'un à l'autre et les réunissent par de vertes et mobiles guirlandes. A ces vignes pendent d'énormes grappes d'un raisin parfumé dont le goût est exquis. Dans un petit village où nous nous arrêtâmes dans la matinée avant d'arriver à Mérano, on nous servit une de ces grappes tellement volumineuse, que ses beaux grains d'un violet foncé débordaient de tous côtés du plat sur lequel elle était posée, et qu'à trois nous ne pûmes, malgré un grand appétit et beaucoup de bonne volonté, la manger tout entière. Cette grappe nous rappela et nous fit comprendre le raisin de Chanaan.

Ce soir-là nous allâmes coucher à Botzeno, qui est au delà de la vallée de Mérano, et le lendemain matin nous partîmes pour Kaltern, où se trouve une des deux vierges stigmatisées. Nous y arrivâmes un peu avant midi : c'était le samedi 29 août 1846. Malgré tous nos efforts et tous nos désirs, nous n'avions pu y arriver le vendredi.

Nous avions une lettre de recommandation de monseigneur l'archevêque de Paris pour le curé de Kaltern; ou nous avait dit en effet que, pour éviter l'affluence importune des visiteurs qui accouraient auprès d'elle de tous les points de l'Allemagne et de l'Italie, Marie de Mœrl (Maria von Mœrl), l'extatique de Kaltern, avait obtenu d'être transférée dans un couvent de dames du tiers ordre de Saint-François, situé dans la ville, et qu'il fallait une autorisation expresse de l'autorité diocésaine pour pénétrer jusqu'à elle. Nous allâmes immédiatement chez le curé, auquel nous montrâmes la lettre de l'archevêque de Paris : la signature de cette lettre parut lui faire une grande impression; il nous dit qu'elle pouvait certainement nous tenir lieu d'une permission de l'évêque de Trente et nous indiqua le chemin du couvent.

La ville de Kaltern, que nous eûmes le loisir d'examiner pendant le trajet, est dans une situation charmante, elle s'élève en amphithéâtre sur un plateau qui domine une vallée coupée de bois, de vignes, de prai-

ries et de champs cultivés : au fond de cette vallée on
voit briller au soleil les eaux tranquilles d'un lac. Les
maisons y sont propres et riantes, tout y respire l'hon-
nêteté, l'aisance et le contentement; on sent que c'est
un séjour de paix, et toute cette nature est en parfaite
harmonie avec les mystères célestes qu'elle renferme.

Nous entrâmes dans l'église du couvent, et nous demandâmes le R. P. Capistran, religieux franciscain,
confesseur de Marie de Mœrl. Nous vîmes bientôt
arriver un vieillard aux cheveux blancs, à l'air doux
et respectable, dont la robe de laine brune, attachée à
la taille par une corde, indiquait l'humble fils de Saint-
François. Nous lui dîmes en latin l'objet de notre long
voyage et lui demandâmes si nous pouvions voir immédiatement la vierge stigmatisée. Il nous répondit affirmativement, et nous dit, avec la politesse de la charité,
mais sans aucun empressement, que lui-même allait
nous conduire auprès d'elle. Nous le suivîmes, le cœur
un peu ému, comme à l'approche d'un grand événement, et après avoir traversé deux ou trois chambres,
nous arrivâmes à celle de l'extatique.

Le bon religieux ouvrit la porte, regarda dans la
chambre et nous fit entrer avant lui : Grand Dieu!
quel spectacle s'offrit à nos yeux et quelle émotion
bouleversa nos cœurs! ma main en tremble encore au
moment où j'écris ces lignes, tant cette impression est
demeurée vivante dans mon souvenir.

Au fond de l'humble cellule, Marie de Mœrl était
en extase, à genoux sur son lit, le corps tellement
penché en avant, que sa position seule était un prodige ;

vêtue de blanc, les cheveux dénoués et tombant sur ses épaules, elle ressemblait à un ange qui s'envole. Son regard était absorbé et comme abîmé dans une contemplation invisible : tout le bonheur du ciel était dans ses yeux, et de ce jour seulement j'ai compris le paradis!

Son immobilité était si complète, qu'au premier coup d'œil nous crûmes avoir devant les yeux une statue de cire; mais nous reconnûmes bientôt la vie de l'âme, la vie profonde de la contemplation et de l'extase dans la sublime expression de son regard. Alors, presque suffoqué d'émotion, je tombai à genoux; mes deux compagnons, partageant les mêmes impressions, avaient fait comme moi; mais le père Capistran, croyant sans doute que cet hommage involontaire s'adressait à Marie de Mœrl, tandis qu'il ne s'adressait qu'à Dieu, nous fit signe de nous relever.

Quand la première émotion fut passée, je contemplai la vierge plus attentivement. Quoiqu'elle eût alors trente ans, elle semblait en avoir à peine vingt-cinq; ses traits n'étaient point très-réguliers, elle avait les lèvres un peu épaisses, le visage un peu carré et un peu lourd, comme cela se rencontre souvent chez les Allemands, et cependant jamais on ne vit une beauté plus céleste : elle était rayonnante de bonheur et d'amour! Ses mains jointes et étendues étaient d'une blancheur mate, absolument semblables à celles d'une morte. D'abord nous ne vîmes point ses stigmates, qu'elle cache autant que possible par humilité; mais, le père Capistran ayant abaissé les manchettes qui les recouvraient, nous reconnûmes que ses mains étaient per-

cées d'une plaie d'un rouge vif, très-nette et n'offrant
aucune trace d'inflammation.

Plus je regardais cette créature angélique, plus je
sentais en elle l'action évidente et supérieure de Dieu.
Son regard n'était point un regard perdu, mais fixé au
dehors par une vision extérieure et divine, et enchaîné
en quelque sorte dans l'immobilité de la contemplation.
Je la voyais sensiblement prier, adorer, aimer, et cette
vision du ciel se reflétait si vivement en elle, qu'en la
regardant je croyais presque y participer. Elle semblait
tout entière attirée en haut, et l'on eût dit que son corps
ne tenait pas à la terre. Je l'aurais vue, comme mille
témoins oculaires l'ont attesté, s'élever tout à fait ou
ne plus toucher à son lit que par la pointe des pieds,
que je n'aurais pas été plus étonné ni plus ému. Mes
yeux allaient sans cesse de sa figure céleste aux stigmates de ses mains, et elle m'apparaissait comme déjà
transfigurée avec ce corps spiritualisé que saint Paul
nous promet après la résurrection.

Quand nous l'eûmes contemplée à loisir pendant
près d'un quart d'heure, le père Capistran lui dit à
demi-voix : « Maria! » Aussitôt sa physionomie changea, l'extase disparut, et elle se trouva avec une rapidité merveilleuse à moitié étendue dans son lit. Elle
nous regarda et nous sourit avec une bonté et une grâce
angéliques; quoiqu'elle fût revenue sur la terre, elle
semblait avoir conservé quelque chose du ciel, et jamais
je ne vis de physionomie plus pure, plus candide, plus
pénétrée, si je puis ainsi parler, de sérénité et de paix.
Elle nous souhaita la bienvenue par des signes affec-

tueux, car elle ne parle jamais, nous donna de petites
images qui se rapportaient admirablement à la vocation
de chacun de nous, quoiqu'elle ne nous connût d'aucune façon, nous promit de prier pour nous et les
nôtres; puis tout à coup son visage s'altéra, ses yeux
se fixèrent, ses mains se joignirent et s'élevèrent comme
si elles étaient attirées en haut par une force irrésistible,
et elle retomba en extase. C'est en effet son état naturel; la vie ordinaire est pour elle un effort et une
exception; elle retourne à ses contemplations divines,
comme un jeune arbre courbé par une force étrangère
se redresse vivement et relève sa tête vers le ciel. Sans
la volonté de son confesseur et de tous ses supérieurs
ecclésiastiques, elle resterait sans doute dans une extase perpétuelle; mais elle leur a fait vœu d'obéissance,
et un mot d'eux, même prononcé à voix basse, suffit
pour la rappeler sur la terre.

Nous sortîmes de la chambre de cette sainte fille le
cœur plein des plus douces émotions, et remerciant
Dieu de nous les avoir données. Les doutes que nous
avions pu conserver en lisant les relations des voyageurs qui nous avaient précédés s'étaient évanouis devant la réalité du spectacle que nous venions de contempler. La vue seule de cette physionomie si douce,
si naïve et si simple, jointe à l'absence de tout intérêt
personnel, écarte absolument toute idée de fraude ou
même d'illusion. Évidemment, il n'y a là ni magnétisme ni catalepsie. D'ailleurs, les détails authentiques
que nous avons recueillis sur les lieux, et que d'autres
ont également puisés aux sources les plus certaines sur

la vie antérieure et l'existence présente de Marie de Mœrl, répondent invinciblement, selon moi, à tous les scrupules légitimes. Voici les plus saillants de ces faits :

Marie de Mœrl est née à Kaltern le 16 octobre 1812, d'une pieuse famille bourgeoise. Dès son enfance elle montra une grande disposition à la piété, et l'amour de Dieu se développa rapidement dans son âme; à dix ans elle fit sa première communion avec un sentiment si vif de la présence réelle, qu'après avoir reçu le corps de Jésus-Christ elle tomba évanouie. Elle avait quinze ans quand sa mère mourut; de ce jour, malgré les souffrances d'une santé déplorable, ce fut elle qui dirigea la maison de son père et l'éducation de ses frères et sœurs : un de ses frères est aujourd'hui capucin, et deux de ses sœurs se sont faites religieuses. Plus elle avançait en âge, plus son âme, sanctifiée par la souffrance, s'unissait étroitement à celle du Sauveur. Après chacune de ses communions, elle demeurait plongée dans un état de méditation et d'immobilité qui durait souvent plusieurs heures. Ce fut alors qu'elle fit vœu de chasteté perpétuelle, et que, sans entrer au couvent, elle fut admise parmi les sœurs du tiers ordre de Saint-François.

Dès cette époque, ses parents, ses amis, ses directeurs, tous ceux enfin qui l'approchaient de près, remarquaient en elle des caractères étranges et certainement surnaturels; elle-même, se méfiant de ses propres impressions et craignant les illusions et les dangers de la vocation extraordinaire à laquelle elle se sentait appelée, avait dès lors fait vœu d'obéir en toutes choses à

17

son confesseur et à tous ceux que Dieu lui avait donnés pour supérieurs spirituels. Cet acte d'humilité
acheva de la rendre digne des grâces que Dieu se préparait à lui envoyer, et, à partir du 2 février 1832,
fête de la Purification de la Vierge, ces grâces devinrent visibles à tous les yeux : ce jour-là, après avoir
communié, elle entra immédiatement en extase, y demeura pendant trente-six heures, et n'en sortit que
par l'ordre de son confesseur. Depuis ce moment son
état d'extase devint très-fréquent, et, après la Fête-Dieu
de 1833, il fut quasi permanent. C'est depuis cette époque aussi que son corps fut en quelque sorte affranchi
des lois de la nature, particulièrement de la loi de gravité, et que, le bruit du prodige s'étant répandu au
loin, les populations d'alentour accoururent pour en
être témoins. On assure qu'en sept semaines, plus de
quarante mille personnes vinrent visiter l'humble
vierge, qui n'avait pas seulement conscience du bruit
qui se faisait autour d'elle.

Mais la gloire et le bonheur ne sont jamais sans mélange ici-bas, même pour ces privilégiés du Seigneur
qui semblent avoir reçu leur couronne dès cette vie :
aussi Marie de Mœrl, au sein de sa vie surnaturelle,
connaît-elle la souffrance. Dès l'automne de 1833, le
P. Capistran avait remarqué par hasard que le milieu
des mains de l'extatique se creusait comme sous la
pression d'un corps en relief. Sachant que le phénomène des stigmates a été connu de tout temps dans
l'Église, il pensa dès lors qu'il ne tarderait pas à se
manifester chez Marie de Mœrl. En effet, le 2 février

1834, il la vit s'essuyer les mains avec un linge, effrayée comme un enfant de ce qu'elle apercevait ; puis, ayant remarqué des taches de sang sur le linge, il lui demanda ce que c'était : elle répondit qu'elle n'en savait rien, que sans doute elle s'était blessée ; mais c'étaient réellement les stigmates qui restèrent désormais fixés aux mains et ne tardèrent pas à se manifester aux pieds, tandis qu'elle recevait au côté l'empreinte du coup de lance du Golgotha. Ces blessures sacrées n'ont pas cessé depuis lors de laisser couler le jeudi soir et le vendredi un sang clair qui tombe lentement et par gouttes : les autres jours, elles sont couvertes de sang desséché, sans qu'on y ait jamais remarqué les moindres signes d'inflammation ni d'ulcération. En même temps que ses plaies saignent, Marie de Mœrl, toujours en extase, souffre cruellement ravie hors du temps et transportée dans ce monde de l'éternité où il n'y a ni passé ni avenir, mais où tout est éternellement présent, elle assiste réellement en esprit à toute la Passion du Sauveur et partage toutes ses souffrances. Je voudrais pouvoir transcrire ici l'admirable tableau que trace de cette scène de douleur le docteur Gœrres, l'illustre auteur de la *Mystique chrétienne*, qui en fut témoin ; mais je craindrais de trop allonger mon récit et je renvoie le lecteur à ce célèbre ouvrage[1].

Quand nous vîmes Marie de Mœrl, il y avait plus de

---

[1] Ou au livre dont je parle plus loin de M. Borée *sur les Stigmatisées du Tyrol*, où la relation de Gœrres se trouve tout entière. (*Note de l'auteur.*)

douze ans qu'elle était dans cet état de stigmatisation et d'extase perpétuelle, né quittant jamais son lit, où elle est sans cesse agenouillée, à moins que la douleur ou l'ordre de son confesseur ne l'oblige à changer de position. « Alors elle s'étend et repose quelques instants, couchée sur le dos, mais toujours habillée, immobile, les mains jointes, les yeux ouverts et fixes, comme une personne absorbée dans la plus profonde contemplation. Elle a l'ouïe, elle a la vue, elle a la parole, et n'en fait aucun usage ; elle vit et ne sent rien ; on l'appelle, et elle ne répond pas ; on la touche, on la change de linge et de vêtements, sans qu'elle le remarque. Elle ne dort point, elle ne mange que par obéissance et à de longs intervalles un peu de fruits et rarement quelques miettes de pain. Elle vit d'une vie toute spirituelle, entièrement et incessamment ravie hors d'elle-même par des visions qui se réfléchissent dans chaque mouvement de son corps, dans chaque expression de ses traits, de sorte qu'on voit écrites ou plutôt peintes sur sa figure les paroles de saint Paul *transporté au ciel et entendant des secrets qu'il n'est pas permis à l'homme de révéler.* »

Telle nous l'avons vue, telle l'ont vue avant nous, depuis 1833 jusqu'en 1846, d'innombrables voyageurs dont beaucoup ont écrit leurs impressions et qui tous attestent les mêmes faits. En relisant ces relations publiées par M. Léon Borée, l'un des officiers les plus distingués de l'Université, et frère de l'illustre supérieur des lazaristes à Constantinople, nous avons été étonné et ravi de les trouver absolument conformes à nos propres observations. Tous ont tout vu, tout senti, tout décrit comme nous, et, chose incroyable! l'impression produite a été si vive, si identique, quoique à bien des années d'intervalle, que tous, Anglais, Italiens, Allemands ou Français, se sont servis presque des mêmes termes pour exprimer ce qu'ils avaient senti. Je pourrais facilement prouver cette assertion en citant quelques extraits des relations de Gœrres et de don Riccardi en 1835, de M. de Cazalès en 1840, de lord Shrewsbury en 1841, de M. Léon Borée en 1844, etc.; mais je préfère renvoyer le lecteur au beau livre de M. Borée, intitulé les *Stigmatisées du Tyrol*[1], qui ne peut laisser le moindre doute, au moins sur la réalité des faits, dans l'esprit de quiconque l'aura lu avec bonne foi.

Que si, admettant la réalité des faits, on veut les expliquer naturellement, les opinions sont libres; et, même pour des catholiques, le miracle ici est loin d'être article de foi. L'Église, qui est la sagesse même, et qui n'a pas besoin de preuves nouvelles pour établir son autorité sur les esprits et sur les cœurs, l'Église ne s'est pas prononcée; et l'évêque de Trente, après une enquête officielle, s'est contenté de témoigner à Marie de Mœrl sa bienveillance particulière, en lui accordant le glorieux privilége d'avoir un autel et la messe dans sa chambre. Pour moi, qui ne suis point obligé à la même réserve, je dois à la vérité de décla-

---

[1] Chez Jacques Lecoffre, libraire, rue du Vieux-Colombier, 29, à Paris.

rer que l'état de cette pieuse fille, dont la sainteté n'est mise en doute par personne, et qui, depuis douze ans, alors que je l'ai vue, vivait dans une extase continuelle, portant les stigmates sanglants de Jésus-Christ, affranchie de la plupart des lois de la nature humaine ; je dois déclarer que cet état me paraît évidemment miraculeux ; qu'il m'est impossible, quoi que je fasse, d'y trouver une explication naturelle, et que la puissance de Dieu peut seule l'expliquer à mes yeux.

Avant de quitter Kaltern, je ne puis résister au désir de rapporter encore un trait saisissant de Marie de Mœrl, que j'emprunte à une lettre de M. Borée. M. Borée, durant son séjour à Kaltern, demeurait chez madame la baronne de Pauli, femme du préfet de Vérone et amie intime de Marie de Mœrl, avec laquelle elle avait été élevée. Voici, entre beaucoup d'autres faits du même genre, ce qu'elle lui raconta :

« Il y a neuf ans, lorsqu'on porta ma petite Louise dans la chambre de Marie, que j'avais priée d'être sa marraine, celle-ci ne fit d'abord aucune amitié à l'enfant, qu'elle voyait encore couverte de la tache originelle. Profondément recueillie sans être en extase, elle attendait l'acte du baptême avec une pieuse ardeur qui se peignait sur tous ses traits. Mais, dès que la cérémonie fut achevée, quand l'eau sainte et les paroles sacramentelles eurent enlevé la souillure héréditaire, Marie demanda aussitôt sa filleule. On la déposa dans ses bras. Elle la considéra un instant avec une ineffable expression de joie et d'amour ; puis, s'enlevant tout à

coup avec elle dans un essor extatique, elle resta suspendue sur l'extrême pointe des pieds, tenant toujours l'enfant contre son sein et l'offrant, comme une
seconde mère, aux regards des anges et aux bénédictions de Dieu. »

Pour ne plus revenir sur le sujet de Marie de Mœrl, je
dirai tout de suite que, deux jours après cette première
visite, en repassant par Kaltern, nous obtînmes la permission de la voir une seconde fois. Nous la trouvâmes
en extase, comme l'avant-veille ; mais son attitude
était plus surnaturelle encore, plus évidemment en
dehors des lois de l'équilibre, et son expression nous
parut plus divine. Rappelée à elle-même, elle nous
accueillit, comme la première fois, avec une douceur
infinie ; et bientôt, prenant congé de nous avec un sourire du ciel, elle retomba en extase. Sa contemplation
avait sans doute quelque objet douloureux, car nous
l'entendîmes pousser des gémissements très-plaintifs,
et nous vîmes une expression de souffrance traverser,
comme une ombre, la splendeur céleste de son visage.
J'ai résumé l'impression générale que j'emportai
d'elle par cette phrase que je retrouve sur mes notes
de voyage, et que je retrouve aussi toute vivante dans
mon souvenir : « On comprend le ciel quand on l'a
vue ! »

Nous quittâmes Kaltern le jour même, et nous allâmes coucher au petit bourg d'Egna. Le lendemain
dimanche, 30 août, après avoir entendu la messe
de grand matin, nous partîmes pour Capriana, petit
village perdu au milieu de rochers sauvages, où de-

meurait la seconde stigmatisée, Domenica Lazzari.
Pour arriver à ce village, il faut franchir une montagne
assez élevée qui sépare la vallée de Capriana de celle de
Kaltern. Nous étions à pied ; la route était rude et difficile, et, pour comble de malheur, peu de temps après
notre départ, la pluie se mit à tomber avec violence.
Nous parvînmes avec beaucoup de peine au haut de la
montagne, et nous y trouvâmes avec joie une pauvre
chaumière, où nous entrâmes pour nous reposer quelques instants.

Les habitants de cette modeste demeure nous accueil-
lirent avec la cordialité qu'on retrouve partout chez ce
bon peuple du Tyrol. Ils allumèrent un grand feu de
broussailles et de fagots pour sécher nos vêtements
tout trempés par la pluie. Ils nous donnèrent à boire
un peu d'eau-de-vie, que nous acceptâmes aussi simplement qu'elle nous était offerte ; et, tout en nous chauf-
fant au coin du feu, nous nous mîmes à causer.

· Dans cette partie du Tyrol, on parle tantôt alle-
mand, tantôt italien ; la langue change quelquefois
d'un village à l'autre. C'est ainsi qu'ayant laissé l'alle-
mand à Kaltern, nous retrouvions l'italien à Capriana.
Je comprenais cette langue comme tout le monde; mes
compagnons la parlaient à peu près couramment : la
conversation était donc possible pour moi, et pour eux
facile. Nos hôtes, bons et simples paysans, furent profondément étonnés quand ils surent le motif de notre
long voyage. Ils levaient les mains au ciel, prenaient
les nôtres et s'extasiaient sur ce qu'ils appelaient notre
courage et notre foi. Avoir fait près de quatre cents

lieues pour venir constater et contempler les merveilles
de la puissance et de la miséricorde divines leur paraissait une action admirable. Paúvres et heureuses gens !
Leur simplicité nous faisait sourire, et leur foi profonde
et naïve nous paraissait bien plus admirable que la
nôtre ! Du reste, nous ne pouvions mieux rencontrer,
car ils étaient de Capriana ; et même assez proches
parents de la vierge stigmatisée que nous allions voir.
Ils avaient joué enfants avec elle ; ils l'avaient vue
grandir et avaient été les témoins de sa sainte et douloureuse existence. Ils nous attestèrent la parfaite véracité de ce que nous avions lu sur elle, nous racontè-
rent comment, depuis douze ans, elle vivait d'une vie
toute surnaturelle, portant à son front, à ses mains, à
ses pieds et à son côté les plaies de Jésus-Christ, toujours mourante et vivant toujours, ne mangeant rien,
ne buvant rien, ne dormant jamais, perdant tous les
vendredis des flots de sang par ses blessures vénérables,
et souffrant toutes les douleurs de la Passion. Tout cela
s'était passé et se passait tous les jours sous leurs yeux,
et j'avoue que jamais témoignage ne me fit une impression plus vive, par sa simplicité même, que celui
de ces pauvres montagnards.

Ils ajoutèrent que la stigmatisée comprenait toutes
les langues, ce dont nous nous promîmes de faire
l'épreuve quand nous la verrions. On ne peut se figurer
avec quel respect, quelle vénération ils parlaient de
cette sainte fille. Ils l'appelaient tantôt l'*addolorata*, la
douloureuse, tantôt la *beata*, la bienheureuse ! Parole
touchante, mot sublime de foi et d'amour de Dieu !

Oui, telle est la foi de ces bons paysans du Tyrol, qu'ils appellent bienheureuse cette image vivante et souffrante de Jésus-Christ crucifié; ils le disent, ils le pensent, ils envient son sort. Ce qui est pour les philosophes et même pour bien des chrétiens raffinés un sujet de scandale est pour ces vrais pauvres de Jésus-Christ un sujet d'édification; et, en les écoutant, nous répétions en nous-même avec émotion cette parole si surprenante et si vraie du Sauveur : « Je vous rends grâce, mon Père, Seigneur du ciel et de la terre, de ce que vous avez caché ces choses aux sages et aux savants et de ce que vous les avez révélées aux petits ! »

Nous quittâmes à regret cette humble chaumière après avoir échangé avec ses habitants de cordiales poignées de mains, et nous redescendîmes la montagne du côté de Capriana. La pluie avait cessé, et nous arrivâmes rapidement au petit village, dernier terme de notre lointaine pérégrination. Nous fûmes surpris, en approchant, de voir toutes les maisons fermées et les rues désertes. Une vieille femme, que nous aperçûmes par hasard sortant d'une chaumière, et que nous interrogeâmes, nous dit que c'était l'heure de vêpres, que tout le monde était à l'église. Telle est, en effet, la dévotion de ces braves paysans, qu'à moins d'empêchement absolu personne ne manque aux offices du dimanche. Nous demandâmes à cette bonne femme où se trouvait la maison de l'*addolorata* : elle leva les yeux au ciel et nous indiqua de la main une misérable chaumière située presque à l'entrée du village. Elle ajouta que nous ne pourrions voir la stigmatisée pendant la durée de l'office, auquel elle s'unissait d'esprit et d'intention. Nous pensâmes que nous ne saurions mieux faire que d'imiter son exemple et celui des bons villageois, et nous nous rendîmes à l'église, qui est placée à l'extrémité du village. Elle était remplie de monde, et tel était le recueillement de l'assistance, qu'à notre entrée pas une tête ne se retourna pour nous regarder. Les hommes étaient d'un côté de la nef, les femmes de l'autre, et tous chantaient à l'envi et du fond du cœur les louanges du Seigneur. On sentait, à l'air de piété qui régnait chez ces braves gens, que la présence au milieu d'eux d'un témoignage vivant de la puissance divine agissait sur leurs cœurs et les remplissait de la crainte et de l'amour de Dieu.

L'église de Capriana est admirablement située sur une plate-forme que termine brusquement un précipice presque à pic. Au fond de ce précipice, un rapide torrent fuit parmi des rochers : l'aspect de toute cette nature est heurté, sévère et désolé, et, comme celui de Kaltern, il est en parfaite harmonie avec le mystère que Dieu a placé dans son sein. Kaltern et Capriana, avec leurs deux stigmatisées, sont en présence et presque en vue l'un de l'autre, comme le Thabor et le Calvaire, et il semble que Dieu ait voulu, en suscitant en même temps et si près l'une de l'autre ces deux merveilles de gloire et de douleur, offrir aux yeux l'image vivante et simultanée de sa douloureuse Passion et de sa résurrection glorieuse. Le cimetière de Capriana est auprès de l'église : quelques croix de bois indiquent la place des tombes : c'est là que repose maintenant la dépouille matérielle de l'*addolorata*, qui mourut à trente-trois ans, comme le Seigneur, deux ans environ après la visite que nous lui fîmes et que je raconte en ce moment.

L'office était terminé, et l'heure de voir Domenica Lazzari enfin arrivée. Nous allâmes droit à sa chaumière, et, sans nous faire autrement annoncer, nous frappâmes à la porte. Une jeune fille pauvrement vêtue vint nous ouvrir : c'était la sœur de la patiente. Sa physionomie portait un cachet d'inconsolable tristesse : hélas ! comment le sourire aurait-il pu pénétrer dans ce séjour de la souffrance incarnée ! Nous lui dîmes l'objet de notre visite ; elle ne nous répondit rien, mais, prenant un air de résignation assez maussade comme pour nous dire : « Ne pouviez-vous pas laisser ma pauvre sœur souffrir tranquillement ? » elle nous fit traverser une petite pièce noire et enfumée qui sert à la fois de cuisine, de salle à manger et de salle de réception, et nous introduisit dans une seconde chambre aussi misérable que la première. C'est là que s'offrit à nos regards le spectacle le plus pitoyable que des yeux humains aient jamais contemplé !

Au milieu de la chambre, sur un pauvre grabat, l'*addolorata* était étendue, immobile, sanglante, couronnée de ses plaies comme de l'auréole des martyrs : pour tout dire en un mot, elle nous apparut comme un crucifix vivant. Son front était percé de trous nets et profonds, traces visibles de cette invisible couronne d'épines que son Jésus bien-aimé avait daigné partager avec elle. Ses joues creuses étaient couvertes d'une épaisse couche de sang desséché : c'était celui qui avait coulé de son front le vendredi précédent et qu'on n'avait pu lui enlever à cause des souffrances intolérables que lui cause tout contact. Ses cheveux épars étaient également collés par le sang. Un anneau de cuivre, suspendu à une corde qui partait du plafond, soutenait les pouces de ses deux mains étroitement enlacées l'une à l'autre, et qu'elle ne peut, sans cruellement souffrir, ni détacher ni laisser reposer sur sa poitrine. Ces pauvres mains, maigres et décharnées, mais bénies de Dieu, étaient percées de plaies larges, arrondies, profondes, qui semblaient faites par un énorme clou, stigmates frappants et douloureux de la Passion de Jésus-Christ ! Sa bouche était entr'ouverte; de violents soupirs, semblables au râle d'un agonisant, s'échappaient avec effort de sa poitrine; son corps était d'une affreuse maigreur; enfin, toute sa personne offrait l'image la plus désolante de la souffrance et de la mort prochaine, et l'on ne pouvait s'empêcher, en la considérant, de répéter ces paroles prophétiques de l'Ancien Testament, relatives au Sauveur : « Ils ont percé mes mains et mes pieds; ils ont compté tous mes os ! »

Cependant, quand au bruit de nos pas elle ouvrit les yeux et les tourna vers nous, nous vîmes briller dans son regard la flamme de la prière et de la vie : c'était un regard profond, pénétrant, plein de tristesse mais de douceur, de résignation et de saintes espérances. Nous lui demandâmes si elle entendait le français, que personne ne parle dans son pauvre village; elle nous fit signe que oui, et répondit toujours par signes (il lui est matériellement impossible de prononcer un seul mot) à nos différentes questions, de manière à nous prouver clairement qu'elle nous comprenait. Mon frère lui ayant demandé, entre autres choses, si elle était heureuse de souffrir, elle leva les yeux au ciel avec une expression indicible de joie et d'amour. Elle nous confirma ce qu'on nous avait dit, qu'elle ne mangeait, ne buvait et ne dormait jamais, ce qui, du reste, eût été absolument impossible dans l'état d'agonie perpétuelle où elle se trouvait. Enfin nous nous fîmes répéter, par sa pauvre sœur et par les habitants du village que nous rencontrâmes sur notre chemin, que, tous les vendredis, depuis douze ans, ses plaies saignaient abondamment, qu'elle se frappait la poitrine avec une telle violence, que le bruit de ces coups se faisait entendre au loin ; enfin, qu'elle retraçait avec une effrayante réalité dans toute sa personne les souffrances de la Passion et de la mort du Sauveur. « Ces jours-là, nous disaient ces braves gens en soupirant, on entend ses lamentations dans tout le village ! » Lamentations terribles en effet, plainte profonde mais résignée, comme celle de Jésus-Christ lui-même sur la croix : « Mon Dieu ! mon Dieu ! pourquoi m'avez-vous abandonné ! »

Telle était Domenica Lazzari quand nous la vîmes, le 30 août 1846 ; telle elle vécut encore près de deux ans, jusqu'au jour où elle alla au ciel recevoir la récompense de son long martyre ; telle elle vivait déjà depuis douze ans, miracle subsistant de la puissance et, je l'expliquerai tout à l'heure, de la miséricorde divines! Née en 1815 d'un pauvre meunier de Capriana, ayant toujours vécu dans la crainte et l'amour de Dieu, et plongée dès son enfance dans la méditation profonde de la Passion de Jésus-Christ, elle eut, vers l'âge de dix-neuf ans, en 1833, d'après le rapport du docteur Dei-Cloche, qui la soigna longtemps, une sorte de vision ou d'extase, à la suite de laquelle elle fut atteinte d'un mal inconnu et étrange. Dès lors elle ne quitta plus son lit, cessa absolument de manger et de boire, ne prenant d'autre nourriture que la sainte communion une fois par semaine : en 1834, elle reçut les stigmates du front, des pieds, des mains et du côté. A dater de cette époque, son martyre n'a pas cessé, non plus que sa vie toute surnaturelle. Des milliers de témoins l'ont vue, ont assisté à son agonie mille fois renouvelée le vendredi, et ceux que j'ai déjà cités au sujet de Marie de Mœrl ont également raconté le prodige encore plus incontestable peut-être de la stigmatisée de Capriana. MM. de Cazalès, Léon Borée, de Moy, don Riccardi, lord Shrewsbury, des prêtres et des laïques, des catholiques et des protestants, des savants et des médecins, l'ont visitée à plusieurs années d'intervalle ; tous l'ont trouvée, comme nous-mêmes, toujours mourante et toujours vivante, et quiconque voudra parcourir le livre que j'ai indiqué plus haut de M. Léon Borée, se convaincra que leurs relations sont absolument identiques à la mienne. Seulement, la plupart d'entre eux ont vu plus que nous, ayant pu visiter l'*addolorata* un vendredi : ils ont vu saigner ses plaies, et, chose étrange qu'ils affirment en témoins oculaires, et qui prouve à elle seule que la main de Dieu est là, ils ont constaté avec stupeur que le sang qu'ils voyaient sortir de la plaie des pieds, au lieu de suivre son cours naturel et de descendre vers les talons, coulait en remontant vers les doigts, contrairement aux lois de la gravité, mais comme il eût coulé naturellement si Domenica eût été en réalité attachée à la croix, tant elle devait être en tout l'image vivante de Jésus crucifié !

Voilà les faits exposés simplement, sans réticences, sans respect humain, mais sans exagération, bien loin de là, car j'en ai passé beaucoup sous silence, et je ne pense pas que personne, devant une telle masse de témoignages honorables, puisse sérieusement en contester la véracité. Une fois les faits admis, reste, comme pour l'extatique de Kaltern, à en trouver l'explication.

Sera-ce la fraude ? Je me reproche presque d'indiquer même cette hypothèse : non, personne, croyant ou incrédule, n'oserait prononcer ce mot odieux en face de cette pauvre et sainte fille, couverte de plaies, percée, flagellée, sanglante, vivant pendant quatorze années dans un martyre incessant, sans que jamais une plainte volontaire soit sortie de sa bouche. Ses affreuses douleurs, sa sainteté évidente, l'autel que son évêque lui a permis, à elle aussi, d'avoir dans sa pauvre chaumière, l'eucharistie qui fut pendant si longtemps sa seule nourriture, la misère même qui l'entoure et l'absence de tout intérêt personnel, tout cela repousse absolument toute supposition de supercherie ou de ruse. Il est à remarquer en effet, pour elle comme pour Marie de Mœrl, que, malgré l'extrême pauvreté de sa famille, jamais Domenica ni les siens n'ont accepté ni reçu le moindre secours de ceux qui la visitaient. Tous lui ont demandé l'aumône de ses prières; tous ont reçu d'elle, elle n'a rien reçu d'eux : ils sentaient en sa présence qu'elle était la vraie riche devant Dieu, et qu'eux seuls étaient les pauvres et les mendiants !

La fraude écartée, voudra-t-on expliquer l'état de l'*addolorata* par le magnétisme ou la maladie? Les médecins ont déjà répondu, et à leur défaut le bon sens répondrait : Non! avec une certitude souveraine. Il est trop clair que jamais ni magnétisme ni maladie naturelle d'aucun genre n'a pu et ne pourra couronner de trous sanglants la tête d'une femme, lui percer les pieds et les mains de trous larges et profonds, lui faire une plaie au côté, ni maintenir ces blessures toujours vives et toujours saignantes pendant de longues années, sans aucune trace d'inflammation ni de corruption ! Que sera-ce du sang que ces plaies rendent tous les vendredis, de l'absence de tout sommeil, de de toute nourriture, enfin de cette agonie, qui pour Domenica Lazzari se prolongea pendant près de quinze ans et la tint pendant tout ce temps véritablement clouée à la croix de Jésus-Christ? Non, devant tous ces faits une fois admis, la science est absolument impuissante à comprendre comme à expliquer; les médecins qui ont vu la stigmatisée l'ont reconnu, et ils ont attesté que son état était non-seulement étrange et extraordinaire, mais absolument en dehors des lois de la nature humaine.

La fraude et la maladie mises de côté, quelle explication reste possible? Une seule, à mon avis, l'explication catholique. De même qu'en saint François d'Assise, sainte Catherine de Sienne, sainte Thérèse et tant d'autres serviteurs et servantes du Seigneur, Dieu a voulu manifester sa puissance et sa miséricorde dans la personne de cette pauvre et sainte fille, bien petite devant les hommes, mais bien grande devant lui! La voyant humble et pieuse, enflammée d'amour pour lui et tout entière à la méditation de sa Passion douloureuse, Jésus-Christ a voulu l'associer à ses souffrances pour l'associer plus tard à sa gloire, et il a daigné lui conférer l'honneur insigne d'être son image vivante et souffrante et comme son témoin durant son passage en ce monde. Elle a accepté le pacte divin que lui offrait son bien-aimé, et certes, malgré toutes les répugnances de la chair, elle n'eût pas échangé ses douleurs contre toutes les joies de la terre. Voilà, quant à moi, l'explication que je trouve au fait prodigieux que je viens de raconter, et je m'y tiendrai tant qu'on ne m'en aura pas présenté une autre qui me semble plus raisonnable.

J'ai dit que Dieu avait ainsi manifesté dans sa servante, non-seulement sa puissance, mais aussi sa miséricorde. Jamais, en effet, la miséricorde divine ne se manifesta plus vivement qu'au Calvaire : c'est par les prières et le sang de son Fils unique Jésus-Christ que Dieu a sauvé le genre humain, et c'est encore par la

prière, les larmes et le sang de ses serviteurs unis aux
mérites de Jésus-Christ qu'il poursuit dans le temps l'œuvre de notre rédemption. J'ai donc eu raison de dire que
la stigmatisation de Domenica Lazzari fut une grande
œuvre de miséricorde, pour elle d'abord, puis pour
ceux qui l'entourèrent, enfin pour l'Église entière :

Pour elle, parce qu'elle a demandé, accepté, aimé
ses souffrances; parce qu'elle s'est sanctifiée dans les
larmes et le sang; parce que, même au milieu de son
martyre, son âme était inondée des consolations ineffables réservées aux bien-aimés du Seigneur; enfin,
parce qu'elle a mérité dans le ciel une couronne de félicité d'autant plus brillante, qu'elle a plus souffert ici-
bas;

Pour ceux qui l'ont entourée et visitée sur sa couche
sanglante, parce que sa seule vue a été pour eux une
grande leçon et un impérissable enseignement; parce
que les milliers de personnes qui l'ont vue ont remporté
de sa pauvre chaumière une foi plus vive, une crainte
de Dieu plus grande jointe à un plus grand amour;
parce que son sang, en coulant, a fait couler bien des
larmes de repentir, converti des hérétiques et des incrédules, et sanctifié non-seulement sa famille et ses
amis, mais toute la contrée environnante;

Enfin, pour l'Église et pour l'universalité des hommes,
parce que c'est la prière des justes qui sauve les sociétés
et les empires, et que la souffrance acceptée et offerte à
Dieu est la plus puissante des prières. Oui, si le monde
vit, s'agite et prospère, si, malgré tous les crimes et
les vices qui pullulent sur la terre, malgré les blas-

phèmes qui s'élèvent incessamment de tous les points
du globe comme des vapeurs pestilentielles pour former un orage de malédiction, cet orage de la colère
divine n'éclate point, et si la foudre reste suspendue
sur nos têtes, menaçante toujours, mais toujours inactive, c'est que Dieu accorde la grâce des pécheurs aux
larmes et aux prières des innocents et des saints; c'est
qu'il y a partout, dans les campagnes et dans les villes,
dans les palais, dans les couvents et dans les chau-
mières, des âmes pures et austères qui prient, qui
pleurent, qui souffrent, âmes puissantes et privilégiées,
vraies bienfaitrices du genre humain, que le monde
ignore ou méprise, et sans lesquelles cependant le
monde ne serait plus!

Voilà pourquoi Dieu est admirable dans les larmes,
les tribulations et le sang de ses saints comme dans
leur glorification! Voilà pourquoi sa miséricorde se
manifeste plus encore peut-être dans les souffrances de
la patiente de Capriana que dans les ravissements de
l'extatique de Kaltern! Et voilà pourquoi il est juste
qu'en toutes choses nous l'appelions de ce beau nom
inconnu de l'antiquité païenne, mais qui, parmi les
nations chrétiennes, est devenu son nom populaire : le
bon Dieu!

Désormais le but de notre voyage était atteint; notre
attente avait été non-seulement remplie, mais dépassée.
Nous avions vu et touché du doigt les merveilles que
d'autres nous avaient racontées, et d'auditeurs nous
allions devenir à notre tour narrateurs et témoins.
Fatigués de corps et l'âme rassasiée des émotions de

tout genre que nous avions traversées, nous nous hâtâmes de regagner la Suisse par Inspruck et le haut
Tyrol; nous traversâmes, sans presque nous y arrêter,
Lucerne et son beau lac, l'Oberland et ses magnificences
déjà tant de fois décrites, et nous revînmes en France,
remportant de ce lointain, mais rapide voyage, des
souvenirs impérissables pour nous..., je voudrais pouvoir ajouter intéressants et profitables pour ceux qui
me liront.

CHAPITRE VI

LA CHAMBRE DES MARTYRS.

Paris est la ville des merveilles · Les palais et les monuments y abondent, les arts et les sciences y ont de splendides demeures. Des musées de tout genre y étalent aux yeux les productions entassées de la nature, de la civilisation antique et de l'industrie moderne. Le Muséum d'histoire naturelle offre la réunion incomparable de toutes les créatures connues sorties de la main inépuisable de Dieu. Le Musée égyptien, le Musée d'artillerie, le Musée de marine, le Musée des antiquités, les musées de peinture et de sculpture, attirent à l'envi l'admiration des visiteurs. Enfin, le Musée des souverains raconte aux yeux l'histoire des dynasties et des princes qui ont régné sur la France, histoire muette, mais éloquente, et qui, plus concise encore et plus énergique que Tacite, pour rappeler toutes nos révolutions, présente aux regards la couronne et le sceptre de Napoléon entre les souliers déchirés de Marie-Antoinette et le bureau brisé de Louis-Philippe !

Tous ces musées, tous ces monuments, toutes ces magnificences de la grande ville, ont été mille fois célébrés, et nul étranger ne les ignore. La foule y afflue; quiconque a passé huit jours à Paris les a scrupuleusement visités, et les Parisiens eux-mêmes les connaissent au moins de réputation.

Mais, à côté de ce monde des arts et des sciences, des souvenirs royaux, des grands monuments et des palais magnifiques, il est à Paris tout un autre monde qui a, lui aussi, ses monuments, ses musées et ses souvenirs, un monde presque inconnu de la multitude, dont les livres ne disent rien, que les étrangers ne visitent pas plus que les Parisiens, près duquel les uns et les autres passent avec indifférence quand ce n'est pas avec mépris : c'est le monde de l'Église, le monde de la foi, de la prière et de la charité catholiques ! De ce monde on connaît bien quelque chose; on connaît les merveilles de ses temples, les sculptures de ses portiques, les ornements de ses autels, les pompes de ses cérémonies, mais on ignore ses beautés véritables, ses œuvres, ses trésors, ses sanctuaires intimes, avec leur histoire et leurs souvenirs ! C'est un de ces trésors cachés, un de ces sanctuaires que je voudrais faire connaître et admirer entre tous, parce que je n'en sais point de plus touchant pour tout homme qui a conservé, je ne dis pas de la foi, mais du cœur.

A l'angle de la rue du Bac et de la rue de Babylone,

au fond d'une cour retirée, est un établissement d'un aspect modeste et tranquille, qui se compose d'une église et d'un bâtiment antique, sombre, sans aucune décoration extérieure. Au dedans, de grands escaliers tels qu'on les contruisait autrefois, de larges corridors qui courent d'un bout à l'autre de chaque étage, donnent à cette maison un air de vieillesse et de gravité. Les seuls ornements des murs consistent dans quelques images de la sainte Vierge et de saints, qui indiquent que les habitants de cette demeure sont des chrétiens, et dans des cartes de géographie, cartes de l'Inde, de l'Asie et de l'Océanie, qui semblent indiquer qu'ils sont aussi de hardis voyageurs.

De chaque côté des corridors, des portes, placées symétriquement à la suite l'une de l'autre, s'ouvrent sur de petites chambres, semblables à des cellules, dont les murailles sont pauvres et nues, et dont un vieux bureau chargé de vieux livres, une mappe-monde, un lit et quelques chaises de paille composent tout l'ameublement. L'austérité de ce séjour n'est tempérée que par la vue d'un vaste et beau jardin, où l'œil se repose sur de frais gazons et va se perdre sous de longues allées bordées d'arbres, pleines d'ombre et de fraîcheur. Tout, dans cette maison, respire le silence, la paix et le recueillement. Les bruits de la rue expirent à ses portes; c'est vraiment une solitude au cœur de Paris; et cette solitude est le séminaire des Missions étrangères.

C'est là que quatre-vingts ou cent jeunes prêtres, sans cesse renouvelés, déjà séparés du monde qui ne les connaît pas, se préparent, dans la prière et la retraite, à aller prêcher l'Évangile aux peuples infidèles de l'Inde, de la Chine et du Japon. C'est là qu'ils se livrent avec ardeur à l'étude des langues asiatiques, non pas pour aller porter leur science dans une chaire du Collège de France ou sur les bancs enviés d'une Académie, mais pour évangéliser des idolâtres et pouvoir un jour rendre témoignage à Jésus-Christ dans la langue de leurs juges et de leurs bourreaux ! C'est de là enfin qu'ils partent incessamment, comme jadis les apôtres au sortir de Jérusalem, pour se disperser et porter la parole de Dieu jusqu'au bout du monde, agneaux envoyés sans défense au milieu des loups, sublimes et infatigables voyageurs que dévore, non la soif de la science, mais la soif des âmes, la soif insatiable du sacrifice et de la charité !

Cette maison est certainement une des plus vénérables du monde entier. Tout y prêche l'esprit de détachement, de dévouement et d'immolation ; c'est un séminaire d'apôtres et de martyrs. Si je voulais introduire à ma suite le lecteur dans les humbles cellules de ses habitants, il y trouverait dans toutes des chrétiens doux, aimables, souriants, qui brûlent de souffrir pour Jésus-Christ, et dans plusieurs des prêtres qui ont déjà souffert pour lui, des missionnaires éprouvés et généreux, qui ont supporté la faim, la soif, les dangers des longs voyages, des forêts et des déserts, la menace incessante de la persécution et des supplices, et qui, épuisés par l'excès même de leur dévouement, sont revenus en France pour se préparer, dans le repos, à de nouvelles souffrances.

18

Il trouverait même dans une de ces cellules aimées de Dieu un vénérable confesseur de la foi, un homme qui a eu l'honneur et la joie incomparables d'être enchaîné, flagellé, torturé, condamné à mort pour le nom du Sauveur Jésus, et qui n'a échappé que par miracle au glaive du bourreau ; un homme qui, chargé de fers et traîné de prison en prison comme un malfaiteur, écrivait à ses confrères : « Je fais le chemin de la croix, et j'espère, avec la grâce de Dieu, monter bientôt au Calvaire ! » qui, rencontrant dans un de ces douloureux trajets un catéchiste de son évêque, lui disait en souriant : « Tu diras à Monseigneur que j'aime mieux ma cangue que sa mitre, et ma chaîne que sa crosse ; il n'y a que la croix qui vaille quelque chose, mais j'en ai de plus précieuses que la sienne ! » en un mot, un héros chrétien, dont un autre missionnaire, témoin de son courage et de ses souffrances, raconte en ces termes l'admirable énergie :

« ..... A défaut de révélation, on voulut l'apostasie. Un crucifix était à terre : M. Charrier reçoit l'ordre de passer dessus ; il le prend, le baise et l'adore en disant : « Voici l'image de mon Dieu, du Dieu pour « lequel j'ai travaillé toute ma vie, en qui seul je mets « ma confiance, et maintenant je l'abandonnerais ! « Non, non, jamais ! » On ordonna alors à trois satellites de faire marcher l'accusé sur la croix ; comme ils ne peuvent y réussir, ils l'élèvent en l'air, afin de le porter sur l'instrument de notre salut ; mais plus ils rabaissent son corps pour que ses pieds foulent la croix, plus il les retire, en même temps que sa bouche con-

fesse solennellement la divinité de Jésus-Christ. Vaincus de ce côté, les gardes lui attachent fortement le
crucifix sous le pied droit, et veulent le forcer à se
lever, pour qu'il soit dit qu'il ait marché dessus.
M. Charrier, demeurant toujours assis, prend son pied,
baise la croix, et publie hautement que Jésus-Christ est
Dieu. Alors on invente d'autres profanations contre
lesquelles le généreux confesseur ne peut que protester,
et dont il se venge en embrassant l'image de son Sauveur avec une plus vive expression d'amour. « C'est
« votre œuvre, disait-il aux mandarins, et non la mienne;
« vos outrages ne m'empêcheront pas de vénérer mon
« Dieu crucifié. »

« Les mandarins comprirent enfin que la foi du missionnaire était au-dessus de leurs efforts : ils reprirent,
toujours avec menaces, leurs questions sur les lieux qui
lui avaient servi de retraite, sur les personnes qui lui
avaient donné asile, et n'obtinrent qu'un nouveau refus. Alors on étend M. Charrier par terre, on l'attache
au fatal piquet, on lui assène onze coups de rotin
(c'était la seconde fois qu'il subissait ce supplice), dans
l'intervalle desquels les juges lui répètent : « Eh bien!
« maintenant, ne parlerez-vous pas ? — Si vous avez
« pitié de moi, je vous en rendrai grâce ; si vous me tor-
« turez encore, je le supporterai avec résignation; mais,
« pour dire un seul mot qui puisse nuire au peuple et
« offenser le Maître du ciel, je ne le ferai jamais ! »

Voilà ce que renferment, dans l'humilité de leur
retraite, les cellules du séminaire des Missions étrangères; voilà les témoins vivants de la vérité et de la

charité catholiques, qu'abrite l'ombre de ce toit vénérable !

Mais il est, dans ce séjour de bénédiction, une autre
chambre plus sainte et plus vénérable encore, la seule
dont je veuille parler ici, une chambre consacrée par
les ossements qui l'habitent, véritable sanctuaire où
l'on ne doit pénétrer qu'avec le recueillement de l'admiration : c'est la chambre des martyrs.

Je plaindrais l'homme, je ne dis pas le chrétien, qui
ne se sentirait ému jusqu'au fond du cœur en mettant
le pied dans cette chambre où sont réunis les images,
les reliques et les souvenirs des saints qui ont souffert
la mort le plus récemment pour l'amour de Jésus-
Christ. A la vue de tous les objets sacrés qu'elle renferme et que le regard embrasse du premier coup d'œil,
un respect religieux s'empare invinciblement de l'âme :
malgré soi l'on se signe et l'on baisse la voix comme
dans une église.

Tout, en effet, dans ce lieu sacré, parle aux yeux
comme au cœur. Les murs sont couverts d'un papier
rouge sur lequel se détachent des palmes dorées, em-
blème de l'éternelle récompense. Les fenêtres qui donnent sur le jardin sont également tendues de rideaux
rouges, dont les reflets ardents communiquent à toute
la chambre un air à la fois mystérieux et enflammé :
on sent que c'est là la demeure de l'amour, de cet amour
plus fort que la mort, qui s'est consommé dans le sang
et le sacrifice, amour de Jésus-Christ pour ses créatures,
et des martyrs pour Jésus-Christ.

On est également frappé, en entrant dans ce sanctuaire, du parfum étrange qu'on y respire; c'est cette odeur indéfinissable des objets chinois, qu'on ne peut confondre avec aucune autre quand on l'a une fois sentie, et dont les reliques mêmes qui reposent en ce lieu semblent imprégnées.

D'un côté de la chambre, de grands reliquaires, dont les parois sont en verre, laissent voir les ossements des martyrs qu'on a pu dérober à la fureur des païens, et faire parvenir jusqu'en France. De l'autre côté, des vitrines renferment des souvenirs de tout genre, des lettres et des cheveux de missionnaires dont on n'a pu avoir d'autres reliques, des débris de cangues, des sentences de mort, les cordes qui ont servi à étrangler les martyrs, les chaînes de fer qu'ils ont portées, leurs ornements sacerdotaux, des tapis, des vêtements teints de leur sang, des crucifix où ils ont posé leurs lèvres au moment de mourir.

Enfin, pour que toutes les parties du sanctuaire aient leur éloquence à la fois douloureuse et consolante, les murs sont partout recouverts de peintures chinoises, sans art et sans perspective, mais d'une terrible réalité, représentant les principaux épisodes de l'arrestation, de la condamnation et de la mort des martyrs missionnaires ou indigènes.

Entre les deux fenêtres, une cangue appuyée à la muraille complète la physionomie de la chambre. C'est une sorte de carcan de trois mètres de longueur, d'un poids énorme, au centre duquel est une ouverture pour la tête du patient, et que les condamnés, en Chine et au Tong-King, portent nuit et jour dans leur prison avec mille souffrances jusqu'au jour de l'exécution.

J'ai souvent visité cette chambre des martyrs, et jamais je n'y suis entré sans une vive émotion : jamais non plus je n'en suis sorti sans en remporter une impression salutaire. Devant les reliques de ces généreux athlètes de Jésus-Christ, qui ne sentirait grandir en soi avec le courage chrétien l'esprit de sacrifice et de dévouement, et, avec un plus vif amour du devoir, la haine salutaire du mal? Qui oserait se dire qu'il ne préfère pas mille fois le sort des victimes à celui des bourreaux et des persécuteurs? Qui ne rougirait des lâchetés du respect humain et ne demanderait à Dieu un peu de l'énergie et de la tendresse d'âme de ces héros qui, après avoir aimé leurs frères jusqu'à tout quitter pour leur salut, ont aimé Jésus-Christ jusqu'à quitter la vie même pour lui? Pour rester indifférent devant un tel spectacle et s'en éloigner sans quelque résolution généreuse, il faudrait avoir de la cendre froide à la place du cœur!

La première fois qu'il me fut donné de pénétrer dans ce sanctuaire, je n'étais pas seul ; la chambre des martyrs était remplie de soldats auxquels on avait permis, comme à moi, de la visiter : c'est une permission, du reste, que les missionnaires ne refusent jamais à personne. Un jeune prêtre de la maison était là, au milieu de nous, nous racontant familièrement l'histoire des martyrs dont nous contemplions les reliques, nous expliquant les divers genres de supplices que représentent les tableaux attachés aux murailles, et souriant doucement à nos étonnements et à nos exclamations d'horreur. Les braves militaires qui nous entouraient étaient suspendus aux lèvres du missionnaire : leur physionomie naïve et mobile exprimait tour à tour l'admiration, la pitié et l'indignation : tous étaient vivement émus, et leur émotion augmentait encore la mienne. Il y en eut un qui s'écria avec un accent que je n'oublierai de ma vie : « Pourquoi ne nous envoie-t-on pas là-bas protéger nos missionnaires et mettre ces sauvages à la raison? »

Le jeune prêtre seul était calme et tranquille, et sa physionomie sereine ne perdait jamais son sourire. Loin de l'effrayer, toutes ces souffrances qu'il nous racontait semblaient l'attirer et le tenter. Il enviait le sort de ses heureux confrères, et il aspirait à donner comme eux son sang pour Jésus Christ. Hélas! il n'y a que trop de chances que son vœu soit réalisé un jour, s'il ne l'est déjà, car il était alors sur le point de partir pour les Missions, et, au moment où j'écris ces lignes, il est depuis longtemps sans doute dans la Chine ou dans le Tong-King.

Quoi qu'il en soit de ce pieux missionnaire, je vais essayer de rappeler ici les détails qu'il nous raconta sur les reliques et les tableaux de la chambre des martyrs, détails admirables et touchants, dignes des siècles héroïques de l'Église, que j'ai vérifiés et complétés dans les *Annales de la Propagation de la foi* et dans les relations mêmes des missionnaires [1].

[1] *Note de l'auteur.* — Les actes des martyrs des missions étrangères et de plusieurs autres martyrs appartenant à d'autres congrégations ou d'origine asiatique sont rassemblés tout au long

Les grands reliquaires dont j'ai parlé tout à l'heure sont au nombre de cinq. Celui du milieu, plus vaste et plus orné que les autres, renferme les ossements complets de monseigneur Borie, évêque d'Acanthe, mis à mort pour la foi, à l'âge de trente ans, en 1858. Dans les deux reliquaires placés à gauche de celui de monseigneur Borie sont les reliques de M. Gagelin et d'un martyr chinois; ceux de droite contiennent les ossements de M. Jaccard et de Thomas Thiên, son catéchiste, tous deux martyrisés au Tong-King le même jour.

Monseigneur Borie, né à Cors, petit village de la Corrèze, en 1808, était doué d'un caractère plein d'énergie et de dévouement. Poussé dès son enfance par une vocation irrésistible vers le sacerdoce, il entra au grand séminaire de Tulle en 1826, et en 1829 au séminaire des Missions-Étrangères. Deux paroles de lui montreront quels étaient dès lors son mépris des souffrances, son énergie et sa foi.

Peu de temps avant son départ, il dut subir une opération très-douloureuse au genou. Pendant l'opération, il demeura tranquille, presque souriant, et ne poussa pas un seul cri. Le chirurgien lui ayant témoigné sa surprise d'un pareil calme dans une pareille souffrance, le jeune missionnaire lui répondit simplement : « Si, par la suite, je suis empalé par les infidèles, je souffrirai bien davantage ! »

dans deux recueils des plus intéressants, intitulés, le premier : les *Martyrs en Chine*, par M. l'abbé Allemand-Lavigerie; et le second : *Notice sur les soixante-dix serviteurs de Dieu.*

Au moment de quitter le séminaire et la France, ceux de ses confrères qu'il affectionnait particulièrement lui faisaient leurs adieux. Il les embrassa tendrement et leur dit avec un accent de joie qui dominait sa tristesse : « Adieu jusqu'au jour de la résurrection éternelle ! »

Il pressentait dès lors qu'en allant au Tong-King il allait au martyre. Ce pressentiment ne l'abandonna jamais et n'altéra jamais son calme ni sa gaieté. Pendant six ans il parcourut l'immense district qu'il était chargé d'administrer, convertissant en foule les idolâtres, soutenant les chrétiens et leur portant les sacrements de l'Église au milieu de mille dangers de tout genre. La persécution sévissait alors avec fureur, et il lui fallait, pour éviter les embuscades de ses ennemis, s'éloigner des chemins frayés, traverser les marais et les précipices, parcourir des forêts sauvages, habitées seulement par les tigres. Mais rien ne pouvait ralentir l'ardeur de sa charité.

« Je marche, écrivait-il à cette époque, au milieu d'une nuit profonde, dans des chemins étroits et tortueux, bien souvent dans la boue ou dans l'eau jusqu'à la ceinture, et malgré la pluie et les vents. — Où allez-vous ainsi? me direz-vous. — Où je vais? Chercher la brebis errante pour l'arracher à la dent du loup infernal. »

C'est là en quelques mots tout le secret de la vie et de la mort du missionnaire : l'amour des âmes en Jésus-Christ.

« Ce sera bientôt fait de moi, écrivait encore monseigneur Borie avec cette gaieté énergique qui le
caractérisait ; ma haute taille me fera aisément
reconnaître ; je suis trop long, on me raccour-
cira. »

Trahi par un misérable qui lui avait offert un asile,
il fut arrêté le 31 juillet 1838. En voyant approcher
les soldats qui le cherchaient, il sortit de la retraite où
il était caché, et, se levant tout à coup, leur dit, comme
Jésus-Christ aux soldats de Caïphe : « Qui cherchez-
vous ? »

A cette apparition soudaine, à cette parole inattendue, les soldats reculèrent épouvantés ; mais bientôt,
le voyant désarmé et tranquille, ils reprirent courage
et s'emparèrent de lui. Tandis qu'on le menait au
mandarin, au milieu de ses gardes et de ses chaînes, il
chantait un cantique. Devant le mandarin, il montra
une noble assurance et ne parut préoccupé que du sort
de ses chers chrétiens. Comme le bon pasteur, il offrit
sa vie pour le salut de ses brebis. Dieu entendit sa
prière ; et l'admiration universelle que son courage
excita, même parmi les païens, fit dès lors cesser la
persécution dans toute la contrée environnante.

Il fut chargé d'une lourde cangue et conduit en prison. Pendant le trajet, Pierre Tu, son élève, accourut
au-devant de lui et se mit à pleurer en voyant passer
son bon maître enchaîné. On arrêta cet héroïque jeune
homme, qui, plus tard, souffrit à son tour le martyre ;
on lui mit une cangue comme au missionnaire, et on
le jeta dans un même cachot avec monseigneur Borie.

deux prêtres indigènes, les pères Diem et Khoa, et un catéchiste nommé Antoine Nam.

Dès ce moment le saint missionnaire ne songea plus qu'à se préparer à la mort.... « Quant à l'espoir de nous revoir en ce monde, écrivait-il de sa prison, il n'y faut plus penser Le tigre dévore et ne lâche pas sa proie, et je vous avoue franchement que je serais désolé de manquer une si belle occasion.... Je vous supplie de dire pour moi les trois messes d'usage. Près de paraître devant le tribunal du souverain Juge, les mérites de mon divin Sauveur me rassurent, et les prières des pieux associés de la Propagation de la Foi raniment ma confiance.... Je n'ai aucun livre avec moi, et, pour tout chapelet, j'ai une petite corde à laquelle j'ai fait des nœuds.... Je vous laisse tous entre les mains et sous la protection de Marie. »

Pendant les quatre mois qui s'écoulèrent entre son arrestation et sa mort, son énergie et sa résignation ne se démentirent pas un instant. Il passait ses journées à chanter des cantiques et des psaumes avec ses compagnons de captivité, à écouter et résoudre les questions que les mandarins venaient lui proposer, et à évangéliser le peuple qui accourait en foule le voir et l'entendre dans sa prison. Étrange et admirable spectacle que celui de ce prêtre de Jésus-Christ, prisonnier et chargé d'une cangue ignominieuse, attirant à lui et dominant ses persécuteurs par le seul ascendant de la vertu et de la vérité, entouré de cette foule de païens comme un roi de ses sujets, et leur prêchant avec force, au milieu de ses fers et de ses souffrances, les dogmes et la morale de l'Évangile! C'est ainsi que l'erreur, alors même qu'elle persécute, est forcée de rendre témoignage à la vérité.

Dans son énergie chrétienne, le saint missionnaire ne ménageait même pas les leçons à ces juges qui tenaient sa vie entre leurs mains. Un jour, le mandarin Bô, son plus cruel ennemi, ayant osé blasphémer et tenir des propos obscènes devant lui, il s'écria avec indignation : « Mettez ma chair en sang, déchirez-moi tant qu'il vous plaira, mais cessez de tenir de semblables propos! »

Ce fut dans cette prison que lui parvint sa nomination à l'évêché d'Acanthe : il n'eut ainsi d'autre consécration que celle de son sang.

Il fut bientôt transféré, avec ses compagnons, au chef-lieu de la province. Partout sur son passage il reçut les témoignages les plus touchants de l'affection que lui portaient les nombreux chrétiens de ce district. Ils accouraient en foule sur la route, le suivaient en pleurant, et quand il fallait passer des rivières, comme les mandarins défendaient qu'on leur prêtât des barques, on en vit se jeter dans l'eau et s'exposer à périr pour accompagner plus longtemps leur bon père. Telle est l'énergie et la tendresse de cœur que donne la foi à ces pauvres chrétiens de la Chine et du Tong-King, les plus lâches et les plus égoïstes des hommes avant leur conversion!

Arrivé à la préfecture, monseigneur Borie eut à subir plusieurs fois la question. On espérait lui arracher des aveux sur ses travaux apostoliques, l'état des chrétientés et le nombre des néophytes ; mais il garda toujours un silence inébranlable. On le flagella cruellement et sa chair vola en lambeaux ; il gémit et se tut. Le mandarin lui ayant demandé s'il souffrait : « Je suis de chair et d'os comme les autres, répondit-il ; pourquoi serais-je exempt de douleur? Mais n'importe, avant comme après la torture, je suis également content. »

Le mandarin lui ayant dit encore pour l'effrayer : « Peut-être le roi vous mandera t-il à la capitale. Là un grand feu est allumé, les tenailles sont rougies, et votre chair sera arrachée par lambeaux : pourrez-vous l'endurer et vous taire? » Le confesseur de la foi répondit avec une confiance en Dieu et une défiance de lui-même admirables : « Quand le roi me mandera, je verrai : je n'ose présumer de moi-même à l'avance! »

On tortura également ses compagnons, qui furent invincibles comme lui. Pierre Tu, son jeune élève, montra une sublime énergie. — « Si tu veux me suivre, lui avait dit monseigneur Borie, il faut t'armer de courage ; garde-toi de faire aucune révélation qui puisse compromettre personne. » — Le saint jeune homme avait promis de se taire et suivi son maître ; il se montra digne de lui. Il reçut cent dix coups de rotin en quatre fois ; dès la seconde, il ne restait plus, sur la partie frappée, vestige de chair humaine. Son courage ne se démentit point un instant, et les mandarins vaincus cessèrent de le faire tourmenter.

Enfin le jour de la délivrance arriva. C'était le 24 novembre 1838. Un des mandarins, qui avait toujours été bienveillant pour les prisonniers, vint leur

19

annoncer que le roi avait ratifié le jugement qui condamnait monseigneur Borie à avoir la tête tranchée sur-le-champ, les deux prêtres indigènes à être étranglés, et qui suspendait, jusqu'à nouvel ordre, l'exécution du catéchiste Nam et de Pierre Tu.

Le mandarin leur offrit en même temps de leur faire préparer un repas, selon la coutume du pays; mais, comme c'était un samedi et qu'ils jeûnaient ce jour-là, monseigneur Borie refusa; seulement il consentit, pour plaire au mandarin, à boire un peu de vin.

Le moment des adieux était arrivé. Les prisonniers chrétiens qui partageaient leur captivité se levèrent pour saluer une dernière fois les martyrs. Ceux-ci étaient radieux; les autres seuls pleuraient de les voir mourir et de ne pas mourir avec eux. Monseigneur Borie embrassa son élève bien-aimé avec une tendresse particulière et le confia à l'un des chrétiens présents avec ces touchantes paroles : « Je pensais que nous irions tous ensemble au supplice; mais, puisqu'il en est autrement, je déclare que j'adopte ce jeune homme pour mon fils. Ainsi toute l'affection que vous avez eue pour moi, je vous prie de la reporter sur mon cher enfant. »

« Tous les prisonniers fondaient en larmes, raconte un témoin oculaire, et ce fut au milieu des sanglots que se firent nos derniers adieux. Le mandarin nous laissa donner pendant quelques instants un libre cours à notre douleur; puis il lut aux condamnés leur sentence et leur exprima ses regrets de ne pouvoir différer d'un jour leur exécution. »

Alors monseigneur Borie se leva et lui dit :

« Depuis mon enfance, je ne me suis encore prosterné devant personne ; maintenant, je remercie le
grand mandarin de la faveur qu'il m'a procurée (la
faveur de mourir pour la foi), et je lui en témoigne ma
reconnaissance par cette prostration. »

Mais l'officier l'empêcha de se jeter à ses pieds et
se mit à pleurer comme les autres. Les Pères Diem et
Khoa firent à leur tour les mêmes remercîments, et
l'on partit pour le lieu du supplice.

Monseigneur Borie marchait à grands pas, et se
retournait de temps à autre pour voir si les deux Pères
pouvaient le suivre. Tous les trois montraient une
figure rayonnante d'une sainte joie. Chemin faisant, le
missionnaire saluait tous ceux qu'il connaissait et leur
souhaitait la paix. Le mandarin Bo, son persécuteur le
plus acharné, fut un de ceux qui se rencontrèrent sur
son passage. Il fit faire halte au cortége et demanda au
prêtre européen si, à cette heure, il craignait enfin la
mort.

« Je ne suis point un rebelle ni un brigand pour la
craindre, répondit le martyr ; je ne crains que Dieu.
Aujourd'hui c'est à moi de mourir, demain ce sera le
tour d'un autre.

— Quelle insolence! dit le mandarin en lançant
une imprécation ; qu'on le soufflette! »

Et il s'éloigna.

Les soldats ne tinrent pas compte de son ordre.
Arrivé sur le lieu de l'exécution, monseigneur Borie
fit appeler un des écrivains et le chargea de dire au

mandarin Bo que si sa réponse avait pu l'offenser il lui en demandait pardon.

Sur le lieu désigné pour le dernier supplice, six nattes avaient été étendues d'avance par un chrétien. Les trois martyrs s'y agenouillèrent et prièrent quelque temps, le visage tourné vers l'Europe. La prière terminée, un serrurier brisa le fer qui réunissait les deux parties de leurs cangues. On fit coucher les Pères Diem et Khoa à plat ventre pour être étranglés. Monseigneur Borie était assis, les jambes croisées, son habit abaissé jusqu'au-dessous des épaules. Alors le mandarin prit son porte-voix et donna pour signal qu'au troisième coup de cymbale les exécuteurs fissent leur devoir. Le supplice des deux prêtres anamites fut prompt, celui de monseigneur Borie fut affreux. L'exécuteur, à demi ivre, savait à peine ce qu'il faisait. Son premier coup de sabre porta sur l'oreille du martyr et descendit jusqu'à la mâchoire ; le second enleva le haut des épaules ; le troisième fut mieux dirigé, mais il ne sépara pas encore la tête du tronc. A cette vue, le mandarin criminel recula d'horreur. Il fallut y revenir jusqu'à sept fois avant d'achever cette œuvre de sang, pendant laquelle le saint prêtre ne poussa pas un seul cri.

Aussitôt après l'exécution, chrétiens et païens, mandarins et soldats, se jetèrent à l'envi sur les dépouilles des martyrs et se les disputèrent comme autant de trésors. Par l'ordre du mandarin, leurs corps furent enterrés sur le lieu de l'exécution. C'était le 24 novembre 1838.

« Depuis cette époque, écrivait, un an plus tard, le 29 décembre 1839, M. Masson, missionnaire apostolique, j'ai hasardé plusieurs démarches, j'ai même fait beaucoup de dépenses inutiles dans le but d'exhumer ces précieuses reliques et de leur donner une sépulture convenable. Je devais mettre d'autant plus d'empressement à m'acquitter de ce devoir, que déjà les païens des environs, regardant nos martyrs comme des génies tutélaires, brûlaient sur leur tombe du papier en leur honneur et leur rendaient un culte superstitieux.

« Enfin nous avons obtenu à force de présents la permission d'enlever en secret les corps de nos saints confrères. Comme ils étaient enterrés depuis plus d'un an dans un lieu très-humide, et que d'ailleurs le cercueil de monseigneur Borie, s'étant trouvé beaucoup trop court, ne protégeait qu'à demi ses restes vénérés, je donnai ordre d'enlever, par le moyen de la chaux, les chairs que je croyais en état de putréfaction, et de ne recueillir que les ossements. Mais, contre mon attente, les corps de nos martyrs furent retrouvés parfaitement sains, sans nulle mauvaise odeur et tels à peu près qu'au jour de leur mort. Malheureusement mes chrétiens, quoique fort surpris de cette merveilleuse conservation, exécutèrent trop à la lettre les instructions que je leur avais données, et ne m'apportèrent que les ossements de monseigneur Borie et du père Khoa. Bientôt nous posséderons aussi ceux du père Diem : on n'a pas osé prendre les trois corps en même temps, de peur que le bruit s'en répandît dans le voisinage. Ces saintes reliques me furent remises le 2 dé-

cembre, sur le soir. Notre joie fut grande de pouvoir
nous agenouiller devant les restes précieux de ces apôtres du Tong-King... »

Plus tard les ossements de monseigneur Borie furent
envoyés au séminaire des Missions étrangères et dé-
posés dans la chambre des martyrs, avec son calice,
sa cangue et son crucifix. Sa cangue est celle-là même
dont j'ai parlé plus haut, qu'on voit entre les fenêtres
du sanctuaire ; quand on songe que cette lourde croix
a reposé jour et nuit durant quatre mois sur les épaules
du martyr, on s'étonne à la fois de la malice des hommes qui ne connaissent pas le vrai Dieu, et de la force
surhumaine que ce Dieu tout-puissant donne à ses
serviteurs.

Le crucifix de monseigneur Borie est posé devant
le reliquaire qui renferme ses ossements. Il est en
cuivre et rouge encore du sang du martyr, dont il reçut le dernier soupir. Il me fut permis d'y poser mes
lèvres ; je le fis avec respect et tremblement, en songeant que la bouche mourante de monseigneur Borie
s'y était collée avant la mienne. Les militaires qui
étaient là voulurent faire comme moi ; je ne doute pas
qu'ils n'aient tous puisé de la force et du courage chrétien, le plus difficile des courages, dans le contact du
sang généreux dont il était couvert.

Au-dessus des reliques du martyr, deux tableaux
représentent son arrestation et son supplice.

Antoine Nam et Pierre Tu, les derniers compagnons
de captivité de monseigneur Borie, ne furent mis à
mort que près de deux ans après lui. L'un était un

vieillard, l'autre presque un enfant, mais tous deux furent inébranlables dans leur amour pour Jésus-Christ. Au milieu des tourments, Antoine Nam répondait avec calme aux obsessions de ses juges : « J'abandonne mon corps au roi, mais je donne mon âme à Dieu! » Enfin, désespérant de leur arracher une apostasie, le roi prononça leur arrêt de mort à tous deux. C'est le 10 juillet 1840 qu'on les conduisit au supplice.

Nam marchait le premier, Pierre Tu le suivait de près : la paix et la joie rayonnaient sur leurs visages. « La grâce que je reçois vient de Dieu seul, disait Pierre Tu en saluant une dernière fois les chrétiens qui se pressaient sur leur passage. — Il faut bien remercier Dieu, mes frères, » disait de son côté Antoine Nam. Quand le cortége fut arrivé au lieu où monseigneur Borie avait été martyrisé, Pierre Tu demanda l'endroit précis où son cher maître avait été mis à mort; on le lui indiqua, et il s'y agenouilla pour prier. Antoine Nam, s'étant fait conduire à l'endroit même où les deux prêtres anamites avaient achevé leur sacrifice, s'y arrêta et dit : « Je vous remercie, ô mon Dieu ! de m'accorder la même grâce et le même bonheur ! » C'est ce même endroit qui avait été choisi pour leur exécution. Le mandarin fit enlever leurs cangues et permit à la famille d'Antoine Nam et à ses amis de venir lui dire adieu. On vit alors ses enfants, ses petits-enfants et ses proches, se précipiter vers lui, se jeter à ses pieds et l'embrasser en pleurant. Lui, toujours plein de calme et de sérénité : « Séchez vos pleurs, dit-il après leur avoir rendu leurs caresses, réjouissez-vous et prenez part à ma joie. Et maintenant ne me saluez plus ; gardez la paix entre vous, aimez-vous les uns les autres, et glorifiez Notre-Seigneur Jésus-Christ. »

Le mandarin lui ordonna de se coucher à terre et d'étendre ses bras en forme de croix. Il obéit humblement en disant : « C'est ainsi que mon Sauveur Jésus-Christ fut autrefois attaché sur l'arbre du Calvaire. » Il fut aussitôt étranglé, ainsi que Pierre Tu, et tous deux allèrent rejoindre dans le ciel monseigneur Borie et ses glorieux compagnons.

M. Gagelin, dont les ossements sont renfermés dans le reliquaire à gauche de celui de monseigneur Borie, subit le martyre en Cochinchine le 17 octobre 1833, à l'âge de trente-quatre ans. Il avait quitté le séminaire des Missions étrangères en 1820, n'étant encore que sous-diacre ; avait été ordonné prêtre en Cochinchine au mois de septembre 1822, et s'était livré dès cette époque aux rudes travaux et à la vie crucifiée du missionnaire avec un zèle infatigable. A la suite de l'édit de persécution lancé, le 16 janvier 1833, par Minh-Mênh, roi du Tong-King, espèce de Néron asiatique, il se livra volontairement aux magistrats pour ne pas compromettre les chrétiens qui lui donnaient asile ; il fut aussitôt chargé d'une cangue et conduit à Hué, capitale du royaume, où il arriva le 23 août.

Il y trouva un autre missionnaire, M. Jaccard, que le tyran retenait captif à sa cour, et qu'il employait à traduire des livres européens, en attendant qu'il le fît torturer et mourir. Pendant quelque temps, M. Jaccard put visiter librement son ami dans sa prison ; mais, à partir du 14 octobre, le cachot de M. Gagelin fut gardé jour et nuit, et l'entrée en fut interdite à son ami. Les deux missionnaires en furent donc réduits à s'écrire; leur correspondance est si sublime de foi et de simplicité chrétienne, que je ne puis m'empêcher d'en citer au moins quelques extraits; ces citations montreront mieux que tous les discours ce que c'est que le cœur d'un missionnaire.

Le 12 octobre, M. Jaccard écrit à M. Gagelin : « Je crois devoir vous annoncer sans détour, bienheureux confrère, que nous avons appris que vous êtes condamné à mort pour être sorti de Dong-Nai, où le roi vous avait permis de rester, afin d'aller dans différentes provinces prêcher la religion. D'après ce que nous avons entendu, vous êtes condamné à mourir par la corde.... J'espère que si le bon Dieu vous accorde la grâce du martyre que vous êtes venu chercher si loin, vous n'oublierez pas votre pauvre confrère que vous laissez derrière vous.... Mon grand regret est de ne pouvoir vous aller voir. Je verrai si, avec de l'argent, je puis pénétrer dans votre cachot. Demain j'écrirai aux Pères anamites pour les prier de dire des messes pour vous. Excusez-moi de ce que, la dernière fois que je vous vis, je vous mis mon éventail à la gorge, croyant plaisanter et ne me doutant guère de l'issue de votre jugement. Le roi n'a pas encore désigné le jour de votre exécution. Si je puis le connaître, je ne manquerai pas de vous le faire savoir.... »

Le 13 au matin, M. Gagelin répond à M. Jaccard : « Chû-Trong m'assure qu'il ne sait rien du tout; comment cela est-il possible? La sentence que vous m'annoncez est postérieure, et, hier soir, j'en ai entendu parler; cependant je ne crois pas la chose absolument décidée comme vous le dites. Je désire beaucoup vous rencontrer : faites tout votre possible pour entrer : je me recommande à vos prières et à celles du père Odorico.... »

Quelle tranquillité! quel calme! Ne dirait-on pas qu'il s'agit d'un autre?

Le même jour, M. Jaccard lui répond : « Vous pouvez être certain que vous êtes condamné à mort, et cela pour avoir prêché la pure morale de l'Évangile et Jésus crucifié.... Les choses, cher confrère, sont comme je vous le dis. Le roi ne veut plus de chrétiens ni de missionnaires; mon tour et celui du père Odorico pourront venir! »

Le lendemain, 14 octobre, il lui écrit encore : « Nous avons des gardes depuis hier; le jour, nous avons deux soldats qui nous surveillent, et, la nuit, nous en avons quatre : nous pourrons vous suivre de loin. Votre sentence est prononcée irrévocablement : lorsque vous aurez subi le supplice de la corde, on vous coupera la tête pour la porter dans les provinces où vous avez prêché le christianisme. Ainsi vous voilà martyr : que vous êtes heureux! Marquez-moi un *Lætatus sum in his quæ dicta sunt mihi*, et je célébrerai une messe d'action de grâces; je n'oublierai cependant pas de demander auparavant pour vous les grâces dont vous avez besoin. Je vous parle de science certaine : vous êtes condamné à mort comme missionnaire; n'oubliez pas de brûler

tous vos papiers : si vous en aviez d'importants, remet-
tez-les à votre écolier, qui me les apportera ou me les
fera passer. J'annonce au Tong-King et même à Macao
ce que je vous ai annoncé, parce que c'est vrai. Dans
quelques jours vous allez monter au ciel, ne nous oubliez pas. Je n'ai pas encore pu savoir quand vous serez exécuté; il est possible que dès cette nuit ou demain
je fasse disparaître mes ornements et autres objets de
culte. Le père Odorico se dispose sérieusement à mourir comme vous; quant à moi, je suis sur le qui vive... »

A cette annonce certaine de sa condamnation et de
sa mort prochaine, M. Gagelin répond ainsi le jour
même : « Monsieur et très-cher confrère, la nouvelle
que vous m'annoncez que je suis irrévocablement condamné à mort me pénètre jusqu'au fond du cœur. Non,
je ne crains pas de l'assurer, jamais nouvelle ne me fit
tant de plaisir; les mandarins n'en éprouveront jamais
de pareille : *Lætatus sum in his quæ dicta sunt mihi :
In domum Domini ibimus.* La grâce du martyre, dont
je suis bien indigne, a été dès ma plus tendre enfance
l'objet de mes vœux les plus ardents; je l'ai spéciale-
ment demandée toutes les fois que j'élevais le précieux
sang au saint sacrifice de la messe. Dans peu je vais
donc paraître devant mon juge pour lui rendre compte
de mes offenses. du bien que j'ai omis de faire et même
de celui que j'ai fait. Si je suis effrayé par la rigueur
de sa justice, d'un autre côté ses miséricordes me rassurent; l'espérance de la résurrection glorieuse et de la
bienheureuse éternité me console de tous les travaux
que j'ai supportés, de toutes les peines et les humilia-

tions que j'ai souffertes; je pardonne de bon cœur à tous ceux qui m'ont offensé, et je demande pardon à tous ceux que j'ai scandalisés. Je vous prie d'écrire à monseigneur notre vicaire apostolique, que je respecte et aime bien sincèrement, ainsi qu'à messieurs nos autres confrères, que je porte tous dans mon cœur. Je me recommande à leurs prières, ainsi qu'à celles des prêtres du pays, des religieuses et de toutes les bonnes âmes. Je vous prie d'écrire aussi en mon nom à messieurs les directeurs du séminaire des Missions étrangères, à M. Lombard, missionnaire à Besançon, mon cher père en Jésus-Christ, et deux mots à mes parents. Je n'ai plus que deux sœurs, un oncle et une tante; je ne les oublierai pas dans le ciel, où nous nous reverrons tous, je l'espère. J'ai des effets au Phu-Yen, au Quin-Hou et au Quang-Ngai : je laisse le tout à la disposition des administrateurs de la mission; je quitte ce monde, où je n'ai rien à regretter. La vue de mon bon Jésus crucifié me console de tout ce que la mort peut avoir d'amertume; toute mon ambition est de sortir promptement de ce corps de péché pour être réuni à Jésus-Christ dans la bienheureuse éternité : *Cupio dissolvi et esse cum Christo*[1]. Je n'ai plus qu'une consolation à désirer, celle de vous rencontrer ainsi que le père Odorico pour la dernière fois. »

Enfin, le surlendemain 16 octobre, M. Jaccard écrit à M. Gagelin : « Bien vénéré confrère, si l'on diffère votre exécution, nous avons encore une lueur d'espé-

---

[1] Saint Paul.

rance de pouvoir vous rencontrer ; mais, si, comme on
me l'assure, elle doit avoir lieu demain ou après-
demain, il est probable que nous ne pourrons plus
vous voir.... Croyez que si vous ne pouvez pas non
plus voir un Père anamite, c'est qu'il n'y a pas moyen
de vous procurer cet avantage : heureusement ce n'est
pas une chose nécessaire. Nous ne cessons, le Père
Odorico et moi, de parler de votre bonheur. Le Père
Odorico est tout rayonnant et désire partager votre
sort. Quant à moi, misérable pécheur, je ne sais pas
souvent ce que je fais, je ne puis presque pas dormir.
Je vous avoue que je serais presque fâché si le roi vous
faisait grâce, étant aussi près que vous l'êtes de remporter la palme du martyre et de monter au ciel. Par-
donnez-moi, cher confrère, tous les scandales que je
vous ai donnés et les peines que j'ai pu vous faire. Je
vous ai toujours regardé comme un fidèle ami, un supérieur ; j'espère que vous serez bientôt mon interces-
seur dans le séjour de la gloire. Adieu, cher martyr
de Jésus-Christ, priez pour moi. »

Telle est la dernière lettre de cette admirable correspondance ; la mort empêcha M. Gagelin d'y répondre. Le lendemain, 17 octobre 1833, à sept heures
du matin, on vint lui annoncer qu'il allait être transféré
au Thu-a-Thien. Il venait de réciter son office : il sort
aussitôt, et, apercevant une troupe de soldats armés de
piques et de sabres, il demande à l'un d'eux : « Me
conduisez-vous pour me trancher la tête ? » Le soldat
semble hésiter et garde le silence : « Apprends, lui répond M. Gagelin, que je ne crains pas ! »

Alors le cortége funèbre se met en marche. Le missionnaire s'avançait au milieu des soldats, chargé de sa cangue, que des gardes l'aidaient à porter, image frappante du Sauveur portant sa croix sur la route du Calvaire. Un crieur, tenant à la main une planche sur laquelle était écrite la sentence de mort, la proclamait au bruit d'une cymbale à peu près tous les cent pas. Elle était conçue en ces termes : « L'Européen Tai-Hoai-Hoa est coupable d'avoir prêché et répandu la religion de Jésus dans plusieurs parties du royaume : en conséquence, il est condamné à être étranglé. »

La foule, qui suivait et qui augmentait à chaque pas, déplorait le sort de M. Gagelin et disait : Qu'a fait cet homme? Pourquoi mettre à mort un innocent comme celui-là? Le roi est-il devenu un tyran? » Cette multitude de païens, saisie d'admiration en voyant le courage et le sang-froid du martyr, s'écriait : « Qui a jamais vu quelqu'un aller à la mort avec aussi peu d'émotion? » C'est qu'ils n'avaient jamais vu personne aller au martyre.

M. Gagelin marchait à grands pas, d'un air tranquille, jetant de temps à autre ses regards sur la multitude qui le précédait. On arrive à l'extrémité du faubourg Bai-Dan, on se prépare à l'exécution; M. Gagelin regarde autour de lui et demande si on va l'étrangler ou lui trancher la tête. On étend une natte par terre : le martyr demande à se mettre à genoux; on le fait asseoir les jambes étendues, puis déboutonner ses habits, que l'on abaisse jusqu'à la ceinture; ensuite on lui attache les bras à un pieu derrière le dos. Il se prête à tout avec le plus grand sang-froid ; on lui passe une corde au cou, on roule les deux bouts de la corde autour de deux pieux solidement plantés aux deux côtés pour l'exécution : dix à douze soldats, cinq ou six de chaque côté, tirent la corde de toutes leurs forces : M. Gagelin expire sans le plus léger mouvement et consomme ainsi son martyre, le 17 octobre 1833, entre sept et huit heures du matin.

M. Jaccard, le digne et bien-aimé confrère de M. Gagelin, n'accomplit son sacrifice que plusieurs années après lui. Le roi, je l'ai déjà dit, se servait de lui comme interprète et comme traducteur, et, partagé entre sa haine pour les chrétiens et le besoin qu'il avait du missionnaire, il ordonnait souvent et retardait toujours son exécution. A la mort de M. Gagelin, le saint missionnaire et le père Odorico, religieux franciscain italien, son compagnon de captivité, crurent d'abord qu'ils allaient le suivre de près, et, vers cette époque, M. Jaccard écrivait : « On dit que Sa Majesté veut nous faire célébrer la fête de la Toussaint dans le ciel : c'est un bien beau jour : *Fiat!*.... Je crois bien pouvoir dire comme saint Paul et avec notre bienheureux martyr Gagelin : *Cupio dissolvi et esse cum Christo;* mais j'avoue que la pensée de la mort me frappe, de temps en temps, d'une certaine crainte. Quel compte à rendre au souverain Juge! Nous nous sommes entretenus sur ce sujet, le père Odorico et moi, ce soir après notre souper, et nous avons conclu que le comble de la miséricorde serait que nous fussions associés aux chœurs de ceux qui ont donné leur vie

pour la foi. A la fin, le père Odorico a entonné le *Te
Deum*, et nous l'avons chanté jusqu'au bout. Quel bonheur d'avoir ce bon Père avec moi! C'est mon ange
gardien; s'il ne meurt pas martyr, je crois qu'il en
mourra de douleur. »

On peut dire que le vœu du saint religieux fut
exaucé, car il mourut l'année suivante entre les bras
de M. Jaccard, en exil et en prison, à la suite des mauvais traitements dont l'un et l'autre étaient accablés.

Quant à M. Jaccard, avant comme après la mort de
son compagnon de souffrances, son courage ne se démentit pas un instant. Il subit l'exil, la torture, les
horreurs de la faim et du cachot, avec une inaltérable
sérénité. Chaque souffrance nouvelle était pour cet
homme de Dieu un nouveau sujet de joie :

« Hier, vers six heures, écrivait-il le 9 novembre 1833, nous fûmes appelés chez les préfets, où
nous trouvâmes deux belles chaînes toutes prêtes :
nous en prîmes chacun une, la baisâmes, et la passâmes à notre cou avec plus d'empressement que si
c'eût été un collier de perles. Après qu'on eut rivé les
clous de ces chaînes, on nous conduisit dans la prison
appelée Cam-Duong : nous y arrivâmes à l'entrée de
la nuit. Jamais empereur n'entra triomphant dans
Rome avec plus de joie que nous en ressentîmes en
entrant dans cette nouvelle demeure. Nous y trouvâmes les cinq généreux compagnons du vénérable
Paul Doî-Buong (capitaine de la garde royale, qui venait d'être mis à mort pour la foi).... Je crois que le
roi s'est aperçu qu'il ne gagne pas grand'chose à

envoyer ses sujets au ciel; car, après les avoir condamnés à mort, il ne fait pas exécuter la sentence : il
leur pardonnerait volontiers s'ils consentaient à apostasier; il l'avait fait proposer à Paul Doî-Buong sur le
lieu même de l'exécution; mais ce généreux martyr
répondit avec dignité : « Je suis arrivé au terme, je
« ne veux pas retourner sur mes pas. »

Après trois ans d'exil, de changements de prisons,
de souffrances de tout genre, M. Jaccard vit enfin avec
joie arriver l'heure du martyre si longtemps attendu.
Au mois de juillet 1836, il fut jeté dans un cachot in-
fect avec une cangue au cou et des chaînes pesantes.
Puis, quand on le jugea épuisé de corps et de courage,
il fut traduit en audience solennelle devant le tribunal
du mandarin, qui lui proposa d'abord de se racheter
par l'apostasie. Le saint missionnaire répondit avec
l'énergie de l'indignation : « Ma religion n'est pas un
don du roi, je ne puis l'abandonner à la volonté du
roi ! »

Alors commença la torture. Le confesseur, toujours
chargé de sa cangue et de ses chaînes, fut étendu à
terre, attaché à des pieux enfoncés dans le sol, et
frappé de quarante-cinq coups de rotin, donnés à neuf
reprises par différents bourreaux. De temps en temps,
le mandarin interrogeait le martyr, qui gardait le silence. Les bourreaux frappaient avec tant de violence,
qu'ils brisèrent douze rotins, et que chaque coup faisait jaillir et ruisseler le sang. Le supplice dura de
neuf heures du matin à midi, sans que M. Jaccard
jetât un cri et poussât un soupir. Après le supplice,

on le vit se recueillir quelques instants, appuyé sur ses coudes, dans l'attitude de la prière : il offrait sans doute ses souffrances au Père céleste, le remerciant de la victoire et le priant d'agréer son sacrifice. Son corps était si cruellement déchiré, qu'aussitôt qu'on lui eut remis ses vêtements, son pantalon noir devint à l'instant tout rouge par l'abondance du sang qui coulait de ses plaies. C'est dans cet état qu'il fut reconduit dans son cachot, d'où il ne sortit plus que pour mourir.

En attendant la consolation suprême du martyre, Dieu envoya à son serviteur une grande joie en lui donnant pour compagnon de captivité un jeune néophyte digne de mourir avec lui : Thomas Thien, né en Cochinchine, orphelin de bonne heure, élevé par les missionnaires et toujours demeuré fidèle à la grâce divine, avait dix-huit ans à peine et se préparait au sacerdoce, quand il fut arrêté, traduit devant le mandarin, et sommé d'apostasier et de dénoncer la retraite des missionnaires. Sur son refus, il fut torturé de mille manières, et les bourreaux poussèrent la barbarie jusqu'à lui arracher la chair avec des pinces rougies au feu et ensuite avec des pinces froides. Au milieu de ces horribles tourments, le jeune chrétien, évidemment soutenu par une force surnaturelle, ne versa pas une larme et manifesta la joie la plus vive pendant toute la durée du supplice. C'est alors qu'il fut jeté dans le cachot où M. Jaccard attendait la mort. Sans s'être jamais vus auparavant, ils se reconnurent à leurs plaies, s'embrassèrent comme un père et son fils, et ne se quittèrent plus, même pour mourir !

Un mois se passa encore dans l'attente du dernier supplice. Les confesseurs soupiraient après le martyre, et, dans l'ardeur de sa jeunesse et de sa foi, Thomas Thien s'élançait par le désir au-devant de la mort : « O mon père ! disait-il souvent à M. Jaccard dans un saint transport d'amour, ô mon père ! on nous laisse vivre bien longtemps ! »

Enfin la sentence de mort et l'ordre de l'exécution arrivèrent : ils étaient condamnés l'un et l'autre à être étranglés. Le 21 septembre, dès le matin, une troupe de soldats commandés par un mandarin se rendit à la prison. M. Jaccard et Thomas Thien furent tirés de leur cachot pour être conduits au lieu du supplice; ils y marchèrent avec fermeté, et leurs visages réfléchissaient la joie de leur âme. Le saint missionnaire surtout paraissait tout joyeux de son jeune compagnon et jetait sur lui des regards pleins de satisfaction et de tendresse. Un témoin oculaire de cette marche triomphale rapporte un trait qui peint merveilleusement leur calme et leur sérénité. En passant le fleuve, et près d'arriver aux auberges où l'on a coutume de donner à boire et à manger aux criminels conduits au supplice, le jeune Thomas se retourna et dit en riant à M. Jaccard : « Père, prendrez-vous quelque nourriture? — Non, mon enfant, répondit le missionnaire avec un sourire affectueux. — Ni moi non plus, ajouta Thomas; au ciel donc, mon père! »

Arrivé à l'endroit fixé pour l'exécution, M. Jaccard eut encore la consolation de recevoir l'absolution d'un prêtre anamite qui s'était rendu là dans ce dessein et pour assister au martyre des confesseurs et à leur sépulture. On fit asseoir le missionnaire sur une natte et on le lia fortement à un poteau; on en fit autant pour Thomas Thien. Ces préparatifs terminés, les bourreaux saisirent la corde fatale, et, un moment après, les martyrs avaient rendu leur âme à Dieu! Leurs corps inanimés furent enveloppés dans les nattes sur lesquelles ils étaient assis pendant le supplice. Les païens les ensevelirent dans une fosse creusée au milieu du sable, auprès de leurs poteaux. Depuis, leurs restes mortels furent transportés en France, et tous deux reposent maintenant à côté l'un de l'autre dans la chambre des martyrs, à droite de monseigneur Borie.

Quand la mère de M. Jaccard apprit le martyre de son fils, elle poussa un cri où la joie de la chrétienne l'emportait sur la douleur de la mère : « Dieu soit béni! dit-elle, je suis délivrée de la crainte que j'éprouvais malgré moi de le voir succomber à la tentation des douleurs! » L'année d'avant, en apprenant que son fils était captif et qu'il serait probablement mis à mort, cette admirable chrétienne s'était déjà écriée : « Oh! quelle bienheureuse nouvelle! quel bonheur pour notre famille de compter parmi ses membres un martyr de Jésus-Christ! »

Il serait trop long de raconter l'histoire de tous les martyrs indigènes dont les tableaux de cette chambre sacrée représentent le supplice; mais, parmi ces tableaux, il en est quelques-uns qui retracent le martyre de quatre autres missionnaires français, martyre ac-

compli dans des circonstances si horribles de la part
des bourreaux, si touchantes de la part des victimes,
que je ne puis les passer sous silence.

Un de ces tableaux représente un homme attaché à
un poteau, les yeux levés au ciel, tout couvert de blessures et de sang. A ses côtés, des bourreaux armés de
couteaux et de tenailles déchirent ses membres et
taillent dans sa chair vive. Cet homme est M. Marchand, missionnaire apostolique, martyrisé en Cochinchine le 30 novembre 1835, après d'épouvantables
souffrances. Accusé faussement du crime de rébellion
et justement du crime d'avoir aimé et prêché Jésus-
Christ, il subit la mort après de si horribles tortures.
que je n'ai pas le courage de les raconter longuement,
telles que des témoins oculaires les ont décrites. Qu'il
me suffise de dire qu'à trois reprises différentes cinq
bourreaux armés d'énormes pinces rougies au feu lui
brûlèrent profondément les chairs des jambes et des
cuisses et que de ses plaies ardentes s'exhalait une
épaisse fumée! Au milieu de ce supplice infernal, le
mandarin interrogeait le martyr sur les dogmes et
les usages des chrétiens, et le martyr mourant re-
trouvait encore des forces pour défendre et confesser
la foi de Jésus-Christ.

Enfin le moment de la mort arriva. On attacha
M. Marchand à un poteau; deux bourreaux armés de
coutelas se placèrent à ses côtés : alors un roulement
de tambour se fait entendre ; les deux bourreaux saisissent la poitrine du patient, la coupent d'un seul coup
et en jettent à terre les lambeaux..... le missionnaire

ne fait aucun mouvement. Les bourreaux le saisissent de
nouveau; deux énormes morceaux de chair sont encore
coupés..... le patient s'agite, sa vue se porte vers le
ciel! On descend aux jambes, deux lambeaux tombent
sous le fer : alors la nature épuisée succombe, la tête
s'incline, et l'âme du martyr s'envole dans le sein de
Dieu!

Un autre tableau de la chambre des martyrs représente une scène non moins horrible : une cage vide,
des membres déchirés et dépecés comme de la viande
de boucherie, des entrailles pendantes, des bourreaux
qui lèchent la lame sanglante de leurs coutelas! Ce
n'est pas de l'imagination, mais de l'histoire, telle
que savent la faire les serviteurs du démon, et ce tableau n'est que la représentation exacte du martyre
de M. Cornay, exécuté au Tong-King le 20 septembre 1837.

Rien n'est plus admirable que la relation que ce
courageux missionnaire a laissée de son arrestation et
de sa captivité. En présence d'une mort horrible et
certaine, son énergie, sa gaieté même, ne se démentent
pas un seul instant, et telle est sa liberté d'esprit, qu'il
décrit tout ce qu'il voit comme un voyageur qui raconte
tranquillement ses impressions de chaque jour. On en
pourra juger par les extraits suivants, que je n'ai pu
lire, pour ma part, sans une vive admiration.

A l'approche des soldats qui le cherchaient, il s'était
caché dans un épais buisson. On finit par découvrir sa
retraite, et on l'arrêta.

« Me voilà donc pris, écrit-il. On coupa une liane

dans le buisson, et, pendant qu'on m'attachait les bras derrière le dos, je m'offris à Jésus garrotté. Conduit devant les mandarins, je me mis à genoux et rendis mes hommages à Jésus crucifié et à la très-sainte Vierge, dont les images, saisies avant mon arrestation, étaient suspendues derrière les mandarins.

« Ils virent que mes yeux étaient fixés sur ces objets sacrés, et, me les présentant, ils m'en demandèrent l'explication. Je leur fis sur-le-champ ma profession de foi par un signe de croix bien carrément formé et clairement prononcé... La proie était trop belle pour lui laisser la possibilité de s'évader. On s'empressa, en conséquence, de lui mettre la cangue au cou, cette cangue qui doit un jour se changer pour nous en une auréole de gloire !

« ... On m'avait donné pour la nuit une mauvaise natte toute déchirée. Je m'assis, et, pour prendre un peu de repos, j'appuyai ma cangue à terre, un bout relevé sur un tertre, afin de rejeter mon bras par-dessus. Mais, pendant cette longue et triste nuit que je passai à la belle étoile, le sommeil ne vint pas fermer mes paupières : je fus donc témoin tout à l'aise de la dureté de la discipline militaire du pays.

« Pour la moindre faute, le moindre geste qui déplaît aux officiers, on accable de coups ces pauvres soldats, qui souffrent tout en esclaves. Au plus petit signe du commandant, on les jette à terre et on les frappe jusqu'à ce qu'il plaise à celui qui préside de dire : « C'est assez! » On leur applique ordinairement quinze, vingt, trente coups de verges avec une cruelle dextérité. Un soldat de garde endormi en reçut cent. Il est vrai qu'on en frappa la moitié sur son gros habit ; mais il y en avait encore plus qu'il ne fallait pour lui faire crier miséricorde. Ici les factionnaires ne changent pas d'heure en heure, comme en France : les sentinelles veillent toute la nuit sans être relevées. Force fut bien à moi de faire de même. »

C'est avec cette incroyable liberté d'esprit que le missionnaire observe et décrit les usages des soldats, leur uniforme, les villes qu'il traverse, tout ce qu'il rencontre d'intéressant sur son chemin.

Dès le second jour de son arrestation, on l'enferme dans une cage, comme on a coutume de le faire pour les grands criminels.

« On m'ôta ma cangue, dit-il, et j'entrai dans la cage, dont on lia fortement le dessus. Me voilà donc enfermé comme un loup et à la merci de tout le monde. Cependant je vis bientôt que cette cage était préférable à la cangue, qui commençait déjà à peser sur mes épaules, encore inhabiles à la porter. Là du moins je pouvais m'étendre et me mouvoir sans avoir de fardeau... Enfin, quand la bête fut en cage, ses gardiens, la voyant en sûreté, s'apprivoisèrent.. Le colonel me rendit un Christ qui était parmi mes effets saisis ; et, comme il me demandait ce que j'en ferais : « C'est pour le vénérer, lui répondis-je, et pour « lui demander la force dont j'ai besoin dans ce mo- « ment. »

« Ma marche était, en un sens, fort pompeuse. Environ cent cinquante soldats me précédaient et autant

me suivaient avec des mandarins en filets surmontés
de dais. Ma cage, portée par huit hommes, et ombra-
gée à l'aide de mon tapis rouge, occupait le milieu. Ce
fut ainsi qu'on arriva au relais d'une préfecture. Je fus
déposé devant un mandarin, qui, s'étant enquis des
officiers, commença, avant tout, par me dire de chanter, parce que mon talent en ce genre était déjà renommé. J'eus beau m'excuser sur ce que j'étais à jeun,
il fallut chanter. Je déroulai donc toute l'étendue de
ma belle voix, desséchée par une espèce de jeûne de
deux jours et demi, et leur chantai ce que je pus me
rappeler des vieux cantiques de Montmorillon. Tous
les soldats étaient alentour, et un peuple nombreux
se fût précipité vers la cage, sans la verge en activité
de service. Dès ce moment, mon rôle changea : je de-
vins un oiseau précieux par son beau ramage. Après
cela, on me donna à manger.

« ... Le lendemain de mon arrivée au chef-lieu du
gouvernement, le colonel Taï, qui m'avait pris, vint,
accompagné d'une foule de curieux, et, me montrant
une petite croix dorée dont quelques ornements lui faisaient méconnaître la figure, il voulut en avoir l'explication. Je le priai de me la remettre, et, la suspendant
à ma cage, le Christ tourné vers ceux qui l'accompa-
gnaient, je les forçai à voir, au moins un instant, Jésus
dominer sur eux. »

Ingénieuse et touchante inspiration de l'amour !
Spectacle attendrissant que celui de ce captif de Jésus-
Christ faisant servir sa captivité même à la gloire de
son divin Maître !

« Dans toutes les visites que je reçois, ajoute le missionnaire, une des questions ordinaires que me font les curieux est de me demander si j'ai une femme et des enfants. Je leur réponds bien vite que non, et je leur explique la cause et l'utilité de cette privation, ce qui ne laisse pas que d'être bien compris de mes auditeurs. »

M. Cornay termine cette relation, adressée à sa famille, et que j'aurais voulu pouvoir citer tout entière, par ces touchantes paroles :

« Lorsque vous recevrez cette lettre, mon cher père et ma chère mère, ne vous affligez pas de ma mort; en consentant à mon départ, vous avez déjà fait la plus grande partie du sacrifice. Lorsque vous avez lu les relations des maux qui désolent ce malheureux pays, inquiets sur mon sort, ne vous a-t-il pas fallu le renouveler ? Bientôt, en recevant ces derniers adieux de votre fils, vous aurez à l'achever ; mais déjà, j'en ai la confiance, je serai délivré des misères de cette vie et admis dans la gloire céleste. Oh ! comme je penserai à vous ! comme je supplierai le Seigneur de vous donner part à la récompense, puisque vous en avez une si grande au sacrifice ! Vous êtes trop chrétiens pour ne pas comprendre ce langage ; je m'abstiens donc de toute réflexion. Adieu, mon très-cher père et ma très-chère mère, adieu ; déjà, dans les fers, j'offre mes souffrances pour vous. Je ne vous oublie pas non plus, ô mes sœurs ! et vous tous qui prenez tant d'intérêt à moi; si, sur la terre, chaque jour je vous ai recommandés à

Marie, que ne pourrai-je point, près d'elle si j'obtiens
la palme du martyre? Je suis avec tout le respect et
l'affection filiale possibles, mon cher père et ma chère
mère, votre fils obéissant. »

Au milieu de toutes les souffrances que le saint missionnaire eut encore à subir avant le dernier supplice,
il ne cessa de prier et de chanter jusqu'à la fin. Le
chant des cantiques et des psaumes était pour lui une
consolation puissante. Après une cruelle flagellation,
qu'il supporta héroïquement, on le traîna dans sa cage,
et en y arrivant il chanta le *Salve Regina*. « Oui, écrivait-il, s'il me faut chanter à la dernière heure, me
rappelant l'exemple des anciens martyrs, je chanterai
pour la plus grande gloire de Dieu. Jésus, Marie, Joseph, seront mes dernières paroles ! » Et il termine en
disant : « Adieu, je chante, et surtout je prie Dieu plus
qu'auparavant. »

Peu de temps après sa flagellation, qui fut encore
suivie de deux autres non moins cruelles, M. Cornay
apprit qu'il devait être décapité et coupé en morceaux.
Il songea donc à faire ses derniers adieux à ses parents
et à ses confrères, et voici les lettres qu'il leur écrivit
tout sanglant et du fond de sa cage : il serait indigne
du nom d'homme, celui qui pourrait les lire sans une
profonde émotion.

« Mon cher père et ma chère mère, mon sang a
coulé dans les tourments et doit encore couler avant
que j'aie les quatre membres et la tête coupés. La peine
que vous ressentirez en apprenant ces détails m'a fait

déjà verser bien des larmes ; mais aussi la pensée que je serai près de Dieu à intercéder pour vous quand vous lirez cette lettre m'a consolé et pour moi et pour vous. Ne plaignez pas le jour de ma mort, il sera le plus heureux de ma vie, puisqu'il mettra fin à mes souffrances et sera le commencement de mon bonheur. Mes tourments mêmes ne sont pas absolument cruels ; on ne me frappera pour la seconde fois que quand je serai guéri de mes premières blessures. Je ne serai point pincé ni tiraillé comme M. Marchand, et, en supposant qu'on me coupe les quatre membres, quatre hommes le feront en même temps et un cinquième coupera la tête ; ainsi je n'aurai pas beaucoup à souffrir. Consolez-vous donc, dans peu tout sera terminé, et je serai à vous attendre dans le ciel.

« Je suis avec l'affection et le respect filial, mon cher père et ma chère mère, votre fils,

« J.-C. CORNAY.

« En cage, le 18 août 1837. »

Voici maintenant sa lettre d'adieu à ses confrères de la mission ; elle est adressée à l'un d'eux, M. Marette, auquel il avait déjà écrit un billet pour lui demander quels jours tombaient les Quatre-Temps : « Car, disait-il, rien ne m'empêchant de jeûner, je fais les jeûnes d'obligation. »

« Le jour de l'Exaltation de la sainte Croix.

« *Lætatus sum in his quæ dicta sunt mihi : in do-*

mum Domini ibimus ! Je reçois, mon bien-aimé confrère, votre billet, dans lequel vous me dites que la
paix n'est pas de ce monde. Si, en pensant que tout
était terminé, je me suis livré à la joie, c'était dans la
joie du Seigneur, uniquement en vue de sa gloire.
Mais vous savez trop combien j'ai toujours désiré être
délivré de ce corps de mort, pour croire que, malgré
les différentes lueurs d'espérance, j'aie été un instant
sans offrir ma vie au bon Dieu. Je ne compte guère
sur la sentence du roi, et, supposé qu'on l'attende, elle
ne changera rien sans doute ou ne fera qu'aggraver le
mal. *Consummatum est :* l'iniquité a consommé son
astuce. Votre charité est parfaite en m'avertissant à
temps pour que je ne sois pas trop surpris par l'annonce de la mort ; car elle ne tardera pas sans doute,
si l'on craint que je ne me la donne moi-même.

« Que votre lettre soit donc la dernière : vous ne
sauriez d'ailleurs plus rien avoir à me dire. Quant à
moi, quoiqu'on paraisse m'observer avec moins de vigilance, dès qu'on recommencera à le faire, ce sera
avec tant de soin, que je ne pourrai plus vous écrire,
même la nuit.

« Adieu, mon bien-aimé, adieu à tous mes confrères et à notre digne évêque : si j'ai pu quelquefois
à mon insu et en quoi que ce soit le contrister, je lui
en demande pardon ; certes, je ne l'ai pas fait avec malice.

« Je désirerais bien que vous pussiez me procurer
l'absolution ; mais, si cela est impossible, ô mon Dieu !
dis-je souvent, contrition pour confession, mon sang à

20.

la place de l'extrême-onction ! Je ne me sens la conscience chargée d'aucun péché grave : pour cela, cependant, je ne suis pas justifié. Mais Marie m'obtien-
dra la contrition, et le sabre me fera l'onction.

« Déjà j'avais écrit ma confession au Père Thé ;
mais, pour ne rien négliger, je l'ai refaite ; confiez-la
à celui que vous pourrez députer. Dites-lui que, quand
il aura fait le signe convenu, il me suive pas à pas
jusqu'à ce que tout soit fini. J'absoudrai moi-même
mes compagnons si je meurs avec eux. Adieu, adieu !
priez et offrez le saint sacrifice pour mon heureuse
mort. Tout à vous en cette vie et en l'autre.

« J.-C. CORNAY, indigne soldat de Jésus-Christ. »

Enfin, tendre et miséricordieux jusqu'à la fin, à
l'exemple du divin Maître, le saint missionnaire se
souvint, au moment de mourir, d'un de ses servants
de messe nommé Kim, qui avait commis quelque faute
grave. Il écrivit donc à l'évêque de la mission une
lettre d'indulgence écrite en latin et dont voici la traduction :

« Monseigneur, quoique ma recommandation ne
mérite aucune attention, cependant j'ose, par mon
titre de confesseur de la foi dont le sang a déjà coulé,
imiter les anciens martyrs, qui accordaient aux tombés
des lettres d'indulgence. Je prie donc Votre Grandeur
d'oublier la faute de mon servant Kim, et de lui accorder le grade de catéchiste, après qu'il aura récité les

livres d'instruction d'usage. J'espère que, rentré en grâce comme l'enfant prodigue, il fera oublier le passé par une conduite désormais exemplaire. J'attends cette faveur de votre bonté. »

C'est ainsi que les martyrs de nos jours reproduisent dans toute sa grandeur et sa simplicité sublime l'image des premiers martyrs de Jésus-Christ!

La mort de M. Cornay fut digne de sa longue e douloureuse passion. C'était le 20 septembre 1837 : on le porta dans sa cage jusqu'au lieu de l'exécution. Pendant le trajet il chanta, puis lut des prières avec un calme et une sérénité admirables. Arrivé au terme de ce dernier voyage, il sortit de sa cage, s'assit à terre, et on lui ôta ses fers. Des soldats étendirent des nattes sur le sol, et le tapis d'autel de M. Cornay fut plié en quatre et posé sur les nattes. Sur l'ordre des bourreaux, le martyr ôta une partie de ses vêtements et s'étendit sur le tapis, la face contre terre, les pieds à peu près réunis et les bras en croix. Tous ces prépara-tifs durèrent vingt minutes.

Les bourreaux étaient debout autour du patient, le sabre levé, prêts à frapper au signal convenu.... Enfin la cymbale retentit, et la tête du martyr est détachée d'un seul coup. En même temps les autres bourreaux coupaient à coups de hache ses bras et ses jambes, qu'ils jetèrent de côté et d'autre : puis ils partagèrent le tronc en quatre morceaux, comme font les bouchers. On vit alors, chose horrible! le bourreau qui avait dé-capité le martyr lécher la lame sanglante de son sabre, et d'autres misérables se disputer le foie de la victime pour le dévorer !

Les restes mutilés de M. Cornay furent recueillis plus tard avec mille dangers par les soins de ses confrères, et reçurent une sépulture digne d'un chrétien et d'un martyr. Dans la chambre du séminaire des Missions étrangères, on possède de lui plusieurs touchantes reliques, la corde avec laquelle il fut attaché au moment de sa mort, un peu de ses cheveux, et le tapis d'autel sur lequel il fut décapité et coupé en morceaux. Ce tapis est rouge, couvert de larges taches de sang que le temps a rendues presque noires; on y voit de profondes entailles faites par la hache des bourreaux tandis qu'ils dépeçaient le corps du martyr.

A ceux qui s'étonneraient de l'horreur de ces supplices je ferai remarquer qu'ils étaient commandés par un monstre, exécutés par des païens, et qu'ils sont moins horribles encore que ceux infligés aux premiers chrétiens par les premiers persécuteurs. En dehors de la foi chrétienne, l'homme est le même partout, et il faut remonter aux Domitien et aux Néron pour trouver un tyran et un fou comparable à ce Minh-Mênh dont je viens de raconter les exploits contre Jésus-Christ.

Qu'il me suffise de dire ici, pour le faire connaître, qu'il assassina son frère, qu'il fit égorger une jeune fille dépositaire d'un secret important, et que, pour s'assurer de sa mort, il se fit apporter sur un plat la langue de sa victime Un jour, par un caprice sanguinaire, il jeta je ne sais quel objet dans la cage de son tigre favori, et ordonna à un soldat qui se trouvait là d'aller lui chercher cet objet; le malheureux, entre ces deux bêtes féroces, espéra dans le tigre et ne se trompa point : le tigre, plus humain que le tyran, laissa le soldat entrer et sortir sain et sauf.

Aussi fou que cruel, Mink-Mênh faisait mettre à la cangue et fouetter les navires qui ne marchaient pas bien, les idoles qui ne faisaient pas pleuvoir à son gré; il allait jusqu'à faire administrer des médecines aux canons exposés à l'air lorsqu'il les voyait ternis par l'humidité, « parce que, disait-il, ils suent de la peine qu'ils ont eue en faisant la guerre aux rebelles! »

C'est ainsi que se retrouvent dans ce tyran du Tong-King, au dix-neuvième siècle, les caractères de folie et de cruauté qui ont signalé à la haine et au mépris des hommes la plupart des grands persécuteurs de l'Église!

Le martyre de MM. Schœffler et Bonnard, dont il me reste à parler pour achever la description que j'ai entreprise, offre des circonstances moins affreuses, mais non moins admirables que celui de MM. Cornay et Marchand : ils moururent l'un et l'autre le 1er mai, à deux ans d'intervalle.

M. Schœffler monta au ciel le premier; c'était en 1850. Il fut arrêté au mois de mars et traduit devant les grands mandarins de la province, qui lui firent subir plusieurs interrogatoires. Il répondit avec une tranquillité et une liberté toutes chrétiennes, « qu'il se nommait Augustin, qu'il était Français, natif du diocèse de Nancy, prêtre de la religion catholique, âgé de vingt-neuf ans; qu'il était venu dans ce pays pour y prêcher l'Évangile; que, depuis son arrivée, il s'était occupé uniquement à cette fonction toutes les fois qu'il l'avait pu; qu'avant de quitter la France il savait fort bien que la religion catholique était sévèrement prohibée dans ce royaume, et que ses prédicateurs y étaient mis à mort, mais que c'était précisément cette considération qui l'avait engagé à se diriger vers ce pays plutôt qu'ailleurs; que, depuis son arrivée, il avait parcouru plusieurs provinces, habité dans plusieurs maisons dont il ne se rappelait pas clairement les noms, mais que, lors même qu'il se les rappellerait, il ne les dénoncerait jamais aux mandarins. »

Un arrêt de mort répondit à cette profession de foi. Il était ainsi conçu :

« Malgré la sévère défense portée contre la religion de Jésus, le sieur Augustin, prêtre européen, a osé venir clandestinement ici pour la prêcher et séduire le peuple. Arrêté, il a tout avoué avec vérité. Son crime est patent. Que le sieur Augustin ait la tête tranchée et jetée dans le fleuve! »

Rien ne peut rendre l'allégresse du jeune missionnaire à la nouvelle de sa condamnation et pendant les préparatifs mêmes de son exécution. Lui qui, avant de quitter le séminaire des Missions étrangères, avait dit plusieurs fois à ses confrères, en contemplant les chaînes et les ossements des martyrs, qu'il ne saurait comment faire pour souffrir et mourir courageusement comme eux si son tour devait venir, tant la vue de leurs supplices lui faisait horreur, transformé maintenant par la grâce et la vertu de Jésus-Christ, aspirait tout haut à mourir et rayonnait d'une joie surhumaine à l'approche du supplice.

Quand le moment de quitter sa prison fut venu, il jeta au loin ses sandales pour aller plus légèrement et plus vite à la mort. Il s'avançait comme un triompha-teur au milieu de ses gardes et de ses bourreaux, le visage riant, la tête haute, tenant dans sa main sa chaîne relevée et récitant d'ardentes prières. La foule qui l'entourait était saisie, à sa vue, d'étonnement et d'admiration.

« Quel héros ! s'écriaient ces pauvres infidèles : il va à la mort comme les autres à une fête. Quel cou-rage ! Pas le moindre signe de frayeur ! Quel air de bonté et de douceur ! Pourquoi le roi égorge-t-il des hommes semblables? »

Arrivé au lieu du supplice, le martyr se mit un instant en prières, à genoux sur le bord d'un champ, et offrit à Dieu le sacrifice de sa vie. Il prit dans ses mains un petit crucifix qu'il portait sur lui, le baisa par trois fois avec une tendre émotion. Sur l'invitation du bourreau, il quitta sa tunique, rabattit le col de sa chemise jusque sur ses épaules, et cela avec aisance et promptitude, comme il eût pu le faire en tout autre temps. Puis, l'exécuteur lui ayant lié les mains derrière le dos, M. Schœffler à genoux, les yeux levés vers le ciel :

« Faites, lui dit-il, promptement ce que vous avez à faire. »

C'étaient les paroles du Sauveur à Judas.

Le bourreau, dont la main tremblait, dut le frapper plusieurs fois, et ce ne fut qu'au troisième coup que le martyr consomma son sacrifice. Ses restes mortels, comme ceux de ses bienheureux confrères, furent recueillis et ensevelis par les chrétiens, mais demeurèrent en Asie, et le séminaire des Missions étrangères n'a d'autre souvenir de lui que le tableau qui représente son exécution.

Je ne parlerai point, pour abréger ce récit, déjà bien long, de l'arrestation, de la captivité et des interrogatoires de M. Bonnard. Je me bornerai, avant de raconter son martyre, à citer deux lettres de lui, et une autre de monseigneur Retord, son évêque, qui respirent une tendresse d'âme et une ardeur de foi vraiment sublimes, et qui prouvent, une fois de plus, que les missionnaires savent aimer comme ils savent mourir.

« Hier, écrit M. Bonnard dans sa prison, j'ai eu le bonheur de recevoir la sainte communion après m'être confessé. Il y a bien longtemps que je n'avais ressenti autant de joie en possédant le roi des anges. Vraiment il faut être en prison, la chaîne et la cangue au cou, pour pouvoir exprimer combien il est doux de souffrir quelque chose pour celui qui nous a tant aimés Mes deux jeunes gens et deux autres captifs ont eu le même bonheur... J'éprouve plus de contentement de mon sort qu'aucun heureux du siècle dans la plus brillante prospérité. Ma cangue et ma chaîne sont pesantes, croyez-vous que j'en sois peiné? Oh! non, je m'en réjouis, au contraire, car je sais que la croix de Jésus

était bien plus lourde que ma cangue, que ses chaînes
étaient bien plus difficiles à supporter que les miennes;
et je me trouve bien heureux de pouvoir me dire avec
saint Paul : *Vinctus in Christo.* Depuis mon enfance,
j'avais souhaité ce bonheur; maintenant il me semble
que le bon Dieu m'exauce. Je bénis donc le Seigneur,
et le remercie de la part qu'il m'a faite, malgré mon
indignité.

« Néanmoins, je suis quelquefois un peu triste en
songeant à la peine qu'a dû vous causer mon arrestation et aux malheurs qu'elle peut entraîner. Les souffrances des deux chers enfants qui ont été arrêtés avec
moi me fendent le cœur et me font parfois verser des
larmes. De plus, je suis encore bien jeune; j'aurais
désiré vous aider et prendre soin de ces chers néophytes, que je chéris. J'aurais voulu les secourir encore
quelque temps avant de verser mon sang pour eux;
mais le Seigneur ne m'en a pas jugé digne. Que sa
sainte volonté soit faite ! Je me confie tout entier à la
bonté divine. Si la chair et le sang sont parfois un peu
tristes, l'agonie de Jésus au jardin des Oliviers relève
mon courage et ma patience pour endurer avec joie
tout ce que m'envoie son amour. Je me trouve heureux
de souffrir, je voudrais même souffrir davantage pour
expier tant de fautes que j'ai commises. Je serais presque tenté de me plaindre à Votre Grandeur de ce que
sa sollicitude et l'affection que les chrétiens me portent diminuent beaucoup les peines de ma captivité,
qui me sont si précieuses. Je suis vivement touché et
attendri de tous les égards que l'on a pour moi, et je

21

ne saurais jamais les oublier. Continuez à m'écrire, monseigneur, le plus que vous pourrez. Vos lettres, ainsi que celles de tous nos amis, sont pour moi un baume salutaire qui coule sur mon cœur et le soulage. J'étais si heureux de travailler sous votre paternelle direction, de vivre avec de si bons confrères ! Si je vous précède dans le ciel, je ferai bien en sorte de vous tirer après moi. »

Monseigneur Retord, auquel cette lettre était adressée, et qui, en apprenant l'arrestation de M. Bonnard, lui avait écrit ces touchantes paroles : « .... C'est Dieu qui l'a voulu ainsi; vous y gagnerez le ciel et il en tirera sa gloire et celle de son Église. Seulement, je suis triste de n'être pas de la partie. Quelle belle carrière que celle des martyrs! Oh! je suis plus que triste, je suis jaloux de vous voir partir avant moi pour la patrie céleste, par le chemin le plus sûr et le plus court, tandis que je reste encore sur cette mer orageuse sans savoir quand je parviendrai au port, sans même être assuré d'y parvenir jamais. Moi votre évêque, moi le vieux capitaine de vingt ans de service en terre étrangère, sans compter mes trois ans de premières armes au pays natal, ne devais-je pas être couronné avant vous? Comment osez-vous me supplanter ainsi? Mais je vous pardonne, parce que c'est Dieu qui l'a voulu : vous êtes à ses yeux un fruit mûr pour le ciel. Plus âgé que vous, je suis aussi plus chargé de péchés et j'ai besoin de faire plus longtemps pénitence dans ce monde. Je vous pardonne dans l'espoir fondé qu'au ciel vous serez un nouveau et zélé protecteur de notre mission, et que, par vos prières, vous finirez tôt ou tard par m'attirer là-haut. Allez donc en paix, enfant gâté de la Providence, allez jouir du triomphe qui vous attend. Je vous admire d'avoir été choisi de si bonne heure pour combattre le grand combat des héros chrétiens ; je vous porte envie, il est vrai, mais c'est une envie d'amour, une jalousie de tendresse. Il est certain que vous serez mis à mort, préparez-vous-y donc le mieux que vous pourrez. Que vous êtes heureux ! Les jours de votre pèlerinage sur la terre vont bientôt finir : bientôt vous irez joindre les Boric, les Cornay, les Schœffler, les autres apôtres et martyrs de cette mission !... »

Monseigneur Retord, en apprenant sa condamnation et son exécution prochaine, lui envoya encore un adieu et une bénédiction suprêmes :

« Soyez tranquille, mon bien-aimé, lui écrivit-il ; toutes vos intentions seront remplies, toutes vos commissions seront faites. Je prendrai un soin tout spécial de vos chers compagnons de captivité et des autres personnes auxquelles vous portez intérêt : je serai pour eux un bon père. Vous me demandez pardon ; mais je ne sais quel pardon vous donner : vous ne m'avez jamais offensé en rien. Vous savez que je vous ai toujours bien sincèrement aimé, et maintenant je vous aime plus que jamais. La bénédiction que vous sollicitez, je vous l'ai donnée dès l'époque de votre arrivée dans cette mission : elle est restée sur vous jusqu'à ce jour, elle vous suivra jusque dans l'éternité.... Je vous ai donc béni il y a longtemps; cependant je vous bénis encore. Que la force de Dieu le Père vous soutienne dans l'arène des héros, où vous allez entrer; que les mérites de Dieu le Fils vous consolent sur le Calvaire, où vous allez monter; que la charité de Dieu le Saint-Esprit vous enflamme dans le cénacle de votre prison, d'où vous allez sortir pour cueillir la palme des martyrs. Oui, soyez béni, mon bien-aimé, et, quand vous serez dans le ciel, bénissez-nous à votre tour; bénissez cette mission et tous nos chrétiens, que vous aimez d'une si vive tendresse. Soyez notre avocat, notre protecteur tant que nous serons encore sur cette terre de boue; intercédez pour nous auprès de Dieu, pour que nous puissions être bientôt vos compagnons de félicité! Adieu, ô mon bien cher ami! Il se fait tard, séparons-nous. Nous nous verrons dans la patrie : adieu! adieu! adieu! »

A ce suprême adieu le saint martyr fit une dernière réponse, qui fut comme son testament.

« Monseigneur et mes chers confrères,

« Voici la dernière lettre que je vous écris. Mon heure solennelle est sonnée; adieu! adieu! Je vous donne à tous, vous qui m'aimez et qui vous souvenez de moi, je vous donne à tous rendez vous au ciel : c'est là que j'espère vous revoir; je n'aurai plus la douleur de vous quitter. J'espère en la miséricorde de Jésus; j'ai la douce confiance qu'il m'a pardonné mes innombrables fautes; j'offre volontiers mon sang et ma vie pour l'amour du bon Maître et pour ces

chères âmes que j'aurais tant voulu aider de toutes
mes forces; je pardonne de grand cœur à ceux qui se
reprocheraient quelque chose à mon égard.

« N'allez pas croire trop tôt que je n'ai plus besoin de prières, de peur que je n'aie à souffrir
de votre excessive confiance. Continuez, je vous en
conjure, à vous souvenir de moi devant Dieu. Pour
moi, ainsi que je vous l'ai dit, si le Seigneur prend
pitié de mon âme, et que je puisse quelque chose
auprès de sa bonté souveraine, soyez bien persuadés
que je ne vous oublierai pas.

« Demain samedi, fête des saints Philippe et Jacques, 1ᵉʳ mai et anniversaire de la naissance de
M. Schœffler pour le ciel, voilà, je crois, le jour fixé
pour mon sacrifice : *Fiat voluntas Dei*. Je meurs content : que le Seigneur soit béni ! Adieu à tous dans les
saints cœurs de Jésus et de Marie. *In manus tuas,
Domine, commendo spiritum meum. In corde Jesu et
Mariæ osculor vos, amici mei.*

« *Vinctus in Christo*, la veille de ma mort, 30 avril
1852. »

Non ! jamais la foi chrétienne n'a inspiré des accents
plus touchants et plus simples, plus tendres et plus
forts en même temps : c'est l'adieu le plus parfait que
je connaisse d'un chrétien à la terre.

Le jour même où le martyr écrivait cette lettre,
l'approbation de sa sentence de mort arriva de la capitale. Un employé chrétien en prit furtivement connaissance et se hâta d'en donner la nouvelle à quel-

ques amis. Aussitôt, et avec la rapidité de l'éclair, le bruit se répandit au loin que le vénérable confesseur allait être exécuté le soir même; et de tous côtés les néophytes accoururent à la ville pour assister à ce spectacle aussi solennel qu'attendrissant. Dès midi, les rues étaient encombrées, et la porte par où l'on supposait que devait sortir le cortége était assiégée par la foule. Ce fut sans doute pour éviter cette multitude que l'exécution fut retardée jusqu'au lendemain, premier jour du beau mois de Marie. Mais, ce jour-là, la foule fut plus grande encore que la veille.

L'emplacement choisi pour le supplice était à près d'une lieue et demie des portes de la ville, près du fleuve. Le martyr fit tout ce trajet à pied, chargé de sa cangue et de sa chaîne, qu'il tenait relevée d'une main, marchant avec un courage héroïque et un air de contentement surhumain. Arrivé au lieu de l'exécution, on lui lia les mains derrière le dos et si fortement, que le sang jaillit. On s'aperçut alors qu'on avait oublié à la ville les instruments nécessaires pour couper sa cangue et briser sa chaîne. On mit plus d'une heure à les aller chercher, et le martyr resta tout ce temps à genoux, droit et ferme comme une colonne : il avait reçu le pain des forts peu d'instants avant de sortir de sa prison ; comment aurait-il pu fléchir ou trembler? Il priait avec ardeur, les yeux élevés vers le ciel.

Quand enfin on lui eut ôté sa cangue et sa chaîne, le mandarin qui présidait à l'exécution descendit de son éléphant, alla lui arranger les cheveux en lui adressant quelques paroles que personne n'entendit : le missionnaire lui répondit aussi quelques mots demeurés également inconnus. Quand l'officier fut remonté sur l'éléphant, la cymbale funèbre retentit trois fois, et la tête du martyr tomba sous le tranchant du glaive : le bourreau l'avait coupée d'un seul coup. Les chrétiens ne purent recueillir que peu de son sang, parce que les officiers chassaient à coups de rotin tous ceux qui osaient approcher. Les soldats païens se partagèrent ses vêtements tout sanglants, sa barbe, ses cheveux et les débris de sa chaîne et de sa cangue, pour les vendre plus tard aux chrétiens.

Aussitôt après l'exécution, les mandarins firent remuer à coups de pioche la terre rougie du sang du martyr pour empêcher les chrétiens de la recueillir; le corps et la tête du missionnaire furent portés dans une grande barque montée par des soldats : une autre barque reçut le grand mandarin avec des gardes; ils avaient des vivres pour trois jours et partirent, descendant le fleuve, comme pour s'avancer en pleine mer. Cependant un canot de chrétiens, portant un diacre et deux catéchistes, voguait à distance devant eux pour les observer. Plusieurs barques de pêcheurs, également montées par des chrétiens, se détachèrent successivement de la rive et suivirent de loin cette étrange expédition. La nuit approchait : vers huit heures du soir, le ciel se chargea de nuages et la pluie commença à tomber. Les mandarins, ne se doutant pas qu'ils étaient observés et suivis, arrêtèrent leurs barques, et, après quelques manœuvres que les chrétiens ne purent distinguer, mais qu'ils devinèrent facilement, ils remi-

rent à la voile, remontèrent le fleuve et disparurent.
Aussitôt les chrétiens accourent sur leurs canots. A
l'endroit même où les mandarins s'étaient arrêtés, un
jeune homme plonge à vingt-cinq pieds de profondeur,
descend droit sur le corps du martyr, touche ses pieds
et ses mains, puis il reparaît triomphant sur l'eau en
s'écriant : « Je l'ai trouvé ! »

Les chrétiens, remerciant Dieu du secours visible
qu'il leur avait prêté, eurent bientôt retiré de l'abîme
leur cher et précieux trésor : le corps de M. Bonnard
était intact, et sa tête, enfermée dans un petit sac, avait
été fixée sous son bras. Il était une heure après minuit
quand les pieux pêcheurs arrivèrent avec leur fardeau
à la porte de la communauté des missionnaires. On re-
vêtit sur-le-champ le corps du martyr des ornements
sacerdotaux, et on le déposa, la face découverte, dans
un très-beau cercueil donné par une famille chrétienne.
Il resta ainsi exposé, entouré de flambeaux, au milieu
de l'humble église jusqu'au lendemain soir; puis on
l'enterra avec toutes les cérémonies accoutumées; seulement, par une mesure de prudence nécessaire, les
obsèques se firent presque à voix basse. Monseigneur
Retord, ce bon père que le martyr avait tant aimé, pré-
sida à la cérémonie funèbre. « Oh! qu'il était beau,
écrivait-il, couché dans sa bière, revêtu des ornements
sacerdotaux ! on aurait dit une statue du plus bel
ivoire. Sa tête, bien ajustée à son cou, semblait dormir
d'un paisible sommeil, ou plutôt il semblait être en
extase et avoir une céleste vision qui le faisait sourire ! »

Le corps de M. Bonnard est resté jusqu'à présent dans le collége des missionnaires où il fut enseveli. Mais la chambre des martyrs, à défaut de ses ossements, présente à la vénération des fidèles divers objets qui lui ont appartenu : son chapelet, la chemise et le pantalon qu'il portait en allant au supplice, un linge teint de son sang, enfin la corde qui l'attachait encore quand il fut retiré de l'eau. Au-dessus de ces précieuses reliques, un tableau représente les différentes scènes de son exécution et de ses funérailles.

Telle est, autant qu'une description froide et incomplète en peut donner l'idée, cette chambre des martyrs qu'habitent de si grands souvenirs. Telle est l'histoire bien abrégée des ossements, des reliques et des tableaux qu'elle renferme. Oh! que cette histoire est belle et consolante pour des chrétiens, et que de réflexions, que de troubles salutaires elle doit faire naître dans l'âme des incrédules ou des indifférents! Qui pourrait contempler ces reliques sacrées, ces tableaux, ces ossements et ces chaînes, et penser aux vertus surhumaines de tous ces martyrs, sans se demander, avec un doute qui est presque un aveu, si Dieu n'est pas là, et sans se poser cette effrayante question : « Quoi! tout ce sang, tout ce dévouement, tout cet amour, auraient été donnés à une chimère? » Qui pourrait pénétrer dans ce sanctuaire tout ensanglanté en quelque sorte par la malice des païens et l'amour crucifié des martyrs, sans s'incliner avec un respect et une humilité involontaires devant la grandeur et la sainteté du dévouement catholique? O saints martyrs de Jésus-Christ! quel homme, incrédule ou non, s'il est de bonne foi et s'il sait se rendre justice, ne se trouverait bien petit et bien peu avancé dans la science des choses divines à côté de vous? Qui ne trouverait son courage timide à côté de votre courage, son dévouement égoïste, ses sacrifices intéressés? Qui ne sentirait son amour de Dieu et des hommes tiède et languissant auprès de votre amour? Car ce que vous avez donné à Dieu et à vos frères, ce n'est pas seulement votre argent, votre temps, votre famille, votre patrie; vous leur avez donné votre vie tout entière, vos sueurs, vos tortures et votre sang, les plus héroïques à la fois et les plus humbles des hommes, persévérants, infatigables, inaccessibles à la crainte, bénissant Dieu de toutes choses, priant pour vos bourreaux au milieu des supplices, et rendant le dernier soupir dans la joie, le pardon et la charité!

Voilà ce que sont les vrais serviteurs de Jésus-Christ, les missionnaires et les martyrs! Voilà les hommes qu'enfante la sainte Église catholique, et qu'elle enfante seule depuis dix-huit cents ans[1]! Voilà, entre mille autres réponses, sa réponse la plus frappante peut-être à tous les outrages de ses ennemis, à toutes les difficul-

---

[1] Car, en bonne conscience, je ne puis appeler missionnaires ces honnêtes ministres, bons époux et bons pères, qui vont s'établir avec leurs femmes et leurs enfants sur des rivages sûrs et bien protégés pour donner des Bibles et vendre du coton; et, quant aux martyrs, je ne reconnais pour tels que les hommes qui donnent leur vie pour la vérité qu'ils connaissent et qu'ils aiment, et qui meurent volontairement, doucement, humblement, en priant pour leurs ennemis et en pardonnant à leurs bourreaux. (*Note de l'auteur.*)

tés des incrédules, à toutes les prétentions des hérétiques! Elle montre ses missionnaires, ses sœurs de charité, ses martyrs et ses saints! Aujourd'hui comme il y
a dix-huit siècles, ce sont là ses joyaux, ses diamants
et ses perles! C'est la couronne immortelle et inimitable à laquelle le monde a toujours reconnu sa souveraine et sa mère! Un grand sage l'a dit : « Le beau est
la splendeur du vrai; » et l'on peut dire, en appliquant
cette sublime pensée à l'Église, que la sainteté de ses
vierges, de ses confesseurs et de ses martyrs, qui réalise le type du beau moral ici-bas, est le signe, le rayon-
nement et la splendeur de son inaltérable vérité.

Ce signe incommunicable de la royauté et de la vérité, non-seulement l'Église l'a seule, mais elle l'a
toujours! Elle l'avait hier, elle l'a aujourd'hui, elle
l'aura demain. Image de Dieu qui agit et crée incessamment, incessamment elle tire de son sein des enfants de grâce et d'amour. Plus ou moins féconde,
selon les circonstances et les époques, jamais elle ne
demeure inactive ni stérile, et c'est ainsi, pour rester
dans le cercle déjà si vaste de mon sujet, que cette histoire des missionnaires et des martyrs que j'ai racontée
va se continuant et se développant tous les jours [1].

Oui, tous les jours, dans ce séminaire des Missions

[1] Je ne m'occupe ici que des missionnaires et des martyrs de
la congrégation des Missions étrangères; mais personne n'ignore
les travaux et les martyres non moins admirables des missionnaires jésuites, lazaristes, dominicains et autres. Le trésor de la charité catholique est inépuisable, et, en décrivant la *chambre des
martyrs*, je n'ai fait qu'en montrer une parcelle. (*Note de l'auteur.*)

étrangères, dans cette chambre vénérable des martyrs, devant leurs ossements sacrés, des prêtres s'agenouillent et demandent à Dieu comme une faveur incomparable la grâce d'aller à leur tour prêcher son
nom aux infidèles, et comme unique récompense le
bonheur de souffrir et de mourir pour lui! De tous les
points de la France, des engagés volontaires viennent
incessamment recruter cette sainte milice et remplir
les vides qu'y font les fatigues, les souffrances et la
mort! Il ne se passe point d'années sans que plusieurs
départs de missionnaires aient lieu, et il ne se passe
guère d'années non plus sans que quelque nom vienne
s'ajouter à la liste funèbre et glorieuse des martyrs.

Au moment où je commençais ce chapitre, M. Bonnard était encore le dernier missionnaire connu qui
eût subi le martyre en Asie : il ne l'est déjà plus aujourd'hui! De récentes nouvelles de la Chine ont appris à la France qu'un de ses enfants, un de ses prêtres, vient encore de mourir pour la foi, et bientôt,
sans doute, la chambre des martyrs s'enrichira de
nouvelles reliques. M. l'abbé Chapdelaine a eu la tête
tranchée en Chine le 29 février 1856, après d'horribles
souffrances; son cœur et son foie ont été dévorés par
ses bourreaux [1]! On le voit, les procédés des païens ne
changent pas, et le démon poursuit sans relâche son
œuvre de persécution et de mort dans ces malheu-
reuses contrées qui lui sont encore asservies. Mais les

---

[1] Voyez dans la Note, à la fin du volume, la longue et admirable
relation du martyre de M. Chapdelaine, envoyée à la Propagation de
la Foi par M. Guillemin, missionnaire en Chine.

serviteurs de Dieu sont aussi persévérants que les serviteurs de Satan ; ils ne se lassent pas plus de donner leur sang que les autres de le répandre, et tôt ou tard ils seront victorieux ! Ils seront victorieux, car leur cause est la cause de l'éternelle justice et de l'éternelle vérité, et, à défaut des hommes, Dieu, qui les éprouve aujourd'hui dans la douleur et dans le sang, ne leur manquera pas !

Pourquoi, d'ailleurs, les hommes leur feraient-ils toujours défaut? Pourquoi le jour ne viendrait-il pas où les gouvernements et les peuples comprendront qu'ils ont un devoir sacré de protection à remplir vis-à-vis des plus courageux et des plus saints de leurs sujets et de leurs concitoyens? Pourquoi la France, s'éveillant enfin de son long sommeil et retrouvant l'épée de Charlemagne, ne s'apercevrait-elle pas un jour qu'en Chine et au Tong-King il y a des Français qui sont persécutés, traqués comme des bêtes fauves, emprisonnés, torturés comme des malfaiteurs et mis à mort ignominieusement, uniquement parce qu'ils sont Français et chrétiens? Certes, si jamais le droit d'intervention, dont on parle tant de nos jours, fut légitime, nécessaire, élevé jusqu'à la hauteur d'un devoir, c'est dans des cas semblables, alors qu'il s'agit de réprimer des attentats qui violent, avec le droit des gens, toutes les lois divines et humaines, et qui sont une insulte publique pour l'honneur de la France aussi bien que pour sa foi !

Quoi ! l'Angleterre a fait la guerre à la Chine pour la forcer à recevoir le poison qu'elle avait intérêt à lui vendre, et nous n'élèverions pas la voix, nous n'étendrions pas la main pour la forcer, je ne dis pas à recevoir, mais à respecter et à renvoyer au moins sains et saufs nos prêtres et nos missionnaires ? Si cette même Angleterre était catholique, qu'elle eût des missionnaires comme les nôtres, au lieu de ses marchands de Bibles et de coton, et qu'un seul cheveu tombât de la tête d'un de ces missionnaires, immédiatement ses flottes se mettraient en mouvement et ses matelots iraient venger l'attentat commis contre un sujet anglais; et la France, moins fière et plus résignée, assisterait, toujours impassible et sereine, à l'assassinat juridique de ses enfants! Non, il est impossible qu'il en soit toujours ainsi! Il est impossible qu'on laisse impunément ces barbares civilisés, dont les soldats sont encore plus lâches que nombreux, violer dans la personne de nos missionnaires non-seulement les droits imprescriptibles de la conscience et de la vérité, mais la foi même des traités; car, personne ne l'ignore, lors de l'ambassade de M. de Lagrenée, ministre plénipotentiaire du roi Louis-Philippe en 1844, le gouvernement chinois s'est engagé solennellement vis-à-vis de la France à sauvegarder à la fois la liberté religieuse des chrétiens dans tout l'empire et à protéger la vie de nos missionnaires; et, en les laissant mettre à mort comme il l'a fait plus d'une fois depuis et comme il vient de le faire encore en la personne de M. Chapdelaine, l'empereur de Chine manque aux engagements sacrés, signés de sa main, qu'il a pris envers nous.

La Chine et la Cochinchine sont bien loin, je le sais;

mais elles sont si faibles et si lâches, si faciles à vaincre et surtout à intimider ! On hausse les épaules de pitié en lisant ce que tous les missionnaires et tous les voyageurs racontent de leurs armées ! Là, comme partout, la lâcheté et la cruauté marchent de front, et il suffirait d'un régiment, que dis-je ? d'un bataillon de nos soldats, pour mettre en déroute une armée de ces gens-là ! En 1845, alors que la persécution sévissait avec le plus de fureur au Tong-King, ce fut assez de la présence et de la menace de quelques vaisseaux de guerre français pour la faire cesser presque entièrement pendant plusieurs années. Le remède est donc aussi facile que le mal est grand, et l'ombre seule de notre drapeau suffirait pour protéger dans toutes ces contrées, avec la personne des missionnaires, les intérêts les plus sacrés de la France et de la vérité.

En attendant que ce grand jour arrive, qui sera le jour de la moisson et de la récompense, allez toujours, ô saints missionnaires ! et continuez votre œuvre d'amertume et de sacrifice ! Continuez à semer dans les larmes, dans les sueurs et dans le sang ! Partez incessamment de ce séminaire bien-aimé, auquel j'ai osé rendre témoignage dans cet écrit, tout indigne que j'en sois ; laissez cette chambre des martyrs où vos ossements reviendront peut-être un jour reposer à côté de ceux de vos illustres devanciers ! Quittez vos parents, vos confrères et votre patrie, savourez l'amertume de cette soirée des derniers adieux, de cette soirée sublime et inénarrable du départ, alors qu'on dit ensemble pour la dernière fois la prière de chaque jour, et qu'après l'allocution suprème du bon père de famille, au chant de ces divines paroles : *Quam speciosi pedes evangelizantium pacem, evangelizantium bona!* les missionnaires qui demeurent et les assistants viennent baiser à genoux vos pieds humbles et vénérables, ces pieds heureux qui vont porter au loin la bonne nouvelle du Seigneur! O saints voyageurs, saints apôtres de Jésus-Christ! allez seuls, dénués de tout secours humain, abandonnés par votre patrie, qui ne vous suit point seulement du regard, allez à ces rivages lointains où mille privations, mille dégoûts, mille dangers, vous attendent! Allez, portant la vérité et portés par elle, combattre l'ennemi du genre humain au cœur même de son empire ici-bas! Vous y trouverez peut-être les tortures et la mort : mais que vous importe? N'est-ce point au contraire ce que vous cherchez et ce que vous souhaitez le plus? Vous mourrez, mais vous mourrez pour Jésus-Christ, martyrs de l'Évangile, sur un sol que votre sang fécondera, et vous vous coucherez au sein des supplices comme dans le lit nuptial de la vérité, en chantant les cantiques de l'éternel amour!

Et alors, ô saints martyrs! du haut des cieux où vous serez couronnés, vous prierez pour vos pauvres idolâtres, pour vos chers néophytes et vos chers persécuteurs; mais, je vous en conjure, priez aussi pour la France, demandez à Dieu qu'il lui mette en main l'épée des anciens jours pour défendre et propager votre œuvre, qu'il fasse descendre cette pensée dans le grand cœur du prince qui la gouverne, afin qu'un jour (oh! que ce jour soit prochain!), à la vue de l'Évan-

gile, de la foi et de la civilisation chrétienne vivant et
se développant librement sous sa garde au sein de la
vieille Asie, le monde répète une fois de plus cette
grande parole qui résume toutes les beautés de notre
histoire : *Gesta Dei per Francos !*

FIN.

NOTE

MARTYRE DE M. CHAPDELAINE.

LETTRE DE M. GUILLEMIN,
PRÉFET APOSTOLIQUE DES MISSIONS DU QUANG—TONG ET DU QUANG-SI,

A MM. LES DIRECTEURS DE L'ŒUVRE DE LA PROPAGATION DE LA FOI.

« Canton, 8 juillet 1856.

« MESSIEURS,

« La mission de Quang-tong, si longuement et si rudement éprouvée, peut encore se glorifier de trois nouveaux martyrs, qu'elle vient de donner à l'Église. M. Chapdelaine, missionnaire apostolique de cette province, vient d'être décapité au Quang-si, avec un jeune néophyte qu'il avait lui-même appelé à la con-

naissance de l'Évangile, et une jeune veuve, nommée
Agnès, qui s'était généreusement dévouée à l'instruction des femmes païennes. Hier seulement, j'ai reçu
ces tristes nouvelles par un courrier et par différentes
lettres, qui m'ont été expédiées de la province du
Kouei-tcheou. A peine puis-je les recueillir et les mettre en ordre; mais les circonstances du martyre de ces
trois héros chrétiens sont si touchantes, elles sont si
édifiantes pour les cœurs qui aiment Dieu, que je ne
saurais différer de les présenter à votre piété. Veuillez,
messieurs, les agréer comme un témoignage de respect envers les associés de votre Œuvre, et un tribut
de vénération pour le digne missionnaire dont nous
envions l'heureuse fin.

« M. Chapdelaine (Auguste), destiné pour la province du Quang-si, qui, de temps immémorial, n'avait
pas vu d'ouvrier évangélique, partit de Hong-Kong au
mois d'octobre 1853, et, après trois mois de la route
la plus pénible, après avoir été pillé et menacé plusieurs fois de la mort, arriva dans la province du
Kouei-tcheou, d'où il devait entrer dans sa mission.
Là, il trouva un missionnaire zélé, M. Lyons, qui, depuis longtemps au fait de la langue et des usages du
pays, devait l'y introduire. A la vue de cette terre
promise, M. Chapdelaine, donnant un libre essor à la
joie de son cœur, se mit à genoux pour remercier
Dieu de l'avoir conduit dans son héritage; il s'offrit de
nouveau au Seigneur, et lui consacra tout ce qu'il
avait de forces et de vie pour travailler à la glorieuse
tâche qui lui était confiée. Ses succès répondirent

bientôt à la grandeur de son zèle : après deux années
de travaux, déjà il comptait près de deux cents néophytes convertis par ses soins. La moisson était abondante, l'apôtre pouvait regarder avec un œil de confiance l'avenir ; mais bientôt l'ennemi de tout bien vint
briser des espérances si douces, en suscitant une des
plus terribles persécutions que l'on ait vues dans ces
derniers temps. Voici quelle en fut l'occasion.

« Un jeune néophyte, ayant eu un démêlé avec sa
femme encore païenne, à laquelle il faisait des repro-
ches sur son inconduite, celle-ci porta ses plaintes à
son père et à son frère, qui étaient employés comme
satellites au prétoire du mandarin, et qui, en outre,
professaient une haine implacable contre le christianisme. Saisissant cette occasion, ils résolurent dès
lors de tirer une éclatante vengeance, non-seulement
de son mari, mais encore des catholiques, et en particulier du Père qui était à leur tête. Ils vont donc trouver le mandarin, et formulent contre les chrétiens
l'accusation la plus injuste et en même temps la plus
absurde que l'on puisse rêver. Il y était dit, entre autres choses, que la religion chrétienne était une religion
fausse et perverse, que ses sectateurs apprennent à
voler à la manière des oiseaux, qu'ils possèdent des
secrets magiques au moyen desquels ils font tout ce
qu'ils veulent, qu'ils ont à leur tête un certain étranger, nommé *Ma*, venu des pays lointains pour porter
le peuple à la révolte, qu'il fait des adeptes de toutes
parts, et qu'il est temps que l'autorité prenne les
moyens de s'opposer aux progrès du mal.

« Malgré la fausseté palpable de cette accusation, elle fut accueillie par le mandarin avec un empressement marqué, et l'on put dès lors prévoir que la persécution serait poursuivie avec une fureur extraordinaire. Sans attendre la fin des vacances, selon l'usage des tribunaux, dès le lendemain, 19 de la première lune, correspondant à notre vingt-quatrième jour de février, le mandarin charge deux chefs de la milice de réunir un nombre suffisant de satellites et d'envahir la chrétienté de Yao-chan. Il faut remarquer que, dans quelques endroits du Quang-si, comme à Siling-hien, les satellites subalternes sont choisis à volonté parmi le peuple par les chefs supérieurs. Y a-t-il quelque affaire au tribunal, ceux-ci, selon l'importance de leur commission, font un appel à la canaille et aux désœuvrés des hameaux environnants, qui ordinairement ne se font pas prier deux fois; et ces satellites improvisés sont mille fois plus à redouter que les prétoriens en titre, parce que, n'ayant pas à craindre de perdre leur place, ils ne gardent aucune mesure, et pillent tout ce qui leur convient. Ainsi amasse-t-on une centaine d'hommes, tous armés de longues piques, de grands couteaux, et d'autres armes offensives; parmi eux viennent se ranger le père et le frère de la dénonciatrice, et cette troupe ainsi organisée se dirige vers Yao-chan, village situé à trois lieues de la ville où demeurait M. Chapdelaine, et où avait été mariée la jeune femme auteur de la persécution.

« Au premier mouvement de cette bande de soldats, le bruit s'était répandu dans le public qu'ils allaient

marcher contre la demeure des chrétiens et du maître
de religion. Un néophyte résidant à la ville, et décoré
du globule de lettré, en ayant appris la nouvelle, s'empressa d'envoyer un exprès pour annoncer au Père le
complot qui se tramait contre lui et en même temps
lui offrir sa maison comme lieu de refuge. Le missionnaire, pressé par le danger, accepte avec empressement l'offre qui lui est faite, et part aussitôt sous la
direction, d'un jeune néophyte qui le conduit à Siling-
hien par une voie détournée, tandis que les satellites
s'avançaient par le chemin ordinaire. Cependant les
chrétiens, aidés du jeune serviteur du Père, ramas-
sent à la hâte les objets les plus précieux et les plus
suspects, tels que les ornements sacrés, les livres la-
tins, etc., et cachent le tout le mieux qu'ils peuvent
dans une chaumière voisine. Cela fait, deux ou trois
chrétiens du Kouei-tcheou se mettent à l'écart, pour
être les témoins de ce qui arriverait, et en porter ensuite la nouvelle aux missionnaires voisins, tandis que
les autres attendent de pied ferme l'arrivée des satellites. Ils ne tardent pas à paraître. Hélas! nos pauvres chrétiens étaient loin de penser que l'affaire dût
prendre une tournure aussi grave. Ils espéraient qu'a-
vec quelques ligatures ils pourraient apaiser les premiers mouvements de trouble; mais les satellites, à
peine arrivés, déclarent qu'ils ne veulent entendre parler d'aucun accommodement. Aussitôt ils se jettent
sur les principaux néophytes, les enchaînent, les frap-
pent et les tourmentent de toutes manières pour se
faire livrer les objets du missionnaire et extorquer à

ces pauvres gens tout ce qu'ils peuvent posséder. En
même temps cette bande de forcenés se répand dans
le village, pénètre dans toutes les maisons, frappe à
tort et à travers, pille tout ce qu'elle peut découvrir
et l'emporte sans pitié. Bœufs, cochons, chèvres,
poules, habits, couvertures de lit, sapèques, ballots de
coton, dont le pays abonde, tout devient la proie de
ces ravisseurs ; ils ne laissent aux chrétiens qu'un peu
de maïs et de riz pour les empêcher de mourir de
faim. Ainsi chargés de butin, ils se retirent, emme-
nant avec eux leurs nobles prisonniers, au nombre
d'une quinzaine, qu'ils conduisent, non point encore
à la ville, mais dans un grand village païen, afin de
pouvoir à loisir les mettre à la question et leur arracher le peu d'argent qui leur reste. A force de tortures, ils leur enlèvent encore deux cents ligatures, et
ce n'est qu'après cette indigne exaction qu'ils les conduisent au tribunal, où de nouvelles épreuves et de
nouveaux tourments les attendaient. Parmi ces prisonniers se trouvait la jeune Agnès, dont nous avons
cité le nom plus haut et dont nous aurons plus tard
l'occasion d'admirer la vertu et l'inébranlable fermeté.

« Laurent Pé-mou, un des plus fidèles néophytes de
M. Chapdelaine, ayant échappé à la saisie des satellites,
vint le trouver en protestant qu'il voulait vivre et
mourir avec son pasteur, qui était venu de si loin et
avait exposé mille fois sa vie pour sauver les âmes de
ses compatriotes. Un si beau dévouement ne devait pas
être sans récompense. Quelques instants après, cinq

ou six femmes, mères ou épouses des prisonniers, portant leurs petits enfants sur les bras, se rendirent également dans la maison de Lo-Kong-yë, pour voir le Père et apprendre de sa bouche ce qu'elles devaient faire dans la circonstance critique où elles se trouvaient. Après avoir tenu conseil, il fut convenu que ces femmes se présenteraient devant le mandarin, accompagnées de leurs petits enfants, et qu'elles réclameraient leurs maris, leurs fils et tout ce qui leur avait été enlevé. Comme elles témoignaient, non sans raison, quelques craintes pour elles-mêmes : « Eh quoi ! leur « dit Laurent Pé-mou, que craignez-vous? Si vous n'osez « aller seules devant le mandarin, je vous y conduirai ! « S'il faut mourir, ne redoutons pas de donner notre vie « pour la gloire de Dieu et le salut de nos âmes! »

« Cela dit, il part le premier et les conduit au prétoire. Arrivées à la salle d'audience, les femmes, selon l'usage suivi en Chine par ceux qui font des réclamations sans présenter de placets, se mettent aussitôt à crier et à se lamenter d'une manière pitoyable. Le mandarin, entendant leurs cris du fond de son appartement, sort aussitôt pour en connaître la cause. Mais, au lieu d'écouter leur requête, il les fait battre et enchaîner, et décharge surtout sur Laurent Pé-mou sa fureur, parce qu'il a eu l'audace de conduire ces femmes jusque dans l'intérieur de son tribunal.

« Comme nous l'avons dit, M. Chapdelaine s'était réfugié à Siling-hien, chez le digne néophyte Lo-Kong-yë. Il espérait être là un peu plus en sûreté, ne pensant pas qu'on osât faire des perquisitions sévères

22

dans la maison d'un lettré assez considéré dans la
ville et dans les environs. Mais il ne faisait pas réflexion que venir au chef-lieu, à la porte même du
tribunal, c'était se mettre sous la main de ses persécuteurs. Il lui eût été facile, pendant la première nuit
qu'il passa chez Lo-Kong-yë, de s'enfuir du côté de
Kouei-tcheou, où il eût trouvé un abri sûr auprès de
ses dignes confrères, M. Perny, supérieur de la Mission, et M. Lyons, son voisin, qui avaient déjà tant fait
pour lui faciliter la prédication de l'Évangile au
Kouang-si. Mais pouvait-il abandonner par la fuite
ses chers néophytes, encore si novices dans la foi?
N'était-il pas à craindre que si le Père, cédant à la
frayeur, les laissait ainsi livrés à eux-mêmes, en face
de leurs bourreaux, leur courage ne défaillît? Semblable au bon Pasteur, il prit la résolution d'unir son
sort à celui de ses ouailles, afin que, s'il en était besoin, il pût leur enseigner à mourir pour Dieu, comme
il leur avait appris à se dévouer à son service. Son
sacrifice fait, M. Chapdelaine ne songea plus qu'à s'u-
nir à son divin Maître par la prière et l'abandon le
plus entier. Mon Dieu! que nous eussions désiré que,
dans ce moment solennel, où le ciel se préparait à le
couronner, il eût adressé à ses confrères quelques
mots d'adieux, qu'il pouvait regarder comme les derniers! Que nous y eussions trouvé de nobles sentiments, d'affections pieuses et de désirs ardents de ne
pas voir différer la lutte glorieuse à laquelle il avait
toujours aspiré! Mais non. Voyant déjà le ciel ouvert
à ses yeux, il avait oublié la terre, et il se jeta à genoux

pour commencer une prière qui ne finit que lorsque les satellites arrivèrent pour le saisir.

« Avant de procéder à son arrestation, un chef du tribunal avait envoyé un satellite dans la maison de Lo-Kong-yë, pour s'assurer si véritablement le mis-sionnaire était là. L'envoyé arrive, et, se présentant devant M. Chapdelaine, lui dit qu'il vient le trouver de la part du mandarin. A ces mots, le Père se tourne vers lui, et, sans laisser paraître aucune émotion, lui répond :

« — J'achève ma prière; va, et dis à ton maître que dans un moment je suis à lui.

« Le mandarin, instruit du lieu de la retraite de M. Chapdelaine, envoie aussitôt une bande de satellites pour cerner la maison de Lo-Kong-yë, peu éloignée du tribunal. Le chef seul entre dans la maison, tandis que les subalternes en gardent soigneusement les avenues. Grâce au globule de lettré dont le digne Lo-Kong-yë était décoré, ils ne touchent à rien de ce qui se trouvait à la maison ; ils respectent également le vieux Lo-Kong-yë, vieillard vénérable privé de la vue, et qui, depuis son baptême, s'était montré digne du nom chrétien. Mais, saisissant M. Chapdelaine, ils l'enchaînent, ainsi que le second fils du lettré et le jeune néophyte qui, la veille, avait accompagné le Père; puis ils les conduisent tous trois au tribunal du mandarin.

« Là se trouvaient déjà réunis le courageux Pé-mou avec les cinq ou six femmes chrétiennes. Sur le soir du même jour, arrivèrent les néophytes qui avaient été pris la veille à Yao-chan, en sorte que, le 25 février au soir, nos dignes confesseurs, au nombre de vingt-quatre ou vingt-cinq, étaient tous réunis pour rendre hommage à la sainteté de leur foi. Quel spectacle! qu'il dut être beau pour la cour céleste et touchant pour ces pauvres néophytes, qui, dès leur entrée dans le christianisme, partageaient si volontiers les opprobres de la vie du Seigneur! C'est alors qu'ils purent comprendre la signification d'un signe que le ciel leur avait donné sans doute pour fortifier leur courage. On rapporte que, le jour même où l'arrestation eut lieu, à Yao-chan, on aperçut au-dessus de ce village une couronne éclatante avec une croix au milieu, laquelle fut vue des idolâtres aussi bien que des fidèles. Les païens en tirèrent mauvais augure pour les accusateurs; les chrétiens, au contraire, sans se prononcer alors, purent comprendre plus tard que la couronne leur viendrait par la croix, et ils se soumirent humblement à tout ce que le ciel daignerait décider de leur sort. Dès leur arrivée en prison, on les chargea de fers, on fit gémir leurs membres sous les coups redoublés de rotin, et on les soumit à un premier interrogatoire dont nous n'avons que quelques fragments, recueillis par des témoins oculaires. Aux chaînes on ajouta la cangue, qu'ils eurent le bonheur de porter toute la nuit pour le nom de Jésus-Christ.

« Le lendemain 26, Laurent Pé-mou parut le premier à la barre du tribunal. Celui qui s'était offert avec tant de spontanéité à suivre le missionnaire dans ses tribulations eut la gloire, le premier, de confesser Jésus-Christ avec le courage et la fermeté qu'une foi vive inspirait à son âme. Le mandarin, s'adressant à lui, essaya dès le début de l'effrayer par des tortures terribles.

« —Pourquoi, lui dit-il, pratiques-tu la religion du Seigneur du ciel, qui est une religion perverse et qui porte le peuple à la révolte ?

« —Non, répondit le généreux néophyte, la religion du Seigneur du ciel n'a rien de ce que vous lui reprochez. Ce qu'elle nous enseigne, c'est de fuir le mal, de pratiquer le bien et de sauver nos âmes.

« — Pourquoi suis-tu le maître *Ma* (nom chinois de M. Chapdelaine) ?

« —Je le suis, parce qu'il nous apprend à connaître le vrai Dieu et à pratiquer sa sainte religion.

« — Veux-tu le suivre encore ?

« — Je ne l'abandonnerai jamais !

« — Si tu ne le quittes, et si tu ne renonces pas à ta religion, je te ferai couper la tête.

« —Le mandarin peut me trancher la tête, non-seulement la mienne, mais encore celle de ma femme et de mes enfants ; mais renoncer à ma religion, à la religion du Seigneur du ciel, cesser de lui adresser mes prières, oh ! non, jamais je ne me rendrai coupable d'une si noire trahison ! Mandarin, coupez-moi la tête, si vous voulez, je n'apostasierai jamais !

« Le mandarin, irrité, fit décharger sur lui force coups de rotin ; puis, voyant que Laurent persistait dans sa résolution : « Eh bien ; lui dit-il en colère, tu « veux avoir la tête tranchée, tu l'auras.» Et, appelant

22.

un de ses farouches satellites, il le fait décapiter!!!

« On n'a pas encore pu découvrir ce que sont devenus les précieux restes de ce glorieux martyr de Jésus-
Christ. Quelques-uns disent qu'ils ont été inhumés;
d'autres, au contraire, en plus grand nombre, assurent
qu'ils ont été jetés à la voirie. Mais qu'importe! Dieu
saura bien les retrouver un jour, et environner de la
gloire qu'ils méritent ces membres qui ont si généreusement souffert pour lui. Il n'y avait que cinq jours
que ce digne athlète de la foi avait été régénéré dans
les eaux sacrées du baptême; il avait reçu alors le nom
du saint martyr Laurent, dont il devait si bien imiter la
constance. Comme son saint patron ne voulut jamais
se séparer de saint Sixte marchant au supplice, de
même Laurent Pé-mou n'a jamais voulu se séparer de
son cher maître Ma. Comme lui, il resta inébranlable
devant la fureur de ses tyrans; comme lui aussi, son
âme, purifiée et embellie par le sang qu'il a si noblement répandu, est allée se réunir à la troupe glorieuse
des martyrs, pour partager leur gloire pendant les
splendeurs de l'éternité!

« Après l'exécution de Laurent Pé-mou vint celle de
la jeune Agnès. Mais, avant de rapporter le triomphe
de cette jeune héroïne, disons quelques mots sur ses
premières années.

« Née en 1833, dans la province du Kouei-tcheou,
d'un vieux et pauvre médecin chrétien, Agnès Tsaou-
Kong se fit remarquer, dès ses plus tendres années, par
son goût pour la piété et la pratique constante de la

vertu. Devenue orpheline à l'âge de quinze ans, et par
là privée de tout secours, elle fut recueillie par la charité des missionnaires de la province, qui l'envoyèrent
à l'école, où elle fit des progrès remarquables dans la
lecture et l'écriture des livres chinois. L'année suivante, elle fut mariée à un chrétien, qui, trois ou quatre ans après, mourut et laissa la jeune Agnès pauvre,
sans aucun appui, mais toujours fervente et résignée à
la sainte volonté de Dieu. Sur ces entrefaites, la province du Quang-si s'ouvrant à la foi, et le nombre des
néophytes s'accroissant rapidement, M. Lyons, à la
prière de M. Chapdelaine, lui envoya cette jeune femme
pour instruire dans la religion chrétienne les personnes
de son sexe. Agnès s'acquitta parfaitement de la charge
qui lui était confiée. D'une vertu à toute épreuve,
douce, modeste, toujours contente de son sort, soit
qu'elle fût bien ou mal, elle ne songeait qu'à gagner
des âmes à Dieu et à les diriger dans les voies du salut.
Ainsi se préparait-elle, par la pratique des devoirs propres à sa position, à entrer dans la lice des héroïnes de
la foi, et à combattre les glorieux combats du Seigneur.

« Saisie le 24 février, dans l'affaire de Yao-chan,
sans doute parce qu'elle se distingua des autres par son
courage, elle fut enchaînée et conduite devant le juge,
qui essaya par mille moyens d'ébranler sa constance;
mais Agnès se montra toujours invincible dans sa foi.
Ni les promesses, ni les menaces, ni les malédictions
dont le brutal mandarin la chargeait, ni la vue des
supplices qu'il étalait à ses regards, ne purent ébranler
sa résolution d'être toute à Dieu et de lui rester fidèle

jusqu'au dernier moment de sa vie. Parmi les diverses interrogations que lui adressa le mandarin, on a surtout remarqué celles-ci, qui montrent tout le calme et la simplicité de son âme :

« — D'où es-tu ?

« — Du Kouei-tcheou, de Hyn-y-fou.

« — Qui t'a enseigné la religion chrétienne?

« —Ce sont mes parents, qui ont toujours été chrétiens. Ensuite, on m'a envoyée à l'école, où j'ai un peu appris à lire.

« — Qu'es-tu venue faire ici?

« —Il y a deux ans, un grand nombre de personnes ayant embrassé la religion chrétienne dans ce pays, je suis venue pour enseigner aux femmes et aux filles à prier et à servir Dieu.

« —Pourquoi leur apprends-tu à voler comme les oiseaux?

« — Je ne leur enseigne point à voler, mais à prier. Le mandarin voit bien que c'est là une calomnie inventée contre nous.

« — Pourquoi les instruis-tu pendant la nuit, et non pendant le jour?

« —C'est que, le jour, elles travaillent, soit aux champs, soit à filer, et que, le soir, elles sont libres.

« —Ah çà, il faut que tu me dises franchement la vérité, si tu veux conserver ton souffle de vie ; n'es-tu pas la femme du maître Ma?

« Elle répond avec une sorte d'indignation :

« —Non, je ne la suis pas; je ne connaissais pas le Père avant d'arriver ici.

« Le mandarin, irrité, lui lance une des plus grossières malédictions que fournisse la langue chinoise; puis, reprenant le cours de ses interrogations :

« — Dis-moi, ajouta-t-il sans même chercher à cacher sa vénalité, dis-moi, combien maître Ma a-t-il d'argent?

« — Je n'en sais rien.

« Il lui fait encore d'autres questions, et finit par lui dire :

« — Si tu ne renonces point à la religion de ton maître Ma, je te ferai mourir.

« — Faites-moi mourir si vous le voulez, mais jamais je ne renoncerai à la religion du maître Ma, qui est la religion du Seigneur du ciel.

« — Comment veux-tu que je te fasse mourir?

« — Du même supplice que mon maître Ma.

« En effet, le mandarin consentit à son choix, et lui fit aussitôt préparer une cage semblable à celle du missionnaire, dont nous verrons la description tout à l'heure. Elle y entra le 23 de la première lune (28 février), en même temps que M. Chapdelaine. Placés à peu de distance l'un de l'autre, ils pouvaient se voir, mais non se parler : circonstance touchante pour ces deux martyrs de Jésus-Christ, qui, voués à la même œuvre, se voyaient éprouvés par les mêmes tourments, et avaient l'espoir d'aller ensemble en recevoir la récompense. Après avoir passé quatre jours au milieu de cette cruelle torture, le 27 de la même lune, cette sainte et illustre héroïne, consumée par la faim, la soif, toute mutilée et brisée, remit son âme entre les

mains de son Créateur, et alla recevoir des mains de
Jésus-Christ la brillante couronne des martyrs. Il est
assez probable que son corps a été enseveli, mais on n'a
pas encore pu découvrir le lieu où il repose. Espérons
qu'un jour Dieu permettra qu'il soit rendu à la vénération des fidèles !

« Enfin, après avoir contemplé de ses propres yeux
les combats de ses généreux néophytes, il était juste
que le prêtre de Jésus-Christ, l'apôtre de la foi, parût
à son tour sur la scène, et fît voir le courage dont la
grâce divine remplissait son âme. Interrogé d'abord
sur sa religion, M. Chapdelaine a répondu comme il
devait à ces questions préliminaires; ensuite, le mandarin lui faisant plusieurs questions impertinentes,
telles que celles-ci : « Combien as-tu d'argent? Pourquoi enseignes-tu à tes sectaires à voler? » le missionnaire, soit qu'il ne comprît pas clairement le mandarin, comme quelques-uns l'ont pensé, ou plutôt
voulant imiter Notre-Seigneur Jésus-Christ devant Hérode, se taisait et ne répondait rien à ses invectives. Le
juge, irrité, lui fit administrer cent coups sur la joue
avec la semelle meurtrière de cuir, dont un seul coup
suffit pour mettre la mâchoire en sang, en sorte que
ces cent coups, administrés avec toute la force que peuvent donner le fanatisme et la vengeance, durent, à la
lettre, faire sauter les dents et briser la mâchoire du
glorieux martyr. Ainsi mis hors d'état de parler et de
répondre, on le fit coucher sur le ventre, et on lui dé-
chargea encore trois cents coups de rotin sur le dos.
Pendant ces horribles tortures, il ne lui arriva pas de

pousser un soupir ou de proférer la moindre plainte,
au point que le mandarin et les assistants en étaient
dans l'admiration et la stupeur. Car, selon l'usage des
patients en Chine, lorsqu'on les frappe par ordre de
l'autorité, ils doivent pousser de longs gémissements et
supplier le grand mandarin de leur faire grâce ; mais,
pour notre digne confesseur, uni de cœur et d'âme
à Notre-Seigneur souffrant, il put endurer tout ce que
la torture a de plus cruel, sans que sa bouche décelât
a douleur dont il était accablé. Le mandarin, attri-
buant un silence si extraordinaire à quelque art magique, fit à l'instant égorger un chien, et ordonna que
de son sang on aspergeât le corps du martyr ; puis on
continua de le frapper, sans compter désormais les
coups, jusqu'à ce qu'on le vît incapable de se remuer ;
alors on le reporta dans la prison, car il eût été impossible de le faire marcher. Mais, ô bonté compatissante
de Dieu ! voilà qu'un instant après il se lève et se met
à se promener comme il l'eût fait en pleine santé. Les
satellites, témoins de ce nouveau prodige, s'approchent
de lui et lui demandent confidentiellement comment il
se fait que, ne pouvant se remuer un instant auparavant, il marche maintenant en toute liberté. Le Père
répond en souriant : « C'est le bon Dieu qui m'a pro-
« tégé et béni ! » Ah ! il n'en fallait pas davantage pour
montrer toute l'innocence, toute la beauté de l'âme
du généreux martyr de Jésus-Christ ; mais ces aveugles
forcenés, ne voyant dans cette nouvelle merveille
qu'une raison de plus de croire à sa puissance magique, lui font servir un repas composé des viandes ré-

putées les plus immondes du pays, afin de détruire en lui l'effet de ses enchantements. Comme il savait que les affidés des sectes secrètes ont en horreur ces sortes de mets, qu'ils regardent comme un antidote à leurs pratiques mystérieuses, il en prit de tous, pour faire voir qu'il n'appartenait à aucune société proscrite, mais en fort petite quantité, et ce fut là tout ce qui lui fut offert, depuis le premier instant de son arrestation jusqu'au moment de son entrée au banquet céleste, le mandarin ayant défendu, sous peine de mort, de lui présenter quoi que ce fût.

« Mais ce n'était encore là qu'une partie des épreuves par lesquelles devait passer notre digne confesseur de la foi. Pendant toute la journée du 27 il fut soumis au terrible supplice de la chaîne de fer [1]. Le 28, on le mit, lui et la jeune Agnès, à la cage dont on se sert pour étrangler les grands criminels. Cette cage, de la hauteur d'un mètre et demi, est faite de manière que, lorsque le patient y est renfermé, l'extrémité des pieds touche à peine la terre, tandis que la tête, s'élevant au-dessus de la cage, est comme suspendue à deux planches un peu échancrées qu'on rapproche du cou; cela fait souffrir au malheureux tous les tourments de

---

[1] Voici, au sujet de ce supplice, quelques lignes tracées par M. Perboyre, martyrisé en 1840 :

« Je suis resté pendant une demi-journée à genoux sur des chaînes de fer. J'étais maintenu dans cette position au moyen de fortes cordes qui me tenaient suspendu par les pouces et par les cheveux, de manière pourtant que tout le poids de mon corps portât sur mes jambes nues. »

la strangulation, en lui laissant assez de respiration
pour vivre encore longtemps, quelquefois cinq ou six
jours. Les mains, étendues en avant et fortement liées,
sont assujetties à une planche qui les tient roides et
immobiles. Le patient, ainsi renfermé dans sa cage,
est placé devant la prison et exposé aux yeux du public.
C'est dans cette position douloureuse que l'intrépide
confesseur passa toute la journée dn 28 février et la
nuit suivante. Au milieu de cette longue et cruelle
agonie, lorsque notre digne martyr n'avait plus que
quelques instants à vivre, le mandarin envoya un de
ses serviteurs lui dire que s'il voulait donner quatre
cents taëls il lui rendrait la liberté. Le Père répondit
qu'il n'avait point d'argent, qu'il n'avait que des livres.
Le vénal et sordide mandarin lui envoie dire une seconde fois que, s'il ne peut donner toute cette somme,
il lui donne au moins cent cinquante taëls, et qu'il ne
le fera point mourir. Mais, cette fois comme la première, il répondit qu'il n'avait point d'argent ; puis il
ajouta : « Que le mandarin fasse de moi ce qu'il vou-
« dra, je suis entre ses mains! » Sans doute, notre pieux
missionnaire n'avait pas cette somme en son pouvoir,
et il n'aurait pu la trouver parmi ses pauvres chrétiens ; cependant il aurait pu dire au mandarin qu'il
allait la demander à ses amis du Kouei-tcheou, ce qui
lui aurait donné du temps et peut-être le moyen d'é-
chapper à la mort. Mais Dieu, sans doute, n'aura pas
permis qu'il songeât à cet expédient, qui aurait pro-
longé son douloureux pèlerinage, en le privant du
bonheur que tant de saints ont envié sur la terre, celui

de donner son sang pour le divin Sauveur, qui, le premier, a versé le sien par amour pour nous !

« Cependant, le vingt-neuvième jour de février commençait à paraître : jour heureux pour notre martyr, et qui, en mettant fin à ses maux passagers, allait ouvrir devant lui une éternité d'ineffable bonheur. Le mandarin, averti que pendant la nuit, de l'intérieur de la prison, on avait entendu un bruit extraordinaire dans l'endroit où se trouvait notre digne confesseur, se hâta d'aller auprès de lui. Alors, le trouvant respirant encore, il le fait sortir de sa cage, appelle un de ses satellites, armé d'un coutelas tranchant, et lui ordonne de lui couper la tête. Ainsi se termina et fut couronné l'apostolat court, mais laborieux et plein de mérites, de notre très-cher et vénéré confrère, M. Chapdelaine (Auguste), né à la Rochelle, dans le diocèse de Coutances, le 6 janvier 1814, ordonné prêtre le 10 juin 1843, parti pour les missions en 1851, et décapité pour la foi, le 29 février 1856.

« Mais que devint, après l'exécution, la dépouille mortelle de notre glorieux martyr ? Peut-être vaudrait-il mieux tirer le voile sur les scènes d'horreur dont ce jour fut témoin et les outrages qui se commirent sur ces restes précieux; mais non! ne craignons pas de révéler ce que la voix publique en rapporte. Si, d'une part, nous voyons des traits de cruauté tels que l'histoire en rappelle à peine, d'une autre part, nous savons que Dieu est assez puissant pour conserver les restes de ses élus, qu'il n'en laisse perdre aucun et qu'il saura bien les faire reparaître au jour de la glorieuse résurrection. Le précieux chef du martyr, séparé de son buste, fut porté hors de la ville et pendu à un arbre. Au moins l'usage veut-il, dans ces pays-ci, que, lorsque la tête d'un criminel est ainsi exposée en public, elle soit renfermée dans une sorte de cage, où elle est à l'abri des insultes de la populace. Mais on n'eut pas même cette légère attention pour le martyr de Jésus-Christ. Sa tête fut simplement suspendue par les cheveux; puis les enfants, s'abandonnant à la fureur que l'enfer leur inspirait, en firent le but de leur tir, et la détachèrent à coups de pierres. On vit alors ce chef vénérable rouler dans la poussière et la boue, et devenir la proie des animaux immondes, qui s'en disputaient les lambeaux. La chevelure seule, grâce à l'usage de la queue chinoise avec laquelle elle était fortement tressée, put être conservée. Détachée de la tête après avoir traîné plus d'un mois dans la poussière, elle fut ramassée par un jeune néophyte et envoyée à M. Lyons, qui put la reconnaître pour la véritable chevelure du martyr, sans qu'il lui restât aucun doute à cet égard.

« Le buste du saint martyr a également disparu. Les uns disent qu'il a été enseveli dans le lieu réservé aux malfaiteurs; d'autres, au contraire, et c'est ce qu'il y a de plus probable, prétendent qu'il a été haché par morceaux, puis jeté à la voirie, en sorte qu'il est également devenu la pâture des animaux immondes dont ce pays est rempli.

« Et son cœur! qu'est-il devenu? On sait qu'en Chine, après avoir tranché la tête d'un grand criminel, on a soin de lui enlever le cœur. Qu'est donc devenu celui de notre saint martyr? Chose horrible à raconter et qui dépasse toute croyance! l'esprit répugne à le croire; ma langue se refuse à le dire, et ma main a horreur de l'écrire! Eh bien, son cœur, extrait de la poitrine, déposé tout palpitant sur un plat, après avoir été curieusement et joyeusement examiné de près par ses barbares et sanguinaires bourreaux, a été coupé en morceaux, jeté dans une poêle, où on l'a fait frire avec de la graisse de cochon; puis, lorsqu'il était à demi cuit, ces cannibales l'ont retiré et s'en sont repus avec la voracité d'une bête féroce! O dégradation de l'homme! Est-il possible de pousser plus loin la férocité? Et ce fait, tout incroyable qu'il est, n'est pas chose rare dans ces malheureux pays du paganisme. On a vu des hommes, privés de tout sentiment humain, se jeter sur le cœur de leurs semblables et le dévorer, persuadés qu'un tel mets leur communique un courage indomptable dans les combats. Mais ce forfait n'est-il pas plus exécrable encore, quand il est exercé sur un pauvre missionnaire innocent, qui n'a jamais su qu'aimer les hommes, qui leur avait voué tout ce que son âme avait de sentiments de compassion, et qui, au moment même où ils le faisaient périr dans les supplices les plus affreux, ne formait pour eux que des souhaits de paix et d'amour? Disons-le pourtant, malgré cet excès de barbarie, béni soit le martyre de notre cher M. Chapdelaine, qui nous réjouit le cœur et qui nous montre qu'au ciel nous avons une patrie, où Dieu nous dédommagera amplement de toutes les peines que nous endurons ici-bas pour son service!

« Il semble qu'après tant de vexations et de traits de barbarie, le cruel mandarin dut être satisfait; mais non. A peine les trois premières victimes de sa rage eurent-elles expiré, qu'il soumit les autres prisonniers à de nouvelles tortures. Plusieurs parmi eux, d'après le rapport des chrétiens, n'eurent pas moins à souffrir que nos trois martyrs, et peu s'en fallut qu'ils n'obtinssent la même couronne. Puis, étendant sa fureur sur ceux qui avaient échappé à ses premières perquisitions, il les fait traîner à son tribunal, les soumet à une cruelle flagellation, et leur impose, comme prix de leur délivrance, une somme beaucoup au-dessus de leurs moyens. Quelques-uns durent vendre, à la lettre, tout ce qu'ils avaient; d'autres ne purent se racheter qu'en contractant des dettes, dont l'usure, exorbitante dans ce pays, fera peser pendant de longues années sur eux un fardeau bien pénible à porter. Enfin, au moment où M. Lyons m'écrivait, neuf prisonniers gémissaient encore dans les fers, sans qu'ils eussent l'espoir d'en sortir. Mon Dieu! que va devenir cette petite chrétienté, qui donnait à son début de si belles espérances? Ah! daignent les glorieux martyrs qui l'ont arrosée de leur sang la protéger du haut du ciel, y ramener la paix et y multiplier le nombre des adorateurs du vrai Dieu! Daigne le vénérable confrère dont le sort nous fait envie, que nous avons connu si intimement, à qui nous avons donné l'accolade de paix au moment où il partait pour la glorieuse expédition qui lui a été confiée, nous tendre une main secourable et nous aider, nous pauvres missionnaires si souvent agités par les flots de la tempête, à toucher au port où il est si heureusement parvenu !

« Veuillez agréer, messieurs, de la part de tous mes dignes confrères et de la mienne, l'expression des sentiments de reconnaissance et de respectueux dévouement avec lesquels nous avons l'honneur d'être, et je suis en particulier votre très-humble et très-obéissant serviteur,

« GUILLEMIN,

« Préfet apostolique. »

TABLE DES MATIÈRES

LES PAIENS ET LES CHRÉTIENS, récits des premiers temps du christianisme; par le comte Anatole de Ségur, maître des requêtes au conseil d'État. Ouvrage approuvé par Mgr l'archevêque de Paris. 1 vol. gr. in-18 jésus. 1, 60

En composant ce livre, M. de Ségur a voulu donner, dans une série de tableaux, de récits ou de causeries, une idée aussi exacte, aussi complète que possible, de ce qu'était le monde avant la venue de Jésus-Christ sur la terre, et de ce qu'il devint après la Rédemption. Il a peint, dans des pages que tout le monde peut comprendre et peut lire, d'une part les crimes, les folies et les hontes de la société païenne, de l'autre les combats sublimes, les vertus héroïques et la beauté morale, surhumaine, des premiers chrétiens.

LE DIMANCHE DES SOLDATS, contes et récits; par Anatole de Ségur, maître des requêtes au conseil d'État. *Quatrième édition.* 1 vol. in-18. 0, 60

VIE de HÉLION-CHARLES-ALBAN, marquis de **VILLENEUVE-TRANS,** mort sergent de zouaves, sous les murs de Sébastopol; par le comte Anatole de Ségur, maître des requêtes au conseil d'État. 1 vol in-18. 0, 80

Il semble qu'il y ait peu de chose à dire sur la vie d'un jeune homme mort à vingt-neuf ans, sous-officier, après une existence qui n'eut rien d'extraordinaire aux yeux du monde que la manière dont elle fut brisée. Mais, quand on connaîtra tous les trésors cachés que renfermait l'âme de cet admirable jeune homme, tous les grands exemples qu'il a donnés dans sa vie et dans sa mort, on comprendra le but, l'objet et la portée de cet ouvrage, et que l'on ait écrit la vie d'Hélion de Villeneuve-Trans, non pas seulement pour satisfaire aux désirs d'une mère, mais pour en tirer de grandes leçons et de profonds enseignements.

JÉSUS-CHRIST. Considérations familières sur la vie et le mystère du Christ; par Mgr de Ségur. 1 vol. in-18. 0, 60

Ce petit ouvrage est l'examen aussi familier que possible du mystère du Christ. Il s'adresse un peu à tout le monde, à ceux qui croient, à ceux qui ne croient pas. Ceux qui ont le malheur de ne pas croire seront convaincus peut-être, ceux qui croient seront affermis.

RÉPONSES COURTES ET FAMILIÉRES aux objections les plus répandues contre la religion; par l'abbé de Ségur, ancien aumônier de la prison militaire de Paris. *Trente-quatrième édition.* 1 vol. in-18, rogné. *Prix net.* 0, 35

On ne donne de remise qu'en exemplaires, suivant les nombres demandés : 12/10, 65/50, 140/100.

PARIS. — IMP. SIMON RAÇON ET COMP., RUE D'ERFURTH. 1.